June Nagashe

I DON'T TRUST YOU

Roman

FAYARD

Couverture : Le petit atelier
Visuels : Alamy

ISBN : 978-2-213-72762-2
Dépôt légal : janvier 2025

Devenez qui vous voulez être

PROLOGUE

6 ans plus tôt

Cuart

Le paysage urbain défilait à travers la grande fenêtre du Range Rover. Où m'emmenait-on ? Je serrais mon sac contre moi, ne voulant pas me séparer, même quelques secondes, de mon seul point de repère dans ce pays dont je ne maîtrisais pas encore la langue. Les débuts avaient été difficiles, j'étais livré à moi-même, mais je commençais prendre mes marques, notamment grâce à mes dernières activités. Je tirai mécaniquement sur la manche de mon t-shirt. Bientôt deux mois que j'étais sur le sol américain, l'argent que j'avais volé à mon géniteur en prévision de ma fugue avait depuis longtemps disparu et j'avais la frustration de ne pas avoir pu faire recouvrir mes cicatrices. Je me crispai lorsque j'aperçus un homme de dos, marchant sur le trottoir. Il lui ressemblait. Ça arrivait régulièrement, je le voyais dans la rue, à la télé, je vivais dans la peur constante de le voir apparaître à tout moment pour venir me chercher et me ramener dans cet enfer. Était-il seulement à ma recherche ? Avait-il un moyen de me retrouver ?

Je tournai la tête vers l'homme assis à ma gauche. Musclé, brun, de grands yeux verts qui pénétraient votre âme, et surtout, une prestance qui donnerait des sueurs froides à n'importe qui. Hanson Karlyn, voilà comment il s'était présenté à moi.

— Pourquoi m'as-tu menti ?

Mon sang se glaça. Il avait articulé chacun de ses mots pour que je comprenne tout ce qu'il disait. Et c'était le cas.

— Je ne suis pas sûr que tu aies pigé dans quoi tu t'embarques, mon grand.

— Si, je le sais.

Ma voix se voulait confiante, malgré mon accent italien et l'impasse dans laquelle je me trouvais.

— Si tu es dans cette voiture à mon côté, c'est que je sais déjà tout de toi. Tu n'es pas orphelin, tu n'as pas dix-huit ans, mais bien seize, et tu t'appelles Easton Travetto.

Je contractai la mâchoire, la vulnérabilité était une sensation que je ne supportais plus, toutefois je tentai de garder le visage impassible. Loin d'être émotif, on m'a même souvent reproché d'être inexpressif. Dans ce cas, c'était ma seule arme : pris en faute, je ne savais pas comment m'en tirer, d'autant plus que cet homme était un mafieux. Peu importe ce que je dirais, il aurait un coup d'avance sur moi.

— J'ai eu des retours sur ta dernière mission. Un cambriolage plus un braquage, tu es doué. Mais ne crois pas que je suis naïf. Je suis peut-être tombé sur toi par hasard, mais ta présence ici ne l'est pas.

La voiture s'arrêta devant un immeuble majestueux. Même en me collant à la vitre, je n'arrivais pas à apercevoir le dernier étage. Typiquement le genre d'immeubles que je n'aurais jamais vus en restant en Italie. On m'ouvrit la portière. Après un moment de surprise, je descendis de la voiture. Je balançai mon sac sur mon épaule tandis que Hanson Karlyn me faisait signe de le suivre. Un type qui ressemblait en tout point au chauffeur – un garde du corps peut-être ? – fermait la marche. Le bâtiment moderne et immaculé respirait l'aisance financière. Dans l'ascenseur tout en verre et en marbre, chaque détail semblait avoir été minutieusement réfléchi. Le mafieux appuya sur un bouton et les portes se refermèrent derrière nous. Le nombre d'étages me terrifia, mais pas autant que les paroles qu'il prononça ensuite :

— J'ai pour objectif de faire de toi une machine de guerre.

Sa voix rauque résonna dans ma tête. Il ajusta sa manche tout en fixant le mur de verre qui offrait une vue imprenable sur l'intérieur du bâtiment.

— Tu as des capacités et une marge de progression énorme.

— Comment pouvez-vous en être aussi sûr ?

— Je ne me trompe jamais. J'ai bâti mon empire sur mes certitudes et regarde où j'en suis. Maintenant la question est la suivante : es-tu prêt à tout pour réussir ?

— Si je vous ai suivi jusqu'ici, c'est que je le suis.

— Non, tu es un adolescent que j'ai appâté avec des promesses d'avenir loin de la pauvreté et de la vie que tu fuis. À présent, je te parle de subir des entraînements physiques et psychologiques intenses pour faire de toi mon meilleur élément.

— Mais, à la fin, je serai gagnant ?

— Gagnant ? Tu as tout à gagner, petit insolent. Argent, puissance et pouvoir.

Il me regarda de haut en bas.

— Il faudrait d'ailleurs que tu changes d'identité, je veux dire pour de vrai cette fois. Tu rêves d'un réel départ à zéro, n'est-ce pas ?

— Oui, c'est le cas. J'aimerais aussi faire recouvrir mes cicatrices, ajoutai-je en tirant machinalement sur ma manche.

— À partir du moment où tu m'auras juré ta loyauté et tes services, tu auras tous les droits.

Les portes s'ouvrirent et il s'engagea sans plus attendre dans le couloir. J'hésitai quelques secondes. Était-ce réellement ce que je voulais ?

Mes jambes décidèrent à ma place et je le suivis jusqu'à un grand bureau. J'avais enfin l'opportunité de couper tout lien avec ma vie passée, ce n'était pas le moment de douter. Il me fit signe de refermer la porte derrière moi tandis qu'il s'installait dans un immense siège en cuir. Je pris place de l'autre côté du bureau de marbre, lui aussi surdimensionné. Il se servit un verre de whisky, la bouteille cognant contre le verre dans un silence de mort. Mon anxiété montait en flèche.

— Parle-moi de ce dernier braquage, finit-il par relancer en s'adossant dans son fauteuil.

— C'était une réussite, monsieur.

— Développe.

Son ton était sec, autoritaire. Ma bouche était pâteuse. Je m'apprêtais à lui répondre quand la porte s'ouvrit en grand.

— Hanson !

Une fille fit irruption dans la pièce. Qu'est-ce qu'une enfant faisait dans un endroit pareil ? Et comment une gamine pouvait-elle s'adresser avec autant d'arrogance au parrain de la mafia ?

Ses cheveux roux tombaient en cascade sur ses épaules et, l'espace d'un instant, je croisai son regard. Le vert de ses yeux me procura un frisson.

— Berry, je t'ai déjà dit de ne pas m'appeler comme ça et tu vois bien que je suis occupé, rétorqua Hanson Karlyn lorsqu'elle se planta devant lui.

— Non mais, papa ! C'est une situation d'urgence !

Papa ? Cet homme avait donc une descendance. Je m'attardai sur chaque trait de son visage et compris que les iris verts qui m'avaient perturbé dégageaient la même hardiesse que ceux de son père. Comment un homme aussi cruel pouvait-il avoir donné naissance à une fille semblable à un ange ?

— Maman refuse que j'aille à la salle de tir alors que tu m'avais promis que je commencerais cette semaine.

Tir ? Mais, bordel, quel âge avait-elle ?

— Je n'ai pas le temps de me battre avec ta mère, Berry.

— Allez, s'il te plaît ! J'ai réussi tous mes exams, j'ai même été sympa avec l'autre idiot que tu m'as collé aux basques, et puis tu avais promis !

Témoin de cette conversation plutôt privée malgré moi, j'étais complètement ahuri par le tempérament de la rousse. Elle avait l'air tellement… Je ne sais pas… Vivante ? Caractérielle ?

— Berry, ça suffit. On en parle plus tard, je suis occupé, je t'ai dit.

Elle tourna brusquement la tête et son regard tomba sur moi. J'aurais espéré y trouver moins de dédain, elle me regardait comme un insecte.

— Lui ?

Ma mâchoire se serra. Pour qui se prenait-elle ?

— Ne sois pas trop prétentieuse, tu te trouverais bête s'il révélait un plus gros potentiel que le tien. En tout cas, il a l'air bien plus serviable que toi.

Elle leva les yeux au ciel.

— Si tu vas les chercher à la crèche en même temps…

Soudain, elle se tourna vers son père, son visage arborant un sourire radieux.

— Je peux rester le temps que vous finissiez ?

Hanson leva les yeux au ciel, manifestement agacé par l'intrusion de sa fille dans ses affaires. Cependant, il sembla céder devant son air faussement innocent et acquiesça d'un signe de tête.

— D'accord, mais pas un bruit et ne te mêle pas de ce qui ne te regarde pas.

Elle lui adressa un sourire plein d'enthousiasme avant de se diriger vers le coin salon de la pièce, où elle s'installa confortablement dans un fauteuil.

J'eus l'impression que l'atmosphère s'était épaissie. Je ne savais pas comment réagir. D'une part, j'étais intrigué par cette adolescente qui semblait si à l'aise dans cet environnement peu conventionnel. D'autre part, son attitude hautaine et dédaigneuse me mettait en rogne.

— Reprenons, poursuivit Hanson comme si de rien n'était. Raconte-moi les détails de ce dernier braquage. Je veux ton avis.

Je pris une profonde inspiration, essayant de chasser les distractions autour de moi, et commençai à lui détailler minutieusement le déroulement du braquage, depuis la planification jusqu'à l'exécution. Je cherchais dans ses yeux une forme de validation, mais il restait complètement impénétrable. Une fois que j'eus terminé, Hanson garda le silence un moment, comme s'il réfléchissait à mes paroles. Puis, il hocha la tête d'un air satisfait.

— Bon, j'ai entendu ce que j'avais besoin d'entendre.

Il se leva de son siège. Mon estomac se noua. Qu'allait-il se passer à présent ?

— Berry, je te laisse tenir compagnie à notre invité le temps que j'aille chercher les dossiers dont j'ai besoin. Je n'en ai pas pour longtemps, ajouta-t-il à mon attention, mais tâche de ne pas te laisser amadouer par son attitude.

Puis il quitta le bureau, et un silence de mort s'abattit sur la pièce.

Berry

Il était sombre, mais pas d'un sombre ordinaire. Il avait déjà la carrure d'un mafieux et pourtant il n'avait rien à voir avec les hommes que je côtoyais tous les jours. Était-ce parce qu'il était jeune ? Non, ça allait au-delà de ça. Il dégageait une certaine prestance. Je déglutis, allait-il prendre ma place ?

Je me levai de mon siège et m'approchai de lui. Son visage était fermé, mais je voyais clair dans son jeu. En fait, il n'avait rien d'un mafieux, c'était que de la gueule. Avait-il déjà touché à une arme ? Avait-il les épaules pour tuer ? Même moi qui étais née dans ce milieu, je n'étais pas sûre d'y arriver. Papa avait confiance en mes capacités et je ne voulais pas le décevoir, bien que ça fît peur à maman. Mais que pouvait-il bien lui trouver ? Cela faisait déjà plusieurs jours qu'il parlait de cet « adolescent exceptionnel ».

— T'as quel âge ?

Je fronçai les sourcils.

— Parce qu'en plus tu te permets de poser des questions ? Je n'y répondrai pas. Par contre je te la retourne.

Il laissa échapper un rire jaune.

— On aura tout vu. C'est ton père le patron ici, pas toi.

Deux points à noter, il possédait un certain ego et son anglais n'était pas vraiment parfait, je n'arrivais pas à savoir d'où venait son accent chantant. Je ne lui répondis pas et m'installai dans le siège en cuir de mon père tout sourire, alors qu'il ne me lâchait pas du regard. Il essayait désespérément de comprendre ce que j'avais derrière la tête, j'allais m'amuser un peu. Je fouillai dans les fiches posées sur le bureau à la recherche de celle qui avait attiré mon attention il y a quelques minutes. Mon visage s'éclaira lorsque je m'emparai de la feuille que je cherchais et je m'accoudai au bureau en parcourant les informations des yeux. Mon sourire étant plus provocateur que jamais.

— Seize ans ! m'écriai-je.

L'incompréhension qui s'était dessinée sur son visage laissa place à de l'énervement.

— Qu'est-ce que ça peut te faire ? répondit-il sèchement, serrant les poings sur les accoudoirs de sa chaise.

C'était presque trop simple. Je me délectai de sa réaction. Il n'avait pas encore compris que dans ce monde les faiblesses étaient exploitées sans pitié.

— Ça veut dire que t'es qu'un gamin. Un gamin qui pense pouvoir jouer dans la cour des grands.

Puis je me replongeai dans ma lecture, mouvant mon doigt de gauche à droite sur le papier, jusqu'à tomber sur une phrase qui me fit froncer les sourcils. Je n'eus pas le temps de m'attarder dessus qu'il avait sauté de son siège pour m'attraper le bras. Ce contact soudain me déstabilisa, je n'avais pas mesuré combien il était grand.

— Ne me touche pas ! crachai-je en essayant tant bien que mal de me défaire de son emprise.

— Je ne vais pas laisser une gamine me mener la vie dure, crois-moi.

Je tentais de maîtriser ma respiration et je voyais bien qu'il en faisait autant. Je soutenais son regard, mais je ne pouvais penser qu'à une seule chose : sa main qui broyait mon avant-bras.

— Je t'ai dit de me lâcher, connard, sifflai-je en plantant cette fois mes ongles dans son bras.

À la seconde où je sentis sa poigne se relâcher, j'en profitai pour m'éloigner de lui. Le bureau nous séparait toujours, pourtant j'avais l'intime conviction que les choses n'en resteraient pas là.

— Franchement, je me demande ce que mon père te trouve. T'es qu'un pauvre type arrogant qui n'a aucune idée de ce que représente une mafia. T'es pas dans un jeu vidéo, mec.

— Je rêve ou je suis vraiment en train de me faire prendre pour un con par une gamine de…

Il me dévisagea.

— T'as quoi ? Treize ans ?

Ce fut à mon tour de me crisper, ce qui l'amusa un peu trop à mon goût.

— En plus, j'ai vu juste, ricana-t-il. Tu n'as pas atteint la puberté et tu te permets d'agir comme si tout le monde devait être à tes pieds.

Il s'approcha de moi, contournant le meuble. Le sourire mauvais sur son visage montrait qu'il était en train de prendre confiance, bien que son tic de tirer sur ses manches trahissait une certaine nervosité. Je m'attendais à ce qu'il s'arrête, mais il avait l'air de plus en plus déterminé à me rejoindre au cœur de la pièce. Je n'arrivais plus à contenir ma rage. S'emporter face à ma provocation était une chose, me mépriser à cause de mon âge et tenter de me prendre de haut en raison d'une différence de gabarit en était une autre. Tous les hommes fonctionnaient ainsi, ils pensaient que leur carrure et leurs muscles leur donnaient tous les droits.

Quand il fut assez proche, je m'empressai de le bousculer pour me précipiter vers le tiroir de mon père qui contenait ce que je cherchais. Il se retourna sous la surprise et je me redressai, pointant l'arme sur lui.

— Ne pense pas que tu vas me faire taire. Et ne me sous-estime surtout pas.

Sans me quitter du regard, il sortit un couteau d'une des poches de son cargo, adoptant une position de défense.

— T'es vraiment une garce…

— … dis celui qui cherche à m'intimider juste parce qu'il a plus de force.

— Tu devrais connaître les conséquences de tes actes, non ? Et puis ne crois pas me faire peur avec cette arme, ce n'est pas comme si tu pouvais tirer.

Il recula d'un pas quand j'ajustai la trajectoire de mon arme pile dans son torse.

— Tu veux tester, connard ?

La porte s'ouvrit et nous nous figeâmes. Hanson poussa un soupir avant d'entrer, un dossier sous le bras.

— Alors, comme ça, il a réussi à te faire perdre ton sang-froid ? lança mon paternel.

Je baissai mon arme, abattue.

— Non ! C'est lui qui…

— Oui, mais lui n'a aucune formation, me coupa-t-il. Contrairement à toi.

Je ne pouvais faire rien d'autre que me taire.

— J'espère au moins que tu as pensé à retirer le cran de sûreté.

Je baissai les yeux, humiliée. Le brun ne disait plus un mot, mais je savais qu'il ne perdait pas une miette de la scène. Mon père s'arrêta à côté de moi et me tendit sa main, dans laquelle je posai l'arme.

— Ne baisse jamais les yeux, jeune fille, c'est une forme de soumission.

Je n'eus pas d'autre choix que de soutenir son regard. Vert. Perçant. Notre seul point commun.

— Je préfère ça.

Puis il reprit d'une voix plus claire :

— Comme vous semblez tous les deux déborder d'énergie, on va faire un tour au gymnase du quatrième étage. Berry, tu ouvres la voie ?

Je tournai les talons, essayant tant bien que mal d'adopter une démarche assurée.

Un connard de plus chez les Golden Reverse. Comme s'il n'y en avait déjà pas assez.

Cuart

Je suivis Hanson Karlyn à travers les couloirs luxueux du bâtiment, mon esprit bouillonnant d'appréhension. Berry avait disparu. Nous nous arrêtâmes devant de grandes portes noires.

— Tu as certes fait tes preuves lors de tes dernières missions, mais, à présent, je souhaite évaluer tes compétences face à ceux qui sont déjà en place.

— Vous voulez dire que je vais me mesurer à un de vos hommes ?

— Je veux dire, te mesurer à ma fille. C'est à toi de te créer ta place, conclut-il en ouvrant la porte donnant sur une gigantesque salle de sport.

Absolument tout ici avait été construit en grand. C'était démesuré, le faste à l'américaine. Au fond de la pièce trônait un immense ring devant lequel se tenait la petite rousse, dans une posture qui se voulait nonchalante. Quand elle me vit, son regard s'assombrit.

— Allez, en place ! ordonna Hanson, les bras croisés sur la poitrine.

Nous montâmes sur le ring, chacun d'un côté. Je déglutis. Dans les yeux de la rouquine luisait une lueur de défi. Elle ne prenait pas cet affrontement à la rigolade et la sous-estimer eût été la pire erreur à faire. Elle possédait une expérience que je n'avais pas.

Hanson donna le signal et, en un instant, Berry se jeta sur moi avec une agilité déconcertante. J'esquivai de justesse son premier coup, sentant son poing frôler ma joue. Je me repris rapidement et tentai de contre-attaquer, mais elle était déjà en mouvement, esquivant mon coup à son tour. Elle riposta avec un coup de pied dans mes côtes, me coupant le souffle. La douleur me rappela que je devais rester concentré.

Cependant, elle ne me laissa pas le temps de me remettre, enchaînant avec une série de coups rapides et précis. Je les bloquai tant bien que mal, mais chaque impact me faisait reculer. Elle était redoutable. Elle compensait notre écart de taille par sa vitesse. Je parvins enfin à trouver une ouverture et lui assénai un coup de poing dans la joue. Elle vacilla, puis se rétablit, une lueur de colère dans les yeux. Elle contre-attaqua avec rapidité, m'envoyant un coup de genou dans l'abdomen. Je me pliai en deux sous la douleur, mais réussis à attraper sa jambe et la tirai vers le sol. Ses yeux brûlaient de colère et des mèches rousses s'échappaient de la tresse qu'elle avait faite avant le combat. Nous étions à bout de souffle, nos respirations saccadées. Tout ce qui nous entourait avait disparu, je ne voyais plus qu'elle. Ça ne dura qu'un instant, elle roula sur le côté pour se redresser.

Chaque attaque de ma part semblait vaine. Pourtant, malgré sa supériorité technique, je sentais que je pouvais encore tenir. La seule solution qui me venait à l'esprit était de l'avoir à l'usure tandis que la sueur commençait à perler sur nos fronts. Observant ses mouvements, je notai une légère faiblesse dans sa garde gauche. Je décidai de tenter ma chance. Simulant une attaque à droite, je plongeai vers la gauche, frappant avec toute ma force. Mon poing rencontra sa mâchoire et elle recula de quelques pas, secouant la tête pour reprendre ses esprits. J'en profitai pour lui asséner un coup dans l'estomac, la faisant tomber à genoux. Elle leva les yeux vers moi, enragée. En un instant, elle me balaya, me faisant tomber à la renverse, et enjamba mon buste pour agripper ma gorge.

— Si tu crois que c'est comme ça que tu deviendras le favori de Hanson, marmonna-t-elle en resserrant sa prise.

Je m'apprêtais à la faire passer par-dessus ma tête lorsqu'une voix autoritaire s'éleva :

— Ça suffit.

Nous nous figeâmes, haletants. Elle se releva sans pour autant perdre le contact visuel avec moi.

— J'ai vu ce que j'avais besoin de voir, continua Hanson.

— Papa, j'aurais pu…

— Une seconde, Berry, je parle.

Il se tourna vers moi.

— Ton entraînement commencera demain, jeune homme.

— Oui, boss.

Le joli visage de la rouquine s'assombrit et ses poings se crispèrent.

— Hanson, puis-je disposer ?

— Fais donc, lui répondit-il sans grand intérêt.

Elle quitta la salle dans un courant d'air.

— Et si nous allions les signer, ces contrats ? lança mon futur patron, un sourire satisfait en coin.

CHAPITRE 1

Berry

Lorsque son regard croisa le mien, l'abîme de ses yeux rencontra l'émeraude de mes iris. Mes yeux exprimaient une envie de meurtre, et les siens un mépris certain. Sa vue m'était insupportable au possible. Il détourna le regard pour continuer de parler avec la femme en face de lui et j'en profitai pour le détailler encore quelques secondes. Ses mains enfoncées dans ses poches, ses cheveux aussi noirs que son col roulé qui lui donnaient un air chic, sa carrure qui me faisait me sentir petite dans mon mètre soixante-seize. Alors que je m'attardais sur la montre à son poignet, une voix me tira hors de mes pensées.

— Mademoiselle Berry, il vous attend dans son bureau.

Je dévisageai l'homme qui venait de m'adresser la parole et passai devant lui sans un mot.

— Hanson ! dis-je sèchement en ouvrant la porte. Pourquoi est-il de retour ?

L'homme, vieux d'une cinquantaine d'années, était assis derrière son bureau, un cigare à la main.

— Tiens donc, ma fille. Cela fait longtemps que je ne t'avais pas vu. De passage à New York ? fit mon père en esquissant son sourire que je haïssais.

— Je suis rentrée hier soir du Canada avec Eden et Chris. Nous avons fini plus tôt que prévu. Mais je t'ai posé une question, Hanson, poursuivis-je en m'appuyant contre l'embrasure de la porte.

Il me scruta quelques secondes avant de déposer son cigare à côté de lui et d'appuyer ses coudes sur son bureau.

— Pendant que tu étais occupée à Montréal, il a fini sa mission en Australie, donc il est de retour, rien de plus normal.

— Sérieusement ? Il ne pouvait pas crever là-bas ?

L'idée de devoir recommencer à le voir tous les jours suffisait à m'énerver au plus haut point. Je sortis de la pièce en trombe, claquant violemment la porte derrière moi.

Cuart

Berry. Sûrement le prénom que je détestais le plus sur cette terre.

— Cuart, tu m'écoutes ?

Je reportai mon attention sur Julia, toujours postée devant moi.

— C'était bien Berry ? demandai-je sans me soucier de ce qu'elle disait.

— Bien sûr, une grande rousse hautaine, qui veux-tu que ce soit d'autre ?

Je ne m'étais pas trompé. Qu'est-ce que cette gamine foutait encore là ? Cela faisait six ans que je travaillais pour son père et, pourtant, nous n'avions jamais pu nous adresser un mot sans nous sauter à la gorge. Elle incarnait tout ce que je méprisais.

— Bon, j'ai compris que tu te fichais complètement de ce que je racontais, mais fais un effort, s'il te plaît !

— Julia, je suis épuisé. Va lécher les bottes de quelqu'un d'autre, tu veux ? répondis-je, las.

— Cuart, le boss veut te voir, appela quelqu'un dans mon dos.

Ce n'était autre qu'Eden, le fidèle toutou de Berry. Si elle était là, normal qu'il le soit aussi. Je me tournai dans sa direction, mon mètre quatre-vingt-onze me permettant de le surplomber d'une demi-tête, et j'acquiesçai avant de partir en direction du bureau. Une fois devant la grande porte en bois, je toquai et la voix rauque de Hanson m'autorisa à entrer.

— Vous avez demandé à me voir, boss ?

— Cuart, mon grand, comment se sont passés ces trois mois en Australie ? répondit mon interlocuteur en se levant de son siège en cuir noir.

— Pas de tout repos, monsieur, mais tout est réglé.

— Bien. Si je t'ai fait venir, c'est pour une tout autre raison, et parce que je te considère comme le plus mature.

Je fronçai les sourcils.

— Où voulez-vous en venir ?

— Tu connais ma fille, Berry, bien évidemment, commença-t-il en retournant s'installer derrière son bureau en marbre noir. Je vous envoie dans le Nevada, à Las Vegas, pour votre prochaine course.

— Pardon ?

— Oui, je sais qu'il y a une petite animosité entre vous, mais j'ai besoin de personnes de confiance pour cette affaire et je l'ai décidé ainsi, donc je te laisse le lui annoncer.

Je portai ma main à mon front et poussai un soupir.

— Boss, avec tout le respect que je vous dois…

— Toutes les infos vous seront envoyées d'ici demain. Vous connaissez votre taf, donc je vous laisse gérer ça ensemble, me coupa-t-il avec un rictus. Tu peux disposer.

Je n'avais pas le choix et aucune envie de m'y résoudre. Une fois hors du bureau, dans un accès de colère, je donnai un coup de pied dans un pot de fleurs.

— Merde ! Et maintenant je suis censé la trouver où, cette gamine pourrie-gâtée ?

Berry

L'eau chaude ruisselait sur ma peau. J'étais enfin rentrée dans mon penthouse avec vue sur Central Park et j'étais heureuse de pouvoir prendre une douche après cette journée à rallonge. Mes cheveux mouillés tombaient en cascade dans mon dos. La chaleur de la pièce me détendait, j'avais l'impression de pouvoir enfin respirer. Je me sentais revivre. Une petite demi-heure plus tard, je sortis de la salle de bains, une serviette dans les cheveux et une autre autour de mon corps. Je me dirigeai vers mon lit lorsque l'on toqua à la porte.

— J'arrive ! fis-je, persuadée que c'était la femme de chambre qui m'apportait du linge.

Comme je le pensais, c'était Rose qui attendait de l'autre côté.

— Bonjour, Rose, je suis de retour ! dis-je avec un petit sourire.

— Bonjour, mademoiselle Berry, bienvenue chez vous, me répondit-elle, pensive.

— Y a-t-il un problème ?

— Il semblerait qu'un certain jeune homme soit venu vous rendre visite.

À ces mots, je passai la tête par la porte de ma chambre et vis, deux mètres derrière la petite femme, Cuart. Pourquoi était-il là, lui ? Nos regards se croisèrent l'espace d'une demi-seconde et je refermai brusquement la porte. Son air renfrogné indiquait qu'il n'était pas non plus enchanté d'être là.

— Rose, dites-lui d'attendre dans le petit salon s'il vous plaît, lui demandai-je à travers la porte. J'arrive dans deux minutes.

— Oui, madame.

Je fonçai vers mon dressing. Sérieusement, il devait bien être la dernière personne que j'avais envie de voir. Je sortis un pantalon simili-cuir d'un tiroir et un col roulé s'arrêtant au nombril d'un autre. Je m'habillai, puis me brossai les cheveux, qui avaient à peine eu le temps de sécher. Une fois que je fus un minimum présentable, je finis par rejoindre celui qui m'attendait.

— Que fais-tu ici ? crachai-je, à peine entrée dans la pièce.

Le mafieux, qui était installé dans un des canapés, se redressa.

— Je dois te parler d'un sujet qui ne va pas te plaire, mais qui ne me réjouit pas non plus.

— Génial ! lançai-je sarcastiquement. Tu es payé pour ruiner mes journées ou tu le fais gratuitement ?

Sa mâchoire se crispa. Je souris intérieurement.

— Déjà que je me force à être poli avec toi, alors maintenant tu vas fermer ta gueule, t'asseoir et m'écouter ! s'énerva-t-il brusquement.

— Tu es chez moi, je te signale !

— Et alors ? Ce n'est pas parce que tu es la gamine du boss que tu peux faire chier tout le monde !

— On n'a que trois ans d'écart, mais tu fais une fixette dessus. Un complexe d'infériorité refoulé, peut-être ? Reste à ta place.

Il effaça les quelques mètres qui restaient entre nous et ne s'arrêta qu'à une distance minime de mon visage pour me prendre de haut.

— Écoute-moi bien. Le jour où je m'abaisserai face à toi n'est pas encore arrivé. Et si je suis ici, c'est parce que ton père nous envoie en mission à Vegas la semaine prochaine. Tous les deux. Tu fais ce que tu veux de cette information, mais ne t'avise surtout pas d'être un poids pour moi.

C'est en analysant son langage corporel, ses poings et sa mâchoire anormalement serrés, ainsi que son souffle qui s'intensifiait, que je compris la rage que j'avais fait naître en lui et que je n'étais pas en position de lui tenir tête. Je le regardai s'éloigner en direction de l'entrée et je ne bougeai pas avant d'avoir entendu la porte se refermer.

Comment ça, en mission ensemble ?

Partir avec lui serait équivalent à une mission suicide, où l'on s'entretuerait avant la fin…

Bordel.

J'avais enfin déposé mon rapport sur l'affaire du Canada. L'ascenseur descendait lentement les dix-huit étages de l'immense immeuble qui servait de base à la mafia de mon père dans l'État de New York, quand les portes s'ouvrirent au quinzième. Eden entra.

— Oh, Berry, j'ai appris pour la mission à Vegas avec M. Lunatique. Tu veux que je vienne avec vous ou tu vas gérer ?

Il venait de me ramener à la réalité en une simple phrase. Je ne répondis pas et poussai un soupir en laissant ma tête tomber sur son épaule. Ma tête tournait à la seule idée de cette mission, mais quand, un étage plus tard, les portes s'ouvrirent à nouveau pour laisser apparaître la silhouette de Cuart, je me redressai brusquement.

Il entra à son tour avec ce visage inexpressif qu'il avait constamment lorsqu'il n'était pas énervé. Je ne pus retenir une grimace et un soupir.

Cuart

J'avais bien vu que ma présence n'enchantait pas Berry et c'était bien évidemment réciproque, mais si je ne prenais pas les devants, nous ne serions jamais prêts à temps. Quarante-huit heures s'étaient écoulées depuis notre petite altercation. Notre départ était prévu pour dans huit jours et pourtant nous n'avions encore rien préparé, je n'étais même pas sûr que Berry soit au courant de l'objet de la mission. Pourquoi Hanson m'avait-il mis un boulet pareil sur le dos ? Mon travail passait avant le personnel, j'allais prendre sur moi. Nos yeux se rencontrèrent une seconde fois et je serrai les poings pour garder mon calme face au regard mauvais que me lançait la rouquine. Je décidai de le soutenir, agacé.

— Je descends là, fit Eden à Berry quand l'ascenseur s'arrêta au neuvième.

Dès que les portes se refermèrent derrière le blond, je laissai échapper un râle de mécontentement à l'idée de me retrouver seul avec elle.

— Tu as un problème peut-être, clochard ? répliqua-t-elle immédiatement.

— Comment tu m'as appelé, connasse ? explosai-je, étonné par son agression soudaine.

Berry appuya frénétiquement sur le bouton 8 en me disant qu'elle ne passerait pas un étage de plus avec moi. Cette idée ne me déplaisait pas jusqu'à ce qu'elle sorte de l'ascenseur. Je pris conscience que c'était, tout compte fait, notre dernière chance de parler sérieusement. À contrecœur, je la suivis. Elle se retourna, furieuse.

— Je peux savoir ce que tu fais ? Pourquoi es-tu sorti de ce putain d'ascenseur ?

Je soufflai et laissai échapper un juron. Elle me tapait sur les nerfs à tout le temps commenter chacun de mes faits et gestes.

— Écoute, je ne suis pas ravi non plus, mais on va devoir organiser la mission dans le Nevada ensemble, que tu le veuilles ou non, donc on doit parler.

— Tu crois vraiment que je vais partir en mission avec toi après tous les coups foireux que tu m'as faits ? T'es qu'un putain de bipolaire qui ne sait pas se gérer quand il est énervé !

Je passai ma main sur mon front, elle voulait que je réponde quoi à ça ? Oui, j'avais déconné par moments, oui, il y avait peut-être une mission où je l'avais laissée se débrouiller seule contre cinq types parce qu'elle m'avait gonflé. Mais cela remontait à plusieurs années. Et elle avait très bien géré. Ce qui n'avait fait que m'agacer davantage.

— Ouais, j'ai merdé, OK ? fis-je après quelques secondes de silence.

— Non, tu crois ? répondit-elle, sarcastique.

— Mais ton père ne nous laisse pas le choix, j'ai déjà essayé de négocier avec lui, plusieurs fois, et il refuse d'entendre quoi que ce soit. Tu le connais, dès qu'il a une idée, il refuse qu'on le contredise.

— Cuart, tu sais aussi bien que moi que nous sommes incapables de nous supporter.

Je poussai un énième soupir. Cette situation me rappelait ce qui s'était passé la semaine de mon arrivée. Un différend qu'on n'avait jamais réglé, elle et moi.

— Ton père en a conscience et pourtant il s'en moque royalement, dis-je, aussi exaspéré qu'elle.

— Donc on fait quoi maintenant ?

— On va devoir essayer de bosser un minimum ensemble.

CHAPITRE 2

Berry

Le soleil était en train de se coucher et j'attendais mon père dans le salon. Il m'avait dit qu'il m'emmènerait quelque part après avoir fini son travail, ce qui me réjouissait plus que je ne l'aurais avoué. Nous n'avions pas une très bonne, pour ne pas dire mauvaise, relation et je détestais sa façon d'agir en général.

La fin de la journée s'était finalement assez bien passée et, étonnamment, ni Cuart ni moi n'avions élevé la voix et personne ne s'était insulté ou énervé plus de deux ou trois fois. Nous méritions presque une médaille. Au départ, j'étais sceptique à l'idée de nous déplacer jusqu'à Vegas pour subtiliser un simple téléphone jusqu'à ce que j'apprenne le nom de son propriétaire : Paris Sondes. Le téléphone d'un Sondes représentait facilement quelques millions et les informations que nous trouverions nous donneraient l'ascendant sur cette famille, qui serait alors forcée de se ranger de notre côté. C'est exactement ce que Hanson cherchait : agrandir son influence.

Je changeais les chaînes, les unes après les autres, sur l'immense écran mural qui trônait dans la pièce vitrée, ma patience presque inexistante arrivant à sa limite. J'esquissai un sourire lorsque j'entendis la clé dans la serrure.

— Prête, ma fille ? lança mon père en faisant irruption dans la pièce.

— Tu es en retard, Hanson, répondis-je en enfilant mon manteau.

— Arrête de chipoter, on y va avant de se faire attendre.

Se faire attendre ?

J'entrai dans la magnifique Mustang rouge de mon géniteur et m'installai côté passager. Il refusait de me dire où on allait et cela me tendait légèrement. Il m'avait bien assez souvent fait comprendre que je ne devais pas avoir confiance en lui et ses surprises foireuses. Le trajet se fit dans le silence habituel, nous n'avions jamais rien eu à nous dire, mais cela m'était devenu complètement égal. Ce n'est qu'après bien trop d'excès de vitesse que Hanson gara sa voiture devant un grand bar japonais. Je haussai les sourcils, surprise. Mon père se souvenait-il que j'appréciais la culture japonaise ?

Mes espoirs s'évanouirent quand, en entrant, mon regard se posa sur un groupe d'hommes, assis en demi-cercle autour d'une table, dans la soixantaine, tous l'air riches et très peu honnêtes, le même type d'homme que mon père. Mon intuition se révéla juste lorsqu'il les salua joyeusement avec un grand sourire qui, à mes yeux, empestait l'hypocrisie. Je ne m'attendais à rien, mais j'étais quand même déçue.

En bout de table, un homme paraissait plus jeune, avec les cheveux noirs en bataille, un costard ouvert sans cravate et une chemise à laquelle il manquait un bouton. Il était absorbé par son téléphone. La pénombre de la pièce m'empêchait de bien voir et c'est seulement en arrivant au niveau de la table que je pus distinguer ce tatouage qui m'était familier, dépassant de sa manche pour venir s'échouer sur le dos de sa main. C'était bel et bien ce cher Cuart Line qui se trouvait face à moi et cette pensée, qui m'aurait normalement énervée, me fit esquisser un sourire mauvais. Je venais de trouver mon occupation de la soirée : j'allais jouer avec les nerfs du chouchou de mon père. Il était l'heure de me venger de mon nouveau coéquipier.

Je m'installai sur une chaise libre face à lui. L'agitation lui fit redresser la tête et, quand il remarqua ma présence, je vis l'étonnement dans ses yeux.

— Messieurs ! commença Hanson en élevant la voix pour que tout le monde l'entende. Aujourd'hui, je suis venu avec ma très chère fille unique, Berry, qui est sur le terrain depuis maintenant cinq ans et qui fait toujours de l'excellent travail.

Je levai les yeux au ciel. Il fallait toujours que lui et sa mafia fassent bonne figure devant les autres. Pourtant, il m'avait appris à me servir d'une arme blanche avant même que je sache écrire mon prénom correctement et m'avait donné un professeur particulier pour m'apprendre à mentir, draguer, torturer et me battre à seulement onze ans, mais il faisait comme s'il m'avait soudainement découvert un don. Je pris sur moi pour adresser un sourire aux hommes qui me dévisageaient.

— C'est vrai qu'elle est absolument ravissante, elle doit savoir y faire, commenta un homme au regard lubrique.

Charmant.

Je détournai les yeux et attendis de ne plus être au centre de l'attention pour enfin commander à boire.

Quelque chose de fort, j'en aurais besoin. Pendant que j'attendais mon verre, ce qui me parut durer une éternité, la conversation avait dévié sur Cuart, sur son jeune âge et sa fidélité envers mon père. Blablabla... Un sujet ennuyeux à mourir. Je décidai donc d'y ajouter mon grain de sel.

— D'ailleurs, Cuart, pourrais-tu nous parler de ta dernière mission en Australie ? Tu sais, celle où tu es resté trois mois ?

Il me lança un regard noir qui aurait donné des sueurs froides à n'importe qui et je vis sa mâchoire se serrer d'agacement.

— Oui, j'ai fait une course pour les Golden Reverse en Australie durant trois mois, car un homme, à qui nous avions livré des armes, refusait de nous payer la totalité de ce qu'il nous devait. Il avait volé une partie de la livraison et s'était enfui. J'ai donc dû me rendre sur place pour m'en charger personnellement.

Golden Reverse, le nom que mon arrière-grand-père avait donné à son prestigieux réseau de mafieux, créé au début du siècle dernier. Trafics de drogues, trafics d'armes et prêts sur gages dans tous les États-Unis, l'Australie et le Brésil. Hanson Karlyn était la définition de l'homme craint et Cuart, en tant que son bras droit, possédait certains avantages.

Tous l'écoutaient avec attention, même s'il n'avait que vingt-deux ans, son aura imposait le respect et il le savait.

— Mais il me semblait que la mission ne devait durer qu'un mois et demi, deux tout au plus, pourquoi ça t'a pris autant de temps ? continuai-je, déterminée à faire disparaître cet air confiant et impassible de son visage.

Mon regard croisa rapidement celui de mon père, interrogateur, mais je n'y prêtai pas attention. La rage brûler dans les iris noirs de Cuart. Il était irrité, je le savais et je m'en réjouissais.

Cuart

À quoi jouait-elle ? Déjà qu'elle n'avait rien à faire ici, elle avait en plus décidé de me ridiculiser. Il fallait que je me calme. Je pris une gorgée du whisky posé devant moi et je m'apprêtais à répondre posément à sa provocation lorsqu'elle me coupa :

— Ah mais oui ! J'avais oublié que, dans un accès de colère, tu avais mis une balle entre les deux yeux de la seule personne à qui vous pouviez soutirer des informations. Désolée d'avoir demandé.

Les mafieux autour de nous se mirent à chuchoter entre eux pendant qu'elle affichait un air satisfait. Je bouillonnais d'envie de lui faire ravaler son sourire de gamine. C'était la goutte d'eau qui faisait déborder le vase.

— Je vais fumer, mentis-je en me levant d'un geste brusque de ma chaise.

J'avais l'impression d'étouffer, il fallait que j'aille prendre l'air avant d'exploser.

Berry

Cuart était parti depuis à peine deux minutes que je replongeai déjà dans un ennui profond. Les amis de mon père, si l'on pouvait les appeler comme ça, me jetaient quelques regards indiscrets de temps en temps et, plus le temps passait, plus je regrettais d'avoir accepté cette prétendue surprise.

Je m'attendais à quoi ? C'était du Hanson dans toute sa splendeur, il avait toujours été comme ça. Il voulait juste exhiber, une fois de plus, sa fille qui lui servait de trophée. Je me levai à mon tour, prétextant devoir vérifier mon maquillage, et je slalomai entre les tables en direction de l'écriteau lumineux indiquant les toilettes.

Une fois face à l'immense miroir, je poussai un long soupir tout en inspectant mon trait d'eye-liner qui m'allongeait le regard et mon fard à paupières noir qui me vieillissait légèrement. Je fouillai dans ma petite trousse à la recherche de mon gloss afin de m'en appliquer une couche supplémentaire. En relevant les yeux vers le miroir, je sursautai en remarquant Cuart, juste derrière moi. Je me retournai et me retrouvai face au grand brun, ses yeux plongés dans les miens. Je fus incapable de prononcer un mot sous la surprise.

— Karlyn, cracha-t-il sèchement en avançant de deux pas, ce qui me fit reculer, mes reins cognant le rebord de l'évier.

Il passa une main de chaque côté de mon corps pour les déposer sur le marbre froid, sans détourner ses yeux d'un noir profond des miens. Il se pencha légèrement au-dessus de moi pour avoir de l'emprise et je pouvais sentir sa respiration contre ma peau. Il n'y avait pas photo, niveau force physique, Cuart était une machine de guerre et je ne pouvais rien y faire. Je me sentais impuissante. J'étais impuissante.

— Tu es contente ? Tu t'es bien foutue de ma gueule devant les collègues de ton père ?

Son visage était déformé par la colère qui grandissait en lui. Je voulus répliquer mais je me ravisai. Je n'étais pas en position de force. Il prit soudainement mon visage entre ses doigts, le serrant brutalement.

— Moi qui avais fini par croire que tu n'étais finalement peut-être pas une si grande emmerdeuse, je m'étais bien trompé, princesse.

Il esquissa un sourire en coin, méprisant. Je secouai la tête pour me défaire de son emprise, qui se resserrait sur ma mâchoire, puis il se dirigea dans le plus grand des calmes vers la porte, les mains dans les poches et, une fois de plus, je le regardai s'en aller sans dire un mot. Merde.

À peine avait-il franchi le seuil que je sortis mon téléphone et appelai la première personne qui s'affichait. Je n'avais plus aucune envie de rester ici, Cuart avait achevé de me dégoûter de l'endroit. La sonnerie ne retentit qu'une fois avant que la personne à l'autre bout du fil ne décroche.

— Eden, viens me chercher.

Il était vingt-trois heures et je me trouvais à présent dans la salle de sport qui appartenait aux Golden Reverse en compagnie d'Eden.

— Tu vas m'expliquer ce qui est arrivé ou tu comptes passer la nuit à frapper dans ce sac de boxe en lâchant des insultes ? me demanda mon ami, qui me regardait pousser des jurons depuis une dizaine de minutes.

Je ne savais pas s'ils étaient adressés à Cuart ou à mon père, peut-être aux deux, mais une chose était sûre, j'avais besoin de me défouler.

— Berry Agatha Karlyn, je t'ai posé une question.

Je détournai brusquement le regard pour le poser sur le garçon, qui savait pertinemment que je détestais qu'on m'appelle ainsi.

— Eden, crachai-je.

— Dieu merci, tu as enfin arrêté de m'ignorer ! fit le blondinet, qui n'avait que faire de l'agacement qui transparaissait sur mon visage.

Je baissai les yeux avant de laisser échapper :

— Mon père est un connard.

— Ça, ce n'est pas nouveau.

— Cuart aussi.

— Tu ne m'apprends toujours rien, tu pourrais développer ?

Je redressai la tête avant de m'asseoir par terre, rapidement imitée par mon ami. Je lui expliquai alors tout, la « surprise » de mon père, ses fameux « amis », mes commentaires pour énerver Cuart, puis son apparition aux toilettes, tout en détail, juste en omettant mon impuissance face à l'homme d'un mètre quatre-vingt-dix. La différence de taille était considérable, mais je comptais faire en sorte que cela ne se reproduise plus.

CHAPITRE 3

Cuart

On y était. Le jour de notre départ pour Las Vegas. Je poireautais dans l'aérodrome des Golden Reverse, quand je me souvins de ce que son père m'avait dit la veille :

Bien évidemment, je connais les talents de Berry et je ne me permettrais pas d'en douter, mais sache une chose, elle part avec toi, donc je te la confie. Si elle ne s'en sort pas, tu ne t'en sors pas non plus. Elle ne rentre pas, tu ne rentres pas.

Je le savais bien, cela voulait dire que j'allais devoir la protéger et ce, même si je n'en ressentais pas la moindre envie. Je me retournai vers Marcus, notre pilote, lui laissant comprendre que je demandais l'heure pour la énième fois.

— 11 h 40, me répondit-il en passant une main dans ses cheveux. Elle a presque vingt-cinq minutes de retard.

Je soufflai, elle m'agaçait déjà. Je sortis mon téléphone de ma poche pour vérifier si je n'avais pas reçu un message et à ma grande surprise une nouvelle notification m'informait qu'elle arrivait dans cinq minutes. Je m'apprêtais à pousser un soupir de soulagement lorsque je remarquai que le message datait d'il y a une demi-heure. Je laissai alors échapper un grognement et manquai de jeter mon portable au sol sous la frustration. Je décidai d'aller chercher une boisson au distributeur à l'intérieur du hangar qui se trouvait à quelques mètres de nous, histoire de penser à autre chose pendant quelques minutes.

Quand je revins auprès de Marcus et du jet, ma canette de Fanta à la main, j'aperçus Berry au loin, traînant une valise derrière elle, un sourire et une paire de lunettes de soleil plaqués sur son visage. La ponctualité, c'était optionnel ou quoi ? Je la regardai s'approcher d'un pas calme et assuré. Je le savais. Je savais ce que son attitude signifiait, elle avait pleinement conscience de son retard et ça l'amusait, car elle adorait se faire désirer.

Une fois qu'elle fut à notre niveau, je l'observai quelques secondes, ses cheveux étaient relevés en chignon, elle portait un short en jean noir et un col roulé sans manches vert, des Stan Smith basiques. Étonnant pour une fille qui roulait sur l'or.

Je lui adressai un regard plein de mépris avant de lui lancer :

— Tu as cru qu'on partait en vacances ou quoi ? On dirait une touriste.

— Je te rappelle qu'on va aux casinos de Vegas ! me répondit-elle, des étoiles plein les yeux. Cela fait si longtemps que je n'y suis pas allée et c'est de loin les meilleurs que j'ai pu faire !

J'arquai un sourcil.

— Tu n'as même pas l'âge pour y entrer.

— C'est l'un des avantages d'être la fille d'un mafieux, me coupa-t-elle avant d'aller saluer Marcus.

Je ne pouvais dire si Cuart était encore plus désagréable que d'habitude. Nous avions déjà eu l'occasion de nous prendre la tête. Après plusieurs longues heures de vol, nous étions enfin arrivés à destination. Le trajet s'était à peu près déroulé dans le calme et, à notre arrivée, l'après-midi était déjà bien entamé.

— L'odeur de Las Vegas m'avait manqué, m'étais-je exclamée en prenant une grande inspiration tout en descendant les marches de l'avion.

— Ta gueule.

Je m'étais figée. Encore une fois, c'était gratuit. Je me rappelle avoir cligné plusieurs fois des yeux avant de me tourner à nouveau vers l'escalier et de terminer ma descente.

— Je regrette déjà d'être partie avec toi, avais-je lâché une fois que j'eus posé les pieds sur la terre ferme.

Dire que j'avais voulu faire des efforts… Mais une chose était sûre, il n'arriverait pas à gâcher ma journée. Je descendis de l'énorme 4×4 que nous avions pris avec mon nouveau binôme, laissant Marcus à l'aéroport. Je me trouvais maintenant face à une immense porte moderne noire à laquelle je toquai et le grand nigaud ne tarda pas à m'y rejoindre. Je reculai d'un pas pour observer la façade, puis la porte s'ouvrit sur une femme châtain qui semblait mesurer un mètre soixante-cinq et qui devait se trouver au début de la vingtaine. Elle m'adressa un sourire chaleureux.

— Salut, je m'appelle Amber, tu dois être Berry, je suppose ? commença-t-elle, rayonnante.

— C'est exact, et lui, c'est Cuart, dis-je en le désignant du doigt comme il n'avait pas l'air décidé à la saluer.

La jeune femme posa son regard sur le Golden Reverse et s'attarda quelques secondes sur son physique imposant. Je n'eus pas besoin de me retourner pour savoir que lui aussi la dévisageait. Il rentra à l'intérieur de la maison sans un mot, nous bousculant au passage. C'est fou à quel point cette personne était agréable.

— Ne t'en fais pas, d'habitude c'est un nounours, chuchotai-je à la presque blonde sur un ton amical.

— Vraiment ? me répondit-elle, étonnée.

— Absolument pas, répondis-je en levant les yeux au ciel. Et pour couronner le tout, il est susceptible, lunatique et impulsif.

La jeune femme ricana légèrement, amusée par mon sarcasme, puis elle m'invita à entrer. La maison était bien plus grande que ce que l'on pouvait penser de l'extérieur. Elle était principalement décorée de noir et de blanc et ses immenses baies vitrées donnaient sur une magnifique piscine à débordement au milieu d'un jardin plutôt exotique.

— Il est sur la terrasse, m'informa Amber, qui avait dû remarquer que je scrutais la pièce.

Je hochai discrètement la tête et lui adressai un léger sourire, impatiente. Son regard bienveillant me faisait presque oublier que, tout comme moi, elle était une criminelle.

Je poussai la grande vitre qui donnait accès au salon extérieur et dos à moi se trouvait un brun, assis sur un fauteuil. Il regardait la piscine, une cigarette entre les doigts. Je me surpris à courir dans sa direction et je m'accrochai à son cou.

— Mon Dieu, Loïs ! lâchai-je sous le coup de l'émotion.

Je me reculai pour qu'il puisse se relever et, une fois face à moi, il tendit les bras pour que je puisse l'enlacer à nouveau.

Après quelques secondes, je mis fin à notre étreinte pour examiner son visage et ses yeux noisette. Je m'attardai sur la cicatrice à sa lèvre, qui lui donnait un charme évident.

— Tu as failli y rester !

— Tu sais très bien que je suis immortel, *tesoro*, me répondit-il avec un sourire en coin.

Je remerciai le ciel de me l'avoir laissé. J'avais appris, en même temps que le contretemps de Cuart en Australie, la mission suicide qu'avait décidé de mener Loïs. Je ne savais par quel miracle il avait survécu, mais cela m'était égal, je pouvais le serrer dans mes bras. Il était en vie.

— Ça fait bien trop longtemps que l'on ne s'est pas vus, me fit-il en me prenant les épaules tout en m'adressant un grand sourire.

— À qui la faute ? lui répondis-je en croisant les bras sur ma poitrine. Je te signale que c'est toi qui as accepté de t'occuper de la base de Las Vegas.

— Oui, mais avant tu venais tous les mois.

— J'ai deux fois plus de boulot maintenant. Ce n'est pas par choix que je ne viens plus.

— Bon, allez, pour me faire pardonner, j'te fais un milk-shake.

J'arquai un sourcil et fis mine de réfléchir, même si la réponse ne faisait aucun doute.

— Tu sais parler aux femmes.

Nous fûmes pris d'un fou rire tout en retournant à l'intérieur, son bras autour de mes épaules, mais sur notre chemin nous croisâmes Amber, qui avait l'air d'avoir perdu son sourire.

— Cam va être en retard, annonça-t-elle.

— Quel bouffon, grogna Loïs à ma gauche.

Je n'eus pas le temps de demander de qui nous parlions que ce cher Line fit son apparition.

— Bon, elle est sympa, la villa, mais où sont les chambres pour que j'y mette ma valise, lâcha-t-il sur son ton méprisant habituel.

Il avait retiré son t-shirt et était torse nu avec un jogging gris pour seul vêtement. Je levai les yeux au ciel, mais lorsqu'il passa devant moi, je ne pus m'empêcher de regarder son magnifique dos sculpté et son buste. Ses tatouages, uniquement présents sur son bras droit, lui donnaient un aspect asymétrique, envoûtant.

— Tu sais, les t-shirts, ça existe, commentai-je.

— Fais pas comme si ça te dérangeait, me répondit-il en me lançant un rapide regard avant de se servir un verre d'eau.

— Quel con, soufflai-je pour moi-même.

— Tu dois être Cuart, commenta Loïs. Nous n'avons jamais eu l'occasion de travailler ensemble, mais j'ai pas mal entendu parler de toi.

— Et j'imagine que tu es Loïs.

— Exact, vos chambres sont à l'étage, tu as la première à gauche et Berry la deuxième à droite.

Tout comme moi, Amber était spectatrice de la conversation entre les deux hommes. Cuart finit par acquiescer avant de sortir les clés du 4×4 de sa poche et de se diriger vers la porte d'entrée.

— Tu pourras aussi sortir ma valise ? demandai-je une fois qu'il nous eut tourné le dos.

— Même pas en rêve, princesse, tu vas aller la chercher toute seule comme une grande fille, répondit-il d'un ton moqueur sans pour autant m'adresser un regard.

Je connaissais déjà sa réponse avant même de poser la question, mais qu'est-ce qu'il pouvait être agaçant et hautain !

— Arrête de faire l'adulte, y a deux ans, t'étais imberbe, lâchai-je.

Il fit volte-face et me lança un regard noir, comme à son habitude.

— Sale…

Il fut interrompu par le bruit d'une porte s'ouvrant brutalement. Je portai immédiatement mon attention sur l'entrée, imitée par mes trois nouveaux colocataires. Un homme métissé, qui devait être dans notre tranche d'âge, apparut dans l'encadrement de la porte. Je restai sans bouger. Il était vêtu d'habits de moto et tenait un casque dans ses mains, mais ce qui me perturbait le plus, c'était la profondeur de son regard bleu. Il avait les sourcils froncés et paraissait énervé. Qui était-ce ?

— Cam, qu'est-ce que tu fous là ? demanda Loïs. Tu n'étais pas censé avoir du retard ?

Bon, j'avais ma réponse.

— J'ai réussi à me libérer, alors maintenant que je suis là, tu ne vas pas commencer à me faire chier, cracha le nouveau venu.

Sérieusement ? Comme si nous avions besoin d'un mec arrogant et agressif de plus dans cette maison.

Loïs soupira et retira son bras, qui était resté sur mes épaules, pour se diriger vers la cuisine. Cuart continua ce qu'il avait prévu de faire, c'est-à-dire aller chercher sa valise dans le 4×4 sans se soucier de la mienne.

Dans le salon, il ne restait plus que moi, Amber et le gars qui venait de rentrer dans la maison comme s'il était chez lui.

— Contente de te voir, Cam, dit Amber à l'homme qui était en train d'enlever ses bottes de moto.

Je ne savais pas ce qui était le plus absurde : qu'elle essayât de faire la conversation avec un type comme ça ou qu'il fût en train d'enlever ses bottes répugnantes dans le salon. Sans surprise, elle ne reçut aucune réponse et décida, elle aussi, de quitter la pièce.

Pour ma part, il était hors de question que je reste seule avec ce phénomène. Je décidai donc d'aller chercher ma valise dans le coffre de la voiture. Mais, au moment où je passais à côté du motard, une main m'attrapa l'épaule. Instinctivement, je me dégageai de son emprise et fis un pas sur la droite.

— Eh, doucement ! cracha Cam. Je voulais seulement savoir qui tu étais ?

Je voyais clairement qu'il essayait de me prendre de haut.

— Berry. Berry Karlyn, dis-je en continuant mon chemin. Et tu vas rire, mais je sais pertinemment que je ne vais pas te supporter longtemps.

Cuart

Je descendis pour la énième fois les marches de cette villa, vêtu d'un t-shirt cette fois, pour me rendre dans la salle à manger. Tout le monde était déjà autour de la table et une place m'attendait entre Berry et l'autre fille, Aurélia, il me semble.

— Bien, maintenant que vous êtes tous là, nous allons pouvoir commencer. J'imagine que vous savez tous pourquoi nous sommes ici, nous devons récupérer le téléphone de Paris Sondes coûte que coûte. Je vais commencer par de brèves présentations. Loïs Bott, vingt-six ans, et je suis le gérant de la base des Golden Reverse à Las Vegas. À ma droite, Cameron Yvan, vingt-cinq ans et homme de terrain depuis deux ans pour les Golden Reverse.

Quand les regards se posèrent sur le brun aux yeux bleus, il lâcha un soupir de mépris qui eut le don de m'agacer.

— La fille châtain face à moi, c'est Amber Home, vingt-neuf ans.

— Dans trois jours ! intervint celle-ci.

— Informaticienne officielle des Golden Reverse, reprit Loïs.

Amber ou Aurélia, ça revenait au même de toute façon.

— Le garçon dans ma diagonale, c'est Cuart Line, vingt-deux ans, bras droit du boss depuis presque trois ans, et pour finir, à ma droite, c'est Berry Karlyn, dix-neuf ans, fille du boss. Des questions ?

À ses mots, Amber écarquilla les yeux.

— Dix-neuf et vingt-deux ? Vous êtes jeunes quand même, comment ça se fait que vous ayez grimpé les échelons aussi vite ?

— On s'en fout, Amber, finissons-en vite avec ça, que je puisse aller me coucher, pesta Cameron.

Je savais bien que je n'étais pas la personne la plus agréable, mais lui n'était pas mal non plus.

Il était 19 h 45 quand la réunion commença et ce n'est que trois heures plus tard qu'elle prit fin. Nous avions distribué nos rôles, examiné les plans du casino, déterminé les horaires et encore bien d'autres choses. Demain, il ne nous restait plus qu'à essayer les tenues et s'entraîner avec les armes. J'étais exténué, la journée avait été bien trop longue, et j'étais dénué de tout ce qui, auparavant, s'apparentait à de la patience. J'allais faire le trajet salle à manger-mon lit sans détour.

Berry

On toqua à la porte de ma chambre, j'étais dans la tenue qui me servait de pyjama et assise sur mon lit, prête à aller me coucher.

— Entrez !

— Salut, *tesoro*, fit Loïs en poussant la porte de ma chambre.

Tesoro était le surnom qu'il me donnait depuis que j'avais quatorze ans. « Trésor » en italien. Loïs était pour moi le grand frère que je n'avais jamais eu et il avait aussi été mon plus grand soutien moral quand j'avais perdu ma mère et, de manière générale, pendant toute mon adolescence. Dire que c'était la personne à laquelle je tenais le plus n'était pas exagéré.

J'esquissai un léger sourire quand il referma la porte derrière lui.

— Tu sais à quel point je m'en veux d'avoir raté ton dix-neuvième anniversaire, bredouilla-t-il.

— Oui, tu me l'as dit une centaine de fois au moins et je t'ai déjà répondu que ce n'était pas grave.

Il vint s'asseoir à côté de moi.

— Je voulais tout de même t'offrir ça.

Il sortit une boîte de derrière son dos. Une magnifique boîte noire en velours avec un ruban couleur chair autour.

— Ouvre-la.

Je défis délicatement le nœud et ôtai le couvercle. Dans l'écrin se trouvait une magnifique chaîne dorée à laquelle pendait une petite pierre précieuse vert émeraude. Je restai bouche bée et plaquai une main sur ma bouche pour étouffer un sanglot. Ce collier était divin.

— Je vais te le mettre, dit-il avec un sourire bienveillant tout en sortant le collier de sa protection.

Je me mis dos à lui, ramenant mes cheveux à l'avant pour découvrir ma nuque.

— Alors, il te plaît ?

Je tenais la pierre entre mes doigts, n'arrivant pas à détacher les yeux de son éclat envoûtant.

— Je l'adore, lâchai-je en me blottissant dans ses bras. Tu m'as tellement manqué, Loïs…

— À moi aussi, ma grande, me répondit-il en posant son menton sur ma tête. Je t'avais promis que tu ne serais plus seule.

CHAPITRE 4

Cuart

J'appuyai sur la détente jusqu'à vider mon chargeur. Pas une seule de mes balles n'avait raté la tête de la fausse cible accrochée sur le mur d'en face. Je baissai ensuite les yeux pour contempler l'arme dans mes mains, j'avais fait mon choix.

Une voix me fit relever la tête.

— Cuart !

C'était Loïs qui venait d'entrer dans la salle de tir.

— Tu peux aller réveiller Berry, s'il te plaît ?

Je haussai les sourcils.

— Sans façon.

— Il y avait une formule de politesse, mais ce n'était pas une question, rétorqua-t-il à l'autre bout de la salle. Va réveiller Berry.

Je poussai un soupir avant de jeter le pistolet qui m'avait tapé dans l'œil sur la pile d'affaires qui traînait sur un banc. J'enfilai un sweat-shirt et sortis de la pièce en direction de l'escalier, tout en prenant le soin de lancer un regard mauvais à celui qui avait osé me donner des ordres. Dans le couloir, je m'attardai sur les nombreuses portes, il me semblait que c'était la deuxième à droite.

Je toquai mais ne reçus aucune réponse.

— Debout ! dis-je en élevant la voix.

Toujours rien, je décidai donc d'entrer dans la chambre et fus immédiatement submergé par une chaleur étouffante. L'endroit était illuminé par la lumière du jour, car les rideaux n'avaient pas été fermés. En m'avançant, je trouvai la rouquine endormie, ses cheveux cachant en grande partie son visage, son souffle régulier, et, pendant à son cou, une chaîne en or avec une émeraude qui me semblait avoir, à peu près, la même couleur que ses yeux. Je m'arrêtai quelques secondes, me demandant de quelle façon la réveiller, puis j'optai pour la première idée qui me vint à l'esprit. Je m'approchai un peu plus d'elle et rassemblai l'entièreté de ma force afin de la pousser le plus fort possible. Son corps roula rapidement sur quelques centimètres avant de s'écraser sur le parquet dans un bruit sourd.

— Putain ! cria-t-elle, réveillée par le choc.

— Il faut que tu te lèves, répondis-je simplement avant de ressortir comme si de rien n'était.

Je repris la direction du rez-de-chaussée, satisfait, mais, au lieu de retourner dans la salle de tir, je décidai de tourner à droite, vers la cuisine. J'en ressortis, une cinquantaine de secondes plus tard, un bol de céréales dans les mains et une cuillère dans la bouche, quand j'entendis les pas de la Belle au bois dormant dans l'escalier. Son regard empli d'une haine noire ne tarda pas à croiser le mien, ce qui me fit esquisser un sourire en coin sans, pour autant, que je m'arrête de manger.

Elle s'avança vers moi, d'un pas plus que déterminé.

— Cuart Line ! Je vais sérieusement déterrer tes ancêtres et te les faire avaler pendant ton sommeil ! me menaça-t-elle en pointant un pistolet en direction de ma tête.

Je déposai mes céréales sur la table à ma droite et, lorsqu'elle fut à ma portée, j'attrapai son poignet, détournant l'arme de ma personne.

— Attention, princesse, on ne joue pas avec une arme à feu chargée, répliquai-je sur un ton moqueur.

Ses yeux disaient que, si elle avait pu me tuer, elle l'aurait fait, et cette pensée m'amusa. Elle s'apprêtait à me répondre lorsqu'une voix la coupa :

— *Tesoro*, si tu es réveillée, viens me voir ! appela Loïs à travers la maison.

Elle retira violemment son bras de mon emprise, mais je n'eus aucune réaction, surpris par les mots que l'homme venait de prononcer. Venait-il de l'appeler « *tesoro* » ? Pourquoi ? Pourquoi un surnom italien ? Parlait-il italien ?

— Je te promets de te tuer une fois cette mission terminée, me lâcha-t-elle avant de se diriger où les paroles de Loïs provenaient, toujours aussi furieuse.

Je restai planté là, au milieu de la pièce, mille et une pensées inutiles traversant mon esprit, oubliant presque le bol que je venais de poser.

Berry

Il était 15 heures lorsque le service de pressing rapporta ma tenue. Une magnifique robe fendue, d'un beau bordeaux profond, m'arrivant aux chevilles et me permettant d'intégrer mon personnage à la perfection. Demain, je serais Miranda Lid, jeune millionnaire et fille à papa de vingt-trois ans, comme l'indiquait ma fausse carte d'identité créée pour l'occasion. Cuart serait mon garde du corps. Cameron remplacerait un agent de sécurité tandis qu'Amber se chargerait de pirater les caméras de surveillance ainsi que l'ordinateur, et que Loïs, au côté d'Amber, nous donnerait les informations à distance. Tout était prêt.

— Tu es absolument magnifique ! s'exclama Amber, qui m'avait aidée à enfiler la tenue.

Elle recula de quelques pas, une main sur sa bouche entrouverte. Je lui adressai un sourire, ravie par son compliment, et m'apprêtais à la remercier lorsque la porte du dressing s'ouvrit sur mon coéquipier dans un costard sur mesure. J'écarquillai les yeux. Qui était cet homme que l'on voulait faire passer pour Cuart ? Lorsque le mafieux tourna la tête dans ma direction, il me détailla de haut en bas et je repoussai alors mes cheveux roux derrière mes épaules de manière assurée, avec un regard des plus méprisants. Il connaissait sûrement son charme, mais je connaissais aussi le mien.

La ville défilait à toute allure derrière la vitre de la Jeep. Il n'y avait pas à dire, Cam avait beau être désagréable, il conduisait bien, slalomait entre les files de voitures. 21 heures. C'était enfin le jour J. Le jour qui avait entraîné notre départ pour Vegas, toute cette pression et toute cette agitation. Nous étions chacun au summum de notre concentration, les affects personnels n'avaient plus leur place. Je réajustai une dernière fois ma minuscule oreillette tandis que la voiture s'arrêtait devant un sublime casino qu'il ne m'avait jamais été donné de voir auparavant. Mes yeux s'illuminèrent en voyant la façade.

Non, ce n'était pas le moment de m'émerveiller. Berry, reconcentre-toi, tu n'as pas le droit à l'erreur !

— Après vous, madame, fit mon garde du corps en m'ouvrant la portière tel un gentleman.

Cuart m'adressa un léger mouvement de tête pour s'assurer que j'étais prête et j'acquiesçai avant de me diriger vers l'immense entrée, où il me rejoignit juste après avoir donné nos clés à un voiturier.

— Bien, Cam vous attend juste devant la pièce principale pour vous donner vos armes, fit Loïs dans l'oreillette, une fois que j'eus récupéré mes jetons au comptoir à l'entrée.

Comme prévu, Cameron nous retrouva au point de rendez-vous, à l'abri des regards, où nous pûmes récupérer ce que nous voulions en toute discrétion. J'inspirai un bon coup, la mission commençait maintenant.

— OK, dirigez-vous vers l'accès VIP. Cameron se chargera de récupérer la voiture et vous attendra devant l'entrée, faites ce que vous avez à faire et sortez. Amber va créer un bug informatique, on compte sur tes talents de comédienne pour rentrer, *tesoro*.

Je sentis Cuart se raidir derrière moi mais je n'y prêtai pas attention. Il devait être en état d'hypervigilance, il connaissait son boulot.

Cuart sur mes talons, je marchai à peine deux minutes en suivant le tapis rouge avant de tomber sur une entrée, plus luxueuse que la première, tenue par un homme au guichet et un agent de sécurité. Durant les quelques secondes qu'il me restait pour arriver à leur niveau, je plaquai un sourire charmeur et innocent sur mon visage tout en examinant la situation : une caméra de sécurité dans l'angle à gauche, une autre juste derrière nous. Un agent de sécurité posté devant le cordon d'accès. L'homme au guichet était un bigleux chétif et le vigile ne semblait pas être très malin. Passer ne devrait pas s'avérer trop compliqué.

— Bonjour, madame, fit l'homme à lunettes avec un grand sourire. Votre nom, s'il vous plaît.

— Miranda Lid, répondis-je, toujours aussi souriante, tout en sortant la carte d'identité.

L'homme s'en empara et consulta son ordinateur, mais, après quelques secondes, il afficha un regard confus.

— Je... excusez-moi, je pense qu'il y a un problème informatique, il se trouve que... je n'arrive pas à retrouver les noms de l'accès VIP. Je suis sincèrement désolé, cela n'arrive que très rarement, mais je crains de ne pas pouvoir vous laisser entrer, bredouilla-t-il en replaçant ses lunettes d'une main tremblante.

— Pardon ! fis-je de façon exagérée. Comment ça, je ne peux pas entrer ?

— Toutes mes excu...

— Vous ne me laissez pas entrer à cause d'un simple problème informatique ? Vous vous rendez compte de ce que vous êtes en train de me dire ? le coupai-je.

— Mada...

— Mais mon père a sorti le jet uniquement pour que je participe à cette soirée et votre patron le connaît bien, pourtant. Je suis étonnée que vous ne me laissiez pas entrer. C'est honteux pour votre établissement ! Je vais devoir prévenir papa, je n'ai pas le choix. Il va s'énerver. Un tel manque de respect envers son nom de la part de mon casino préféré...

Je me retournai vers mon garde du corps théâtralement.

— Cuart, appelle-le !

— Désolé, madame, mais M. Lid est en réunion d'affaires, je ne suis pas sûr que nous puissions le déranger...

Quand mon regard recroisa celui de l'homme au guichet, je pus apercevoir toute la panique dans ses yeux.

— Ce n'est pas grave, fais-le quand même ! Il doit être mis au courant du problème. Je suis désolée pour cet établissement, mais je refuse d'être traitée ainsi.

— Attendez ! C'est vrai qu'il serait dommage de vous priver de cette soirée spéciale pour un simple bug. Allez-y, mademoiselle, pas besoin de prévenir votre père, nous essayons de régler ce problème au plus vite.

J'affichai une mine faussement étonnée.

— Vraiment ? Merci, monsieur, vous êtes généreux.

Je lui adressai un dernier sourire et me dirigeai vers l'agent de sécurité, qui nous céda le passage. Puis je poussai un long soupir, comme si un énorme poids avait été retiré de mes épaules.

— Ouah, Berry ! Je ne savais pas que tu pouvais être encore plus insupportable que d'habitude, me lança Cuart sur un ton étonnamment sincère et dépourvu de haine ou de mépris.

Un sourire s'était dessiné sur ses lèvres et il me semblait que c'était la première fois qu'il m'était donné d'en voir un sur son visage, ce qui m'en fit esquisser un à mon tour.

— Et encore, tu n'as rien vu, lui lançai-je, amusée.

Cuart

— La cible se trouve à une table de black-jack, au centre de la pièce.

Les mots de Loïs dans l'oreillette nous firent revenir à la réalité. D'un coup d'œil, je remarquai la densité élevée de personnes présentes dans la pièce. Une chose était sûre, au moindre dérapage, il y aurait des dommages collatéraux. Nous nous dirigeâmes vers l'endroit indiqué et, lorsque j'aperçus l'homme que nous cherchions, je fis signe à Berry. Elle me remercia d'un hochement de tête, avant de bifurquer en direction du milliardaire, et je la suivis de près, sentant l'adrénaline monter à chaque pas. J'analysai les environs et plus particulièrement les trois hommes qui entouraient Paris, sans aucun doute armés, ce qui ne nous faciliterait pas la tâche.

— Bonjour, je peux me permettre ? fit Berry en arrivant à la table de black-jack.

L'homme leva la tête pour observer ma coéquipière, ses yeux tombant sur la robe qu'elle portait et qui mettait son corps en valeur.

— Je ne suis pas très forte, mais c'est toujours amusant d'essayer, ajouta la rouquine, un sourire magnifiquement naïf sur ses lèvres.

— Bien évidemment, viens à côté de moi, répondit l'homme en lui adressant un clin d'œil. Plus on est de fous, plus on rit.

C'était un pervers.

Je les observais jouer depuis une petite dizaine de minutes et, tout comme moi, Berry avait remarqué que le téléphone tant convoité se trouvait simplement dans la poche du pantalon du quarantenaire. Après avoir lancé un discret coup d'œil aux gardes du corps se trouvant à quelques mètres de moi, je reportai mon attention sur ma « protégée » et remarquai avec stupeur la main baladeuse du milliardaire se poser sur sa cuisse. Je me crispai immédiatement, ce n'était pas l'envie de remettre ce connard à sa place qui me manquait, mais je savais pertinemment qu'au moindre faux pas je risquais de compromettre la mission. Je décidai alors de prendre sur moi, encouragé par l'attitude décontractée de ma partenaire.

Au fur et à mesure des parties, Berry semblait de plus en plus intime avec Paris, riait doucement quand il chuchotait à son oreille, l'embrassait sur la joue quand il l'aidait à remporter une partie. Puis vint le moment tant attendu, celui où elle devait l'entraîner dans une des suites privées du casino. Moins il y aurait de monde, mieux ça se passerait. Alors que ma coéquipière faisait un signe de tête à l'homme pour qu'il la suive, celui-ci l'attrapa par le bras et la força à se rasseoir.

— On n'est pas pressés, ma beauté, on a toute la nuit. Et puis le jeu commence à se corser, ça me plaît.

Il avait vraiment décidé de nous compliquer la tâche jusqu'au bout. L'oreillette grésilla pour laisser place à la voix de Loïs.

— Berry, ça va faire une heure qu'on est là et mon virus ne va plus leur résister très longtemps. Il va falloir que tu trouves une solution avant qu'ils comprennent que Miranda Lid n'existe pas.

Berry porta la main à son pendentif. Je commençais à la connaître assez pour savoir que l'intervention de Loïs l'avait stressée. Et moi aussi. La partie reprit son cours, je ne quittais pas Berry des yeux, elle posa sa main sur la cuisse de Paris et je compris immédiatement où elle voulait en venir. Doucement mais prudemment, sa main se déplaçait en direction de la poche.

Quelques centimètres. C'était la distance qui séparait les ongles blancs de Berry et l'objet de cette mission. Nous touchions enfin au but, je m'autorisai un léger sourire de satisfaction.

— Excusez-moi, mademoiselle, mais je ne suis pas sûr que monsieur soit heureux que vous lui preniez son téléphone.

Mon cœur rata un battement. J'avais parlé trop vite. Je pivotai pour porter mon attention sur ce nouvel imprévu. Pourquoi avait-il fallu qu'un serveur complètement lambda s'en mêle ?

Berry s'empressa d'empoigner le téléphone avant de me le lancer. Je l'interceptai avant de, à mon tour, lui envoyer son arme, cachée jusqu'à présent dans mon costard, tandis que les responsables de la sécurité du milliardaire fonçaient vers nous.

— Ber… Miranda, on s'en va ! criai-je en tirant une balle dans le plafond, ce qui provoqua une vague de panique.

En me retournant en direction de nos ennemis, j'arrivai à désarmer l'un d'eux d'un simple tir bien placé qui propulsa son pistolet sur le sol, au milieu de la foule. La rouquine hocha la tête et se débarrassa de ses talons à une vitesse ahurissante, marchant à reculons, son arme pointée sur l'homme qui s'approchait d'elle.

— Derrière toi ! me cria-t-elle au-dessus du brouhaha s'élevant dans la salle.

Du coin de l'œil, j'aperçus l'homme que je venais de désarmer s'approcher dangereusement de moi, une chaise dans les mains. Je lui tirai une balle dans la jambe, il s'écroula sur le coup, et je le rejoignis en deux enjambées afin de lui écraser mon pied sur la mâchoire. Pendant ce temps, Berry était montée sur une table lui permettant d'avoir une vue d'ensemble et de prendre un peu de hauteur sur les hommes qui l'encerclaient, car, comme si ce n'était pas assez, les agents de sécurité avaient fait leur entrée. Elle vida son chargeur afin de nous faire gagner un peu de temps et, au mieux, en éliminer un ou deux. Je la rejoignis pour l'aider à descendre de la table au plus vite et, en tournant la tête, je remarquai qu'un chemin menant à la porte de service s'était dégagé au milieu du chaos et de la vague de personnes qui se ruait dans l'autre direction.

— On sort par-derrière ! hurlai-je à l'intention de Cam tout en entraînant Berry par l'avant-bras que je n'avais pas lâché.

— C'est où, derrière ? Y a douze sorties différentes dans ce putain de casino.

Je ne pris pas la peine de répondre, il n'avait qu'à se débrouiller pour trouver.

Une fois à l'extérieur, je n'eus pas le temps de reprendre mes esprits que Cam arrivait dans un crissement de pneus. Nous sautâmes à l'arrière de la voiture, qui redémarra aussitôt dans la nuit. Nous avions réussi. Je retrouvai un rythme cardiaque normal tout en évacuant la pression qui s'était entassée en moi ces derniers jours, lorsque Berry explosa de rire. Je lui lançai un regard interrogateur.

— Ça faisait longtemps qu'une mission n'avait pas dérapé comme ça, ça m'avait presque manqué, j'en ai des frissons, fit-elle en posant sa tête contre le dossier.

Ses paroles me firent esquisser un sourire. Il est vrai que cette sensation m'avait un peu manqué à moi aussi.

— Bon, après, quand tu es montée sur cette table, je t'ai vue y passer, lui lançai-je.

— Ça, c'est parce que tu n'avais jamais vu Berry Karlyn en action ! me répondit-elle sans perdre son air enjoué.

— En attendant, princesse, tu te retrouves pieds nus, la vannai-je en lançant un regard à ses pieds, dépourvus de chaussures.

Elle afficha une moue boudeuse.

— Mon seul regret, j'aimais vraiment cette paire.

— Vous avez fait du bon boulot, les gars, fit la voix de Loïs dans l'oreillette, me rappelant son existence et par la même occasion celle de Cam, qui conduisait silencieusement.

Berry

La musique résonnait dans toute la maison, les lumières dansaient et les bouteilles s'amoncelaient sur une table. Il y en avait pour tous les goûts : vodka, tequila, whisky, rhum et j'en passe. Je tombai nez à nez avec Amber. Elle me prit aussitôt dans ses bras, toute souriante.

— Berry, tu étais tout simplement éblouissante ! me fit-elle.

— Merci, Amber, lui répondis-je calmement avant de me détacher de son étreinte.

Bras dessus, bras dessous, nous rejoignîmes les garçons accoudés au comptoir de la cuisine avec ce qui semblait être une bouteille de rhum.

— Bien joué, mec, fit Loïs à ce dernier en récupérant le téléphone que celui-ci lui tendait.

— Allez, santé, après l'effort, le réconfort, répondit-il en trinquant.

Après bonne heure et demie à nous déhancher, je commençais à être bien éméchée. Loïs, lui, était sorti fumer.

— Je vais aux toilettes, m'annonça Amber, qui avait au moins autant bu que moi.

J'acquiesçai d'un mouvement de tête et me remis à danser tranquillement. Mais, à peine quelques secondes après son départ, Cam entra dans la pièce.

— Tu l'as ratée d'une seconde, lui dis-je, persuadée qu'il cherchait Amber.

Il ne me répondit pas et continua de s'approcher. Lorsqu'il ne fut plus qu'à un mètre de moi, il me susurra quelques mots :

— Ce n'est pas elle que je cherche, fit-il en esquissant un sourire en coin.

Son haleine empestait l'alcool. Son regard croisa le mien et nous restâmes comme ça, les yeux dans les yeux, durant ce qui me parut des heures. Je cherchais désespérément dans ses pupilles ce qu'il avait derrière la tête, mais il avait ce regard, le même que Cuart, ce regard impassible qui ne disait rien tant que son propriétaire n'avait pas ouvert la bouche.

— Tu sais que tu fais tourner des têtes dans cette robe, me surprit-il.

Je me mis à reculer à mesure qu'il avançait dans ma direction, n'osant pas détourner mes yeux des siens. Ça devait être l'alcool, mais il me faisait peur, terriblement peur. Arrivée dos au mur, je me retrouvai encerclée par ses bras, qu'il appuya de chaque côté de ma tête, et je compris soudainement ce qui brûlait dans ses iris bleus. C'était du désir, un désir malsain qui me donna des sueurs froides.

— Tu as conscience de l'effet que tu fais ? me chuchota-t-il, tout en continuant de réduire l'écart entre nous.

— Cam, arrête, dis-je sèchement en détournant la tête.

Cela ne changea rien. Il se rapprochait dangereusement, ignorant la raideur de mon corps face au sien.

— S'il te plaît, Cam, stop !

Pourtant ses lèvres n'étaient plus qu'à quelques centimètres de mon corps paralysé.

— Il me semble qu'elle t'a dit d'arrêter, fit une voix rauque qui arracha le bras droit du brun du mur.

Choqué, Cam se retourna vers Cuart, qui se tenait juste derrière lui.

— Je te dérange, peut-être ? ajouta ce dernier.

— Ouais, tu déranges. Aux dernières nouvelles, je baise qui je veux.

Le poing de Cuart s'écrasa dans la mâchoire de Cam, qui recula de plusieurs pas sous la puissance de coup.

— Reste à ta place de sous-merde, cracha-t-il à Cameron qui se massait la joue. Et ne t'approche plus d'elle.

Cuart était là depuis le début. L'alcool m'avait fait oublier sa présence mais il avait bien assisté à toute la scène depuis son tabouret au comptoir. Mes jambes flageolaient et je manquai de m'écrouler lorsque Cuart me rattrapa.

— Putain de gamine, tu ne peux pas apprendre à doser l'alcool ? me fit-il tout en passant mon bras au-dessus de ses épaules.

La partie était finie pour moi, j'étais hors service.

— Que s'est-il passé ? demanda Amber, qui venait de rentrer dans le salon, affolée.

— Berry a beaucoup trop bu et elle ne tient pas aussi bien l'alcool qu'elle voudrait le faire croire. Je la balance dans sa chambre, pendant ce temps, attache ton chien, répondit Cuart en désignant Cam, qui avait du mal à se remettre du coup.

Ce dernier serrait les dents, humilié, puis je reportai mon attention sur Cuart, contre qui je m'appuyai, et me laissai porter jusqu'à mon lit.

— Merci, lui chuchotai-je avant que mon esprit ne s'embrume totalement.

CHAPITRE 5

Berry

Le lendemain matin, enfin, tout était relatif puisque je m'étais levée à 13 heures, je sortis de mon lit avec une belle gueule de bois que j'avais totalement méritée. Je descendis l'escalier avec difficultés, mes maux de tête s'intensifiant à chaque marche, mais, même arrivée au rez-de-chaussée, je n'entendais toujours pas un bruit. C'était le calme absolu et cela n'annonçait rien de bon.

Je me mis à la recherche des autres résidents de cette maison, sans résultat. Où étaient-ils tous ? Et pour ne pas arranger les choses, mon mal de tête persistait. Je finis par pousser la porte de la salle d'entraînement sans grand espoir et, à ma grande surprise, je tombai sur mes quatre colocataires. Loïs semblait à deux doigts de frapper Cam sous les regards de Cuart et Amber. Ils tournèrent tous la tête et restèrent un instant bouche bée en ma présence. J'entrai dans la salle sans un mot pour venir me positionner devant Cameron, que Loïs tenait toujours par le col du t-shirt, et j'écrasai violemment mon genou contre son entrejambe, ce qui lui arracha un cri de douleur.

— Ça, c'est pour hier, lui crachai-je au visage avant que Loïs ne le laisse tomber sur le sol.

Je dévisageai l'homme aux yeux bleus avec un dégoût qui me donnait presque la nausée, à moins que ce ne fût les relents d'alcool.

— C'était bien la dernière fois que tu t'approchais d'elle, renchérit Loïs. Maintenant dégage avant que je ne te colle une balle entre les deux yeux.

L'homme se contenta de serrer les poings avant de se relever avec difficulté et de se diriger en direction du garage où se trouvait sa moto. Puis ce fut au tour d'Amber de quitter la pièce. Une fois qu'ils eurent passé la porte, ma migraine revint comme un coup de marteau.

— J'ai mal à la tête, grimaçai-je en posant ma main contre mon front.

— Je vais te chercher des médicaments, *tesoro*, me répondit Loïs en soupirant.

Il était pensif et, le connaissant, il s'en voulait sûrement qu'un événement pareil se soit produit, qui plus est sous son toit.

Cuart et moi nous retrouvâmes finalement seuls dans la pièce. Le silence était pesant et je n'avais pas besoin que l'on m'explique ce qu'il s'était passé. Cuart avait prévenu Loïs de l'incident de la veille et il avait explosé, tel un grand frère surprotecteur.

— Tu sais très bien que, dès que tu bois le verre de trop, le monde autour de toi te dépasse complètement, lâcha Cuart en croisant ses bras sur son torse. C'est justement pour ça qu'on ne laisse pas les gamines boire.

Il afficha un rictus moqueur et je levai les yeux au ciel avant de quitter à mon tour la pièce.

Cuart

Cela faisait maintenant deux jours que nous étions dans cette villa et le moment était enfin venu de rentrer chez nous après cette pause bien méritée. Je me dirigeais vers la cuisine quand je reçus un appel de Hanson.

— Alors, Cuart, ces deux jours de repos ? me fit-il de son air presque amical habituel.

— Bien. Vous aviez quelque chose à me dire ?

— Oui, il se trouve que le jet ne viendra pas vous chercher aujourd'hui.

— Pardon et pourquoi ça ?

Je fronçai les sourcils.

— Nous avons découvert la présence d'une taupe parmi nous et malheureusement New York n'est plus un endroit sûr. De plus Berry est une des principales cibles.

Je mis quelques secondes à tout assimiler.

— Et donc, que sommes-nous censés faire ?

— J'aimerais que tu préviennes Berry et Loïs, et que vous preniez la direction de Los Angeles, je vous enverrai l'adresse précise. Ne prévenez personne d'autre, je préfère être discret et je n'ai réellement confiance qu'en vous.

Son ton s'était légèrement durci. Je comprenais parfaitement la situation, mais, pour autant, je n'arrivais pas à croire qu'il puisse y avoir une taupe parmi les Golden Reverse. C'était presque inimaginable.

— Entendu, monsieur, nous partons ce soir.

Je ne comprenais pas pourquoi Berry ne s'entendait pas avec son père, il semblait se faire du souci pour elle et tout le monde n'avait pas cette chance. Je rangeai mon téléphone dans ma poche et la rouquine apparut presque immédiatement après.

— Line, on part à quelle heure ? me demanda-t-elle.

— Pas de jet pour nous aujourd'hui.

— Pourquoi ? On ne rentre pas ? Mon emmerdeur de père nous recolle une mission ?

— Je t'expliquerais quand on sera sur la route, tout à l'heure, on part pour la Californie.

Elle fronça les sourcils, essayant de trouver des explications sur mon visage, puis elle finit par hausser les épaules en signe d'abandon. Je n'avais aucune envie de lui en parler maintenant, et puis je mourais de faim.

— Vous devez partir ! cria Loïs en entrant en trombe dans la pièce. Tout de suite !

La rouquine et moi nous retournâmes d'un seul mouvement, pris de court, mais je n'eus pas le temps de lui demander ce qu'il se passait qu'une balle fit exploser l'une des baies vitrées du salon.

Berry

— Merde, lâchai-je.

Loïs était équipé d'un MP40. La situation était grave.

— Ils viennent de derrière la maison, il faut se dépêcher de passer par l'entrée ! cria-t-il en me lançant un pistolet.

Je courus en direction de la porte d'entrée, Cuart sur mes talons. Trois nouveaux tirs retentirent et brisèrent, à leur tour, deux autres vitres.

— Ces connards ont déjà pris l'entrée ! s'exclama Cuart en s'éloignant légèrement de la porte.

Mes doigts se crispèrent sur mon arme. Nous étions encerclés et dans une situation encore plus délicate que nous le pensions.

— OK, dernière solution, vous devez passer par-dessus la clôture est.

Je me retournai brusquement.

— Comment ça, vous ?

— Je vais les occuper à l'ouest pour que vous puissiez passer sans vous faire remarquer.

— T'es pas sérieux, Loïs ? Ils sont une dizaine, tu ne peux pas y aller tout seul !

— Une vingtaine, me corrigea Cuart.

Je lui adressai un rapide regard noir avant de reporter mon attention sur le suicidaire. Je m'attardais sur sa cicatrice à la lèvre, me rappelant qu'il avait déjà failli y rester quelques semaines plus tôt.

— Je t'interdis de faire ça ! lui criai-je au moment où une balle venait transpercer un placard de la cuisine.

— Sauf que ce n'est pas toi qui décides, *tesoro*. Cuart, tu l'attrapes et vous vous barrez ! ordonna-t-il.

Ma vision commença à se brouiller, mais je pus voir Cuart acquiescer avant de m'attraper par le bras d'une poigne de fer.

— Ta sécurité est ma priorité. Sache que tu as été ma fierté, Berry Karlyn, ajouta Loïs.

Pourquoi ? J'étais incapable de prononcer un mot. Pourquoi avait-il employé le passé ? Pourquoi ce connard m'avait-il adressé ces mots en employant le passé ? Il n'en avait pas le droit !

À cet instant précis, je haïssais Loïs. Je le haïssais, lui et ses idées de merde. Je haïssais Loïs Bott de tout mon être. L'homme que je considérais comme un frère disparut de mon champ de vision quand Cuart me fit entrer dans le dressing, contre ma volonté, refermant la porte derrière nous. Il me lâcha et se dirigea à toute allure vers l'immense fenêtre pour l'ouvrir.

— Berry, c'est pas le moment de faire de la merde ! s'exclama-t-il tout en poussant violemment les battants de la fenêtre.

J'eus du mal à m'y résoudre, mais je finis par le rejoindre et enjambai à mon tour le rebord de la fenêtre. Je ne trouvais pas d'autre possibilité pour sortir de cette maison, pour sauver Loïs, et ça me rongeait de l'intérieur.

Une fois face à la clôture, il n'y avait pas un signe de vie autre que nous et je compris que Loïs remplissait sa mission à merveille lorsque les bruits de balles redoublèrent au loin. Je voulais croire qu'il y arriverait de tout mon cœur, mais j'en étais incapable, je n'avais qu'une envie : faire demi-tour.

Cuart me fit la courte échelle pour m'aider à escalader la barrière en bois et, lorsque j'appuyai mon pied entre ses mains, nos regards se croisèrent. Ses yeux exprimaient la même inquiétude que les miens.

Il atterrit à son tour de l'autre côté de la clôture, s'empara de mon bras à nouveau et me jeta sur le siège passager de la Jeep qui ne se trouvait qu'à quelques mètres. Il alluma le moteur immédiatement après s'être installé derrière le volant et, avant qu'il n'eût le temps d'appuyer sur l'accélérateur, nous entendîmes le bruit que j'avais le plus redouté depuis que nous avions passé cette fenêtre, une explosion provenant de l'intérieur, détruisant les murs de la maison et faisant fumer le toit. Je me retournai pour voir les dégâts.

Des flammes s'échappaient de la résidence. Mon cœur se comprima sur le coup, me donnant l'impression qu'il avait cessé de battre durant une microseconde. La voiture démarra dans un crissement de pneus et je lâchai un cri de douleur, la douleur d'avoir perdu un être cher, la douleur d'avoir abandonné le seul qui avait pu croire en moi, car j'avais compris. J'avais compris que cette grenade qui avait explosé à l'intérieur de la villa de Loïs n'était pas la sienne et que la maison que je voyais brûler dans le rétroviseur retenait prisonnier celui qui m'avait tout appris.

Les larmes dévalèrent mes joues de façon si incontrôlable et excessive que je crus me noyer dedans et je me mis à sangloter incessamment, pendant que mon coéquipier gardait les yeux rivés sur la route. Je n'avais jamais autant pleuré de ma vie.

Je me réveillai le visage gonflé, j'avais pleuré jusqu'à l'épuisement, mais au moins je m'étais calmée. Nous étions sur l'autoroute, Cuart conduisait calmement et m'adressa un rapide regard lorsqu'il remarqua que je ne dormais plus.

— Tu veux manger un truc ? Il y a une station-service dans deux kilomètres, me demanda-t-il en reportant son attention sur la route.

J'acquiesçai, le regard encore dans le vague, et quelques minutes plus tard nous étions garés devant une petite boutique d'aire d'autoroute.

— Je vais chercher de quoi grignoter et boire, attends-moi là, fit-il en coupant le contact.

Je le regardai s'éloigner et, une fois qu'il ait passé la porte, mon regard dérapa sur un panneau qui indiquait les sanitaires. J'avais besoin de me rafraîchir le visage. Je sortis de la voiture instinctivement, ma migraine m'empêchant d'élaborer la moindre réflexion, et m'avançai en direction des cabinets, séparés du reste du petit bâtiment. J'ouvris la porte, qui semblait pouvoir se décrocher à tout moment, et je me retrouvai face à un miroir qui n'avait sans doute pas été nettoyé depuis qu'il avait été installé. J'avais l'air pathétique avec mes yeux encore rouges et mes lèvres gonflées, la trace du siège encore présente sur mes joues et mes cheveux complètement décoiffés. Mon regard s'abaissa sur l'émeraude qui pendait toujours à mon cou et une vague de souvenirs me submergea : ma rencontre avec Loïs, le nombre incalculable de fois où il avait rattrapé mes erreurs, la figure fraternelle et l'exemple qu'il avait été pour moi, puis les cinq minutes où tout s'était écroulé. Les larmes me montèrent aux yeux, pour la énième fois, et je me mis à détester encore plus cette image que j'avais de moi. J'étais détruite et en colère contre le monde entier.

La porte s'ouvrit dans un fracas et apparut derrière moi la silhouette de l'homme avec qui je passais maintenant mes journées.

— Bordel, Berry, tu sais ce que ça veut dire, « attends-moi là » ? demanda-t-il en élevant la voix.

Nos regards se croisèrent dans le miroir. Immédiatement, son visage s'adoucit et ses yeux dégagèrent un semblant de compassion à mon égard. Je fis volte-face, il avança d'un pas et se tint maladroitement devant moi, les dernières forces qui me restaient quittèrent mon corps et mes larmes se mirent à couler de plus belle.

— Maintenant, tu vas devoir continuer d'avancer pour lui, chuchota-t-il.

Il avait l'air de comprendre, même un tant soit peu. Il avait l'air de savoir ce que ça faisait. Il connaissait sûrement ce vide angoissant qui avait pris place dans ma poitrine.

Cuart

Presque quatre heures de trajet s'étaient écoulées et la route paraissait interminable. Berry était affalée dans son siège, tripotant son collier tout en se goinfrant avec les en-cas que j'avais achetés. Je reportai mon attention sur la route. Cette fille était intrigante, il y avait quelque chose de contradictoire dans son attitude. Cependant, une chose était sûre, elle tenait énormément à Loïs et ça n'allait pas être facile pour elle de surmonter cette épreuve.

— Passe-moi un Snickers, lui lançai-je en chassant toutes ces pensées de ma tête.

— Le mot magique ?

— Bouge ton cul.

Elle me tendit la barre chocolatée en poussant un soupir.

— Où va-t-on ? me demanda-t-elle après quelques secondes de silence.

— Ton père m'a envoyé une adresse, je l'ai dans mon téléphone. Tu peux le prendre ? lui répondis-je en faisant un mouvement de tête en direction du vide-poches central.

Elle récupéra mon portable et s'attarda sur l'écran de verrouillage.

— C'est quoi, ton code ? finit-elle par me demander.

J'hésitai une petite seconde avant de le lui donner.

— 0709.

— C’est ta date de naissance ? demanda-t-elle, intriguée, mais toujours aussi nonchalante.

— Nan, je suis du 19 avril.

— Donc tu es… Bélier. Moi je suis Scorpion, 13 novembre.

Je ne lui répondis pas, non que cela ne m’intéressait pas, mais très moyennement. Elle devait sûrement essayer de se changer les idées comme elle le pouvait.

— Du coup, c’est quoi, cette date ? insista-t-elle.

— Le jour de la mort de mon chien, finis-je par lâcher.

Elle écarquilla les yeux mais ne répondit rien, se contentant de déverrouiller le téléphone et de chercher l’adresse dans mes messages.

— 7163, Birdview Avenue, Malibu, Californie, annonça-t-elle en relevant la tête dans ma direction.

— OK, mets le GPS.

CHAPITRE 6

Cuart

— Putain, je n'étais même pas au courant que mon père avait une villa à Malibu ! s'exclama la rouquine en entrant dans la grande maison de plain-pied.

Je la suivis sans dire un mot, me contentant d'examiner les lieux. Elle s'arrêta devant les immenses volets roulants qui recouvraient l'entièreté du mur arrière de la maison et, sans la moindre hésitation, les ouvrit, nous offrant une magnifique vue de l'océan ainsi que d'une gigantesque plage.

— Je ne sais pas, toi, mais moi j'irais bien piquer une tête histoire de me changer les idées, poursuivit-elle sans cesser de contempler le paysage paradisiaque.

À vrai dire, son idée était plutôt tentante. Il était quoi ? Dix-huit heures ? Et le soleil tapait toujours autant, sans compter les quatre heures et demie de trajet qui avaient engourdi l'intégralité de mon corps.

— Ça marche, finis-je par répondre.

Sans attendre plus longtemps, elle se débarrassa de ses vêtements, dévoilant ses sous-vêtements verts. Je restai bouche bée, immobile, seuls mes yeux détaillaient son corps, me faisant prendre conscience qu'elle n'était pas aussi gamine que je l'affirmais. Elle était même super bien foutue.

— Tu as besoin d'aide pour me reluquer ?

Je redressai la tête, énervé d'avoir été surpris dans cette attitude, et je plongeai mes yeux dans les siens. À l'inverse, elle semblait plutôt amusée par la situation et esquissa un sourire en coin.

— Laisse tomber, va te baigner toute seule. Tu sais nager, non ?

Je tournai les talons, frustré, pour une raison qui me dépassait.

Berry

Je sortis de l'eau et m'enroulai dans la serviette que je m'étais préparée. L'aeu était chaude et le cadre apaisant. Cette baignade m'avait fait décompresser et cela faisait du bien de pouvoir se vider la tête et se relaxer. Je traversai la plage, me dirigeant vers les marches menant à la villa. Le ciel avait pris une magnifique teinte rosée et une légère brise agréable caressait mes jambes encore mouillées.

— Il faut aller acheter des habits, dis-je à Cuart en faisant irruption dans le salon.

Le grand brun, affalé dans le canapé, releva la tête. Il était torse nu et, malgré sa position, ses abdos étaient bien définis.

— Ta mère ne t'a pas appris à mettre des t-shirts ? ajoutai-je en le défiant du regard.

Il se contenta de soupirer avant de me répondre :

— Il y a des vêtements dans la chambre du fond.

Je le regardai, intriguée. Comment le savait-il ? Cuart comprit mon interrogation et poussa un nouveau soupir.

— Il se peut que j'aie déjà logé ici, car j'avais une mission dans les parages avec Julia et deux autres mecs. Julia avait la chambre du fond et il se trouvait qu'il y avait des habits stockés dans sa chambre.

— Julia, la cousine avec qui je ne m'entends pas ?

— Tu ne t'entends avec quasiment personne, Karlyn, me répondit-il en levant les yeux au ciel. Mais oui, je parle d'elle.

— Et donc mon père fait laisser des vêtements dans cette maison ?

— Oui, de ce que j'ai compris. Mais va vérifier au lieu de me faire chier.

— Je me passerai des reproches d'un pervers, lâchai-je, lui coupant presque la parole.

Avant de m'éclipser, je pus voir sa mâchoire se contracter, ce qui me confirma que ma pique avait fonctionné, et une fois dans la chambre, je pus constater qu'il avait raison. Une armoire débordait de toutes sortes d'habits, du jean baggy à la petite robe de soirée de luxe. Mais, pour ce soir, je me contentai de prendre un t-shirt large et des sous-vêtements encore emballés avant de partir m'enfermer dans la salle de bains.

…

Les jours passaient et aucune nouvelle de mon père sur la situation à New York ni même sur ce que Cuart et moi devions faire. Mes journées se résumaient à regarder la télé, manger, aller à la plage, dormir, et cette routine était sur le point de me faire péter un plomb. J'avais besoin de bouger, mes quelques entraînements, avec ou sans Cuart, ne suffisaient pas.

Je poussai violemment la porte de la chambre qu'il occupait.

— Est-ce qu'aujourd'hui mon connard de père a daigné nous laisser ne serait-ce qu'un message ? lâchai-je sèchement.

— Tu ne vois pas que je suis en train de me changer ? grogna mon colocataire en me lançant un regard noir.

Effectivement, il était torse nu et portait un jean qui tombait sur ses hanches, laissant entrevoir l'élastique de son boxer, car il n'avait pas eu le temps d'y mettre une ceinture.

Pourtant, j'étais trop énervée pour laisser tomber.

— Ça va faire dix jours que tu n'as pas mis un t-shirt, alors ne commence pas à jouer au pudique, fis-je en le toisant de haut en bas.

Il se leva du lit et fit un pas dans ma direction.

— Écoute, princesse, tu commences sérieusement à me taper sur les nerfs à force de te plaindre constamment. Donc tu vas commencer à respecter ton père, car jusqu'à preuve du contraire il s'est toujours soucié de toi et c'est pour toi qu'on est enfermés ici, bordel !

J'ouvris de grands yeux, stupéfiée par les mots qu'il venait de me cracher au visage.

— Attends, tu es sérieux ? Mon père se fiche totalement de ce que je veux, de ce que j'aime ou de ce que je pense ! Il me considère comme sa chose et, tant que je suis utile, il dira que je suis sa fille. Depuis que je suis née, c'est lui qui décide, et ni moi ni ma mère n'avons eu notre mot à dire.

— Au moins, il s'occupe de toi.

— T'es con ou tu le fais exprès ? Au moins Loïs, lui, avait compris ce que j'endurais, putain ! Tu sais quoi ? Je me casse. J'en peux plus de devoir te supporter tous les jours et de rester cloîtrée dans cette maison.

Je tournai les talons, encore plus énervée qu'avant. Mais une main m'attrapa le bras, m'arrêtant instantanément.

— Tu n'iras nulle part !

— Oh, parce que tu penses pouvoir me donner des ordres maintenant ? ricanai-je.

— Oui, je le peux.

En un dixième de seconde, ma main s'écrasa sur la joue de Cuart. Mon regard croisa le sien, qui brûlait de rage.

— Tu vas le regretter ! laissa-t-il échapper.

Avant que je n'eusse le temps de faire quoi que ce soit, son autre main m'agrippa le poignet, me déplaçant à travers la pièce contre mon gré.

— Line, lâche-moi, articulai-je tout en essayant de garder l'équilibre. Tu me fais mal !

Il ignora totalement mes paroles et me lâcha violemment sur le lit. Quand je rouvris les yeux, que j'avais fermés par automatisme, il était en train de se diriger vers la porte. Je mis quelques secondes à reprendre mes esprits et à comprendre ce qui venait de se passer.

— Je reviens dans deux heures.

Je me relevai et essayai de le rattraper, mais il claqua la porte sous mon nez.

— Cuart ! Cuart, ouvre ! Tu te fous de ma gueule, c'est ça ? Cuart, ouvre cette porte ! criai-je à pleins poumons tout en m'acharnant sur la poignée qui refusait de bouger.

Je devais me rendre à l'évidence : ce chien de Cuart Line venait de m'enfermer dans sa chambre dans un pur élan de colère.

CHAPITRE 7

Berry

Je n'avais aucune idée du temps qui s'était écoulé depuis qu'il m'avait enfermée, mais une chose était sûre, j'avais une envie pressante d'aller aux toilettes et mon ventre gargouillait douloureusement. J'étais allongée sur le parquet frais – hors de question d'aller dans son lit –, n'y croyant plus depuis longtemps, lorsque j'entendis du bruit dans le couloir. Je me relevais immédiatement, me remettant à frapper contre la porte en bois, espérant qu'il se décide à me laisser sortir. Le verrou s'ouvrit et je me reculai de quelques pas pour ne pas me retrouver nez à nez avec le grand brun.

— Je t'avais oubliée, fit Cuart en s'arrêtant sur le pas de la porte.

— Comment ça ? demandai-je avec l'attitude la plus froide qu'il m'était possible d'adopter.

— Il est 19 heures, me répondit-il avec difficulté, comme s'il avait du mal à me l'avouer, connaissant sûrement mes réactions parfois un peu excessives.

— Putain, Cuart, tu es en train de me dire que tu m'as laissée près de cinq heures ici ?

Je m'apprêtais à entrer dans une rage folle contre lui quand ma vessie me rappela à l'ordre, me faisant m'éclipser de la pièce pour courir en direction des cabinets.

Cuart

Je ne savais absolument pas comment me comporter. Devais-je paraître totalement indifférent ou m'excuser pour l'avoir oubliée ? En réalité, je ne pouvais pas vraiment dire que je regrettais, ni de l'avoir enfermée, ni de l'avoir oubliée. Mais rester enfermée tout ce temps ne dut pas la mettre de bonne humeur.

Dès qu'elle sortit des toilettes, je décidai donc de prendre les devants.

— Ça te va, des sushis ? lui demandai-je quand elle fut assez proche pour m'entendre.

Elle essaya de dissimuler l'étincelle qui s'était allumée dans ses yeux et croisa ses bras sur sa poitrine.

— Tu ne manques pas de culot. Tu penses que tu peux faire tout ce que tu veux et te faire pardonner avec des sushis ?

Je levai les yeux au ciel, je regrettais déjà de le lui avoir proposé.

— Karlyn, oui ou non ? lui fis-je, ignorant son sermon.

Je savais qu'elle mourait de faim et c'était totalement compréhensible vu la situation.

— Oui mais…

— Ne commence pas, lançai-je, lui coupant la parole.

— Oh ! Eh bien, fais-moi taire si ça te dérange tant que ça.

À ces mots, je relevai brusquement la tête de mon téléphone, sur lequel j'étais en train de commander, et, quand mon regard croisa le sien, ses lèvres se retroussèrent pour former un rictus. Elle voulait jouer à ça ?

J'effaçai les quelques mètres qui nous séparaient, me retrouvant en position de force, et ce fut à mon tour d'afficher un sourire hautain.

— Tu penses réellement pouvoir me prendre de haut, princesse ? Tu as beau être grande, tu ne fais pas le poids.

Elle ne me répondit pas, se contentant de me transpercer de son regard émeraude, puis, doucement, elle attrapa la fine chaîne qui pendait à mon cou et tira légèrement dessus, rapprochant dangereusement ma tête de la sienne. Nos yeux ne se quittaient pas et, une fois que mon visage ne fut plus qu'à quelques centimètres du sien, je pus sentir sa respiration contre ma peau.

— Ne me sous-estime pas, Line, chuchota-t-elle, tout en soulevant son pied du sol avant de venir l'écraser violemment contre mon tibia.

Je laissai échapper un grognement de douleur tout en reculant de quelques pas. La garce ! Elle savait taper où ça faisait mal et je n'allais pas risquer de me lancer dans un combat que je n'étais pas sûr de gagner. Je regrettais presque de ne pas l'avoir laissée dans la chambre.

Berry

Je ne le répéterai jamais assez, mais je pourrais me nourrir de sushis tellement j'aime ça. Je m'affalai dans le canapé, épuisée par la quantité de poisson cru et de riz que j'avais ingurgitée. Je me sentais lourde.

— Même si tu restes un con, j'admets qu'il t'arrive d'avoir de bonnes idées, lançai-je à Cuart lorsqu'il m'eut rejoint sur le sofa.

— Plus jamais je ne t'écoute sur la quantité de nourriture à prendre, on en a encore pour une semaine.

Il poussa un long soupir et ferma les yeux en s'affalant contre le cuir du fauteuil.

— J'ai trop mangé.

— Sans blague, me répondit-il en ricanant légèrement.

*

Ces trois derniers jours avaient été plutôt agréables. Depuis l'incident de l'armoire, l'ambiance dans la maison était moins tendue et la cohabitation se passait bizarrement plutôt bien.

— Berry ! m'interpella d'ailleurs Cuart depuis la cuisine.

— Quoi ?

Pas de réponse. S'il espérait que je me déplace, il se mettait le doigt dans l'œil. J'étais complètement épuisée par la journée de sport intensif que nous venions de passer, au point que je tombais de sommeil sur mon siège.

Quelques secondes plus tard, il m'avait rejointe dans l'immense salon.

— Tu as fait quoi de la boîte de meringues que tu avais achetée en début de semaine ? demanda-t-il alors, se penchant au-dessus de moi tout en s'appuyant sur le dossier de mon fauteuil.

Je me retournai lentement sur mon siège, levant légèrement la tête pour trouver les yeux de Cuart, tout en affichant une expression faussement innocente sur mon visage.

— Quelles meringues ?

— Je ne rigole pas avec toi, gamine. Ne me dis pas que tu les as finies !

— Non, il en reste une, fis-je en sortant de la poche arrière de mon jean une petite meringue recouverte d'un mouchoir.

— Donne-la-moi, m'ordonna-t-il immédiatement.

Je levai les yeux au ciel.

— Même pas en rêve, si tu la veux, viens la chercher.

Je n'eus pas le temps de faire le moindre mouvement qu'il s'était déjà positionné devant mon siège, une main posée sur chaque accoudoir, me transperçant de ses yeux, empêchant toute possibilité de fuir.

Nous n'étions qu'à quelques centimètres l'un de l'autre, ce n'était pas la première fois, pourtant l'atmosphère de la pièce semblait s'être alourdie. Son souffle sur ma peau hérissait mes poils et me donnait l'impression de brûler. Le temps que nous passâmes immobiles, les yeux dans les yeux, me parut durer une éternité.

Cuart

Elle était juste là, assise face à moi, me fixant de ses iris verts. Mes yeux dérivèrent sur ses lèvres pulpeuses et je n'arrivais plus à en décrocher mon regard, oubliant presque la raison de ma venue. Sans que je m'en aperçoive, nos corps s'étaient rapprochés et, lorsqu'elle replaça une simple mèche derrière son oreille, ce fut la goutte d'eau qui me fit dérailler. J'écrasai violemment mes lèvres contre les siennes, la faisant hoqueter de surprise. Je ne savais pas ce qui m'avait poussé à commettre l'irréparable. Je plaquai ma main sur sa cuisse sans cesser de presser ardemment nos bouches. Son pouls battait fort, elle me rendit fougueusement mon baiser, me faisant perdre un peu plus le contrôle et, lorsqu'elle me laissa l'accès à sa langue, mon envie d'elle quadrupla et me séparer de sa bouche n'était pas une option. Son corps brûlait à mon simple contact et le goût de ses lèvres m'enivrait. Je remontai ma main de sa cuisse à son cou et ce n'est que lorsqu'elle finit sa course sur son menton que mes neurones se branchèrent et que je me rendis compte de ce que j'étais en train de faire. Il s'agissait de Berry Karlyn. Je m'écartai d'elle d'un pas, m'arrachant à ses lèvres, sous son regard interloqué.

— C'est quel genre de connerie, ça encore ? grognai-je de façon presque inaudible.

Mes pensées étaient totalement embrouillées et la fatigue n'arrangeait rien. Je détestais cette sensation, j'avais besoin d'air. Je n'aurais pas dû faire ça, cette idée n'aurait même pas dû me traverser l'esprit, bordel. Je ne voulais plus de cette foutue meringue.

— Je vais courir sur la plage, finis-je par dire sans lui adresser un regard en sortant de la pièce. Fais ce que tu veux, je m'en fous.

Berry

J'en avais vu défiler, des connards, mais lui, il en tenait une couche. *Il* m'avait embrassée avant de *se* plaindre de *son* acte et de *me* laisser comme une merde dans cette putain de villa. La fatigue nous avait totalement fait dérailler et, après cette journée, j'avais mérité d'aller me rafraîchir et, si possible, me perdre dans le bleu de l'océan. Une question me trottait pourtant dans la tête : pourquoi l'avais-je laissé faire ? C'était stupide. Nous étions en manque ? La solitude nous montait à la tête ? Il avait raison, c'était quel genre de connerie que nous avions commise ?

Je marchai le long de l'eau, les vagues s'échouant sur mes pieds sans que je pense plus à rien. La brise marine caressait mon cou et faisait voler mes mèches rousses. Je faisais le vide dans mon esprit. Je m'étais toujours considérée comme une personne solitaire et, pourtant, c'était la première fois depuis des années que j'étais complètement seule. Et je n'arrivais pas à savoir si j'aimais ça ou non.

Ma serviette autour de mes hanches, j'errai sur le sable humide jusqu'à trouver un petit ponton. Je m'assis tout au bout de la passerelle en bois, laissant l'eau effleurer mes orteils, et laissai mes pensées vagabonder. Une étrange sensation de vide grandissait en moi, comme s'il manquait quelque chose, et même si ma tête voulait le nier, mon cœur criait que c'était le départ de Loïs qui avait laissé une immense crevasse. Les larmes me montèrent aux yeux, comme chaque matin quand je me réveillais en ayant rêvé de lui, c'est-à-dire trop souvent.

— Qu'est-ce qu'une charmante demoiselle fait assise toute seule à Malibu Beach ?

Je sursautai et je me retournai en un clin d'œil, prête à me battre. Puis je m'adoucis, il fallait que je laisse mes réflexes de côté. Juste derrière moi se trouvait un gars qui ne semblait même pas avoir vingt et un ans.

— Tais-toi, Livio, on dirait un pédophile ! le réprimanda une jeune femme qui se tenait sur sa droite.

En me décalant légèrement, je remarquai qu'il y avait encore un garçon avec eux.

— Je suis vraiment désolée s'il t'a fait peur, reprit-elle.

J'écarquillai les yeux, ne sachant pas quoi répondre.

— Pas… de problème, finis-je par articuler.

— Tu vas bien ? me demanda la blonde à la peau bronzée, qui semblait inquiète. Tu es en train de pleurer ? Peut-être que tu attends quelqu'un ? Je suis vraiment désolée. Tu veux rester avec nous quelques minutes ?

Elle parlait beaucoup, et en temps normal je me serais contentée de lever les yeux au ciel et de partir, mais je n'avais pas vraiment envie de pleurer dans mon coin, donc je décidai de prendre une grande inspiration. De la compagnie, autre que le connard, me ferait peut-être du bien.

— Pourquoi pas, répondis-je avec un sourire fébrile, pas encore complètement convaincue de ma décision.

Le dénommé Livio me tendit une main pour m'aider à me relever et, durant les secondes qui suivirent, il ne cessa pas de parler et de bouger dans tous les sens. À cette vitesse, il risquait rapidement de me donner mal à la tête.

Nous marchâmes quelques mètres avant de nous poser sur la plage.

Je n'écoutais pas vraiment ce qu'elle disait, elle faisait les présentations, j'avais retenu l'essentiel, à savoir leurs prénoms : Anastasia, Livio le blond et

Noah le brun. J'étais plutôt concentrée sur son accent. Je savais que je l'avais déjà entendu, mais je n'arrivais pas à savoir où.

— Texas ! finis-je par m'exclamer. Vous venez du Texas, non ?

— Oui, c'est ça, comment tu sais ? rigola doucement Anastasia.

— Votre accent me disait quelque chose.

— Tu es douée, et sinon, toi, comment tu t'appelles ?

Je mis plusieurs secondes à répondre. Après tout, dire mon prénom, sans mon nom de famille, n'était pas réellement risqué et je pouvais me défendre en cas de pépin. De toute façon, c'était mon problème si je décidais de me présenter, je ne comptais pas leur faire confiance pour autant.

— Je m'appelle Berry. Moi, je viens plutôt de l'est.

— Dis, Berry, tu as quel âge ? me demanda immédiatement le blond, Livio donc, avec un sourire charmeur.

— Tout de suite des questions intéressées, souffla Noah, qui n'avait pas ouvert la bouche depuis que j'étais arrivée.

— Dix-neuf, me contentai-je de répondre, plus trop sûre de vouloir m'étendre sur le sujet.

Les deux garçons me regardèrent assez étonnés.

— Je pensais que tu étais plus vieille que nous ! déclara Anastasia, toujours avec ce sourire qui ne l'avait pas quittée depuis que je l'avais rencontrée.

— Nous avons tous les trois vingt ans, m'informa Noah avant que je ne leur retourne la question.

Il semblait être l'exact opposé de Livio, calme et réfléchi. Il ne gaspillait pas de salive inutilement.

— Et que faites-vous aussi loin de chez vous ?

— On a été acceptés à UCLA, alors on est venus s'installer ici au début de l'été pour profiter de nos vacances avant la rentrée ! répondit joyeusement Anastasia.

Nous parlâmes ensuite pendant quelques minutes, durant lesquelles ils me racontèrent deux ou trois anecdotes, sans trop, pour mon plus grand bonheur, insister à mon sujet et me permettant de me changer un peu les esprits.

— Berry, je me demandais, c'est une vraie émeraude à ton cou ? Elle est absolument divine, fit soudainement la jeune femme, me prenant un peu de court.

— Oui, répondis-je doucement en posant mes doigts de part et d'autre de la pierre précieuse. C'est euh… un cadeau…

J'avais eu du mal à finir ma phrase, les mots me brûlant la gorge. Mais ils semblaient avoir compris la sensibilité du sujet, vu la rapidité avec laquelle Livio changea de conversation.

— Qu'est-ce qu'une beauté comme toi fait à l'autre bout de l'Amérique ?

Aïe, la question que je redoutais, j'allais devoir mentir. Mais, en suivant son regard, je remarquai que celui-ci déviait en direction de ma poitrine.

— Tu sais que tu peux me regarder dans les yeux aussi ? lui donnai-je comme seule réponse, posant ma main sur mon thorax pour lui faire comprendre que j'avais remarqué ses yeux baladeurs.

— Est-ce de ma faute si chaque partie de toi est sublime ? répondit-il alors sur le même ton joueur que j'avais employé.

Sa réponse me fit lever les yeux au ciel. Il essayait de me plaire en jouant au playboy, ça changeait de son image de gamin surexcité.

— Je peux savoir ce que tu fais là, gamine ? cracha une voix dans mon dos.

Je me retins de lâcher un « génial » des plus sarcastiques, car ses mots me mirent immédiatement sur les nerfs, comme si l'heure que j'avais passée à me détendre n'avait servi à rien. Je me retournai, Cuart nous toisait de son mètre quatre-vingt-dix, il était encore plus impressionnant que d'habitude, car j'étais assise à même le sol. Et il était, évidemment, torse nu… Je le foudroyai du regard.

— « Fais ce que tu veux, je m'en fous », citai-je en me relevant, sans détourner la tête. C'est mot pour mot ce que tu m'as dit il y a une heure.

— Mais tu n'étais pas censée sortir de cette baraque, putain !

Il m'attrapa violemment le bras, me traînant sur presque un mètre, avant de me lâcher comme si je n'étais qu'une vulgaire poupée.

— Tu es recherchée, mais toi, tu sors tranquillement, sans prendre de quoi te défendre, pour traîner avec des enfants à papa. T'es une gamine ou quoi ? J'ai pas envie d'être obligé de jouer au baby-sitter ! commença-t-il à me reprocher de façon à ce que les autres n'entendent pas.

— Tu me fais chier, Cuart, et puis c'est pas comme si on avait la moindre info sur l'évolution de la situation à New York !

— Ton père m'a envoyé un message pour me dire qu'il appellerait ce soir, lâcha-t-il dans un souffle.

Les Texans assistaient à la scène, décontenancés.

— On rentre, m'ordonna-t-il en tournant les talons.

— Je peux juste lui parler cinq minutes ? intervint alors Anastasia en se relevant à son tour.

Cuart serra la mâchoire, mais ne s'y opposa pas. Elle me prit à part, quelques mètres plus loin, et jeta un coup d'œil aux garçons avant de reporter son attention sur moi.

— À ce que j'ai compris, tu vis dans la même maison que le mec le plus sexy que j'aie jamais vu et tu as osé flirter avec Livio ? rigola-t-elle.

Je levai les yeux au ciel.

— Tiens, c'est mon numéro, ajouta-t-elle en me donnant un petit morceau de plan qu'elle avait déchiré et sur lequel je l'avais vu écrire quelques minutes auparavant. Appelle-moi quand tu te seras débarrassée de lui, on est encore ici pour un mois, donc on a le temps de se revoir, ça pourrait être sympa.

Elle m'adressa un clin d'œil et un petit sourire amical avant de me laisser partir.

— À une prochaine, Berry, me lança Livio pendant que je m'éloignais au côté du mafieux.

Je lui répondis d'un signe de la main et me rendis compte que c'était la première fois qu'il m'était donné de passer du temps avec des gens normaux, hors du monde des gangs, de la drogue et des armes. Des gens qui avaient eu une scolarité et une adolescence correctes.

— Tu as vraiment le chic pour traîner avec des cons, lâcha Cuart, brisant le silence qui régnait entre nous depuis que nous avions pris le chemin du retour.

— Pour le coup, je veux bien te croire. La preuve, je parle avec un con en ce moment même, lui répondis-je, sarcastique.

Il ne broncha pas.

— Ne fais pas comme si tu n'avais pas remarqué que ce blond te matait sans même s'en cacher.

Je m'arrêtai. Son torse luisait de sueur, du fait qu'il avait couru un peu plus tôt, ce qui, malheureusement, ne le rendait que plus attirant, comme venait gentiment de me le rappeler Anastasia. Mon attitude l'obligea à s'arrêter à son tour.

— Sérieusement Cuart, je ne pense pas que tu sois le mieux placé pour faire cette remarque, lui répondis-je, moqueuse tout en reprenant mon chemin. À l'avenir, pense à réfléchir avant de l'ouvrir.

— Tu veux t'aventurer sur ce terrain, princesse ? lâcha-t-il alors que je venais de le doubler. Peut-être que tu veux qu'on reparle de l'affaire des vestiaires ?

Je me retournai pour le foudroyer du regard. Il avait osé !

— Line, ne dépasse pas les limites, on s'était tous mis d'accord pour ne plus en parler !

— Ce n'est pas justement toi qui disais que les limites étaient faites pour être franchies ? me répondit-il, amusé, tout en me doublant de nouveau.

Je venais de prendre une douche froide et je ne pris plus la parole de tout le reste du trajet.

CHAPITRE 8

Cuart

Nous attendions autour de la table du salon, sur laquelle nous avions posé mon téléphone, et je pouvais voir que la rousse commençait à perdre patience.

— C'est si difficile que ça de nous appeler ? s'énerva-t-elle en se passant la main dans les cheveux.

— Attends encore un peu.

À peine avais-je prononcé ces mots que la sonnerie retentit, Berry décrocha immédiatement, appuya sur le bouton haut-parleur, avant de déposer à nouveau le portable sur la table en verre.

— Bonjour, boss, fis-je.

— Bonjour, Cuart, Berry est avec toi ?

— Salut, Hanson, répondit à ma place la jeune femme sur un ton méprisant. Cela fait deux semaines que nous n'avons pas eu la moindre nouvelle, tu n'es pas trop pressé à ce que je vois.

L'homme à l'autre bout du fil poussa un long soupir.

— J'ai appris pour l'incident à Las Vegas, j'ai envoyé trois de mes hommes sur place et ils ont retrouvé de nombreux corps sous les décombres, mais aucun n'est en assez bon état pour être reconnaissable.

Je levai la tête vers Berry. Son visage s'était assombri, comme si la dernière lueur d'espoir avait quitté son corps, comme si la dernière chose qui tenait encore son cœur entier s'était décrochée.

— Quand aura lieu la cérémonie ? demanda-t-elle doucement.

— Il n'y aura pas de cérémonie, répondit le parrain, sans passer par quatre chemins.

Sa réponse m'étonna un peu.

— Et pourquoi ça ? s'indigna-t-elle. Tu as prévenu sa tante au moins ? C'était la seule famille qui lui restait !

— Berry, vu les épreuves que nous traversons en ce moment, je n'ai pas la tête à faire une cérémonie pour aucun de mes hommes, d'autant plus qu'on n'est même pas sûrs de l'identité des corps. Quant à sa tante, ça ne me regarde pas. Si elle ne le voit pas revenir, elle finira bien par comprendre.

J'écoutais, perplexe.

— Mais, putain, essaye de penser à quelqu'un d'autre que toi au moins une fois dans ta vie ! craqua Berry en se levant d'un bond, plaquant violemment ses mains sur la table.

— Berry Agatha Karlyn, tu vas redescendre d'un ton immédiatement ! Je suis sur les nerfs ces jours-ci, la taupe est introuvable, beaucoup de mes hommes sont morts à cause d'elle et ta cousine Julia ne trouve aucun élément sur des potentiels détournements d'informations. Donc, à présent, tu vas gentiment écouter ce que j'ai à te dire et faire ce que je te demande.

Berry ne répondit rien et se contentai de regarder dans le vide.

— Bien, reprit l'homme, d'ici demain vous recevrez un mail avec toutes les informations pour une petite mission qui consistera à récupérer un objet dont j'ai besoin. Cette mission aura lieu la semaine prochaine. Sur ce, je vous laisse, les jeunes.

Il raccrocha sans attendre une quelconque réponse et je restai là, choqué par la décision de Hanson, qui avait, par le passé, toujours honoré et respecté la mémoire de ses hommes. De plus, j'avais beau ne pas y prêter attention, mais à force de côtoyer Berry chaque jour, je voyais bien que la mort de Loïs ne l'avait pas laissée indifférente, loin de là. Elle était anéantie par son départ. Perdu dans mes pensées inutiles, je remarquai à peine qu'elle avait quitté la pièce.

*

Je fus réveillé en sursaut par un cri. Je bondis hors de mon lit, ramassant rapidement mon arme posée sur ma table de chevet, et je courus en direction du salon. Berry était debout au milieu de la pièce, immobile. Sur le coup, je ne compris pas ce qui se passait, mais, en m'approchant, je découvris qu'elle tenait une boule de poils entre ses mains.

— Regarde, Cuart, j'ai trouvé un petit chat ! me lança-t-elle quand elle remarqua ma présence.

Je fronçai les sourcils, l'énervement commençant à monter.

— Putain de gamine, tu viens de hurler parce que tu as trouvé un chaton de merde ?

Je mordis mon poing libre pour éviter de le lui enfoncer dans la tête. J'avais horreur qu'on me réveille, alors si en plus la raison était un stupide sac à puces, je pouvais rapidement avoir des envies de meurtre. Je balançai mon arme sur le canapé avant de m'y affaler, essayant de contenir ma frustration.

Berry ne tarda pas à venir se planter devant moi, un sourire d'enfant de huit ans plaqué sur son visage.

— Tu me le tiens deux petites secondes ? Je vais chercher quelque chose.

Elle n'attendit même pas ma réponse et posa le chat sur mes genoux recouverts d'un simple jogging avant de s'éclipser je ne sais où. Je poussai un râle de mécontentement. Sérieusement, qui avait envoyé cette fille pour me pourrir la vie ? Après avoir passé une main sur mon visage, je posai mes yeux sur le chaton, qui essayait avec difficulté de tenir debout. Je réprimai un rire en voyant l'unique tache rousse sur son pelage noir. Quand il leva la tête dans ma direction, je remarquai un mignon nez plat qui lui donnait un charme incontestable.

— Je suis de retour, m'annonça Berry en s'approchant de nous, un bol de lait à la main.

Lorsque je croisai son regard, je crus, l'espace d'un millième de seconde, voir une similitude avec celui du chat.

— Qu'est-ce que tu fais ? lui demandai-je, étonné.

— Ça ne se voit pas ? me répondit-elle sur ce ton méprisant qui avait le don de m'énerver. Je le nourris.

— Sauf que, si tu fais ça, il ne va plus vouloir partir, renchéris-je sur le même ton.

— Ça tombe bien, vu que je compte le garder.

J'écarquillai les yeux. Peut-être avais-je mal entendu ?

— Il doit appartenir à quelqu'un, lâchai-je, très peu convaincu pas mon affirmation, car vu l'état de l'animal, même s'il appartenait à quelqu'un, mieux valait ne pas le lui rendre.

Quoi qu'il en soit, il était hors de question que ce chat reste ici.

— Je vois très bien que tu essayes de le virer, Cuart, mais rappelle-moi à qui appartient cette maison ?

— Aux Golden Reverse ?

— Et les Golden Reverse appartiennent à mon père.

Je laissai échapper un grognement, non pas par manque d'arguments, mais simplement parce que peu importait ma réponse, elle chercherait à avoir le dernier mot. Pourquoi s'amusait-elle à se compliquer la vie et la mienne par la même occasion ? Qu'elle le garde si elle le voulait, mais qu'elle ne compte pas sur moi pour m'en occuper.

Une fois qu'elle l'eut récupéré, je me levai et me dirigeai sans réfléchir vers le buffet qui trônait dans le salon. La journée allait être longue.

— Qu'est-ce que tu cherches ? me demanda Berry, qui n'avait pas quitté « son » chat des yeux.

— Alcool, me contentai-je de répondre en farfouillant dans les bouteilles.

— À 10 heures et demie ?

— Ouais…

Je m'arrêtai brusquement dans mes recherches quand je tombai sur un cadre qui attira mon attention. Je le sortis du placard par curiosité et, à ma grande surprise, il s'agissait d'une photo de famille. Une petite fille rousse se trouvait entre un brun à la mâchoire carrée et une belle blonde aux traits fins et il ne m'en fallut pas plus pour comprendre de qui il était question.

— Gamine, c'est bien toi sur cette photo ? demandai-je en tendant le cadre à Berry.

Elle s'en empara, ignorant totalement mon insulte et replaçant élégamment une mèche derrière son oreille avant de me le rendre à peine quelques secondes plus tard.

— Oui, c'est mon père, ma mère et moi, me répondit-elle sans y accorder trop d'importance, plus concentrée sur chaque geste de l'animal. Je devais avoir six ans, je pense, un truc comme ça.

Lorsqu'elle me rendit le cadre, je pris quelques secondes pour détailler la photo. Je ne connaissais pas encore Berry à cette époque, mais elle était facilement reconnaissable avec ses cheveux et ses yeux assez originaux. Hanson, quant à lui, n'avait pas changé, il était le même avec seulement quelques rides en moins. Mais ce qui me dérangeait le plus, c'était cette femme, cette grande blonde aux yeux verts. Elle me disait vaguement quelque chose. Je n'avais jamais rencontré la mère de Berry et pourtant j'avais l'impression de connaître cette femme. Je levai les yeux de l'image afin de fouiller dans ma mémoire, puis tout me revint soudainement. Oui, je la connaissais, j'en étais persuadé. Et malheureusement pour nous, je l'avais bel et bien déjà rencontrée.

Berry

Quatre jours, oui, quatre jours que j'avais recueilli ce chat, mais j'étais incapable de lui trouver un nom. Et maintenant, à cause de ça, je me retrouvais à crier « mon chat » comme une idiote partout dans la maison, car il était introuvable. J'avais fait toutes les pièces, j'en avais même découvert des nouvelles. Il était impossible qu'il soit sorti, car il refusait catégoriquement de mettre une patte à l'extérieur depuis que je l'avais trouvé. Ma patience était à bout. J'avais atteint le dernier stade, celui où j'allais devoir me plaindre à Cuart.

Même s'il était 13 heures passées, je savais pertinemment que le mafieux dormait, car je n'avais eu aucun signe de vie de sa part. J'ouvris doucement la porte de sa chambre, essayant de faire le moins de bruit possible pour éviter de le réveiller. Une légère lumière de début d'après-midi m'accueillit et, en lançant un regard au lit qui se trouvait au milieu de la pièce, j'aperçus Cuart, dormant à poings fermés. Je fus étonnée de trouver le chat, lui aussi, paisiblement endormi sur le torse de l'homme à moitié nu. J'ouvris de grands yeux, jamais je n'avais imaginé assister à cette scène.

Une idée émergea alors dans ma tête et, sans réfléchir plus longtemps, je sortis rapidement mon téléphone et pris un selfie de moi avec, en fond, Cuart et le chat endormis. J'étais en train de l'envoyer à Eden, fière de moi, lorsque j'entendis un grognement dans mon dos qui me fit me retourner, immédiatement sur mes gardes.

— Tu as deux secondes pour sortir de ma chambre avant que je te jette dehors, cracha-t-il soudainement, les yeux encore mi-clos.

Je mis plusieurs secondes à renchérir, toujours perturbée de m'être fait prendre.

— Avec tes menaces, tu ferais presque aussi peur que Cam, répliquai-je.

— Il fallait me prévenir que tu n'avais pas peur de lui, je l'aurais laissé faire, répondit-il ensuite sans la moindre hésitation.

J'eus la sensation d'un coup de poignard. Celle-là faisait vraiment mal. Pouvoir dire de telles choses était inhumain et Cuart Line n'était vraiment qu'un connard pour m'avoir balancé cela sans pression. Certes je l'avais comparé à ce déchet de Cameron, qui, s'il n'avait pas été arrêté, aurait sûrement abusé de moi, mais répondre qu'il aurait pu le laisser faire me dégoûtait au plus haut point. Je quittai rapidement la chambre sans lui adresser un regard, vexée et blessée. Il ne s'en sortirait pas comme ça, il en était hors de question, et j'allais frapper fort. Très fort.

Suite à ce réveil tout en douceur, il n'allait pas tarder à se lever et je savais pertinemment que son premier réflexe serait de prendre une douche. J'attendais, assise dans le canapé, d'entendre la porte de la salle de bains se fermer pour sortir mon téléphone de ma poche et composer rapidement un numéro.

— Police de Malibu-Lost Hills, j'écoute, fit mon interlocuteur.

— Bonjour, monsieur, répondis-je d'une petite voix tremblante.

Si on m'avait dit qu'un jour je ferais appel à eux.

— Que se passe-t-il ?

— Je pense qu'un homme est entré chez moi, continuai-je, toujours parfaitement dans mon rôle. Quand je suis revenu de mes courses, ma porte était ouverte et un homme se trouvait dans ma salle de bains.

— Bien, madame, je vais vous demander de nous attendre en dehors de la maison, nous allons vous envoyer une équipe. Il me faudrait votre nom et votre adresse.

— Je m'appelle Miranda Lid et je réside au 7163 Birdview Avenue, affirmai-je après avoir dû réfléchir à un nom plus rapidement que mon cerveau me le permettait.

— C'est noté, nous serons sur place dans cinq minutes, ne paniquez pas.

— Merci beaucoup, monsieur, lui répondis-je avant de raccrocher, un immense sourire se formant sur mon visage.

Exactement cinq minutes plus tard, une voiture se gara dans notre allée. Quand il s'agissait des quartiers chics, ils se montraient plutôt efficaces et ponctuels. Je les attendais, devant la porte de la villa, dans la position la plus terrorisée qu'il m'était possible d'adopter, et un des policiers s'approcha de moi.

— Mademoiselle Lid ?

Je hochai la tête pour acquiescer.

— Ne vous inquiétez pas, nous allons faire sortir l'homme et l'emmener au poste de police, m'expliqua-t-il tout en posant une main rassurante sur mon épaule.

Je hochai à nouveau la tête naïvement et je vis les quatre hommes armés entrer dans la maison avant de ressortir à peine quelques minutes plus tard. Lorsqu'ils passèrent à nouveau la porte, deux d'entre eux tenaient fermement Cuart, menotté et en caleçon, ce qui manqua de me faire exploser de rire. L'autre idiot nageait dans l'incompréhension, mais lorsque son regard croisa le mien, il ne lui en fallut pas plus pour comprendre qui l'avait mis dans cette situation.

Le policier qui s'était adressé à moi quelques minutes plus tôt vint m'expliquer la procédure qui allait suivre, mais je ne l'écoutais que d'une oreille, trop occupée à regarder le mafieux entrer dans la petite voiture.

Alors qu'ils étaient sur le point de partir, je lançai un dernier regard suivi d'un sourire et d'un petit signe de la main à Cuart qui me fusillait du regard depuis l'autre côté de la vitre. Il m'aurait tué s'il avait pu.

Ce petit jeu avait largement suffi à me calmer et j'étais de nouveau prête à passer un bon après-midi.

*

Il était une heure du matin lorsque Line passa la porte d'entrée, dans des vieux vêtements que les officiers avaient dû lui refourguer.

— Alors ton voyage gratuit en garde à vue ? demandai-je d'un air moqueur tout en détournant une demi-seconde le regard du film que je regardais pour pouvoir l'observer.

Il se contenta de serrer les poings et la mâchoire avant de changer de pièce sans aucune réponse. Je caressai le chaton qui était allongé sur mes cuisses, un sourire aux lèvres. J'aimais bien le détester. J'allais reporter mon attention sur mon film lorsque je reçus une notification. Un nouveau message d'Eden.

Eden <3 : *Parce qu'il arrive à cet homme de dormir ?? Qu'avez-vous fait du vrai Cuart ?*

Sa réponse me fit sourire. Eden était entré chez les Golden Reverse deux ans auparavant, car il possédait des informations indispensables pour mon père. Mais n'ayant pas une force hors du commun ni même un don pour le tir, Hanson avait essayé de le virer plus d'une fois après avoir obtenu ce qu'il voulait de lui. Au début, je m'y étais opposée par pur esprit de contradiction envers mon père, mais Eden était rapidement devenu un ami fidèle, mon « toutou » comme l'appelait Cuart, et le rayon de soleil de notre mafia internationale. Il était quelqu'un de fort psychologiquement, sûrement le plus fort que je connaisse. Il n'avait jamais flanché, même quand il avait perdu l'entièreté de sa famille après nous avoir rejoints. Il méritait tout le bonheur du monde.

Cuart

J'étais épuisé, exténué, vidé de toute énergie. Je n'avais même plus la force d'aller confronter cette gamine qui m'avait envoyé au poste de police. Je ne comptais pas les heures que j'avais passées en cellule, puis en salle d'interrogatoire, à leur expliquer qu'il s'agissait juste d'une mauvaise blague entre moi et ma « colocataire ». Je me laissai tomber sur mon lit, mais à peine avais-je touché le matelas que je me redressais immédiatement, trempé.

— BERRY ! criai-je à travers la maison.

— Oui ? répondit-elle d'un ton faussement innocent.

Elle savait ce que j'allais lui demander.

— Pourquoi mon lit est gorgé d'eau ?

— Il se peut que j'aie malencontreusement renversé un seau d'eau sur ton lit tout à l'heure, ricana-t-elle. Désolée, tu vas devoir changer de chambre cette nuit.

Cette connasse aimait-elle me pousser à bout ? Certainement, vu la vitesse avec laquelle elle arrivait à me mettre en rogne. Et pourtant, je la laissai gagner, je la laissai avoir le dernier mot, trop épuisé pour contester. Mais le pire était que ça devenait de plus en plus fréquent. Elle commençait à avoir cette emprise sur moi que je détestais, je n'avais plus l'énergie pour lui tenir tête constamment.

Je me dépêchai de changer de vêtements et de trouver une autre chambre. Heureusement, cette maison en possédait trois, même si je trouvais ça peu pour la surface totale de trois cents mètres carrés.

Ma nouvelle chambre était tout aussi grande, mais l'armoire était vide et le lit n'était pas fait, c'était réellement une chambre de secours… Mais c'était mieux que rien. Je n'osais même pas imaginer le cauchemar que ça aurait été s'il n'y en avait eu que deux.

CHAPITRE 9

Cuart

19 h 30, cela faisait une heure et demie que Berry était dans la salle de bains alors que nous étions censés être déjà partis. Ce soir, la mission était bien plus facile que d'habitude, Berry et moi devions simplement nous infiltrer dans une soirée masquée et récupérer une enveloppe qu'un homme nous remettrait. Je l'attendais dans le salon, assis sur un fauteuil, un verre de rhum à la main. J'avais plusieurs fois toqué à la porte pour lui demander de se dépêcher, mais chaque fois elle m'avait envoyé balader comme un vulgaire chien. Je resserrai mes doigts autour du verre, la prochaine fois que je me lèverais, ça serait pour enfoncer cette putain de porte.

— Alors comment je suis ?

Je redressai brusquement la tête. Perdu dans mes pensées, je ne l'avais pas entendue arriver. Mes yeux croisèrent ses iris quelques secondes, puis parcoururent son corps et, l'espace d'un instant, elle me fit penser à un mannequin. Elle portait une petite robe noire légèrement fendue à manches longues qui lui arrivait à mi-cuisse et qui lui allait à la perfection, au point qu'elle aurait pu faire complexer n'importe quel homme. Son corps faisait tourner les têtes, et malheureusement je ne faisais pas exception.

— Passable, dis-je sur un ton méprisant. Bon, on y va maintenant ?

Elle leva les yeux au ciel et ramassa son masque vénitien sur la table basse pour le ranger dans un sac à main noir qu'elle portait en bandoulière, avant de se diriger vers la porte d'entrée.

— Où est la Jeep ? s'étonna-t-elle une fois que nous fûmes dans l'allée.

— Elle a crevé hier.

— Sérieusement ? Et comment on est censés y aller ? fit la rouquine en croisant ses bras sur sa poitrine.

— À moto, répondis-je avec un rictus en appuyant sur la télécommande du garage.

Je montai sur la bécane, suivie par Berry. Il n'y avait pas de casque et, même si je maîtrisais parfaitement les bolides à deux roues, j'allais devoir rester prudent, d'autant plus que je n'étais pas seul dessus.

— Accroche-toi à moi si tu ne veux pas que je te perde en route, princesse, lui dis-je en allumant le moteur.

Elle ne m'écouta pas, mais, lorsque l'engin se mit en marche, ses bras m'enlacèrent la taille. J'esquissai un sourire satisfait.

Berry

Nous roulions à toute allure dans les rues de Malibu en direction de Los Angeles, et le vent dans mes cheveux détachés me faisait un bien fou. Ma tête collée au dos de Cuart me permettait d'entendre son cœur et automatiquement le mien s'était mis à battre à la même cadence. J'étais si bien à ce moment-là que j'aurais voulu que le trajet dure plus longtemps. La sensation d'être sur une moto, face au coucher de soleil, le vent fouettant mon corps, et de pouvoir me laisser porter les yeux fermés était une des meilleures que j'avais pu éprouver.

Nous arrivâmes dans la magnifique villa où nous avions rendez-vous et un vigile nous fit signe d'entrer. Je passai ma main autour du bras de Cuart.

— Tu as toutes les informations ? lui murmurai-je.

— Bien évidemment.

— OK, alors je te laisse gérer, lâchai-je tout sourire.

Il me lança un regard interrogateur.

— Je n'ai aucune envie de faire cette mission et tout seul c'est largement faisable, lui annonçai-je avant de me détacher de son bras.

Je comptais m'amuser un peu, je m'approchai du buffet sans oublier de subtiliser une coupe de champagne à un serveur qui passait, je savais pertinemment que je n'allais pas tarder à être abordée. C'était la suite logique pour une femme seule, un minimum apprêtée, au milieu d'hommes à qui on avait donné un tant soit peu de pouvoir.

— Excusez-moi, mademoiselle.

Presque trop prévisible.

— Oui ? répondis-je en me tournant en direction de l'homme qui venait de m'adresser la parole.

Qu'est-ce que j'adorais jouer à l'innocente !

— Ne restez pas seule, venez donc nous rejoindre.

J'esquissai un sourire à destination de mon interlocuteur, qui semblait avoir une trentaine d'années, et le suivis. Dans le petit salon, toutes les places étaient prises. Un homme aux tempes grisonnantes, avachi dans un des fauteuils, me fit signe de venir m'asseoir sur son genou. Je m'exécutai. Autour de moi ne se trouvaient que très peu de femmes, comme dans les soirées mafieuses en général, et la plupart étaient juste le trophée de leur homme. Malheureusement.

— Qui est la charmante demoiselle qui se cache sous ce masque ? me demanda un homme, affalé sur le canapé.

— Je ne vais tout de même pas enlever mon masque ! Cela retirerait tout le charme de cette soirée, répondis-je sur un ton aguicheur.

En tournant la tête quelques secondes, je remarquai Cuart qui m'observait du coin de l'œil et je lui adressai un sourire amusé avant de reporter mon attention sur mon auditoire.

— Ma jolie, ça te dirait de jouer à un jeu ? me susurra l'homme sur lequel j'étais assise tout en agrippant fermement ma cuisse.

— J'adore jouer, lançai-je. Mais quand je joue, je gagne toujours, et ce ne sont pas les règles qui m'en empêchent.

— Je doute que tu gagnes cette fois, renchérit-il tout en affichant un sourire répugnant.

— Tu es sûr de toi ?

L'homme retira brusquement sa main lorsqu'il sentit une lame de couteau caresser le dos de sa main.

— Ça sort d'où, ça ? s'écria un gringalet qui n'avait pas encore pris la parole.

Je me levai doucement, un sourire provocateur sur le visage.

— Messieurs, vous savez que vous me décevez ? dis-je en avançant de quelques pas.

Tous les regards étaient braqués sur moi.

— Vous n'avez toujours pas compris qu'une femme peut vous servir aussi facilement qu'elle peut vous détruire.

À peine avais-je fini ma phrase que je fis volte-face et lançai mon couteau. Il se planta à quelques centimètres de la tête du type qui avait posé sa main sur moi. Ce dernier resta immobile quelque temps, tout comme le reste des personnes autour de moi. Les expressions qu'ils affichaient me laissaient hilare.

— Mince alors, j'avais visé l'œil, ajoutai-je, au summum de mon amusement.

Soudain, une main se posa sur mon épaule.

— Permettez-moi de récupérer ma partenaire, fit une voix rauque.

Je tournai la tête en direction de Cuart, qui me fit signe que l'on pouvait partir.

— Passez une excellente soirée, messieurs, au plaisir de vous revoir, leur lançai-je avant de le suivre.

Après avoir salué le vigile, nous nous dirigeâmes vers la moto, garée plus haut dans la rue. Cuart se retourna face à moi :

— Tu aimes jouer avec le feu, pas vrai ?

Je n'arrivais pas à savoir si c'était un sermon ou si ça l'amusait.

— J'adore ça, répondis-je honnêtement. Mais, vu leurs réactions, ces hommes ne devaient pas être de grands mafieux.

Il hocha la tête et sortit son téléphone pour vérifier l'heure.

— Il est 21 heures, on rentre directement ou quelque chose te tente ? me demanda-t-il.

Je le fixai sans répondre. C'était officiel, je n'arriverais jamais à comprendre son comportement. Un autre jour, il m'aurait sûrement ordonné de monter sur la moto pour qu'on parte ou bien il aurait essayé de partir sans moi pour me faire chier, mais non, aujourd'hui il me demandait ce que je voulais faire.

Cuart

Nous étions sur le chemin du retour, et tout se passait plutôt bien. Nous nous trouvions sur une immense ligne droite avec peu de voitures, donc je décidai d'accélérer. Le tableau de bord affichait 130 km/h puis 140… 150…

À ma grande surprise, la rousse éclata de rire et je la regardai sans comprendre. Elle riait joyeusement, un rire qui semblait sincère. En fait, c'était la première fois depuis longtemps que je la voyais rire. J'accélérai à nouveau et je sentis les mains de Berry resserrer leur emprise sur ma chemise, ce qui me fit esquisser un sourire à mon tour.

160… 170…

— Cuart, qu'est-ce que tu fais ? cria-t-elle pour que je puisse l'entendre malgré le vent qui cinglait mon visage.

180…

— Cuart, arrête !

L'adrénaline qui montait était addictive.

190…

J'aurais aimé continuer à accélérer, mais si je ne commençais pas à ralentir maintenant, je n'arriverais pas à prendre le prochain virage, qui se rapprochait.

Berry

J'avais très mal dormi à cause du chat, qui avait passé la nuit à me réveiller. Un souvenir me revint à l'esprit : la veille, en descendant de la moto, tout mon corps tremblait, ce qui avait amusé ce crétin de Cuart. Note à moi-même : ne plus jamais monter à moto avec ce taré.

Je sortis de ma chambre et, à ma grande surprise, le mafieux se trouvait déjà dans la salle à manger. Quelle heure était-il ? Je lançai un regard vers le four que j'apercevais dans la cuisine et auquel nous n'avions pas touché depuis notre arrivée. Il indiquait 9 : 30. Cuart, réveillé à 9 heures du matin ? Impossible. Je m'approchai doucement pour regarder ce qu'il faisait.

— C'est ce que tu as récupéré hier ?

Il détourna les yeux de l'enveloppe qu'il tenait entre ses mains pour me répondre.

— Oui, et je ne sais ni ce qu'elle contient, ni ce que je dois en faire.

Je remarquai qu'il était légèrement tendu et, pour une fois, ce n'était pas ma faute. Je décidai de ne pas insister pour éviter qu'il ne passe ses nerfs sur moi et je pris la direction de la cuisine. Pour mon petit-déjeuner, je me motivai à faire une omelette avec du bacon et de l'avocat, mais, quand j'eus fini de tout préparer, je remarquai que j'en avais fait beaucoup trop et que je ne pourrais pas tout manger. Une idée me passa par la tête et, même si j'étais sceptique, je décidai de préparer une assiette pour Cuart.

Je lui apportai son assiette tout en portant la mienne dans l'autre main et je la déposai devant lui.

Il leva les yeux de son téléphone pour examiner ce que je faisais.

— Oh ! Tu me fais la bouffe maintenant ?

— Nan, je donne les restes au chien, lui répondis-je, blasée.

La sonnette l'empêcha de me répondre.

— Ne me dis pas que tu as invité le connard de la plage et ses potes, sinon je te jure que je te défonce ! m'agressa immédiatement Cuart.

Je me contentai de lever les yeux au ciel face à tant de gentillesse et me dirigeai vers l'entrée. Non, je n'avais invité personne et je n'avais pas la moindre idée de qui pouvait se trouver derrière la porte. En l'ouvrant, l'étonnement s'empara de mon visage.

— Eden, qu'est-ce que tu fais là ? dis-je en sautant au cou de mon ami.

Après quelques secondes, je le fis entrer sous le regard interrogateur de Cuart.

— Dans trois semaines, on est repérés, soupira ce dernier.

Je ne pouvais pas dire qu'il avait tort, car j'étais, au fond de moi, tout aussi sceptique. La présence d'Eden ne risquait-elle pas d'amener l'ennemi jusqu'à nous ?

— Tu es venu récupérer l'enveloppe ? demandai-je tout en m'asseyant à la table de la salle à manger, à quelques chaises de Cuart.

— Oui, me répondit Eden en s'asseyant à son tour.

— Et mon père te fait confiance ? continuai-je, intriguée.

— Il m'a dit mot pour mot : « Tu es la seule personne assez insignifiante pour pouvoir passer inaperçu et aller chercher mon enveloppe », me répondit-il ironiquement, imitant presque l'insupportable voix de Hanson. Je sais qu'il ne m'apprécie pas particulièrement, mais ça ne s'arrange pas avec le temps.

Mon père était vraiment un connard. Il avait envoyé Eden faire plus de six heures de vol en classe économique et plus d'une heure de taxi juste pour venir chercher une enveloppe sans se faire remarquer.

— Bon, comme tu es là, j'ai plein de choses à te raconter ! finis-je par dire avec un grand sourire. Pour commencer, figure-toi que le redoutable Cuart Line est un vrai bébé, il passe ses journées à dormir. C'est incroyable, du jamais-vu. Il fait des nuits de douze heures minimum et l'après-midi il lui arrive de faire la sieste. Il ne sait ni cuisiner, ni faire le ménage, et à part tirer dans tout ce qui bouge, ce mec est complètement inutile. Et il passe des heures sous la douche !

Eden m'écoutait tout en lançant de petits coups d'œil inquiets à Cuart.

— Tu n'avais qu'à le dire si tu avais envie de me rejoindre dans la douche, répliqua ce dernier. À moins que tu ne préfères les vestiaires ?

Les deux hommes laissèrent échapper un ricanement qui me fit froncer les sourcils. Il avait osé reparler de cette histoire de vestiaires. Je le haïssais.

— Ce n'est pas drôle.

— Bah, si, un peu, lâcha Eden. Tu es quand même entrée dans les douches des hommes en sous-vêtements alors qu'on venait de finir un entraînement.

À ses mots, il se mit à rire de plus belle et je sentis le regard moqueur de Cuart sur moi. Il fallait absolument que je change de sujet.

— J'avais quinze ans et je m'étais trompée de vestiaire, les gars, vous êtes graves ! essayai-je de me défendre. Mais là n'est pas le sujet, ce qui m'énerve, c'est que Cuart connaisse toute ma vie alors qu'il ne parle absolument jamais de lui. Si ça se trouve, son père a tué sa mère et je ne suis pas au courant.

Mince, ma langue avait dérapé.

Cuart se leva brusquement, frappant du poing sur la table, toute once de moquerie ayant disparu de son regard.

— Ça suffit, Berry ! Ma vie ne te regarde absolument pas et maintenant arrêtez de me faire perdre mon temps, prends ta putain d'enveloppe et dégage, cracha-t-il tout en la faisant glisser sur la table.

J'avais peut-être dépassé la limite.

— Cuart, le boss m'a aussi chargé de te dire qu'il avait confié ta division à Nick durant ton absence, fit Eden, d'une voix presque inaudible.

— OK, je m'en fous, lui répondit sèchement le mafieux.

Bras droit de Hanson, plus jeune chef que les Golden Reverse aient jamais connu, Cuart dirigeait une division avec quatre-vingt-dix hommes sous ses ordres. Sa division, comme toutes les autres, possédait trois sous-divisions, une dans la drogue, une dans les armes et la dernière dans le prêt sur gage. Et, évidemment, la sienne était la plus puissante des Golden Reverse...

Je n'y crus qu'à moitié quand il prétendit s'en ficher. Eden récupéra l'enveloppe sans ajouter un mot, il se dirigea vers l'entrée et, avant de refermer la porte derrière lui, il m'adressa un petit sourire :

— J'ai appris pour Loïs, toutes mes condoléances, je sais qu'il comptait beaucoup pour toi.

Une fois qu'il fut parti, je me tournai vers Cuart :

— Désolée, c'était stupide de ma part de dire...

— Ta gueule, m'interrompit-il. Ta gueule, je ne veux plus t'entendre.

Je restai quelques instants sans voix, honteuse.

— Écoute, Cuart, je ne pensais pas que c'était un sujet sensible…

— Tu ne comprends pas quand on te parle ou tu le fais exprès ? Je t'ai dit de la fermer.

Je ne répondis plus rien, je ne savais plus quoi faire.

— Sérieusement, huit milliards de gens sur cette terre et il faut que je me retrouve avec toi ? Eh bien, tu sais quoi ? Va rejoindre ton Loïs qui te manque tant, ça me fera des vacances.

Mes lèvres se retroussèrent pour laisser apparaître un minuscule sourire crispé sur mon visage et une larme roula le long de ma joue.

Et nous voilà, encore une fois, à nous cracher les mots les plus durs et les plus blessants que nous connaissions à cause d'une stupide erreur… Notre problème, c'est que nous souhaitions constamment que l'autre souffre autant que l'on souffrait et ça allait finir par nous détruire plus que l'on ne l'était déjà.

CHAPITRE 10

Cuart

J'étais complètement bourré. Ces cauchemars de merde avaient repris. J'avais réussi à ne plus y penser, mais il avait fallu que tout revienne. Il avait fallu qu'elle en parle. À présent, dormir était une épreuve tout aussi éprouvante que rester éveillé ; j'allais devenir fou. Je me levai pour chercher une nouvelle bouteille dans la cuisine. Lorsque le chat se mit à miauler, je contins mon envie de lui donner un coup de pied et me contentai de lui verser des croquettes. Puis je m'avançai en direction du jardin.

Assis sur la terrasse, je contemplais le coucher de soleil tout en buvant directement au goulot. Je sentis que quelqu'un s'asseyait à côté de moi, mais je ne pris pas la peine de détourner le regard du ciel. Elle prit la bouteille de ma main pour la porter à sa bouche, prenant une grande gorgée, et se mit à son tour à contempler le soleil.

— Toi non plus, tu n'es pas dans une bonne période ?

— C'est si flagrant ? lui répondis-je tout en reprenant la bouteille.

À vrai dire, je ne savais même pas pourquoi je prenais la peine de lui répondre, l'alcool ayant la mauvaise manie de me rendre plus docile, car il laissait ressortir mon épuisement face à la vie. Ce n'est qu'après quelques minutes qu'elle reprit la parole.

— Je me suis toujours dit que ça devait être ennuyant d'avoir une vie normale.

— Pour le coup, je veux bien te croire.

— Et pourtant, une partie de moi aimerait savoir ce que ça fait d'aller en cours, de faire des soirées avec des gens de mon âge, de ne pas avoir un père qui te demande de tuer un tel ou un tel pour je ne sais quelle raison. Tu sais, une vie d'étudiante, rien que ça…

Je ne répondis rien. Je l'écoutais respirer et, quand je me décidai à la regarder, je découvris une adolescente, la peau parfaitement hydratée, les cheveux attachés en deux tresses, le visage illuminé par les derniers rayons du soleil et sans la moindre trace de maquillage. Elle avait les yeux rivés sur la plage. Elle brillait, je le voyais, elle rayonnait, malgré le fait qu'elle avait l'air d'avoir passé des heures à pleurer, elle se tenait droite, le menton haut. Et j'avais cette sensation quand je la regardais, cette envie de la détruire, cette rage qui brûlait, car elle possédait en elle tout ce que j'aurais aimé avoir. Car, à mes yeux, elle était détestablement parfaite.

— Je ne t'ai jamais vu pleurer, me fit-elle. Même pas une toute petite larme.

— Ça n'en vaut plus la peine, répondis-je.

— Loïs me disait toujours que j'avais le droit de pleurer, que ce n'était pas de la faiblesse, mais juste le signe qu'après tu serais plus fort.

Elle tourna la tête à son tour pour venir plonger ses yeux verts dans les miens et elle m'adressa un petit sourire qui laissait transparaître une profonde tristesse. Nous étions tous les deux dans un état pathétique.

— Désolée, chuchota-t-elle avant de reporter son attention sur la vue.

Nous restâmes là, sans un mot, à nous relayer la bouteille jusqu'à ce que je sente sa tête tomber sur mon épaule, somnolente. Je n'avais ni la force ni l'envie de l'envoyer balader.

Je me réveillai avec un mal de crâne tellement insupportable que j'aurais pu casser tout ce qui se trouvait autour de moi. En ouvrant les yeux, je constatai que je m'étais endormi sur la terrasse. Cela expliquait sans doute le mal de dos.

— Oh, la gueule de bois ici ! s'exclama la rouquine qui se trouvait à quelques pas de moi, une tasse fumante à la main.

— T'as une sale tête aussi, lui répondis-je dans un grognement.

— Je tiens à te rappeler que j'ai moi aussi dormi sur la terrasse, donc je n'ai pas mieux dormi que toi.

Je me souvenais que j'avais décidé de vider une ou deux bouteilles de vodka et qu'elle m'avait rejoint, mais je n'arrivais pas à me souvenir de quoi nous avions parlé. À quoi bon de toute façon ?

— Qu'est-ce que tu bois ? lui demandai-je en me relevant.

Je fronçai les sourcils. De douleur. Un marteau tapait l'intérieur de mon crâne.

— Une infusion au gingembre.

Je m'avançai vers elle et, quand je fus à son niveau, je lui pris la tasse des mains, sous son regard étonné, puis j'en pris une gorgée.

— Putain, c'est chaud !

— Bah oui, c'est une infusion, répondit-elle en levant les yeux au ciel. Bon, j'ai besoin d'une douche.

L'eau chaude me faisait un bien fou après cette nuit quelque peu atypique. Je repensais à notre conversation de la veille, pas très longue certes, mais inhabituelle. J'avais l'impression que plus le temps passait et moins je le comprenais.

Je sortis de la douche, une serviette autour du corps, et quand j'ouvris la porte de la salle de bains, je me retrouvai nez à nez avec le mafieux. Il s'arrêta brusquement, manquant de me rentrer dedans, et je sentis alors son regard tomber sur ma serviette avant qu'il ne remonte vers mes lèvres.

— Cuart ? demandai-je en voyant qu'il ne bougeait pas.

Il ne me répondit pas et se contenta de continuer son chemin. Je détestais quand il agissait comme ça.

Je poussai un long soupir afin de retrouver mon calme avant de me rendre dans ma chambre, qui se situait au bout du couloir. Une fois que je fus habillée, je m'assis sur mon lit pour regarder rapidement mes notifications. Je soupirai en découvrant trois appels manqués de mon père, mais je n'y prêtai pas plus d'attention. Je n'avais aucune envie de lui parler. Puis, à ma grande surprise, mes yeux tombèrent sur un message de Julia. Pourquoi ma cousine m'avait-elle écrit ? On ne se parlait jamais.

Julia : *Vous êtes toujours à Malibu ?*

Le bonjour était optionnel ? Je n'avais pas envie de lui répondre. En revanche, ma colère contre mon père augmenta. Il nous avait dit de ne prévenir personne, de sortir le moins possible, mais lui ne s'était pas gêné pour informer tout le monde de notre localisation.

Autant donner notre adresse à la taupe. Je me contentai de lui répondre par un « pourquoi ? » avant de verrouiller mon téléphone.

Julia était l'informaticienne des Golden Reverse basés à New York, c'était donc elle qui se chargeait du transfert d'informations en toute sécurité. Nous avions grandi ensemble, mais pas de la même façon. Elle avait perdu ses parents, la sœur de mon père et son mari, à ses deux ans, l'année de ma naissance. Son tuteur légal n'était autre que mon charmant père, qui l'avait rapidement mise sous la responsabilité d'une nounou pour s'en débarrasser. C'était elle seule qui avait décidé de rejoindre notre réseau mafieux à sa majorité.

Cuart

Il était 17 heures et je traversais le salon, le chaton dans les bras.

— Putain !

La voix de Berry provenait de la plage et je décidai de m'en approcher pour voir ce qu'il se passait. Je me plaçai au bord de l'immense terrasse, de laquelle on pouvait apercevoir, quelques mètres plus bas, la rouquine s'entraîner. Je posai délicatement le petit chat sur la barrière et l'entourai de mes avant-bras pour qu'il ne tombe pas, sans pour autant détourner le regard de la jeune femme. Je l'observai perfectionner ses mouvements déjà bien maîtrisés, donner des coups de poing et de genou dans le vide.

— Regarde, Junior, qui est-ce qui s'entraîne, dis-je tout en retournant la boule de poils qui ne regardait pas dans le bon sens. Peut-être qu'un jour elle sera aussi forte que moi, ricanai-je.

Oui, j'avais fini par lui donner un nom, puisque Berry en était incapable. C'était la preuve que j'étais peut-être un peu attaché au chaton, mais bon, de toute façon elle avait décidé de le garder. Je reportai mon attention sur Berry, qui faisait une pause pour boire. Elle ne tarda pas à remarquer ma présence.

— Tu comptes juste me regarder ou tu vas bouger ton cul et venir t'entraîner ? me lança-t-elle, moqueuse. Tu n'as plus mal à la tête, non ?

J'esquissai un sourire mauvais avant de lui montrer mon majeur comme unique réponse. Je n'avais aucune envie de me battre avec elle, la dernière fois, on sait comment ça s'était fini… Je récupérai le chat et retournai dans la villa. En passant à côté de la table basse en verre, le bruit d'une notification attira mon attention. Par curiosité, je jetai un coup d'œil au portable de l'autre emmerdeuse et ma respiration s'accéléra d'un coup.

Julia : *Cuart t'a aussi fait tester le canapé ?*

— Pourquoi tu regardes mon téléphone ? me surprit une voix dans mon dos.

Berry

Cuart se retourna brusquement tout en attrapant mon téléphone.

— Qu'est-ce que t'a raconté Julia ? me demanda-t-il après quelques secondes de silence à se regarder dans le blanc des yeux.

Je le regardais sans comprendre.

— Je n'ai presque pas parlé avec elle, pourquoi ?

Cuart fuyait mon regard.

— Rends-moi mon téléphone, lui ordonnai-je en tendant la main.

— Non, tu peux très bien t'en passer quelques heures.

Je n'avais aucune envie d'argumenter, donc je me rapprochai de lui, au point qu'il ne restait que quelques centimètres entre nos deux corps. J'entrouvris mes lèvres, ce qui attira son attention. Il avait les yeux rivés sur ma bouche, et lorsque j'enroulai mon bras gauche autour de sa nuque, il baissa sa garde pendant une seconde, ce qui me permit de récupérer mon téléphone dans sa main et de me reculer rapidement de lui.

Je découvris avec étonnement le message de Julia. C'était officiel, j'étais larguée.

— Tu m'expliques, Cuart ? Parce que là je ne suis pas sûre de comprendre.

Il poussa un long soupir avant de se passer la main sur le front.

— J'ai fait une erreur la dernière fois et j'ai demandé à Julia de fermer sa gueule, mais apparemment c'est plus fort qu'elle.

Il m'énervait à toujours tourner autour du pot. Il ne pouvait pas aller droit au but, comme il le faisait si bien quand il s'agissait de m'insulter ? Logiquement, je m'imaginais un millier de scénarios.

— Cuart ! m'impatientai-je.

— Je ne te dois aucune explication, finit-il par cracher en tournant les talons.

— Sauf que je te rappelle que si toi tu ne le fais pas, Julia ne se gênera pas pour le faire.

Il poussa un grognement, se tournant à nouveau vers moi.

— Un soir, j'avais trop bu et Julia m'avait chauffé…

— Attends, l'arrêtai-je quand sa phrase fit tilt dans ma tête. T'es en train de me dire que t'as couché avec Julia juste là ?

Je pointai le canapé du doigt, ahurie par ce que je venais de comprendre et dégoûtée au vu du temps que j'y avais passé.

— Je viens de te dire que j'étais bourré.

Pour une raison que j'ignorais, cette information fit bouillonner mon sang. Je me connaissais assez pour savoir que mes joues étaient devenues rouges. Mais qu'est-ce que ça pouvait bien me faire ?

— Oh, je comprends ! finis-je par m'énerver. En fait, notre cher Cuart Line a un passe-temps : mettre dans son lit toutes les meufs avec qui il part en mission.

Il y a des fois où il vaut mieux se taire. Celle-ci en faisait partie. Mais j'étais bien trop énervée pour écouter ma voix intérieure qui me disait de la fermer.

— C'est donc pour ça que tu m'as embrassée y a deux semaines ! Et du coup, je me pose une question : Amber, tu as aussi tenté quelque chose ou elle t'a recalé ?

— Mais pour qui est-ce que tu me prends ? Je n'ai jamais regardé Amber et encore moins Julia. Toi, Julia, c'était juste des erreurs et tu es sûrement la pire !

Je l'avais cherché. À quoi je m'attendais en jouant à la fille jalouse ?

— Donc, à moins que tu ne veuilles que je te fasse une liste de toutes les meufs avec qui j'ai couché, je vais nourrir Junior, lâcha-t-il sèchement en quittant la pièce.

Je n'espérais rien du tout de sa part, mais se faire traiter d'erreur n'est jamais agréable à entendre.

Après tout, il ne me devait absolument rien et j'avais moi-même eu plus d'une aventure par le passé. Le baiser que nous avions échangé ne voulait absolument rien dire, à part que la solitude commençait à se faire ressentir.

Mon regard tomba sur le chat, que Cuart avait déposé sur la table. Je voulus le caresser, mais il s'échappa pour rejoindre Cuart. Il le suivait absolument partout, ce qui était incroyablement mignon. Il portait bien le nom que le mafieux lui avait attribué. Junior. Même *mon* chat avait choisi son camp.

Je regardai l'écran de mon téléphone pour la énième fois avant de me diriger vers ma chambre. J'avais besoin de relâcher toute ma frustration sur quelqu'un et qui de mieux que ma cousine pour ça ? Je m'assis sur mon lit, pianotant rapidement un message :

Te vanter ne fera pas de toi quelqu'un de plus respectable;) T'es en manque d'attention ?

Et ce n'était même pas un quart de ma pensée. Julia était une salope au quotidien et son message pas tellement bienveillant n'en était qu'une infime preuve. Sa réponse arriva dans la minute, ma mâchoire se contracta.

Julia : *Tu empestes la jalousie, cousine.*

Moi, jalouse ? Et pourquoi je le serais ?

*

— Quelle journée de merde, soupirai-je. Encore.

L'ambiance entre Cuart et moi ? Tendue. Nous ne nous étions presque pas adressé la parole ces derniers jours, voire pas du tout. J'étais épuisée mentalement, mon corps engourdi avait besoin de bouger, malheureusement j'étais, comme qui dirait, enfermée dans cette maison à faire et refaire les mêmes choses chaque jour en compagnie, non pas d'une personne qui me détestait, mais d'une personne qui m'ignorait. C'était pire.

Je me levai du canapé sur lequel j'étais affalée depuis plusieurs heures et me dirigeai vers la salle de sport. J'ouvris violemment la porte pour annoncer ma présence.

— Je vais devenir folle si je ne sors pas de cette maison immédiatement, lançai-je à Cuart, qui était en train de faire des abdos.

Aucune réponse, même pas un regard.

— Donne-moi les clés de la Jeep, ordonnai-je alors en m'arrêtant devant lui.

Il fit encore quatre abdos avant de s'arrêter pour me regarder. Son léger débardeur noir lui collait au torse.

— Tu as souvent tendance à oublier que je ne suis pas ton chien, me répondit-il sèchement.

— C'est pour faire les courses.

— On les a faites il y a trois jours.

— Il faut acheter de la litière pour Junior.

— Il y a un sac d'avance dans la buanderie, arrête de me prendre pour un con.

Je fronçai les sourcils, énervée. Je n'avais plus la moindre excuse.

— Je te demande juste de me laisser sortir de cette putain de maison, je veux aller traîner avec Anastasia, Livio et Noah, faire quelque chose !

— Le groupe de la plage ? Mais tu es stupide ou quoi ? Tu les as rencontrés une fois, mais tu leur fais déjà confiance ? Qui te dit qu'ils ne font pas partie d'une mafia ennemie ?

Je poussai un long soupir.

— Ce sont des gens sympas avec qui je veux passer du bon temps. Maintenant, donne-moi les clés avant que je n'aie envie de brûler la villa.

— Si ça ne tenait qu'à moi, je t'aurais déjà renvoyée à New York. Mais là, hors de question.

Je le dévisageai de haut en bas, lui lançant un regard à la fois mauvais et moqueur.

— Menteur, finis-je par souffler avant de quitter la pièce qui empestait l'homme, frustrée.

*

23 h 45. Hors de question que ce soit lui qui ait le dernier mot. J'avais attendu qu'il soit parti se coucher depuis une bonne heure pour sortir de ma chambre et me rendre dans l'entrée. J'avais l'impression d'être l'ado rebelle dans un film américain. Je fouillai dans le panier à clés à la recherche de celle de la maison et de la voiture, sans résultat. Mais avait-il bien pu mettre cette clé ? Je regardai dans le petit tiroir du meuble sur lequel était posé le panier, cherchant désespérément ne serait-ce qu'un trousseau. Soudain, la lumière s'alluma, me faisant sursauter. Je me retournai, Cuart était adossé au mur, il me regarda quelques secondes avec un sourire narquois avant de sortir de sa poche ce que je cherchais désespérément.

— C'est ça que tu cherches ?

Oui, connard.

Il agita les clés, l'agacement fusait dans mes veines. J'essayais tant bien que mal de ne pas détourner le regard en direction de son torse, dénudé, une fois de plus. Son jogging tombait dangereusement bas sur ses hanches et je remarquai à quel point il pouvait être attirant. Que ce fussent ses abdos dessinés, son bras tatoué, ses clavicules qui ressortaient légèrement ou même les deux petites mèches noires qui tombaient sur son visage. Chaque partie de son corps était taillée pour faire tressaillir n'importe qui.

Je secouai la tête pour chasser ces pensées, ce n'était pas le moment de baver sur ce clébard. Il m'énervait, oui, il m'énervait au plus haut point. Je détestais cette façon qu'il avait de me considérer comme une gamine et le fait qu'il puisse m'interdire certaines choses, malgré mon envie et mes tentatives de lui désobéir.

Il me narguait toujours, agitant le trousseau sous mon nez, je sortis furtivement mon arme de mon sac, sans laquelle je ne comptais absolument pas partir, et la pointai entre les deux yeux de l'homme qui me faisait face.

— Sois mignon, ne joue pas avec ma patience.

La nonchalance avec laquelle il sortit son Colt de son jogging me fit enrager. Nous restâmes là durant de longues secondes, l'arme de l'un visant la tête de l'autre dans cette atmosphère pesante.

— Sinon quoi, princesse ?

Bien qu'habituellement méprisant, ce surnom dans sa bouche sonnait d'une froideur singulière. Ses yeux noir néant me faisaient clairement comprendre que notre confrontation n'aurait pas de bonne issue si je décidais de persister.

Je baissai alors mon pistolet avec dégoût et passai furieusement à côté de lui, le bousculant d'un coup d'épaule avant de lui lancer un regard noir. J'allais devoir annuler la soirée avec Anastasia, car je ne voyais aucune solution pour sortir d'ici et ma bêtise avait des limites, je ne les amènerais pas jusqu'à nous.

— Si tu savais à quel point tu me gonfles, lui lançai-je avant de claquer violemment la porte de ma chambre.

CHAPITRE 11

Berry

Il était tard. J'étais sur le siège passager d'une magnifique Mustang. Je n'avais pas osé soutenir le regard meurtrier de Loïs sur moi, donc j'avais gardé les yeux baissés, fixant mes pieds.

— J'en ai marre de devoir venir te chercher à chaque fois que tu causes des problèmes, Berry.

Il ne m'appelait jamais par mon prénom. Il était énervé.

— C'est eux qui ont commencé, m'étais-je défendue, telle l'enfant que j'étais.

Je n'avais même pas quatorze ans à l'époque et Loïs n'était mon mentor que depuis un peu plus d'un an.

— Je sais que ce n'est pas facile pour toi, *tesoro*, mais la mort de ta mère ne doit pas t'obliger à te mettre dans ce genre de situation juste pour faire plaisir à ton père.

L'eau martelait la vitre dans un bruit apaisant.

— Je suis désolée, Loïs…

C'était la troisième fois déjà depuis la mort de ma mère, qui remontait à la semaine précédente, que Loïs avait dû venir me chercher dans le coin le moins bien fréquenté du Bronx.

— Aujourd'hui encore, tu étais seule face à trois cons de dix-sept ans. Ça ne s'est pas joué à grand-chose. Je veux bien comprendre que tu aies besoin de te défouler, promets-moi juste de ne plus y aller si je ne suis pas là, avait-il poursuivi avec un petit sourire. J'ai encore des choses à t'apprendre, mais je suis persuadé qu'un jour tu pourras avoir le monde à tes pieds.

Une petite étincelle était apparue dans ses yeux marron, et j'avais la certitude, à ce moment-là, que quoi qu'il m'arrivât, je pouvais me reposer sur lui. Peu importe la situation. Même après la mort de ma mère, même après mes trop nombreuses bêtises à répétition, il aurait été là, sans jamais me blâmer, juste pour m'aider à m'en sortir. Mais ce n'était plus le cas.

Je rouvris les yeux et fixai le plafond, comme durant les trois dernières heures. Ce souvenir était gravé dans ma mémoire. Une dernière larme glissa le long de ma joue, puis sur ma mâchoire. J'étais étendue de tout mon long sur le canapé et je n'avais envie de rien. J'avais l'impression d'avoir été poignardée de l'intérieur et mon corps refusait de bouger. Je savais que je n'aurais jamais dû décrocher, j'aurais dû faire ce que j'avais fait durant cinq jours, c'est-à-dire ignorer les appels incessants de mon père.

Mes yeux me brûlaient, ma tête tournait, mais plus aucune larme ne coulait et ces douleurs n'étaient que superficielles face à celle qui me rongeait à petit feu. J'avais touché le fond.

Cuart

Je n'en pouvais plus. Pourquoi fallait-il qu'elle se laisse mourir de cette façon ? Cela me rongeait un peu plus chaque jour et j'avais de plus en plus de mal à l'ignorer. J'entrai à nouveau dans le salon, me postant devant elle pour la énième fois.

— Berry, ça fait deux jours que tu n'as absolument rien avalé !

Elle tourna légèrement la tête vers moi. Son magnifique regard vert, qui était habituellement lumineux, semblait complètement éteint, sans la moindre lueur. Elle reporta son attention sur le plafond sans m'adresser un mot. Je remarquai, sur la petite table de nuit, que le verre d'eau que je lui avais apporté il y a deux heures n'avait pas bougé et je laissai échapper un long soupir. Je n'avais pas la moindre idée de ce que je pouvais faire. De ce que je devais faire. Fallait-il que je la laisse se détruire ? Hanson ne le tolérerait pas.

— Il s'est débarrassé d'absolument tout…

La rouquine venait de prononcer sa première phrase depuis ce qui me paraissait une éternité. Et je ne savais pas de quoi elle parlait.

— Ce chien qui me sert de père s'est débarrassé de tout ce qui appartenait à Loïs, jusqu'à son corps, sans même me demander mon avis. Il a brûlé l'entièreté de ses affaires et a fait disparaître son cadavre. Je n'ai même pas eu le temps de le voir une dernière fois, de récupérer ne serait-ce qu'un objet… J'ai juste eu droit à la photo d'une immense flamme et je suis censée accepter que l'on me l'ait retirée ? Je suis censée accepter que je ne le reverrai jamais ? Mon grand frère…

Ses mots arrivèrent à mes oreilles et j'entendis la colère mêlée au désespoir l'envahir un peu plus à chaque parole, me serrant l'estomac. Sa voix était fébrile, cassée, et résonnait comme si elle voulait arrêter de lutter.

— Il était le seul à vouloir m'aider.

Elle fit une pause, prenant une grande inspiration.

— Il était le seul à être présent.

Elle ferma les yeux.

— Je veux disparaître.

Cette phrase me percuta. Face à moi se trouvait une fille à bout de forces qui appelait désespérément à l'aide. Elle souffrait, je le voyais bien. Je comprenais ce qu'elle ressentait, cette sensation de vide dans la poitrine, cette impression d'être abandonnée, de n'avoir ni maison ni objectif. Je n'avais pas envie de la voir se détruire ainsi.

Je m'accroupis à sa hauteur et je posai une main sur le haut de son crâne. Elle ouvrit de grands yeux surpris et tourna la tête vers moi.

— Mets-toi en bombe, princesse, il est temps pour nous de sortir de cette fichue maison, lui dis-je le plus gentiment que ma personne le pouvait.

Elle posa un œil interrogateur sur moi, ce qui me fit esquisser un très léger sourire en coin.

— Si nous restons une seconde de plus ici, toi comme moi, nous allons finir par en mourir, lui lançai-je avant de me redresser.

J'étais assis sur mon lit, à faire défiler bêtement le fil d'actualité de mon téléphone, attendant le top départ de Berry. Un bruit de verre brisé me fit lever la tête et, lorsqu'un nouveau bruit sourd s'ensuivit, j'attrapai mon arme et fonçai m'assurer de ce qu'il se passait. En m'engouffrant dans la salle de bains, je fus surpris de trouver Berry, énervée, s'appuyant contre le rebord du lavabo, un lisseur allumé sur le sol et le coin de l'immense miroir fissuré. Je ne pus réprimer un soupir de soulagement.

— Qu'est-ce qu'il se passe ? demandai-je tout en m'approchant d'elle.

Elle poussa un long râle avant de me regarder à travers le miroir de ses yeux verts perçants.

— Je n'arrive pas à me coiffer, souffla-t-elle.

Ses yeux me disaient qu'elle était à bout de nerfs, et quitte à l'avoir fait sortir de son état léthargique, autant que cette soirée se passe bien pour éviter qu'elle ne replonge.

Je ramassai le lisseur et pris délicatement une mèche de cheveux dans ma main. J'étais concentré sur ma tâche, lissant mèche par mèche ses cheveux roux tout en sentant son insistant regard émeraude posé sur moi dans la glace. Je levai les yeux pour venir rencontrer les siens.

— Tu vas la poser, ta question ? finis-je par m'impatienter.

Elle n'hésita pas une seconde avant de me demander :

— Où as-tu appris à lisser les cheveux ?

Assez prévisible. Je n'avais pas vraiment le profil du parfait coiffeur.

— J'ai une petite sœur, lui répondis-je tout en reportant mon attention sur la mèche entre mes doigts.

Elle ouvrit de grands yeux.

— Sérieusement ? La pauvre, ricana-t-elle.

Si elle pouvait rire, si faiblement soit-il, c'est que j'avais réussi à lui retirer un certain poids des épaules, et c'était officiel, rire lui allait bien mieux. Quand elle remarqua que je ne comptais pas répondre, elle posa une nouvelle question.

— Comment est-elle ?

Je m'arrêtai une seconde, plongeant dans mes souvenirs.

— Elle s'appelle Ino, elle a à peu près un an de moins que toi. Et je t'avoue que physiquement, à part te dire qu'elle a les cheveux noirs, je ne serais pas en mesure de te la décrire, car je ne l'ai pas vue depuis que je suis entré chez les Golden Reverse.

Tellement d'années que je ne l'avais pas vue, au point que je me demandais à quoi elle ressemblait aujourd'hui, son caractère, ou même si elle arrivait à être heureuse. Mes yeux dérivèrent vers le bas du visage de Berry. Sur ses lèvres. Bordel, Cuart, tu commences à faire une fixette !

— Tu t'inquiétais pour moi tout à l'heure ? me demanda-t-elle soudainement alors que je pensais que la discussion était close.

Je réprimai un petit rire.

— Ça, c'est la blague de l'année !

Mon manque d'attention me fit toucher le lisseur avec mon index gauche, ce qui m'arracha un juron. Je plaçai mon doigt dans ma bouche tout en posant violemment l'objet à côté d'un des robinets. Ce n'est qu'après une dizaine de secondes que la douleur s'atténua et que je pus rapidement finir ce que j'avais commencé.

— Bon, maintenant, tu te dépêches, je t'attends dans la Jeep, lui lançai-je avant de quitter la pièce.

CHAPITRE 12

Cuart

Quand la rouquine prit place sur le siège passager, je démarrai immédiatement le 4×4 pour prendre la route, n'en pouvant plus d'attendre.

— Où va-t-on ? me demanda-t-elle.

C'est vrai que je ne le lui avais pas dit. Un sourire se dessina sur mon visage et, sans détourner les yeux de la route, je répondis :

— En boîte, princesse, la meilleure boîte de Malibu.

Et durant l'entièreté du trajet, je sentis ses yeux verts posés sur moi, me détaillant sans la moindre discrétion. Le sourire que j'avais réussi à lui faire esquisser un peu plus tôt avait disparu.

Je me garai dans une rue bondée où les commerces et décorations étaient tellement nombreux que les lampadaires paraissaient inutiles à l'éclairage. Lorsque je descendis de la voiture, je remplis mes poumons d'une grande bouffée d'air et je fus heureux de constater que, pour la première fois depuis un moment, ce n'était pas une odeur d'eau salée qui venait se loger dans mes narines. Sortir se vider la tête était la meilleure idée.

Berry déposa le petit paquet de chips qu'elle avait accepté de manger sur le trajet – c'était mieux que rien –, ouvrit la portière, sortit de la voiture et contempla la grande allée passante. Je fus obligé de remarquer qu'elle portait une robe dos nu en satin vert sapin qui lui arrivait mi-cuisse, accompagnée de bottes effet crocodile mi-mollet. Le vert devait être la couleur qui lui allait le mieux, il s'accordait à la perfection avec ses yeux et faisait ressortir l'orange de ses cheveux. À peine avions-nous posé un pied à l'intérieur de la boîte que de nombreux regards se posèrent sur nous. Je me forçai à détendre ma mâchoire. Non pas que les filles qui me mangeaient du regard me dérangeassent, mais les coups d'œil déplacés vers la rouquine à ma droite m'écœuraient. Je balayai la pièce du regard à la recherche d'un coin tranquille, mais quand je voulus reporter mon attention sur Berry, elle n'était plus là. Bordel ! S'il fallait que je la surveille comme une gamine, je n'allais pas m'en sortir.

Berry

J'essayai de me déplacer au milieu de la foule. Je ne savais pas si cet endroit me permettait de respirer à nouveau ou m'étouffait encore plus. Mes yeux étaient focalisés sur un canapé libre dans le fond et je tentais de l'atteindre du mieux que je pouvais.

Je poussai un soupir lorsque j'arrivai enfin à son niveau, mais, alors que je m'apprêtais à m'asseoir, un homme accompagné d'une blondasse s'y installa juste sous mes yeux. Mon sang ne fit qu'un tour, mon humeur massacrante rendant ma patience inexistante.

— Eh, connard ! Dégage de là avec ta pétasse, tu n'as pas vu que j'étais arrivée ici avant toi ? aboyai-je.

La femme, qui devait sûrement travailler ici en raison de son uniforme, leva les yeux au ciel et partit sans un mot. L'homme, lui, ne fit pas un mouvement, se contentant de me fixer avec un sourire mesquin.

— Aurions-nous affaire à une tigresse ?

Tout dans son apparence me répugnait : il portait une simple chemise blanche et un pantalon noir et tenait dans sa main un verre qui semblait contenir un mélange d'alcool. C'était le stéréotype du mec lourd. Pourquoi fallait-il que, où que j'aille, je doive tomber sur ce genre de phénomènes ? Je n'avais plus la moindre envie de me confronter à lui. Je tournai les talons sans lui adresser un regard pour chercher un verre au bar.

— Je suis déçu, je pensais que tu avais plus de caractère, trésor.

Je m'arrêtai immédiatement. Ses mots m'avaient frappée comme un coup de couteau, un rappel à l'ordre. Personne n'avait le droit de m'appeler « trésor » ! Et encore moins lui. Ma main se glissa rapidement à l'intérieur de ma chaussure, jusqu'au niveau de mon tibia, contre lequel se trouvait mon clip point, le couteau dont je ne me séparais jamais. Je le brandis au-dessus de ma tête, prête à déverser toute ma haine et mon mal-être sur ce parfait inconnu, mais une main s'empara soudainement de mon poignet, me forçant à baisser le bras.

Je me tournai alors en direction de l'homme derrière moi, sachant pertinemment que j'allais tomber sur Cuart. Je n'étais qu'à quelques centimètres de lui et il me transperçait du regard sans pour autant me lâcher le bras.

— Écoute-moi, Karlyn, fit-il sèchement, me forçant à le dévisager. Oui, tu vas mal, oui, tu as besoin d'extérioriser, oui, tu es perdue, mais il va falloir que tu arrêtes de faire des conneries ! Tu n'as plus quatorze ans, tu ne peux pas faire n'importe quoi sans te soucier des conséquences.

Je le fixai d'un regard méprisant. Qui était-il pour prétendre comprendre ce que je ressentais ? Et puis sérieusement, quel culot ! Comme si lui se souciait des conséquences de ses actes ? Ça restait encore à prouver.

— Jusqu'à présent je m'en suis très bien sortie ! lui crachai-je.

— Sauf que maintenant Loïs n'est plus là pour rattraper tes erreurs !

Cuart

Son visage se décomposa et toute trace de haine disparut de ses yeux infectés de sang. Elle avait cessé de résister sous mes doigts et, lorsque je lâchai son poignet, elle déposa l'arme dans le creux de ma main.

— Je vais prendre l'air, lâcha-t-elle en pivotant sur les talons.

Je l'observai se diriger vers l'extérieur tout en glissant le couteau dans ma poche, puis j'attrapai fermement l'épaule de l'homme qui avait assisté à toute la scène et qui, à présent, se dirigeait dans une direction que je trouvais trop identique à celle de la rouquine. Il n'eut d'autre choix que de s'arrêter sous la puissance de ma poigne.

— Je vais poser des règles simples. Tu la touches, tu lui parles ou même tu la regardes et c'est moi qui te plante, lui dis-je assez bas pour qu'il soit le seul à profiter de mes paroles.

Je le sentis se raidir, ce qui me fit esquisser un sourire avant de le lâcher brutalement, et lorsqu'il disparut de mon champ de vision, je sus que j'allais enfin pouvoir profiter de ma soirée.

*

Les lumières vagabondaient d'un coin à l'autre de la pièce à une vitesse folle et la musique résonnait dans l'espace rempli de monde. J'étais tranquillement assis au bar, observant la population autour de moi. Comme je conduisais au retour, je ne m'étais contenté que d'un verre, et, en me perdant dans mes pensées, je me rendis compte que cela faisait plusieurs années que je n'avais pas mis un pied dans un tel endroit sans mission à exécuter. Mes yeux continuaient de se balader dans la pièce quand mon téléphone sonna. « Boss ». J'hésitai une petite seconde, surpris de l'heure à laquelle il appelait, avant de me lever pour me rendre sur la terrasse et répondre.

— Qu'y a-t-il ?

— Berry ne répond pas au téléphone et j'aimerais savoir ce qu'elle fait. Je ne la connais que trop bien pour savoir qu'elle ne va pas vouloir rester tranquille.

Je relevai les yeux en direction de la baie vitrée qui me donnait une vue d'ensemble sur la pièce animée et mes yeux se posèrent sur la rouquine en train de donner un uppercut dans la mâchoire d'un homme que je n'avais jamais vu auparavant. Je grimaçai devant la violence du coup.

— Disons qu'elle gère sa frustration comme elle peut. Vous m'excuserez, mais j'ai quelque chose sur le feu, dis-je avant de raccrocher et de m'engouffrer à nouveau dans la salle où la musique battait son plein malgré l'animosité grandissante.

Je me frayai rapidement un chemin pour venir me poster à côté de Berry, qui se trouvait debout devant une table, face à deux hommes qui semblaient approcher dangereusement la quarantaine.

— Je peux savoir pourquoi tu as fait ça ? lui demandai-je calmement tout en observant les deux hommes face à elle.

— Ce connard a essayé de m'arracher le collier que Loïs m'a offert, lâcha-t-elle sans m'adresser un regard.

OK, réaction compréhensible.

— T'as de la chance d'être une fille, sinon je t'aurais explosé la gueule, cracha l'homme qui s'était pris le coup, en plongeant ses mains dans ses poches et en tournant les talons, après avoir compris que j'étais avec elle.

— Pardon ? J'ai mal entendu ? répliqua Berry, ahurie. Ramène-toi pour voir, espèce de chien !

Je poussai un soupir. Moi qui voulais passer une soirée sans me prendre la tête.

Il fit volte-face, le visage déformé par l'énervement. Il me tapait déjà sur les nerfs. Il commença à cracher des insultes, criant toujours plus fort, mais n'osant étrangement pas s'approcher d'elle, de nous. Chaque parole qui sortait de sa bouche m'agaçait un peu plus et, lorsqu'il finit par frapper d'énervement la table qui nous séparait, ce fut la goutte de trop. Je n'hésitai pas une seconde avant d'enfoncer le couteau qui se trouvait dans ma poche dans le dos de sa main droite. Quand on y pense, c'était ironique venant de la part d'une personne qui avait empêché une autre de faire exactement la même chose il n'y a même pas deux heures.

— Bien, je pense que le débat est clos, dis-je en me frottant les mains.

Dans un premier temps, l'homme ne réagit pas, sous le choc, et les quelques personnes ayant vu la scène, excepté Berry, restèrent pétrifiées par la surprise et la violence dont j'avais si calmement fait preuve. Puis, quand le blessé reprit ses esprits et se mit à crier, sa main accrochée à la table, je lançai un coup d'œil à la rouquine.

— Karlyn, voiture, immédiatement, fis-je sèchement tout en me dirigeant vers la porte les mains dans les poches.

J'étais irrité.

CHAPITRE 13

Cuart

J'avais les yeux rivés sur la route et les mains crispées sur le volant.

— Tu n'avais pas à intervenir, j'étais largement en mesure de remettre ce con à sa place ! me reprocha-t-elle alors.

— Sauf que je t'avais dit de rester tranquille, répondis-je tout en resserrant encore ma prise sur le volant.

— Et moi, je t'ai dit qu'il essayait de me prendre mon collier ! s'indigna-t-elle.

— Oui, mais c'est qu'un putain de collier !

— Ce collier est tout ce qui me reste de lui et tu le sais très bien ! cracha-t-elle tout en serrant son émeraude dans la paume de sa main.

Mon pied relâcha l'accélérateur. J'avais passé une soirée pas terrible et j'étais en train de rejeter la faute sur elle alors qu'elle ne passait pas une meilleure soirée que moi et que, si nous étions sortis, c'était aussi pour elle. Surtout pour elle.

— Ouais, désolé, c'est vrai, concédai-je.

Mon changement d'attitude soudain eut l'air de la déboussoler.

— Putain de lunatique, soupira-t-elle avant de ramener ses jambes vers sa poitrine et de tourner la tête vers la fenêtre. D'ailleurs, tu me dois un couteau.

*

Quand je sortis de la salle de bains, il devait être une heure du matin. Nous ne nous étions plus adressé la parole de tout le trajet. Je traversai le couloir, silencieux, une serviette autour de ma taille, et quand je passai à côté de la chambre de Berry, je remarquai Junior, qui pleurait et grattait pour entrer.

— Berry, le chat veut te rejoindre, dis-je en poussant la porte.

Le petit fauve entra fièrement et, en relevant la tête, je remarquai que la pièce était plongée dans le noir.

— Tu dors déjà ? demandai-je tout en m'appuyant dans l'encadrement de la porte.

Je ne reçus aucune réponse, mais je savais pertinemment que ce n'était pas le cas. J'attendis quelques secondes avant d'entendre un reniflement et je décidai d'entrer. En arrivant face à son lit, mes yeux s'étaient habitués à l'obscurité et je remarquai qu'elle me tournait le dos. Je m'assis en tailleur sur l'espace libre du matelas, rabattant la couverture sur mes jambes.

— Tu es épuisée mentalement, pas vrai ?

Elle se retourna dans ma direction, seule sa tête dépassait du drap, et posa ses yeux émeraude sur moi.

— J'ai l'impression qu'il y a quelque chose qui cloche dans ma tête. Pourquoi est-ce que j'ai envie de tout casser ? Pourquoi j'ai l'impression que personne ne m'écoute ?

Elle parlait rapidement. Ses mots étaient saccadés, comme si garder ces questions pour elle lui aurait été fatal. C'est moi qui avais merdé tout à l'heure, alors autant assumer les conséquences de mes actes au moins une fois dans ma vie.

— Parle-moi, j'ai tout mon temps. Je t'écouterai. Jusqu'à demain matin s'il le faut, mais parle, on se sent plus léger après.

Je devrais changer de métier et me reconvertir en clown. « Parle, on se sent plus léger après. » Venais-je réellement de prononcer cette phrase ? Moi, Cuart Line ? Alors que j'étais un professionnel dans l'art de tout garder en moi et que je n'avais jamais été capable de me confier à qui que ce soit ? Alors que je portais un fardeau depuis que j'avais huit ans ? On aura tout vu.

Et ces paroles, je les avais adressées à la personne qui avait le don de m'énerver d'un simple sourire. Mais le plus ironique dans cette histoire, c'est que je pensais chaque mot que j'avais prononcé, j'allais l'écouter le reste de la nuit s'il le fallait.

Je croisai son regard. Ses yeux me demandaient si j'étais sincère et j'acquiesçai d'un minime hochement de tête.

— Je… euh… Loïs est entré chez les Golden Reverse un an avant toi, il y a sept ans, fit-elle. J'avais douze ans à cette époque et cela faisait déjà un an que mon père avait engagé un prof pour me former et que je puisse travailler avec lui plus tard. Déjà, ma mère n'aimait pas l'idée que l'on m'entraîne à devenir désirable, à manier les armes et tout ce qui allait avec, pourtant elle n'avait pas vraiment eu son mot à dire. Elle acceptait mon père et son gang, mais tout ça ne faisait pas vraiment partie de son monde.

Elle prit une grande inspiration. Je voyais sur son visage qu'elle se repassait les scènes dans sa tête.

— À l'époque, je ne m'entendais pas du tout avec mon mentor et, quand Loïs est arrivé, mon père lui a demandé de prendre sa place, donc il s'occupait de moi en parallèle de ses activités. Je ne sais comment, il a trouvé les mots pour m'amadouer, car, déjà à cet âge, je n'étais pas facile. Il m'a appris une grande partie de ce que je sais, si ce n'est tout, continua-t-elle. Dès que j'avais une blessure, un secret, un doute ou une question, je me tournais vers lui, il était mon confident, mon ami et mon modèle. Il ne m'a jamais envoyée bouler et j'ai progressé vraiment rapidement grâce à lui, ou en tout cas suffisamment pour que mon père s'intéresse réellement à moi pour la première fois depuis ma naissance. Et c'est l'année d'après, celle de ton arrivée, que j'ai perdu ma mère, c'est pour ça que tu ne l'as jamais vue, je pense.

Et pourtant, je l'avais bel et bien croisée par le passé, même si ce n'était pas dans les meilleures circonstances.

— J'étais assez proche de ma mère, même si je ne la voyais que les week-ends, elle était mon lien avec le monde normal et je l'aimais de tout mon cœur. Peu avant mes quatorze ans, mon père a décidé que je rejoindrais les Golden Reverse, mais elle s'y est totalement opposée et tous les soirs ils se disputaient pendant des heures, jusqu'au jour où mon père m'a appelée pour me dire que les ADD23, les plus gros opposants de la mafia de mon père, avaient envoyé un de leurs hommes agresser ma mère et qu'elle avait été retrouvée morte dans son appartement.

Mon cœur se pinça légèrement.

— Après ça, j'en ai voulu à la terre entière, me battant dès que j'en avais l'occasion, et mon deuil a été assez mouvementé, bien trop. Je ne compte pas le nombre de fois où on a dû venir me chercher, car je m'étais mise dans une situation délicate. Il n'y a aucun doute, je suis toujours dans l'excès. Bien que j'aie été préparée toute ma vie à entrer chez les Golden Reverse, mon père a quand même tenu à me faire passer le test d'entrée. Le mien a été d'aller tuer l'agresseur de ma mère. Je n'avais pas encore quatorze ans, mais j'ai récupéré toute la haine que j'avais en moi, j'ai attendu dans un coin de rue cet homme qui devait avoir le double de mon âge, et même si ça m'a valu huit points de suture et un traumatisme crânien, je l'ai abattu. Dans un certain sens, je pense que ça m'a aidée à aller mieux, lâcha-t-elle avec un petit rictus que je ne savais pas comment prendre.

Son regard se perdit dans le vague, sa voix devenant de plus en plus faible.

— Loïs était le dernier pilier qu'il me restait, celui qui m'empêchait de vriller, il était une figure fraternelle, le seul homme que je considérais de ma famille… mais, maintenant, c'est fini, lui aussi m'a abandonnée et je me retrouve toute seule comme une enfant, à devoir gérer le deuil de celui qui m'a aidée à surmonter le précédent.

Sa voix était de plus en plus faible et à peine avait-elle fini sa phrase qu'elle s'était assoupie, ce qui m'arracha un petit sourire que je réprimai immédiatement. Plus le temps passait et plus je commençais à comprendre ce qui bouillonnait dans sa tête, je m'étais surpris plusieurs fois à la fixer et j'étais même satisfait qu'elle se soit confiée à moi. Je détestais avoir de plus en plus de mal à la détester.

Berry

Sentir le sable sous mes pieds nus était toujours aussi relaxant, mais cela ne suffisait plus à me détendre entièrement. Je sirotais doucement mon milk-shake chocolat-banane tout en me dirigeant vers la villa. Presque deux mois que j'étais arrivée à Malibu et pourtant j'avais l'impression que rien n'avançait. Mon stupide père n'appelait même pas une fois par semaine et c'était uniquement pour nous confier des petites missions ennuyantes à mourir pour que l'on reste discrets. Il était incapable de nous donner des informations sur la situation. Il ne savait ni comment agissait la taupe, ni pour quelle organisation elle travaillait, sans compter qu'il avait perdu une trentaine d'hommes, des sommes colossales, et qu'il restait enfermé chez lui sous haute surveillance. Traduction : on était dans la merde.

— Je suis rentrée ! annonçai-je.

— T'étais où ? grogna mon colocataire en arrivant dans la pièce, le chat allongé sur son avant-bras.

Ils passaient désormais tout leur temps ensemble et c'était incroyablement mignon.

— J'étais parti me chercher un milk-shake, dis-je en levant mon gobelet.

— Encore ? fit-il en fronçant les sourcils. Tu en bois presque un par jour.

— Normal, on parle de la meilleure boisson qui existe. En plus, il y a un marchand à six cents mètres, je serais folle de ne pas en profiter.

— Dis surtout que tu veux te taper le vendeur.

Je fis mine de réfléchir.

— Blond, bagues, sourire charmant, c'est vrai que c'est tout à fait mon style, répondis-je avec un sourire en coin.

Bien sûr que non, je n'avais même pas eu une once d'intérêt pour le vendeur, mais je ne voulais pas rater une occasion de provoquer Cuart. Je portai la paille à ma bouche et je vis ses yeux dériver vers mes lèvres avant qu'ils ne reviennent soutenir mon regard.

— Ça ne t'empêche pas de me mater dès que tu me croises, ricana-t-il.

Mon milk-shake manqua de ressortir par mes narines. Une fois de plus, il ne portait pas de t-shirt, ce qui était devenu une habitude, et je ne pus m'empêcher de rougir.

— On en reparlera quand tu auras appris à t'habiller, putain d'exhibitionniste.

Je m'apprêtais à sortir de la pièce, mais, avant d'arriver dans le couloir, je me rappelai quelque chose qui me fit me retourner brusquement.

— Cuart, on n'avait pas fini notre conversation la dernière fois, l'interpellai-je alors qu'il venait de s'installer dans le canapé, dos à moi.

— De quoi tu me parles ? demanda-t-il en penchant sa tête afin d'avoir un contact visuel avec moi, faisant tomber les mèches noires qui trônaient habituellement sur son front.

— Tu sais, tu m'avais dit « on verra ».

Il sembla enfin comprendre où je voulais en venir, son visage se durcit et il se redressa.

— J'ai dit ça pour que tu fermes ta gueule, car tu ne voulais pas me foutre la paix, lâcha-t-il.

— Allez, Cuart, c'est dans à peine trois heures ! me plaignis-je.

— Veux-tu que je te rappelle comment ça s'est fini la dernière fois que tu es allée en boîte ?

— Oui, je sais, mais cette fois il y aura Anastasia, Noah et Livio, je ne ferai pas de bêtise, promis.

Il se crispa davantage. Il n'aimait vraiment pas Livio, je ne comprenais pas pourquoi.

— De toute façon, je n'ai pas le droit de te laisser t'éloigner d'ici, et encore moins seule. Si ton père apprend que l'on s'expose…

— On s'en fout, de mon père, il n'est pas fichu de nous prévenir de quoi que ce soit !

Qu'est-ce qu'il pouvait m'agacer quand il jouait au petit soldat parfait.

— De toute façon, je t'ai dit non, tu n'auras pas les clés de la Jeep.

— T'as qu'à venir avec nous, tu passes tes journées à tourner en rond !

— Non, c'est non, Berry, bordel, j'ai l'impression de parler avec une gamine, souffla-t-il en se levant après avoir posé le chat au sol.

Je n'avais plus le choix, il fallait que je l'aie à l'usure. Je me mis à le suivre à travers la maison, lui répétant continuellement les mêmes mots :

— S'il te plaît, s'il te plaît, s'il te plaît, s'il te plaît…

Il me traitait comme une enfant, j'allais faire l'enfant. Heureusement, sa patience était très courte, voire inexistante, je n'allais donc pas avoir à faire ce numéro encore longtemps. En nous approchant de la cuisine, je sentis qu'il atteignait sa limite.

— S'il te…

Je n'eus pas le temps de finir ma phrase que je fus plaquée contre le mur. Je grimaçai sous la violence du choc.

— Ça veut dire oui ?

Il grogna avant de plonger son regard sombre dans le mien. Ce mec était un être primitif ou quoi ? Il ne communiquait que par grognements.

— Écoute-moi bien, princesse, si tu ne te tais pas, je trouverai moi-même un moyen de le faire, lâcha-t-il.

Ses iris, d'un noir aussi profond que ses pupilles, fixaient mes lèvres. Je m'approchai doucement.

— Si tu veux que je me taise, il te suffit de me dire oui, soufflai-je contre son visage.

Il recula rapidement, passant une main dans ses cheveux, et il poussa un énième soupir.

— Tu m'énerves. C'est la première et dernière fois que je cède à tes caprices de gamine pourrie-gâtée.

J'avais enfin réussi, après tout ce temps. Comme quoi, le travail paye. Je sautai de joie avant de me précipiter dans ma chambre, j'avais deux heures et quarante-cinq minutes pour trouver ma tenue.

Cuart

Cette fille allait me rendre fou. J'enfilais mes baskets et j'étais en train de faire mes lacets quand j'entendis un bruit de talons résonner dans le couloir. Je me redressai. La rouquine apparut quelques secondes plus tard, vêtue d'un magnifique pantalon bleu marine droit. Elle avait complété la tenue par un top, lui aussi bleu marine, à bretelles, qui moulait sa poitrine, sublimée par un col en V. Elle était chic sans que ça la vieillisse pour autant.

— On est parti ! lança-t-elle en attrapant un sac à main qui traînait sur le portemanteau.

Son visage rayonnait comme celui d'une une petite fille et je réprimai un petit rire.

— T'es vraiment une princesse jusqu'au bout des ongles, dis-je avant de refermer la porte.

Oui, c'était une princesse, autant par sa beauté et sa prestance que par son caractère écrasant. Putain de princesse de merde, où est-ce qu'elle me traînait encore ?

CHAPITRE 14

Berry

Je voyais bien au visage crispé de Cuart qu'il n'était toujours pas convaincu par cette soirée.

— Détends-toi, c'est juste une petite fête, lui conseillai-je tout en vérifiant mon maquillage dans le miroir du pare-soleil.

— J'appréhende, c'est tout, répondit-il sans détourner les yeux de la route.

— Qu'est-ce que tu fais ici alors ?

Il me lança un regard furtif avant de se reconcentrer sur la route.

— Je n'aurais pas dû accepter, cracha-t-il.

— Si t'es pas content, eh bien c'est pareil, car c'est trop tard maintenant, ricanai-je.

Je me tournai vers la fenêtre après avoir relevé le pare-soleil. À vrai dire, j'étais impatiente de les revoir, surtout Anastasia, avec qui je m'étais sentie à l'aise et à ma place. Elle était chaleureuse, une qualité qui manquait pas mal à mon entourage. Mais il fallait que je me calme, on ne vivait pas dans le monde des Bisounours.

— Berry, tu n'as vu ces gens qu'une fois, comment peux-tu avoir autant confiance en eux ? Tu ne sais pas s'ils ont de mauvaises intentions derrière la tête.

— Une chose est sûre, ils sont plus aimables que toi.

Je croisai mes bras sur ma poitrine, vexée qu'il ait raison. J'avais envie de lui hurler que j'étais tombée sur de bonnes personnes, que je ne comptais plus mes discussions jusqu'à pas d'heure avec Anastasia pour parler de tout et de rien, la façon dont elle m'expliquait comment s'étaient passées ses années de lycée, tandis que je restais floue sur les occupations de mes journées. Elle m'apportait un lien avec la normalité, qui me faisait un bien fou, elle me parlait comme si j'étais comme elle. Mais il ne comprendrait pas, car, s'il y a bien une chose que notre métier nous a apprise, c'est qu'on ne peut jamais être certain des réelles intentions des gens.

Il poussa une mèche noire de son front et grogna, comme chaque fois qu'il était irrité, c'est-à-dire souvent. Son mouvement attira mon attention sur le soleil tatoué au dos de sa main. Il était magnifique, dessiné dans un style héraldique, et possédait des yeux ainsi qu'une bouche. Je n'avais jamais réellement prêté attention à ses tatouages auparavant, et malgré l'indéniable beauté du dessin, on pouvait distinguer un relief qui le traversait, comme s'il avait été fait sur une cicatrice. Cette pensée attisa ma curiosité.

Je m'apprêtais à lui poser une question, mais il me devança :

— C'est ici ? me demanda-t-il en se garant.

Je sortis mon téléphone pour vérifier l'adresse avant de hocher la tête pour confirmer. Une main toqua alors à ma fenêtre et je me retournai en sursaut. Je fus rassurée de trouver Anastasia, tout sourire, de l'autre côté de la vitre. J'ouvris ma portière à la volée et sautai au cou de la jeune femme, que j'avais l'impression de connaître depuis longtemps.

— Contente que tu aies pu te déplacer ! me lança-t-elle en me rendant mon étreinte.

— J'ai finalement réussi à le faire bouger, dis-je en désignant Cuart, qui sortait de la voiture, d'un signe de la tête.

Je reculai d'un pas pour admirer mon amie. Elle portait une petite jupe en cuir et un haut en tulle noir à paillettes qui laissait entrevoir son soutien-gorge, lui aussi noir. Sublime.

— Où sont Noah et Livio ?

— Ils nous attendent un peu plus loin dans le parc, me répondit-elle, toujours aussi rayonnante.

Elle s'empressa d'attraper ma main, Cuart nous suivait d'un pas nonchalant.

Cent mètres plus loin, je repérai les deux garçons, la tête dans leur téléphone. Livio leva immédiatement les yeux lorsqu'il remarqua notre présence et afficha un sourire narquois.

— Comment ne pas tomber sous le charme d'une divinité pareille ? fit-il tout en s'approchant dangereusement de moi. Ravi de voir que tu as pu venir, continua-t-il dans le creux de mon oreille.

Il prit ma main et l'embrassa, ce qui me fit pousser un petit rire amusé. Cuart vint se planter à côté de moi, lançant un regard à glacer le sang à mon interlocuteur, qui recula d'un pas. Au fond de moi, je savais que Livio ne lui arrivait pas à la cheville. Pourtant, cette rivalité entre les deux me faisait rire. Sous la pression que le regard du mafieux lui mettait, le blond lui adressa un sourire contrit.

— Salut, mec, content que tu viennes avec nous, nous n'avions pas eu l'occasion de faire connaissance la dernière fois.

Les lèvres de mon colocataire se relevèrent en un rictus méprisant. Je profitai de ce moment pour m'éclipser en direction de Noah, qui parlait avec sa copine. J'espérais que Livio ne comptait pas sympathiser avec mon pit-bull, car c'était peine perdue, je voyais bien qu'il prenait sur lui pour ne pas le descendre.

Cuart

Pourquoi étais-je là, déjà ? J'allais rapidement avoir besoin d'alcool si je ne voulais pas vriller.

Je marchai les mains dans les poches au côté du deuxième garçon, Noah il me semble, après avoir dû me coltiner l'autre crétin. Berry affichait un immense sourire que je ne lui avais jamais connu. Les deux filles marchaient quelques mètres devant nous, débordant d'une énergie qui me donnait mal à la tête. Je voyais bien qu'Anastasia nous avait cernés, aussi bien moi que Berry, elle jouait à la fille bête, mais elle analysait chaque détail, alors que Livio, lui, était juste un abruti fini.

— Tu te demandes comment ils font pour être constamment excités ? me demanda calmement Noah.

Je fus étonné par sa question, mais je poussai un soupir.

— J'ai laissé tomber, ils me donnent la migraine, me contentai-je de lui répondre.

Il afficha un sourire presque invisible et, lorsque je reportai mon attention sur la rue devant moi, Anastasia se retourna brusquement.

— La boîte est à la prochaine à gauche ! nous informa-t-elle avant de continuer sa discussion avec Berry.

— Et pourtant, c'est ce sourire que j'aime le plus chez elle, reprit l'homme à ma gauche.

C'est vrai, Berry m'avait informé que Noah et Anastasia étaient ensemble.

— Mais merci de ne pas me laisser seul avec ces trois-là, ajouta-t-il.

Il n'était ni méprisant ni froid, juste calme. C'était de loin le plus supportable du groupe.

*

Je pris un troisième shot, je sentis l'alcool brûler le long de ma gorge et je reposai violemment le petit verre. Mon attention se porta sur Noah, qui prenait une gorgée de bière.

— Tu sais où sont les autres ? demandai-je quand je constatai qu'aucun d'eux n'était dans les parages.

— Anastasia est aux toilettes et je n'ai pas vu Livio depuis un moment, mais Berry est juste là, fit-il en pointant du doigt la piste de danse.

Je me retournai et, effectivement, la rousse se déhanchait sur du Shakira au milieu des gens.

— Elle a l'air de s'éclater, ajouta Noah en portant à nouveau sa bière à sa bouche.

— Oui, elle aime se faire remarquer, elle aime plaire et elle aime que tous les regards soient sur elle, répondis-je sèchement en me retournant afin de ne plus l'avoir dans mon champ de vision.

— Ah, Livio est de retour, m'annonça Noah. Il a rejoint Berry.

À ces mots, je reportai mon attention sur la piste de danse et fus énervé de le voir chuchoter quelque chose à l'oreille de Berry. Qu'est-ce que ce connard pouvait bien lui vouloir ?

Lorsqu'il posa ses mains sur ses hanches, la colère s'empara de moi et je n'attendis pas plus longtemps avant de me lever, laissant Noah seul au comptoir. Je traversai la pièce d'un pas déterminé, bousculant les personnes qui se trouvaient sur mon passage. Il était hors de question que ce mec en chien pose ses mains sur Berry !

— Tu as trois secondes pour retirer tes mains de là, dis-je en remontant une manche de ma chemise.

Surpris par ma menace, Livio tourna la tête vers moi et une once de panique le traversa.

— Eh mec, qu'est-ce qu'il y a ? J'ai le droit de danser avec elle.

Je ralentis la cadence.

— Tu auras aussi le droit d'aller à l'hôpital si tu ne la lâches pas immédiatement, répondis-je avec un sourire mauvais tout en craquant mes doigts.

Le blondinet déglutit, mais ne retira pas sa main pour autant. Changement de programme, j'allais le tuer.

CHAPITRE 15

Cuart

J'enfonçai mon poing dans la tête de Livio, le repoussant violemment et l'obligeant à lâcher Berry pour reculer de quelques pas. Je ne l'avais pas loupé et, avec un peu de chance, je lui avais même cassé le nez. Je voyais flou et une seule pensée traversait mon esprit, je ne voulais pas qu'il s'approche d'elle.

— Mais, espèce d'abruti, c'est quoi ton problème ? s'écria une personne à ma droite.

Berry se tenait juste là, ahurie par ma violence soudaine et injustifiée.

— Ma soirée se passait trop bien, c'est ça ? Tu avais envie de me la gâcher ? renchérit-elle.

— Tais-toi, Berry, t'es torchée et ce connard veut profiter de toi !

Ça ne serait pas la première fois et aujourd'hui j'aimais mieux prévenir que guérir.

Certaines personnes autour de nous s'étaient arrêtées de danser pour regarder ce qu'il se passait.

— Le seul connard que je vois ici, c'est toi, Cuart ! Vis ta vie, retourne baiser Julia, je ne sais pas, moi, mais laisse-moi danser avec qui je veux !

— Parce que tu penses être en mesure de me faire une quelconque leçon ? Tu sais quoi, Berry, va te faire foutre et démerde-toi pour rentrer, moi je me tire d'ici.

J'étais vexé, oui. Et sur les nerfs, comme d'habitude. En partant, je bousculai violemment avec mon épaule le blond, qui manqua de perdre l'équilibre à nouveau.

Berry

Cuart quitta la piste et tout reprit normalement, comme si de rien n'était. Punaise, il avait le don de m'énerver. Mais il n'avait peut-être pas tort sur le fait que j'avais bu trop d'alcool. Je me retournai vers Livio et pris son visage entre mes doigts afin d'examiner sa joue.

— Ça va, ça ne te fait pas trop mal ? Tu es bien rouge.

— Ne t'en fais pas, me répondit Livio avec un petit sourire. Il a juste dû passer une mauvaise soirée.

— Non, évite de lui trouver des excuses, il s'est énervé pour rien et a voulu se défouler sur toi, lui répondis-je en le lâchant. Je déteste quand il fait ça.

Anastasia arriva en courant.

— Je prends le relais, lança-t-elle en attrapant le bras de Livio. Toi, va retrouver Cuart avant qu'il ne fasse une connerie.

Je lui adressai un regard étonné. Et pourquoi est-ce que je ferais ça ?

— Hors de question que je lui coure après, il n'a qu'à arrêter de faire le con.

— Je ne te demande pas de lui courir après, je te demande d'empêcher un homicide.

— Il est assez grand pour se gérer tout seul, la contredis-je, bien décidée à ne pas bouger d'ici.

— Écoute, j'en ai vu suffisamment pour comprendre que ton coloc sexy n'est pas du genre à réfléchir avant d'agir et qu'il n'a pas non plus l'air de se fixer des limites.

Elle soutenait mon regard avec insistance et je fus obligée d'avouer qu'elle n'avait pas tort, donc je finis par céder, empruntant le même chemin que le mafieux plus tôt en traînant presque des pieds.

Une fois dehors, l'air chaud caressa ma peau et je poussai un long soupir. Je me dirigeai vers la voiture, n'ayant pas d'autre idée de là où il pourrait se trouver. En arrivant face à la Jeep, j'aperçus Cuart, adossé à la portière passager, les yeux rivés sur le ciel éclairé d'un milliard de petites étoiles.

— Tu m'as attendue, finalement ? demandai-je en me positionnant à côté de lui.

— Non, j'ai juste deux verres de whisky et trois shots de vodka dans le sang, me répondit-il.

Je l'aurais bien charrié, mais je n'étais pas sobre non plus.

— Pourquoi tu es là ? Tu n'es pas restée à la soirée avec tes « potes » ? me demanda-t-il sèchement, sans pour autant daigner me regarder.

— La faute à qui ? soupirai-je.

Nous restâmes là, sans un mot, pendant plusieurs secondes interminables. Je ne savais même pas pourquoi je l'avais suivi, ni même pourquoi il avait réagi si impulsivement, et je n'avais pas envie de le savoir, je n'avais pas envie de réfléchir. Je voulais profiter, pour de vrai.

— Pourquoi tu agis comme ça avec eux ? Tu ne fais même pas d'effort pour les apprécier, c'est à peine si tu leur adresses un regard.

Je ne reçus aucune réponse. Malheureusement pour lui, j'en voulais une et j'étais bien décidée à l'avoir.

— Je sais très bien que tu n'es pas du genre à socialiser ni même à supporter qui que ce soit, mais ça te tuerait d'essayer ? continuai-je tout en me postant devant lui.

Il se redressa, s'écartant de la portière, me surplombant de sa taille bien trop imposante. Il me fixa de son regard ravageur, prit mon menton entre ses doigts, son pouce sur le coin de mes lèvres. Il approcha légèrement sa tête de moi.

— Je pars du principe que tout le monde me déteste, princesse, ça va plus vite.

Il poussa un long soupir avant de se remettre dans la position où je l'avais trouvé, adossé à la Jeep, les yeux fermés. Il était de nouveau calme, comme si rien de cette soirée ne s'était produit. C'était inévitable, dès que je parlais avec lui, j'avais l'impression d'avoir un coup retard, ses réactions étaient un mystère pour moi et pourtant je continuais d'essayer de comprendre.

— Y a dix minutes, tu me disais d'aller me faire foutre, lui fis-je remarquer.

Il ouvrit un œil avant de le refermer rapidement.

— Les gens changent.

— Pas à cette vitesse, rétorquai-je.

Il poussa un long râle, mais, pour une fois, je ne pensais pas en être la cause.

— J'ai besoin de dessoûler, grogna-t-il finalement.

— On va chercher des milk-shakes ?

Il rouvrit les yeux, me détaillant à la recherche d'une trace d'humour.

— Attends, tu as vraiment envie d'un milk-shake ? À 2 heures du matin ? finit-il par me demander, comme si c'était inimaginable.

— Oui, je rêve d'un milk-shake aux cookies. Donc, on y va ?

Il me scruta quelques secondes.

— Non.

Quel rabat-joie, sérieusement !

— Et je pourrais savoir pourquoi ?

— Je n'aime pas les milk-shakes, lâcha-t-il.

Mon corps se figea. Impossible. J'avais mal entendu. Cuart Line était un tordu jusqu'à la moelle, mais il y avait des limites. Je n'arrivais pas à accepter sa réponse, je venais de perdre tout espoir en lui.

— Ce n'est pas que tu n'aimes pas, c'est juste que tu n'as pas encore trouvé ton parfum ! affirmai-je.

De toute façon, je ne voyais que cette possibilité.

Cuart

Comment je m'étais retrouvé à suivre Berry à travers Hollywood Boulevard ? Je ne répondrai pas à cette question.

— C'est encore loin, ton histoire ? me plaignis-je.

— Mais non, c'est tout près !

Je poussai un soupir tout en la regardant marcher à peine deux mètres devant moi. Elle avait relevé ses cheveux en un chignon qui tournait déjà de l'œil et elle avait les yeux rivés sur l'application GPS de son téléphone. Elle était attirante. Comme si elle était la dernière étoile du ciel, n'importe quel homme se serait senti obligé de la contempler.

— Et tu penses vraiment qu'il sera ouvert à cette heure-là ? Princesse, il s'agirait de réfléchir, finis-je par lui dire.

— C'est un des glaciers les plus connus de tout LA pour votre information, monsieur Line, et le week-end il est ouvert 24h/24, me répondit-elle en se retournant vers moi pour m'adresser un sourire satisfait tout en continuant d'avancer.

J'esquissai à mon tour un sourire quand je remarquai la fin du trottoir derrière elle.

— Peut-être que je devrais te prévenir, mais…

Je m'arrêtai dans ma phrase, bien décidé à attendre qu'elle s'approche plus du bord.

— Me prévenir de quoi ? insista la rouquine sans pour autant arrêter de marcher à reculons.

— Juste qu'il y a une marche derrière toi.

Au moment où je prononçai ma phrase, le pied de Berry se posa sur la route, lui faisant perdre l'équilibre. Sa cheville lâcha et elle s'écroula sur le béton.

Je laissai échapper un rire.

— T'es vraiment un con, souffla-t-elle en essayant de se relever, sans succès.

Je lui tendis ma main, qu'elle considéra avec étonnement, ce qui commença à me faire perdre patience.

— Dépêche-toi avant que je ne change d'avis.

Elle s'en empara immédiatement et je la relevai d'un simple coup.

— Ne me remercie pas, surtout, reprochai-je à la rousse, qui avait déjà repris son chemin.

— Ça tombe bien, car je ne comptais pas le faire, me répondit-elle amusée tout en levant son majeur sans pour autant m'adresser un regard.

CHAPITRE 16

Cuart

— Dépêche-toi de choisir ! me pressa Berry.

— Je t'ai déjà dit que je n'aimais pas ça et que je n'en prendrais pas, rétorquai-je, ennuyé par son insistance.

— Alors, les jeunes, vous avez fait votre choix ? nous demanda joyeusement l'homme derrière le comptoir.

— Pour moi, ça sera un grand milk-shake goût cookies-noisette, répondit-elle en rendant son sourire à l'homme qui se tourna alors vers moi.

— Juste une bouteille d'eau pour moi, dis-je en lui tendant un billet de dix dollars. Gardez la monnaie.

Ce n'était même pas par gentillesse, juste par horreur des petites pièces.

Une fois que nous eûmes récupéré nos boissons, nous fîmes quelques pas avant de nous poser dans l'herbe sur le bord du trottoir face à la route déserte. Berry prit une gorgée de son milk-shake avant de pousser un long râle de plaisir.

— Mon Dieu, qu'est-ce que c'est bon ! Tu es sûr que tu n'en veux pas ? insista-t-elle pour la énième fois en me tendant son gobelet.

Je poussai un grognement pour toute réponse et ouvris ma bouteille avant de la vider de moitié en une gorgée.

— Pourquoi tu avais l'air si heureuse de passer du temps avec les Texans ? Tu ne les connais pas, lâchai-je après à peine quelques secondes de silence.

Il était évident que l'alcool parlait à ma place. Qu'est-ce que j'en avais à foutre qu'elle soit heureuse ou non ?

— J'avais l'impression d'avoir des amis, finit-elle par me répondre en m'adressant un sourire sincère.

— Arrête de parler comme si tu n'avais personne, soufflai-je en passant une main dans mes cheveux et en reportant mon attention sur la route fantôme, incapable de soutenir son regard.

— Savannah a été ma dernière amie.

— Savannah ?

Ce prénom me disait quelque chose, mais mon esprit était trop embrumé pour que je me rappelle quoi que ce soit.

— Tu sais, la fille sur laquelle tu as tiré quand j'avais quinze ans.

Soudain, les souvenirs ressurgirent. Il y a quatre ans, Berry avait rencontré une fille déscolarisée avec qui elle passait tellement de temps qu'elle ne travaillait presque plus pour les Golden Reverse. Un jour, en me rendant à l'appartement du boss sur ses ordres, j'étais tombé sur elles alors que Savannah venait de découvrir l'existence de notre mafia. À partir de ce moment-là, la gamine était devenue une potentielle menace, elle en savait trop. J'avais donc pris la décision de l'abattre, sous les yeux de Berry, qui n'avait même pas réagi. Décision pour laquelle Hanson m'avait félicité par la suite.

Je reportai à nouveau mon regard sur la rouquine, qui sirotait son milk-shake, pensive, ne dégageant pas la moindre once de rancœur, juste ce qui s'apparentait à de la fatigue.

— Si tu savais à quel point je me sens stupide, Cuart, j'ai l'impression d'être tellement seule que la moindre attention me rend heureuse.

Ses mots résonnèrent dans ma tête, mais je ne pouvais pas les croire. Tout comme je n'avais pas cru ses aveux de la dernière fois. Je ne pouvais pas accepter ces mots venant de la personne envers qui j'avais toujours nourri une haine et un mépris profonds, de la personne que j'avais toujours essayé de surpasser. Elle n'avait pas le droit de m'avouer ses faiblesses comme ça, aussi facilement.

— Oui, mais pas au point d'être inconsciente et de faire confiance à des inconnus ! m'emportai-je.

— J'avais besoin de me raccrocher à quelque chose, tu peux comprendre ça ? me répondit-elle, les yeux brillants, sur le même ton que celui que j'avais utilisé. J'avais besoin d'un semblant de vie normale.

Cette situation m'énervait. Plus elle se confiait à moi, moins j'arrivais à souhaiter qu'elle s'effondre, ce n'était tout simplement plus possible. Vodka de merde.

— Alors raccroche-toi à moi, finis-je par lâcher, évitant son regard, pour ne pas voir la larme qui coulait sur sa joue.

Berry me fixa, étonnée par mes propos impulsifs, scrutant mon visage à la recherche de la moindre moquerie, en vain. Quant à moi, j'avais envie de me frapper. Pourquoi étais-je aussi faible ? Pourquoi ne réussissais-je plus à me réjouir de son malheur ?

— Putain, Karlyn, tu ne peux pas être la fille du boss, la femme la plus performante d'une mafia à seulement dix-neuf ans, un putain de canon et avouer tes peurs et tes faiblesses à quelqu'un qui est censé te détester. Ça ne fonctionne pas comme ça, m'énervai-je, la tête entre mes mains tout en fixant le sol. Et puis je suis bourré, il faudrait que je la ferme.

Elle me tendit le gobelet et je m'en emparai, j'avais fini ma bouteille d'eau et, je voulais dessaouler. Rapidement. Je pris une gorgée et même en n'étant pas un très grand fan du sucré, c'était meilleur que ce à quoi je m'attendais.

J'avais le regard perdu dans le vide et je ne remarquai pas tout de suite que Berry s'était accroupie juste en face à moi. Je lui adressai un coup d'œil interrogateur et elle s'approcha encore pour chuchoter quelque chose près de mon cou.

— J'ai envie de refaire quelque chose de stupide.

Je compris immédiatement le sous-entendu et, lorsqu'elle se recula, mon regard tomba sur ses lèvres rougies. Ces lèvres sur lesquelles mes yeux finissaient toujours par tomber, ces lèvres qui parlaient bien trop et que je préférais largement quand elles étaient assemblées aux miennes. Ces lèvres qui me faisaient prendre conscience de ce désir qui n'était pas censé être une option.

— Au point où on en est, craquai-je en l'attrapant brusquement au cou pour venir plaquer sa bouche contre la mienne.

Ses lèvres avaient le goût de la boisson qu'elle venait de boire et ce n'était pas désagréable, même meilleur que dans le verre. Sa peau brûlait sous mes doigts et je sentis mon cœur accélérer dans ma poitrine sous l'effet de l'excitation, ou peut-être était-ce l'alcool. Mon esprit déraillait encore plus et la seule chose à laquelle j'étais capable de penser était l'odeur de son parfum, qui emplissait mes narines. Lorsqu'elle ouvrit la bouche pour me laisser l'accès à sa langue, je laissai échapper un râle de désir mêlé à un râle d'énervement. Je savais que ce moment était l'un des rares où je perdais le contrôle.

— Tu me fais chier, soufflai-je contre sa bouche.

Ses lèvres se retroussèrent en un rictus avant qu'elle ne me rende fougueusement mon baiser.

Peut-être n'étais-je pas le seul à perdre le contrôle ? Tout dans cet échange était dicté par nos pulsions, tout était dévastateur. Je ressentis, malgré la tension qui ne cessait de s'intensifier, toute la haine qui nous animait. Que ce soit dans la rudesse avec laquelle je tenais son cou ou dans le malin plaisir qu'elle avait à essayer de prendre l'ascendant sur moi, nos lèvres nous consumaient.

Je finis par repousser délicatement sa tête et ses iris rencontrèrent les miens, leur vert envoûtant me transperçait. Je posai ma main dans l'herbe et m'écartai. Il fallait que je calme le jeu avant de perdre totalement le contrôle.

— On est dans la rue, Karlyn, arrête tes conneries, lâchai-je sans détourner le regard, provocateur.

— Dois-je te rappeler qui m'a embrassée, une fois de plus ? riposta-t-elle.

Berry

Je sortis de mon lit et je ne sais par quel miracle je n'avais que de minimes répercussions de la longue soirée assez arrosée de la veille. En passant le seuil de la porte de ma chambre, je repensai aux mots que j'avais prononcés sur le chemin du retour. Cuart avait fini par dessaouler, contrairement à moi, et nous étions montés dans la voiture. Pendant qu'il conduisait, je me souvins avoir lâché un « De toute façon, demain tu agiras comme si rien ne s'était passé » et je m'étais endormie sans m'intéresser à sa réaction. Je continuai d'avancer dans le couloir en poussant un soupir, aujourd'hui allait être une longue journée et la chaleur n'aiderait pas. Ce n'est qu'en arrivant dans le salon que je fus étonnée de constater que le mafieux était déjà debout. Son regard croisa le mien.

Je savais qu'il me désirait, je l'avais vu dans ses yeux après qu'il m'avait embrassée. Mais je savais aussi que, si je m'approchais trop, il m'étranglerait sans la moindre hésitation. Cuart Line était un mystère, un casse-tête indéchiffrable sans queue ni tête, ni logique. Il agissait impulsivement, selon ses humeurs. Parfois, j'avais l'impression que l'on se supportait et d'autres fois que c'était pire que lors de notre première rencontre, qui avait pourtant été légèrement désastreuse.

De mon côté, je le détestais. La plupart du temps en tout cas. Et une chose était sûre : même s'il lui arrivait d'être incroyablement attirant, il était hors de question qu'il m'utilise pour ses envies, sous alcool ou non. J'étais catégorique. La principale raison de notre attraction devait sûrement tenir à son interdiction nous nous l'interdisions. Et parce que cette proximité forcée nous obligeait à nous voir sous tous les angles… alors que nous ne connaissions que le pire de l'autre.

Cuart poussa un grognement, sûrement dû à la migraine qu'il devait endurer.

— Peut-être que si tu buvais moins, tu n'aurais pas la gueule de bois aussi souvent, lui dis-je, moqueuse.

— Ta gueule, je n'ai pas besoin de tes conseils.

Réponse classique de sa part, je me contentai d'esquisser un sourire en passant à côté de lui avant de me diriger vers la cuisine.

— Junior, viens manger, bestiole ! appelai-je à travers la maison.

À peine avais-je fini de prononcer ma phrase que Cuart me lança un regard noir depuis le canapé sur lequel il venait de s'affaler.

— Crie encore une fois et je te fais bouffer le sable, cracha-t-il.

OK, il allait être encore plus désagréable que d'habitude. Je poussai un soupir, mais je retrouvai rapidement mon sourire lorsque je vis le petit animal trottiner joyeusement dans ma direction. Je récupérai la gamelle avant de la plonger dans le sachet de croquettes et de la reposer sur le sol, pour le plus grand plaisir de la boule de poils.

J'avais emmené Junior chez le vétérinaire récemment, il affirmait que je l'avais trouvé juste à temps et qu'il allait bien. Il avait aussi supposé que le chaton avait quatre mois, peut-être cinq. Et il m'avait confirmé qu'il n'était ni pucé, ni tatoué.

Je relevai les yeux pour tomber sur Cuart qui se massait les tempes.

— Tu veux la même infusion que la dernière fois ?

J'avais hésité à lui poser la question et le regard assassin qu'il me porta me fit regretter mes paroles. Ce n'est qu'après plusieurs secondes qu'il daigna répondre :

— Ouais.

Je levai les yeux au ciel. Sérieusement, ce mec était épuisant. Même accepter un service de ma part lui brûlait la gorge.

J'étais en train de sortir une tasse lorsque le téléphone de Cuart, qui chargeait à quelques mètres de moi, sonna.

— Téléphone ! annonçai-je.

— Réponds à ma place, me fit-il après avoir poussé un juron.

Je ne bougeai pas et continuai de le fixer. Quand son regard croisa à nouveau le mien, il comprit immédiatement où je voulais en venir, ce qui le fit grimacer.

— S'il… te plaît, grogna-t-il.

Ces mots aussi semblaient lui avoir brûlé la gorge, mais ils suffirent à me satisfaire. Je posai les ingrédients que j'avais dans les mains et me dirigeai vers le cellulaire qui continuait de vibrer.

— Cuart, il faut qu'on parle ! fit une voix rauque à l'autre bout du fil.

— Désolée, Adam, mais ce n'est pas Cuart.

Un petit silence s'installa.

— Berry ?

— Oui ? Je peux t'aider ? répondis-je, amusée.

— Mais pourquoi ? Qu'est-ce que… Cuart est là ? bafouilla alors Adam.

— Je ne sais pas si j'ai le droit de le dire, mais monsieur s'est pris une grosse cuite hier, gloussai-je.

— Et il dort ?

— Non mais…

— Alors passe-le-moi, me coupa-t-il.

— Il vaut mieux pour toi que je ne le fasse pas…

— C'est qui ? intervint Cuart.

— Adam, le sous-capitaine de ta division.

Il laissa échapper un grognement.

— Passe-le-moi ! me fit-il en se relevant difficilement.

Je fus surprise par sa réaction, vu sa mauvaise humeur, je ne pensais pas qu'il aurait envie de parler de boulot avec quiconque, mais je me contentai de lui tendre le téléphone.

Quand il prit l'objet dans ma main, je crus discerner un « merci » inaudible, mais je me rappelai aussitôt que la probabilité que cela arrive était très faible, voire négative.

La tasse fumante que je tenais entre les mains dégageait une douce odeur de menthe poivrée et de gingembre. J'avais pris le chemin de sa chambre, la chaleur de la tisane me brûlant un peu plus les doigts chaque seconde. En arrivant face à sa porte, je ne pus me résoudre à attendre qu'il m'ouvre et j'entrai sans frapper. Le mafieux, qui était toujours au téléphone, m'adressa un regard qui exprimait une haine profonde. Et merde. Il me fit signe d'un mouvement de tête bref de déposer la tasse sur sa table de chevet et je m'exécutai. Ce connard ne méritait pas que je me brûle les doigts pour lui.

— Tu penses sincèrement que j'y suis pour quelque chose si le boss vous a mis sous les ordres de Nick ? s'emporta Cuart, ce qui ne fit qu'attiser ma curiosité.

Il y eut quelques secondes de silence.

— Tu ne crois pas que ça m'énerve déjà suffisamment d'avoir été remplacé ? Écoute, ce n'est pas mon problème si vous ne vous entendez pas avec Nick, j'ai d'autres problèmes de mon côté et je ne sais pas quand je pourrai rentrer.

La voix de Cuart était tranchante et autoritaire. Je m'étais légèrement avancée pour pouvoir distinguer la réponse de son interlocuteur.

— Des problèmes, hein ? Avec la fille du boss ? Chacun son niveau de problème…

Il n'avait pas eu le temps de finir sa phrase que Cuart lui avait raccroché au nez et que le téléphone volait à travers la pièce, m'arrachant un sursaut. La haine brûlait dans ses yeux. Il se laissa ensuite tomber sur son lit dans un soupir, se tenant la tête, comme chaque fois qu'il était un tant soit peu contrarié ou stressé, comme si ce geste l'empêchait d'exploser complètement.

Je m'approchai du portable qui avait rebondi violemment contre le mur et qui, par je ne sais quel miracle, s'en sortait avec une simple fissure qui traversait l'écran. Je l'apportai à Cuart, qui ne releva même pas la tête quand je le lui tendis. Un silence pesant s'installa alors et je finis par me résigner à balancer le téléphone sur le lit.

— Je… bon, bah, je te laisse, je vais à…

— Demain, c'est l'anniversaire d'Ino, me coupa-t-il brusquement.

J'écarquillai les yeux.

— Ta petite sœur ? demandai-je pour m'assurer que je ne me trompais pas.

— Ouais, et elle va avoir dix-huit ans, souffla-t-il, le regard figé sur ses mains, qu'il broyait l'une contre l'autre.

— Tu n'auras qu'à lui envoyer un message ! répondis-je alors, sûre de moi.

C'était la meilleure chose à faire. Pourtant, quand Cuart m'adressa enfin un regard, je compris qu'il y avait un problème.

— Je n'ai pas son numéro, non, en fait je ne sais même pas si elle en a un.

Je restai muette, ne sachant plus quoi dire. Cuart avait l'air… accablé ? Mais cette expression disparut dans les secondes qui suivirent et il se redressa, tout en empoignant la tasse que je lui avais apportée.

— Oublie ce que je viens de dire, je ne sais pas pourquoi je t'ai raconté ça, je vais me laver, merci pour la tisane, fit-il en passant en coup de vent à côté de moi pour sortir de la pièce.

Je restai plantée là, sur le cul, mais je ne pus m'empêcher de relever ses remerciements – anormal pour Cuart Line.

CHAPITRE 17

Cuart

Dire que ma tête bourdonnait aurait été un euphémisme. Je préférais de loin les migraines causées par une gueule de bois plutôt que ce que je ressentais en ce moment et qui revenait chaque année. Sûrement les journées les plus affreuses de ma putain d'existence.

Aujourd'hui, nous célébrions trois choses : le dix-huitième anniversaire de ma sœur, que je n'avais pas vue depuis des années, les quinze ans de la mort de ma mère et le jour où tout cet enfer avait commencé… Oui, le 26 août était pour moi synonyme de cauchemar.

Mon regard était plongé sur l'écran plat face à moi et pourtant je n'écoutais pas le moins du monde ce qui s'y passait. Ma main caressait machinalement le chat allongé sur mes cuisses et les heures s'écoulaient. Ce n'était qu'une question de temps avant que cette journée ne disparaisse, jusqu'à l'année prochaine.

Je n'arrivais pas à me concentrer sur les images qui défilaient devant mes yeux, car mon esprit était embrumé par des pensées que j'aurais préféré éviter… Je poussai un long soupir avant d'éteindre brusquement la télévision. Ça ne servait à rien d'insister, j'allais subir cette journée comme les précédentes.

Je me levai du canapé, forçant l'animal à s'en aller, et il me fit comprendre son énervement par un miaulement. Je retirai mon t-shirt, dans lequel j'avais l'impression d'étouffer, et mon regard dévia sur les tatouages qui ornaient mon bras droit, ces tatouages qui voulaient tout et rien dire à la fois. Ces tatouages auxquels je n'avais pas fait attention depuis un moment et qui me servaient de camouflage pour que les gens ne voient pas où était le véritable problème. L'encre noire qui parcourait mon bras, de mon épaule au dos de ma main en une trentaine de dessins différents, était ce qui me permettait de me détacher de mon enfance, mais elle me rappelait pourtant inlassablement que je ne pouvais y échapper. Je n'avais pas dormi de la nuit et je savais pertinemment que les cauchemars seraient inévitables si j'osais fermer les yeux. Dès que j'essayais de me vider la tête, j'avais l'impression que c'était encore pire, j'étais envahi par une vague de souvenirs dont je me serais bien passé. J'étais coincé dans ce cercle vicieux depuis tellement d'années. Je haïssais ma stupide famille, qui n'avait rien fait à part tout détruire sur son passage, je me haïssais d'avoir fui à mes seize ans tout en laissant Ino seule dans cet enfer, je haïssais ma mère pour nous avoir abandonnés, mais, plus que tout, je haïssais le monstre qui me servait de père et qui était la cause d'absolument tout. Je m'en rendais malade.

À présent, j'allais faire ce que je faisais de mieux lorsque mes démons devenaient insoutenables : m'enfermer sous la douche avec de l'eau bouillante jusqu'à ce que je ne sente plus mon corps.

Sur le chemin de la salle de bains, je croisai Berry, qui ne m'avait pas adressé la parole depuis ce matin, sûrement car elle appréhendait ma réaction et ça m'arrangeait. Je ne lui accordai pas un regard, je n'avais pas envie de penser à elle, de quelque manière que ce soit.

Au moment où je passais à côté d'elle, elle m'attrapa le bras. J'avais parlé trop vite. Je le retirai violemment de son emprise, c'était mon bras droit, celui avec les tatouages.

— Ne fais plus jamais ça ! crachai-je.

Elle me regarda sans comprendre, cherchant des réponses sur mon visage.

— Mais, Cuart, je peux savoir ce qu'il se passe à la fin ?

— Rien qui ne te concerne.

Elle croisa ses bras sur sa poitrine, visiblement insatisfaite de ma réponse.

— Parce que maintenant c'est toi qui sais faire la différence entre ce qui me concerne et ce qui ne me concerne pas. Mais je crois qu'à partir du moment où mon chat n'a pas eu à manger quand je suis revenue de mon footing tout à l'heure, je pense avoir droit à des explications, fit-elle en insistant sur le « mon ».

Je me contentai de pousser un énième soupir. Je voyais bien dans ses yeux qu'elle commençait à perdre patience.

— Line, je ne peux pas faire un pas en avant et toi dix en arrière.

— Si tu y tiens tant, je t'en parlerai un jour, peut-être. Mais là, maintenant, j'ai besoin d'une douche, donc laisse-moi, tu veux ? dis-je en détournant les yeux, qui devaient être rougis par la fatigue et la souffrance.

Mes paroles sonnaient faux. Normal, je ne croyais pas moi-même à ce que je venais de dire. Elle semblait l'avoir remarqué, mais avait sûrement préféré laisser tomber. De toute façon, elle n'avait pas besoin d'être au courant de ce que j'avais vécu. Ni elle, ni personne.

Berry

Est-ce que quelqu'un sur cette planète savait comment Cuart Line fonctionnait ? En deux jours, tout était revenu à la normale, comme si de rien n'était, comme si le 26 août n'avait jamais eu lieu. Il parlait, s'énervait, jouait avec le chat, faisait du sport, mangeait et il dormait même de nouveau, voire encore plus qu'avant. C'était frustrant de ne pas comprendre pourquoi il avait agi de la sorte. Il m'énervait autant qu'il me fascinait.

Il était midi et je commençais à perdre patience pour de bon. Je me plantai devant sa chambre et toquai violemment trois fois à la porte. Bien évidemment, je n'eus pas de réponse. Je l'ouvris à la volée. Les volets étaient encore fermés et l'air dans la pièce était lourd.

— Cuart, dépêche-toi ! dis-je en allumant la lumière, ce qui eut pour effet de lui arracher un grognement.

— Dégage, me lança le mafieux en plaquant un oreiller sur son visage.

— Hors de question. Il est midi passé et hier tu t'es couché à 20 heures. Pourquoi tu es encore endormi ? On est attendus dans même pas trente minutes !

— Sauf que je n'ai absolument pas prévu de t'y emmener, lâcha-t-il.

— Et moi je n'ai absolument pas prévu de t'y forcer, mais je te rappelle qu'il y a quelque chose qui s'appelle l'extérieur, répondis-je tout en faisant demi-tour. J'irai seule alors.

Je savais conduire de toute façon, donc, s'il pensait que j'allais rater un après-midi sympa à cause de lui, il se mettait le doigt dans l'œil.

— Et comment tu comptes faire, vu que les clés de la Jeep, de la maison et de la moto sont dans la poche de mon jogging ? ricana-t-il sèchement en tapotant sa cuisse qui était sous la couette.

Un tintement métallique confirma ses dires. Quel con. Il s'était redressé et il me regardait chercher une solution, moqueur. J'allais lui retirer ce rictus, qui avait le don de m'énerver.

Je déposai mon petit sac à bretelles dans un coin de la pièce et je m'approchai dangereusement du lit, sur lequel je montai. Il me regarda, intrigué, sans pour autant retirer cette expression insupportable de son visage.

— Qu'est-ce que tu comptes faire, princesse ? Quelle brillante idée est passée dans ton petit cerveau ?

Je ne lui répondis pas et m'installai à califourchon sur lui. J'étais proche, très proche, trop proche. Mais je ne comptais pas m'arrêter là. Je posai mon front contre le sien et ancrai mon regard dans le sien.

— Regarde-moi dans les yeux, susurrai-je quand je les vis descendre vers mes lèvres.

Je savais que je jouais avec le feu et le mafieux n'attendait qu'une chose ; voir ce que j'avais derrière la tête, jusqu'où j'irais, me laissant jouer à un jeu malsain. Je baissai le visage afin que mes lèvres soient à la hauteur des siennes. J'ouvris légèrement ma bouche et, quand elle fut à quelques millimètres de sa lèvre inférieure, je refermai brusquement mes dents dessus, la mordant.

— Connard, chuchotai-je avant qu'il ne pousse un grognement de douleur.

Je me reculai immédiatement, avant qu'il ne m'expulse du lit. Sa lèvre saignait légèrement, son regard était empli de rage. Une rage qui quadrupla lorsque je secouai le trousseau que j'avais récupéré pendant ses secondes d'inattention.

Je descendis précipitamment de son lit, ne préférant pas savoir ce qu'il m'arriverait si je restais. Il passa son pouce sur sa lèvre afin d'essuyer la goutte de sang qui menaçait de tomber. Je pouvais lire dans ses yeux qu'il m'insultait de tous les noms en pensée. Il retira violemment la couverture qui le recouvrait seulement à moitié.

— Tu penses pouvoir me manipuler à ta guise, Line ? Eh bien, sache que je le fais très bien aussi, lâchai-je avant de disparaître fièrement dans le couloir après avoir récupéré mon sac.

Je rigolai doucement en l'entendant pousser un juron, puis je lui envoyai un message :

Dans 10 min à la Jeep, on mange avec les Texans et ensuite on fait les magasins.

Je ne tardai pas à recevoir sa réponse.

Connard : *Ne pense pas avoir gagné si facilement, Karlyn. Livio finira avec une balle dans le crâne à la seconde où il m'insupportera.*

Je levai les yeux au ciel avant de répondre :

Mais oui, bien sûr, on en reparle dans la voiture;)

Je pense que j'aurais préféré qu'il rigole, car, quand une dizaine de minutes plus tard Cuart s'installa derrière le volant, il ne me fallut que quelques secondes pour remarquer le Colt dans sa poche, tout sauf discret.

Je me tournai immédiatement vers lui.

— Cuart, pourquoi t'as pris le flingue ?

Il m'adressa un rictus plus que satisfait, mais qui n'inspirait rien de bon.

— Tu veux jouer avec moi, princesse ? Pas de problème, mais c'est selon mes règles, dit-il avant de mettre le contact.

CHAPITRE 18

Berry

Sur le trajet, Cuart m'avait affirmé que l'arme n'était pas destinée à Livio, qu'il l'avait uniquement prise par précaution, et je n'ai pas vraiment eu d'autre choix que de le croire. Nous marchions tranquillement côte à côte tous les cinq dans un immense centre commercial. Le déjeuner s'était déroulé à merveille si on ignorait que Cuart n'avait pas décroché un mot. Je discutais tranquillement de vêtements avec Anastasia lorsque deux brunettes se dirigèrent vers notre groupe, s'arrêtant quelques mètres devant Cuart.

— Euh… excuse-moi, en fait, il se trouve que mon amie voudrait savoir si tu as un numéro de téléphone, demanda la plus grande.

La plus petite regardait le sol, n'osant sûrement pas croiser le regard de Cuart, et elle faisait bien, car celui-ci les dévisageait, méprisant.

— Non.

— Oh… euh, peut-être des réseaux sociaux ? s'empressa-t-elle d'ajouter comme si elle n'avait pas compris qu'il n'était pas intéressé.

— Non merci, je ne suis pas fan des filles qui tournent plus qu'un billet d'un dollar.

Je manquai de m'étouffer et, lorsque mon regard croisa celui d'Ana, je remarquai qu'elle aussi s'empêchait d'exploser de rire. Quand il en avait marre, il savait piquer où ça faisait mal. J'étais bien placée pour le savoir.

Mon colocataire avait déjà repris son chemin et nous fîmes de même, laissant les deux filles derrière nous.

— Cuart, tu es trop insolent ! lâcha alors Ana, qui était accrochée à mon bras et n'arrivait plus à contenir son rire. C'est la combientième ?

— La troisième depuis qu'on est sortis du restaurant, lançai-je en la rejoignant dans son hilarité. Bah, alors, Line, on a du succès auprès des femmes ?

Il me lança un regard interrogateur et, ne sachant pas comment le prendre, je me contentai de continuer à rire avec mon amie. Je constatai toutefois une chose : il avait beau détester profondément Livio, il semblait faire un peu plus confiance aux Texans et ça me plaisait.

— Moi aussi, je veux que les filles de LA me tournent autour ! se plaignit soudainement le blond, qui s'était fait plutôt discret jusque-là.

Il s'approcha de moi et passa son bras autour de mes épaules.

— Berry, ma princesse, que dirais-tu d'être ma première prétendante ?

Je ne pris pas le temps d'écouter la fin de sa question, car mon esprit était resté bloqué sur autre chose. C'était la première fois que quelqu'un d'autre que Cuart m'appelait « princesse » et c'était assez perturbant. Je ne pris même pas la peine de répondre et je jetai un coup d'œil vers Cuart pour voir s'il s'en était rendu compte. Mâchoire crispée, il prenait une grande inspiration en essayant de se contenir. Effectivement, les paroles étaient parvenues jusqu'à ses oreilles.

— Je dois le prendre pour un oui ? continua Livio en attrapant ma tête entre ses doigts afin que je reporte mon regard sur lui.

Forceur.

Je me dégageai de son emprise et tournai la tête pour chercher Cuart du regard. Mon pouls s'accéléra en remarquant qu'il n'était plus là, à ma droite. La raison de mon stress n'était rien d'autre que cette arme qu'il savait dégainer à une vitesse déconcertante et pour des raisons bien trop insignifiantes.

— Tu oublies vite, à ce que je vois, peut-être veux-tu que je te rafraîchisse la mémoire ? fit une voix rauque derrière nous.

Cuart posa sa main sur l'épaule de Livio, qui dut s'arrêter sous la force de sa poigne.

— Tu commences vraiment à me saouler, le merdeux. À partir de maintenant, je te conseille de te tenir à carreau, sinon c'est bien la dernière fois que tu vois cette rousse à laquelle tu tiens tant.

Je m'arrêtai à mon tour et lui fis face. J'avais l'impression d'avoir un garde du corps ou d'être une enfant que l'on devait surveiller constamment. Pourtant, j'avais beau m'en plaindre, la présence de Cuart, lorsque je sortais dans un endroit public, m'aidait à me sentir en sécurité, car contrairement à lui je n'étais pas toujours sur mes gardes. Mais une chose était sûre, il n'avait pas le droit de m'enfermer dans cette foutue villa juste parce qu'il n'aimait personne.

— Ce n'est pas toi qui décides de si j'ai le droit de sortir ou non, m'indignai-je en croisant les bras sur ma poitrine.

— Jusqu'à preuve du contraire, si, répondit-il sèchement.

Je voyais bien sur son visage qu'il en avait marre et que, à la seconde où cet après-midi serait fini, il me jetterait dans la voiture afin de rentrer le plus vite possible. Et la prochaine fois que je voudrais sortir, avec les Texans qui plus est, le convaincre serait bien plus dur que les fois précédentes. Il fallait que je profite de cette journée.

— Berry, Anastasia, ce n'est pas le magasin dont vous parliez tout à l'heure ? intervint Noah pour faire diversion en pointant du doigt une enseigne.

Je n'eus besoin que d'un regard complice d'Anastasia pour que nous accélérions la marche. Nous nous arrêtâmes devant la vitrine et attendîmes que les garçons nous rejoignent.

— Vous avez vraiment un problème avec les sacs. C'est la troisième boutique devant laquelle vous vous arrêtez, fit Livio, qui s'était calmé.

Il devait bien se souvenir de la manière dont s'était finie la dernière soirée.

Je contemplai les différents sacs à travers la vitrine avec envie, Livio à ma gauche, Cuart à ma droite, et mon désir d'entrer dans le magasin grandissait un peu plus chaque seconde. Je n'eus pas le temps d'exposer mon idée aux autres qu'une main m'agrippa l'épaule et je fus violemment attirée contre le torse d'un homme. Celui-ci plaqua ses deux mains à l'arrière de ma tête comme pour la retenir fermement et à peine avait-il fait ce geste que deux détonations retentirent et qu'une balle vint se loger dans la vitrine au niveau où je me trouvais. Ma respiration s'accéléra lorsque je compris qu'on venait de nous tirer dessus. Et que Cuart venait de me protéger.

Il me lâcha pour dégainer son pistolet, ce qui manqua de me faire perdre l'équilibre, et le pointa en direction de deux hommes vêtus de noir qui prenaient la fuite. Il appuya trois fois sur la détente. Un des deux s'écroula sur le sol, malheureusement l'autre eut le temps de disparaître derrière un bâtiment.

Cuart se retourna vers moi, son expression avait changé, l'angoisse avait remplacé la colère et il me regarda de haut en bas comme pour s'assurer que j'allais bien. Je lançai ensuite un coup d'œil aux Texans, qui devaient être sous le choc, et je fus horrifiée de constater que Livio était appuyé contre le mur du magasin derrière lui, la main plaquée sur son ventre ensanglanté. Je le fis asseoir et Anastasia accourut à côté de lui. La balle qu'il s'était prise m'était sûrement destinée. Elle souleva son t-shirt pour découvrir une blessure profonde qui saignait abondamment. Merde.

— Livio ! Livio ! Ne t'endors pas ! cria mon amie alors qu'il était en train de perdre connaissance.

Malgré la balle logée dans son ventre, Livio continuait d'afficher un sourire niais qui eut le malheur de me rappeler l'habitude insupportable qu'avait Loïs de sourire dans les situations les plus délicates.

— Putain, je n'ai plus batterie ! s'énerva Noah qui était en train de céder à la panique.

J'arrachai une bande de tissu du t-shirt de Livio et la pressai au-dessus de la plaie afin de réduire l'hémorragie comme je le pouvais. Je levai la tête vers Cuart, qui était resté immobile.

— Cuart, appelle une ambulance s'il te plaît !

Ma voix n'était pas aussi confiante que je l'aurais voulu et l'expression indifférente du mafieux à l'égard du blond était plus que déconcertante. Le temps qu'il mit à sortir son téléphone et à composer le 911 me parut une éternité.

Je regardai tout autour de nous, il n'y avait presque plus personne, tout le monde était en train d'être évacué par des vigiles qui tentaient tant bien que mal de contenir la panique générale. Je dirigeai mon regard sur mes mains couvertes du sang de Livio, puis sur les yeux humides d'Ana, et mon cœur se fissura. Ils n'avaient pas à vivre ce genre de situation…

*

J'étais assise en tailleur sur le canapé. Cuart m'avait ramenée à la villa contre mon gré, immédiatement après l'arrivée de l'ambulance. Il avait refusé de les suivre à l'hôpital, mais, sur ce coup-là, il avait sûrement raison. Il avait joué la carte de la sécurité.

— Voilà pourquoi je ne voulais pas que l'on traîne avec des gens.

— Pas besoin de me faire de leçon, Cuart, je me sens suffisamment coupable comme ça.

Il fit le tour du canapé pour venir s'asseoir à côté de moi.

— Je n'arrive pas à savoir si c'était un coup de chance ou s'ils savaient où nous nous trouvions, fit-il en vérifiant rapidement l'écran de son téléphone.

— Tu penses qu'il va s'en sortir ?

— Honnêtement, je n'en ai rien à foutre.

L'inverse m'aurait étonnée. Je poussai un soupir et me mis à jouer avec une mèche de mes cheveux quand je me rendis compte de quelque chose.

— Cela faisait combien de temps que tu savais qu'ils nous suivaient ? demandai-je en me tournant brusquement vers mon interlocuteur, qui n'eut pas la moindre réaction.

— J'avais un mauvais pressentiment déjà avant de quitter la maison et il s'est confirmé quand je les ai remarqués en sortant du restaurant, mais j'ai préféré ne rien dire tant que je n'étais sûr de rien.

— Donc tu aurais pu éviter ce qui est arrivé à Livio ? m'exclamai-je en me redressant.

— Je trouve que tu as oublié bien trop rapidement que, sans moi, tu serais dans le même état que lui actuellement. Et puis tu le sais aussi bien que moi, voire mieux, dans notre monde, soit tu tues, soit tu te fais tuer, et je ne pouvais pas me permettre de faire une erreur de jugement. Donc, si tu cherches un responsable, ne t'acharne pas sur moi.

Ses paroles étaient froides et franches, mais étonnament calmes. J'avais connu un Cuart qui s'énervait pour bien moins.

— Ouais, tu as raison, dis-je en me laissant tomber de tout mon long sur le canapé, ma tête à quelques centimètres des cuisses du mafieux. Je cherche juste un responsable pour essayer de me dédouaner...

— J'ai raison ? demanda-t-il, visiblement étonné par mes paroles. Je ne savais pas que cette phrase faisait partie de ton vocabulaire, Karlyn.

Je levai les yeux dans sa direction. Il ne me regardait pas, il était adossé, les bras étendus sur le dossier et le regard droit devant lui de manière décontractée. Pourquoi était-il si beau, même d'en bas ? C'était agaçant.

— Tu viens de me faire perdre toute envie de le redire à l'avenir, finis-je par répondre en levant les yeux au ciel.

Quelques secondes plus tard, mon téléphone, posé sur la table basse, se mit à sonner. Cuart se pencha légèrement en avant pour le récupérer.

— Ton père, m'annonça-t-il en me montrant l'écran.

Je poussai un grognement. Je ne comptais plus le nombre de fois où j'avais décliné ses appels ces dernières semaines. J'en avais presque oublié cette histoire de taupe.

— Tu lui as déjà parlé de ce qui s'est passé ? demandai-je, ennuyée.

— Non, pas encore.

— OK, surtout ne le lui dis pas et ne décroche pas, il va bien finir par se lasser et arrêter de me harceler.

Il me regarda, intrigué, mais n'insista pas. Tandis qu'il déclinait l'appel, mon regard se posa sur le soleil tatoué sur le dos de sa main. Et cette fois, j'en étais sûre, je distinguais une cicatrice juste en dessous.

— Cuart ?

— Non.

Sa réponse était digne d'un enfant de six ans.

— Sous ton soleil, c'est une cicatrice ? demandai-je sans passer par quatre chemins, je n'avais jamais été très forte pour la subtilité.

Son corps se raidit, mauvais signe.

— Tais-toi.

— Je t'ai juste posé une question.

— Ça te tuerait de passer plus de deux minutes sans me casser les couilles ?

Je le regardai, ahurie par la vitesse à laquelle son comportement avait changé.

— Dégage, je dois me lever, cracha-t-il.

Mais je restais là, trop stupéfaite pour bouger. Je n'eus pas le temps de comprendre ce qu'il se passait que Cuart se levait déjà. Je me redressai automatiquement afin de pouvoir le rattraper. Je passai rapidement ma main dans mes cheveux pour les enlever de devant mon visage et mon attention se posa sur le connard qui était en train de s'éloigner.

— Pourquoi ? demandai-je d'une voix que j'aurais préférée moins désespérée. Pourquoi, Cuart ?

Il s'arrêta, mais ne m'accorda pas un regard.

— Pourquoi est-ce qu'il faut toujours que tu réagisses comme ça ? Je ne te comprends pas.

Je marquai une pause, le temps de me relever complètement, puis je posai à nouveau mon regard sur son dos, habillé pour une fois, et je pris une inspiration avant de reprendre.

— Depuis le début, Cuart. Depuis le casino, depuis la mort de Loïs et jusqu'à maintenant, je ne t'ai jamais rien caché, tu es au courant de tout. Je t'ai toujours dit ce qui n'allait pas et ce que je ressentais. J'ai mis ma vie entre tes mains les yeux fermés. Toi, tu ne me dis jamais rien ! Je sais que je ne suis pas facile à vivre tous les jours et que la moitié de mes paroles sont irréfléchies, mais là j'aimerais juste que tu me fasses confiance, Cuart. Au moins autant que j'ai confiance en toi…

À vrai dire, il était la personne en qui j'avais le plus confiance à l'heure actuelle.

Au fur et à mesure que je parlais, le brun avait fini par se retourner et, lorsque je sentis son regard sur moi, je n'eus pas la force de le soutenir. En fait, au fond de moi, je me sentais stupide de ressentir le besoin qu'il se confie à moi.

— Sauf qu'il y a des choses que tu n'as pas besoin de savoir, me répondit-il sèchement.

— Et pourquoi ça ?

J'avais haussé le ton.

— J'ai le droit de savoir ! Tu te rends compte à quel point c'est frustrant de voir une personne changer de comportement plusieurs fois par jour sans raison apparente ?

Je le vis serrer les poings, signe qu'il commençait à s'irriter.

— Je ne dis pas que tu ne le vis pas mal, Karlyn, mais tu devrais arrêter de penser que tu es la seule à souffrir !

Le volume de sa voix avait lui aussi augmenté et mon cœur battait de plus en plus fort.

— Alors dis-le-moi, Cuart, dis-le-moi ! Comment veux-tu que je le sache si tu ne me dis rien ? Comment je suis censée deviner que tu souffres ?

Il se tut et l'atmosphère s'alourdit. La seule chose que nous pouvions entendre était le bruit de nos respirations.

— Qu'est-ce que tu veux savoir ? reprit-il soudainement et bien plus calmement.

— Comment en es-tu arrivé là ?

Il poussa un long soupir et je pus voir sur son visage qu'il ne pouvait pas se résoudre à m'en parler.

— Je suis rentré chez les Golden Reverse à seize ans pour des raisons… familiales. Tu n'as pas besoin d'avoir plus de détails.

Je me rapprochai de lui d'un pas décidé. En réponse, il me fusilla du regard. J'avais envie de lui ressortir ces mots qu'il avait prononcés ce soir-là, ces mêmes mots qui m'avaient étrangement aidée. « Parle, on se sent mieux après. » Et malgré cette animosité constante entre nous, je voulais comprendre son mal-être.

— Je n'aurai pas mon mot à dire, Cuart, je me contenterai d'écouter. Je ne suis personne pour te juger et s'il se trouve bien que ton père a tué ta mère, alors…

— Non, il ne l'a pas tuée, Berry, me coupa-t-il. Elle s'est suicidée avant qu'il ne le fasse.

Il marqua un temps d'arrêt.

— Il y a quinze ans, ma mère a été retrouvée pendue dans la cuisine. Il y a quinze ans, le jour de l'anniversaire de ma sœur, j'ai retrouvé ma mère pendue dans la cuisine.

Ses paroles avaient sonné comme une bombe et mon cœur loupa un battement. J'avais voulu qu'il m'en parle, mais je n'avais même pas réfléchi aux scénarios possibles. Sa respiration s'accélérait. Je relevai la tête vers lui, il était encore plus impassible que d'habitude et pourtant, à mes yeux, il paraissait détruit et plus vulnérable que jamais.

— Le problème, Karlyn, c'est que je n'en ai jamais parlé à personne. Et je ne vois pas pourquoi je devrais commencer par toi.

Ses mots étaient blessants, mais je ne pouvais pas me permettre de flancher.

— Toi et moi sommes dans la même merde depuis un moment, donc à présent tes problèmes sont aussi les miens.

Je voyais dans ses yeux que les souvenirs défilaient dans sa tête et qu'il essayait de les ignorer tant bien que mal. Je voyais qu'il était rongé par le besoin d'en parler. Ses dents se serraient machinalement. Il devait être en train de peser le pour et le contre tout en essayant de ralentir les démons que j'avais fait ressurgir alors qu'il essayait un peu plus chaque jour de les oublier. Il était à bout et pourtant il n'en laissait rien transparaître. Il essayait de le cacher sous cette armure qu'il avait construite, derrière ce mafieux rempli de vices, derrière cet homme méprisant et arrogant, derrière cette personne imperturbable, alors qu'il était juste perdu, depuis des années sûrement, et que ressentir la moindre chose était un supplice pour lui.

— As-tu même pensé à ce que j'allais pouvoir te dire ? Karlyn, je n'ai jamais eu de raison de vivre, je n'ai jamais eu droit à une enfance ou à une quelconque envie de bonheur. Et tu penses qu'en parler va m'aider ? Moi, je pense que c'est un peu tard.

Cuart

J'étais incapable de me résoudre à en parler et pourtant elle était là, face à moi, me fixant et attendant simplement que je me livre à elle. Chaque mot qui était sorti de ma bouche, lui en apprenant un peu plus sur mon enfer, n'avait pas été contrôlé et je perdais peu à peu les commandes. Je ressentais le besoin de lui cracher mes problèmes au visage, que quelqu'un apprenne que je n'avais pas mérité cette vie et que la haine que j'éprouvais à son égard et envers le reste du monde était la seule chose qui me permettait de ne pas sombrer. J'avais tout perdu.

Non, en fait, je n'avais jamais rien eu.

— Tu sais, Karlyn, ma famille est un désastre depuis le début. Tu sais que ça part mal à partir du moment où ma mère a été forcée d'épouser mon père.

Je pris une grande respiration, je ne pouvais pas flancher, mais je restais hanté par la peur de le regretter.

— Mon père était le descendant d'une lignée d'hommes d'affaires et était destiné à en devenir un lui aussi. Ensemble, mes parents ont eu deux enfants, ma sœur et moi, et le plus drôle dans cette histoire, c'est que nous sommes tous deux issus de viols de ma mère pas mon père.

Ma phrase était crue, mes paroles tranchantes, et pourtant elles reflétaient simplement l'ignominie de la chose. Berry essayait de ne rien laisser transparaître, mais la lueur d'espoir qui s'était allumée dans son regard quand j'avais commencé à me confier s'était éteinte à la seconde où j'avais prononcé ces mots, bien trop ignobles.

— Ma mère n'a jamais voulu s'occuper de nous…

Une sonnerie m'interrompit, ce qui la fit serrer les dents. C'était quoi, ce timing ? Sûrement la preuve que je devais m'arrêter là. J'en avais déjà trop dit.

Je ne bougeai pas et dévisageai la rouquine durant quelques secondes, arquant un sourcil.

— Pourquoi tu ne décroches pas ?

— Je t'ai dit que je t'écouterai jusqu'au bout.

Ses yeux brûlaient de détermination, c'en était presque mignon. Je poussai un long soupir en remarquant que le téléphone ne s'arrêtait pas de sonner.

— Va décrocher, putain !

— Non, maintenant continue, je t'en supplie, ne t'arrête pas ! En plus de ça, c'est sûrement mon imbécile de père qui ne veut pas laisser tomber.

— Et si c'était Anastasia ?

La détermination quitta son visage, laissant place au doute. Elle s'apprêtait à me répondre, mais se ravisa. Cette situation m'arrangeait, j'étais déjà en train de regretter chaque mot que j'avais prononcé et il était hors de question que je lui en dise plus, je n'en avais plus la motivation. Je m'apprêtais à tourner les talons quand elle m'interpella, une fois de plus.

— Non, Cuart. Tu ne peux pas t'arrêter en si bon chemin ! Je t'ai donné ma parole, alors tu peux finir ce que tu as commencé.

Je voyais bien qu'elle hésitait encore à aller voir qui l'appelait, le téléphone ayant recommencé à sonner immédiatement après s'être arrêté.

— Écoute-moi bien, princesse, je pense qu'il y a quelque chose que tu n'as pas bien compris. Je ne veux pas de ta pitié, tu n'étais pas là hier et tu n'as pas besoin de l'être demain. Maintenant va décrocher ton putain de téléphone.

Je venais de faire disparaître les dernières traces d'espoir qui lui restaient et je vis ses épaules s'affaisser, preuve qu'elle venait de renoncer, une fois de plus, à me tenir tête, blessée par mes paroles. Mais c'était peut-être mieux comme ça, de toute façon elle se porterait mieux en restant loin de mon passé.

Elle se dirigea vers de la table en verre pour se pencher au-dessus de son écran, avant de me lancer un regard qui voulait tout dire. J'avais vu juste, c'était bien un appel d'Anastasia. Qu'elle décroche, de toute façon, moi, je ne comptais plus dire un mot.

Je disparus dans le couloir. J'avais des choses à faire.

*

On toqua à ma porte et ça ne pouvait évidemment être qu'elle.

— Entre ! fis-je en refermant les dossiers posés devant moi sur mon lit.

Berry poussa délicatement la porte, un léger sourire dessiné sur ses lèvres.

— Alors ? demandai-je, comme si je n'avais pas compris quelle allait être sa réponse.

— Il a été pris en urgence et normalement il est sorti d'affaire. Il est en salle de réanimation.

Je me retins de pousser un soupir las, je ne savais pas s'il s'agissait réellement d'une bonne nouvelle.

— OK, me contentai-je de répondre en me replongeant dans mes recherches.

— Tu ne comptes pas finir notre discussion de tout à l'heure, pas vrai ?

— Bingo, lâchai-je sarcastiquement. Tu n'as pas besoin d'en savoir plus.

— Je vois... Qu'est-ce que tu fais ? me demanda-t-elle alors en venant prendre place à côté de moi.

Je relevai la tête.

— Ton père m'a appelé.

Elle leva les yeux au ciel. Elle avait catégoriquement refusé de lui adresser la parole depuis son refus d'offrir des funérailles à Loïs. Hanson ne devait déjà pas être très haut dans son estime, mais, maintenant, c'était encore pire. Pour ma part, je n'avais pas le choix. Bien que je ne sois pas d'accord avec les décisions du boss ces derniers temps, il n'en restait pas moins mon patron.

— Je ne lui ai rien dit pour la fusillade, en revanche, il m'a apporté des informations sur la taupe.

Elle sembla immédiatement plus intéressée par ce que je lui disais. Je retournai le dossier qui se trouvait devant moi pour le placer sous ses yeux.

— Erwin Delidson ? lâcha-t-elle, effarée, tout en posant ses doigts autour de l'émeraude à son cou, comme par réflexe. C'est le connard que Hanson a envoyé en prison, non ? Celui qui avait envoyé un de ses hommes tuer ma mère !

— Exactement, le parrain des ADD23, confirmai-je.

Il était évident que je préférais qu'elle garde cette version des faits.

— Eh bien, figure-toi qu'il est sorti de taule, je ne sais comment, qu'il a récupéré la mafia qu'il avait laissée à son neveu durant ce temps-là et que la taupe travaille pour lui, continuai-je. Nous avons aussi découvert que cette fameuse taupe vient de la base de New York, vu qu'elle a eu accès à certaines données que l'on ne trouve que là-bas. Elle a aidé les ADD23 à tendre une embuscade à Dean et ses hommes, qui sont inexistants sur toutes nos bases de données sauf celle de New York.

— Merde… Mais New York est le cœur des Golden Reverse, tous ceux qui s'y trouvent et qui ont un minimum accès à nos données ne sont que les plus haut gradés ou les plus anciens de la mafia, c'est impossible que cela vienne d'eux !

— C'est justement pour cette raison que ton père est autant sur les nerfs. J'ai commencé à faire des recherches sur des potentiels suspects et pour l'instant j'ai pensé à cinq noms.

Je lui tendis une nouvelle feuille.

— En cinquième, Garry, il n'a pas vraiment le profil, mais il est souvent en désaccord avec les idées du boss. En quatrième, il y a Nick, celui qui a récupéré ma division, j'ai rarement vu un homme aussi instable et pourtant cela fait six ans que je travaille dans la mafia. Le problème, c'est que je ne pense pas qu'il soit suffisamment intelligent pour faire ça. En troisième, Calvin, il travaille directement avec nos serveurs, c'est un génie, et il le sait. Il pourrait sans aucun problème retourner la mafia contre nous. Je donne bien évidemment la deuxième place à Gab, c'est l'un des plus anciens, pourtant ton père a toujours refusé de le promouvoir, et lorsque sa sœur a été hospitalisée, il l'a empêché de s'en occuper. Il a toutes les raisons de vouloir lui mettre des bâtons dans les roues.

Je la vis grincer des dents.

— Mon père est vraiment une pourriture.

Je ne pouvais pas vraiment la contredire, Hanson était l'homme le plus détestable et le plus insensible que je connaissais.

Lorsqu'elle vit le dernier nom, elle ouvrit de grands yeux.

— Sérieusement, Cuart ?

— Pour moi, le suspect numéro un, c'est Eden.

Un silence s'installa avant que je me décide à le rompre.

— Écoute, Berry, ton père le déteste et lui mène la vie dure. Il est moins bien payé que nos hommes de terrain. Il est impossible de savoir ce qu'il pense, car il joue constamment au mec joyeux et gentil. Il sait même où nous nous trouvons en ce moment.

— Tu te rends compte de ce que tu es en train de dire, Cuart ? s'indigna-t-elle. Tu penses sérieusement qu'il pourrait s'allier avec la mafia qui a décimé l'entièreté de sa famille ?

— Justement, Berry, il n'a plus rien à perdre.

— Il n'en serait pas capable. Il a des valeurs.

Je me passai une main sur le visage. Pourquoi fallait-il qu'elle prenne ça autant à cœur quand il s'agissait de confiance ?

— Ce ne sont que des suppositions, Berry. Mais on ne peut pas se permettre de l'exclure de la liste des suspects, surtout avec son profil.

Elle n'avait pas l'air ravie, mais ne répliqua pas. Je m'apprêtais à me replonger dans mes recherches lorsque mon téléphone vibra dans ma poche. Je poussai un grognement d'agacement. Est-ce que je pouvais bosser tranquillement vingt secondes ?

Le message disait : *Salut Cuart, c'est Noah, le copain d'Anastasia. C'était pour te dire que si Berry et toi voulez voir Livio à l'hôpital, les visites commenceront après-demain normalement*.

Je levai les yeux vers la rouquine, qui, elle, était concentrée sur les papiers éparpillés sur mon lit.

— Berry, comment Noah a eu mon numéro ?

— Je le lui ai donné, me répondit-elle sans un regard.

J'ouvris de grands yeux.

— Et de quel droit ?

— C'est bon, tu ne vas pas commencer à me faire une scène ? Dis-moi plutôt pourquoi il t'envoie un message.

Je continuai de la dévisager avec dédain alors qu'elle ne me portait pas la moindre attention. Elle m'énervait.

— Ce n'est rien d'important, vu que tu n'as pas le droit de mettre un pied en dehors de cette maison tant que nous n'en savons pas plus sur la situation.

Elle releva enfin les yeux pour venir soutenir mon regard.

— Cuart, dis-le-moi.

— Tu as oublié que je ne te dois rien, princesse.

Elle me lançait à présent un regard noir et j'en étais assez satisfait. Un partout.

— Je verrais si je t'en parle plus tard. En attendant, essaye d'être un minimum supportable, continuai-je en lui prenant la feuille des mains.

Berry

Deux putains de jours que Cuart restait enfermé dans sa chambre à la recherche de je ne sais quelle théorie du complot. Non pas que sa grosse tête me manquât, mais il prenait un peu trop ses aises à mon goût. Je traversai le couloir en furie et appuyai violemment sur la poignée de sa chambre, mais, à ma grande surprise, je manquai de me manger la porte quand celle-ci resta verrouillée.

— LINE, TU ME FAIS CHIER !

J'entendis un ricanement depuis l'autre côté de la cloison.

— Arrête de te foutre de ma gueule et ouvre cette porte ! Viens te battre si t'es un homme !

À peine quelques secondes plus tard, j'entendis la porte se déverrouiller et Cuart s'appuya dans son embrasure.

— Tu es suicidaire ? dit-il en affichant un sourire en coin qui eut le don de m'agacer encore plus que je ne l'étais déjà.

— Je ne rigole pas avec toi. Ça va faire une heure et demie que je t'ai dit de commander à manger et je commence à avoir la dalle.

— C'est tout ?

— Comment ça, « c'est tout » ? m'emportai-je pour le plus grand plaisir de mon interlocuteur, qui n'attendait que ça. Je crève de faim, car il est

15 heures, et non, ce n'est pas tout. Tu sais pourquoi ? Car j'ai aussi reçu une notification comme quoi j'ai été débitée de trois mille dollars sur mon compte et bizarrement ma carte bleue est rangée dans TON portefeuille.

— C'est bon, tu as fini de te plaindre ? répondit-il sur un ton faussement méprisant.

J'entrouvris la bouche. Qui était le plus puéril de nous deux ?

— Écoute, Berry, j'avais besoin de cet argent et je m'excuse de ne pas t'avoir demandé, mais je sais très bien que pour toi l'argent n'est pas un problème, reprit-il.

— Pour toi non plus, je te rappelle ! Ton compte bancaire a au moins autant de zéros que celui d'un basketteur de NBA, donc je peux savoir pourquoi tu as eu besoin d'utiliser mon argent ?

— Par le passé, j'ai travaillé avec un hackeur plutôt bon, mais nous avons eu un petit différend et il refuse de travailler à nouveau pour moi, donc j'ai dû utiliser des coordonnées bancaires qu'il ne connaissait pas pour qu'il ne se doute pas que c'est moi qui faisais appel à ses services.

Je le dévisageai, les bras croisés, ses explications n'avaient qu'à moitié atténué ma colère.

— Même si tu as une excuse, tu n'as pas à faire ça, Cuart. Dois-je te rappeler que c'est du vol ? Et même si j'en ai largement les moyens, c'est une question de principe.

Il n'avait toujours pas perdu son stupide sourire en coin.

— Parce que, toi, tu as des principes, princesse ? fit-il en s'approchant légèrement, me surplombant de sa taille bien trop impressionnante à mon goût.

— Pourquoi est-ce que tu fais exprès de me pousser à bout ? demandai-je en levant les yeux pour ne pas perdre le contact visuel.

Reproche ironique venant de moi.

— Très bonne question, répondit-il. Peut-être pour te rendre la pareille ou alors juste parce que tu es incroyablement sexy quand tu t'énerves.

Je ne sais pas si mon cœur avait raté un battement ou si mon cerveau avait cessé de fonctionner, mais une chose était sûre, je ne m'attendais absolument pas à cette réponse.

— Qu… quoi ?

— Tu m'as très bien entendu. Bon, tu veux manger quoi ? changea-t-il de sujet en tournant les talons, me laissant plantée devant la porte.

La tension avait disparu aussi rapidement qu'elle s'était installée et mes neurones mirent plusieurs secondes à se reconnecter. Quand je repris enfin mes esprits, je me décidai à le suivre à l'intérieur de la chambre.

— Alors, qu'est-ce que tu veux manger ? commença-t-il à s'impatienter. Dépêche-toi avant que je ne choisisse à ta place.

— Italien, répondis-je rapidement, prise de court.

L'homme s'affala sur son lit, son téléphone à la main, et je ne pus que constater l'étendue des dégâts que causait notre incapacité à cuisiner. Presque tous les jours, si ce n'était chaque jour, nous nous retrouvions à commander à manger et, pour éviter qu'on découvre notre adresse, nous nous faisions livrer au bout de la rue. Après quelques brefs échanges ainsi que de minimes secondes d'attente, Cuart me confirma que la commande avait bien été passée. Je l'entendis à peine, car mes pensées étaient dirigées vers les innombrables tatouages qui ornaient son bras et pour lesquels ma curiosité grandissait de jour en jour.

— J'aimerais tellement aller en Italie, lançai-je soudainement à brûle-pourpoint tout en m'installant en tailleur sur le fauteuil dans lequel j'avais pris place. C'est l'un des rares voyages que je n'ai pas faits et ce pays me fait rêver. Tu y es déjà allé, toi ?

Ma question eut pour effet, comme un trop grand nombre de mes paroles, de le crisper pour une raison que j'ignorais totalement. Chose que je remarquai lorsque je vis l'entièreté de son corps se raidir et ses doigts cesser de pianoter sur son écran.

— Oui, je connais vite fait.

Il se leva brusquement et enfila un sweat-shirt bleu marine par-dessus son torse dénudé.

— Je vais attendre le livreur.

Et il quitta la pièce. Il était évident que le livreur n'était pas encore parti. Les yeux dans le vague, je me repassai la conversation dans ma tête pour comprendre ce qui avait pu le blesser.

*

Cuart avait retrouvé son calme, un calme tout à fait neutre, sans la moindre once de gêne ou de mal-être. Même si cela restait perturbant, je commençais à m'habituer à ses sautes d'humeur. Je mangeai tranquillement mes pâtes à la carbonara tandis que Cuart s'était replongé dans sa pile de dossiers, sa pizza posée à côté de lui.

— J'espère au moins que l'argent que tu m'as pris a servi à quelque chose, dis-je en portant ma fourchette à ma bouche.

— Mais oui, le mec fait du bon travail, je devrais avoir des nouvelles dans un ou deux jours.

— Et tu comptes me rembourser ? demandai-je alors.

Il ricana avant de relever la tête.

— Absolument pas, princesse.

À vrai dire, je m'en fichais. Je vivais à ses frais depuis deux mois et je ne me préoccupais pas tant que ça de l'argent, contrairement à mon père, qui vivait dans l'objectif d'être toujours plus riche.

— OK, ne me rembourse pas si tu veux, mais fais-moi goûter ta pizza et on est quittes.

Je le vis grimacer. Si nous avions bien un point commun, c'était que pour nous la nourriture était sacrée. Je voyais l'hésitation dans ses yeux, mais je savais pertinemment qu'il allait refuser.

— Vas-y, c'est bon, fit-il dans un soupir.

Attendez… Quoi ? Je le dévisageai à la recherche de la moindre moquerie.

— Dépêche-toi avant que je ne change d'avis et que je ne te vire de la pièce, renchérit-il.

Je ne me fis pas plus prier. Je me levai d'un bond, déposant mon plat sur le fauteuil que j'occupais, et franchis les quelques mètres qui me séparaient de l'immense lit. Je m'installai face à lui. Nos yeux se croisèrent un instant et je crus presque ressentir des fourmillements dans le ventre.

— Par contre, fais attention, ça pique un p…

Je n'avais pas attendu qu'il finisse sa phrase pour prendre une bouchée de la part qu'il tenait devant mes yeux.

— C'est super bon ! déclarai-je, la bouche encore pleine.

Je soutins le regard de Cuart tandis que je mâchais avec difficulté. Petit à petit, je sentis mes joues me brûler et rougir. Non, ce n'était pas dû à la présence de Cuart à dix centimètres de moi.

— Putain, ça arrache ! me plaignis-je alors, tout en tirant la langue après avoir avalé.

— Je t'avais prévenue…

— Il y a une différence entre piquer un peu et mettre la bouche en feu ! le coupai-je.

Les picotements sur ma langue s'intensifiaient et ma chaleur corporelle augmentait considérablement. J'avais oublié que le con qui me regardait souffrir, amusé par la situation, était une des rares personnes qui pouvaient manger épicé à l'extrême sans problème.

Je fouillai dans le sac posé à côté du lit à la recherche d'une quelconque boisson rafraîchissante. Pour mon plus grand bonheur, je trouvai une bouteille de soda, que je bus d'une traite. J'aurais préféré du pain, certes, mais je n'avais pas vraiment le choix.

La douleur mit plusieurs minutes à disparaître entièrement. Moi qui aimais pourtant bien ce qui était piquant, sur ce coup, j'avais presque failli en pleurer.

— Berry, je sais que je vais regretter ce que je vais te dire, mais le message de Noah d'il y a deux jours disait que les visites pour Livio à l'hôpital sont autorisées à partir d'aujourd'hui, lâcha soudainement mon colocataire.

CHAPITRE 19

Berry

Livio était réveillé, il pouvait recevoir de la visite et c'était Cuart Line qui me l'annonçait ?

— C'est une blague ?

— Quel plaisir je prendrais à mentir sur ce sujet ? répondit-il, méprisant.

— Et tu acceptes de m'y conduire ?

Il lâcha un grognement avant de se passer la main dans les cheveux.

— Ce n'est vraiment pas l'envie qui me démange, mais je sais très bien que si je ne te le propose pas, je vais t'avoir sur le dos et tu vas finir par faire une connerie.

Je le regardai, sidérée. Son comportement était... différent ? Je devais être en train de sourire, car Cuart reprit immédiatement la parole.

— Ne te fais pas d'idées, il y a une condition. On va uniquement à l'hôpital, on entre, on fait la visite, on repart. Mais, surtout, c'est ta dernière sortie avant que cette situation merdique ne soit complètement sous contrôle. Parce que tu as trop souvent tendance à l'oublier, mais tu es recherchée, Berry.

Mon sourire s'effaça pour laisser place à une grimace. Je savais bien qu'il avait raison. Il fallait que je me fasse à l'idée, j'allais finir par être enfermée dans cette maison, que je le veuille ou non, et aller voir Livio avant était sûrement le meilleur compromis.

— Après, si tu ne veux pas y aller, ça m'arrangerait, ajouta-t-il.

— Trop tard, j'ai déjà pris ma décision !

Il me dévisagea, avant de chuchoter un « merde » presque inaudible.

— Ne commence pas à te plaindre, c'est toi qui me l'as proposé, répliquai-je face à la réaction enfantine de l'homme en face de moi.

— Ouais, sauf que j'espérais que tu ne voudrais pas revoir ce connard, lâcha-t-il. Mais bon, un engagement est un engagement.

Il referma d'une main ses dossiers, qu'il déposa sur la table de nuit avant de se lever. En prenant appui sur le lit, sa main frôla ma cuisse et un frisson parcourut l'entièreté de mon corps. Je devais être la seule à l'avoir remarqué, car il se dirigea vers la porte sans broncher.

— Les visites finissent à 20 heures, donc sois prête pour 17 h 30, histoire que j'aie le temps d'aller faire un footing sur la plage avant.

— Tu pourras m'apporter un milk-shake si tu passes à côté du vendeur ? demandai-je alors.

— Démerde-toi, me répondit-il avec un clin d'œil tout en disparaissant à reculons dans le couloir.

Certaines choses n'avaient définitivement pas changé.

*

J'allumai l'écran de mon téléphone et constatai qu'il était six heures moins le quart. Cela faisait une petite dizaine de minutes que j'attendais le mafieux et j'étais à deux doigts de sortir de la voiture pour aller le chercher quand la porte du conducteur s'ouvrit brusquement pour laisser apparaître Cuart qui finissait d'enfiler un t-shirt.

— Oui, je t'ai fait attendre, je sais. À la moindre remarque de ta part, tu fais le trajet à pied, grogna-t-il.

— Toujours aussi aimable, chuchotai-je tout en me tournant vers la fenêtre pour ne pas avoir affaire à son mauvais caractère.

Après vingt minutes de route durant lesquelles Cuart avait commis bien trop d'excès de vitesse, nous commencions à apercevoir l'immeuble imposant se détacher dans le ciel.

— Tu te sens responsable de ce qu'il lui est arrivé ?

Sa question me prit par surprise.

— Je ne suis pas sûre, mais je pense, oui.

Il n'ajouta rien, concentré sur la route. L'hôpital n'était plus très loin et pourtant la voiture ne ralentissait pas. Les yeux du mafieux étaient rivés devant lui et ses mains crispées sur le volant. L'aiguille du compteur s'élevait toujours plus et un mauvais pressentiment m'envahit. Au niveau de la sortie, Cuart ne tourna pas, continuant sa route sans cesser d'accélérer.

— Cuart, qu'est-ce que tu fous ?

Aucune réponse.

— Cuart, merde, ce n'est pas drôle !

Mon rythme cardiaque s'intensifiait.

— Cuart, je peux savoir à quoi tu joues ? DÉPOSE-MOI À L'HÔPITAL !

Je bouillonnais de rage autant que de panique. Pourquoi fallait-il qu'il se foute de ma gueule maintenant ? Mon regard tomba sur le tableau de bord, qui affichait 104 km/h. Avec une bonne réception, je pourrais m'en sortir ? Non, dans le meilleur des cas, je finirais paraplégique. Étais-je réellement en train de penser à sauter de la voiture ? Oui, et ça me donna une idée.

— Cuart, dépose-moi ou je saute de cette putain de bagnole !

Il me regarda pour la première fois depuis que la situation avait commencé à déraper, mais détourna rapidement son regard sur la route.

— Tu restes là.

Ses paroles étaient un ordre et se voulaient menaçantes, mais il était bien trop concentré sur la façon dont il serpentait entre les voitures sans ralentir pour m'impressionner.

— Alors tu arrêtes de faire n'importe quoi, tu fais demi-tour et tu m'expliques ce qui se passe !

La situation commençait à m'agacer autant qu'elle m'effrayait et je refusais qu'il me tue avec lui. J'attendis quelques secondes une réponse de sa part, qui ne vint jamais, quand je remarquai que la route s'était rétrécie en une simple voie bordée d'herbe. Il fallait que je lui mette la pression pour qu'il se calme. Et rapidement.

Je décrochai ma ceinture à la volée et me jetai sur la poignée. Mon regard croisa celui de Cuart dans le rétroviseur droit, qui mit un millième de seconde à comprendre ce que je m'apprêtais à faire. Je mis toute ma force pour ouvrir la portière, la route défilant à toute allure sous moi. Sous l'effet de la vitesse, la portière m'emporta avec elle et mon visage s'était dangereusement rapproché du sol. Une main attrapa mon bras juste à temps, il avait cédé. J'affichai un sourire satisfait quand un coup de feu retentit et une balle frôla mon visage. Cuart m'entraîna violemment à l'intérieur du véhicule, me faisant refermer la porte par la même occasion, et replaça ses deux mains sur le volant.

Mon cœur battait à mille à l'heure. Je n'eus pas le temps de remettre mes idées en place que plusieurs balles vinrent se loger dans la carrosserie.

— Quand je te dis quelque chose, Berry, tu m'écoutes, cracha-t-il en appuyant sur l'accélérateur.

Je lançai un regard au-dessus de mon épaule pour tenter de discerner nos agresseurs, mais la grosse Mercedes noire qui semblait nous suivre était entièrement teintée, pare-brise inclus.

— C'était trop compliqué de me prévenir qu'ils étaient derrière nous ? lui reprochai-je en reprenant mon souffle. Il est où, ton Colt ?

Il me fit un signe de tête vers la boîte à gants. Je sortis le magnifique pistolet et m'assurai qu'il était chargé avant d'abaisser ma fenêtre. Je mis plusieurs secondes à me positionner correctement à cause de la vitesse. Pendant ce laps de temps, plusieurs balles passèrent de part et d'autre de mon corps avant que je ne réussisse à me concentrer sur ma cible, le conducteur. J'appuyai sur la détente et ma balle traversa le pare-brise pour venir se loger dans le corps de l'homme derrière le volant. Du premier coup ! Je n'étais pas aussi rouillée que je l'avais pensé. J'appuyai de nouveau sur la détente, puis encore une fois pour m'assurer que ma cible était bien achevée. Le véhicule dévia soudainement et s'écrasa dans le fossé sur notre droite. Je repris place sur mon siège, un léger sourire au coin des lèvres.

— Dans le mille, putain ! s'amusa Cuart.

Son enthousiasme se dissipa rapidement quand il remarqua qu'il restait encore deux voitures à nos trousses.

— OK, princesse, attache-toi, on va passer à la vitesse supérieure.

Je m'exécutai, mes yeux rivés sur le compteur, qui approchait des 180 km/h. Quand je levai les yeux vers la route, j'aperçus l'entrée de Los Angeles, précédée par un feu qui venait de passer au rouge.

— Cuart…

— On n'a pas le choix, me répondit-il immédiatement.

Le stress montait et devenait de plus en plus difficile à gérer. Je fermai les yeux, pas très convaincue par l'idée de Cuart, mais lorsque j'entendis des klaxons suivis de bruits de chocs, ma curiosité me poussa à les rouvrir pour découvrir, derrière nous, un accident au niveau de l'intersection. Je poussai un long soupir de soulagement.

— Normalement, on est tranquilles pour un petit moment, mais il ne faut pas tarder, me lança Cuart en prenant une ruelle sur la gauche.

— Et qu'est-ce qu'on fait maintenant ?

J'avais beau réfléchir, la seule solution qui me venait à l'esprit était d'avertir mon père et il en était hors de question.

— Pour commencer, on va rentrer en vitesse et préparer nos affaires le plus rapidement possible. On est repérés et on n'est plus en sécurité là-bas.

— Ils nous suivaient depuis longtemps ? m'empressai-je de lui demander.

— Bien trop longtemps à mon goût. Et ils ont raté leur coup déjà deux fois, ils n'échoueront pas à la troisième.

Il était infaillible et ne laissait rien paraître, il contrôlait la situation. Il venait de nous sortir d'une position délicate sans problème et pourtant il gardait un calme indéniable que je lui enviais. Cet homme était incroyable.

Je jetai mon sac rempli uniquement du nécessaire sur la banquette arrière de la Jeep avant de retourner à l'intérieur de la villa. Junior m'accueillit derrière la porte et je m'arrêtai un instant pour regarder le chaton qui miaulait d'inquiétude à cause de cette agitation soudaine.

— Berry ! m'exclamai-je à travers la maison. Tu sais où est la boîte de transport de Junior ?

— Dans la chambre d'amis.

Il n'était même pas envisageable de partir sans le chat. La boîte était simplement posée sur le lit, je n'avais pas besoin de la chercher. Je l'attrapai, puis retournai au pas de course dans le salon, où la rouquine ne tarda pas à me rejoindre, un petit carton qui comportait gamelles, croquettes et papiers de l'animal dans les bras. Elle n'eut qu'à secouer les friandises pour que celui-ci accoure et que je puisse l'attraper afin de le faire rentrer dans sa cage.

Une fois toutes les affaires dans le coffre de la voiture, Berry baissa les immenses volets, je fermai la maison derrière nous et nous montâmes à notre tour dans la voiture. Je tournai la tête vers elle, puis pris la parole :

— Bon, j'appelle ton père pour qu'il nous donne une adresse où nous rend…

— Attends ! me coupa-t-elle tout en posant sa main sur mon téléphone.

Elle sortit de sa poche un trousseau de clés que je n'avais jamais vu auparavant. Qu'est-ce que c'était que cette histoire encore ?

— Ce sont les clés de chez ma mère.

Cette information ne suffit qu'à me troubler davantage.

— Ma mère est originaire de Seattle, mais après être tombée amoureuse de mon père, elle a accepté de déménager avec lui à New York. Pour leurs quinze ans de mariage, Hanson a décidé de lui offrir une maison à Seattle, car sa ville natale lui manquait et je me souviens qu'elle m'y a déjà amenée plusieurs fois quand j'étais petite. C'est vraiment un coin tranquille et sûrement notre meilleure option.

— Et je peux savoir comment tu as eu les clés ?

— Il y a une semaine, j'ai fouillé un peu toute la villa par pur ennui et je suis tombée dessus dans le bureau de mon père, il y avait un Post-it sur lequel il était écrit « Maison Seattle », répondit-elle avec un haussement d'épaules.

— Le bureau ? Tu veux dire la pièce qui était tout le temps fermée à clé ?

Hanson détestait qu'on touche à ses affaires, fouiller dans son bureau ne m'avait jamais tenté, car je tenais à rester en vie. Décidément, cette fille n'avait pas froid aux yeux.

— Oui, celle-là, j'étais curieuse de savoir ce qui s'y trouvait. Ouvrir la porte avec une épingle était un jeu d'enfant, mais à l'intérieur c'était surtout de la paperasse inintéressante.

Je passai ma main dans mes cheveux, sûrement pour la énième fois de la journée. Cette fille était réellement irrécupérable et presque insouciante. C'était à la fois perturbant et agréable, on en oubliait bien trop facilement qu'elle était en danger de mort à chaque seconde. Elle banalisait sa vie, ses habitudes et son calvaire comme si, à ses yeux, aucune situation n'était pire qu'une autre.

— Donc tu veux qu'on aille à Seattle ? Mais tu sais qu'il y a plus de dix-huit heures de route depuis Malibu ?

Elle ne semblait pas être au courant, mais ça n'avait pas l'air de la déranger plus que ça. Je lançai un regard à travers ma fenêtre, le soleil était en train de disparaître à l'horizon, la luminosité avait déjà considérablement baissé, le trajet promettait d'être épuisant et pourtant j'avais envie d'accepter cette idée tout sauf raisonnable et de céder à chacun de ses désirs.

Je lui tendis mon téléphone :

— Entre l'adresse, si on a une journée de route, on n'a pas de temps à perdre, princesse.

Je jetai un coup d'œil au chat, allongé dans sa cage de transport, attachée sur l'un des sièges arrière, puis je mis le contact, laissant derrière nous cette maison qui nous avait servi de prison pendant bien trop longtemps.

Berry

Nous venions tout juste de sortir de Los Angeles et j'attendais Cuart dans la voiture pendant qu'il mettait de l'essence. Les pieds posés sur le tableau de bord, j'observais les alentours, complètement déserts, sauf la présence d'un homme derrière la caisse, à l'intérieur du petit magasin. Homme qui nous observait, attendant sûrement que l'on vienne payer.

Une fois cette étape passée, nous commencerions notre voyage en direction de Seattle, qui promettait d'être, comme qui dirait, intéressant. Mon coéquipier se pencha soudainement à la vitre de sa portière. Il récupéra sa carte qui traînait dans le vide-poches pour aller payer.

Je le regardai parler avec le caissier à travers les baies vitrées de la boutique et, alors qu'il s'apprêtait à rejoindre la voiture, je le vis s'arrêter devant une étagère. Il lança un regard en arrière pour vérifier que personne ne le regardait, puis glissa rapidement un objet dans sa poche. Il se dépêcha de passer la porte du magasin pour traverser la station en trottinant et venir prendre place à côté de moi. Je le regardai, intriguée, tandis qu'il refermait sa portière, puis il se retourna vers moi, les yeux étonnamment pétillants. Je l'interrogeai du regard et il brandit le sachet devant mes yeux.

— Regarde ce que j'ai trouvé ! Ce gâteau, c'est toute mon enfance, je n'en avais pas vu depuis des années.

Je l'attrapai et observai le paquet, qui ne me faisait pas vraiment envie.

— Arrête de faire cette tête, il faut absolument que tu goûtes, tu seras surprise.

— Si tu le dis… Tu auras ma mort sur la conscience, dis-je en commençant à déballer la sucrerie.

— Maintenant, on peut officiellement partir.

À la seconde où il prononça ses mots, la voiture démarra dans un crissement de pneus. Je souris légèrement à la vue de la station-service, qui illuminait la nuit maintenant bien noire, et portai le gâteau à ma bouche. En effet, c'était plutôt bon.

La ville rapetissait au fur et à mesure que l'on s'éloignait et un poids quittait ma poitrine tandis que le vent chaud du soir s'écrasait sur mon visage et que le Nevada et la Californie, ainsi que tous leurs problèmes, ne devenaient qu'un souvenir. Y compris les Texans.

Je posai ma main sur l'émeraude à mon cou, l'objet le plus précieux que je possédais. Puis mon regard se tourna en direction de Cuart, qui conduisait tranquillement, une main posée à l'extérieur du véhicule, quand soudain je fus prise aux tripes par un sentiment qui me criait de vivre comme je l'entendais et qui me confirmait que partir avec Cuart était sûrement la meilleure décision que j'avais pu prendre dans ma vie.

CHAPITRE 20

Cuart

Je jetai un œil à l'heure au tableau de bord : 23 heures passées, cela faisait près de trois heures que l'on roulait. Je lançai ensuite un regard furtif en direction de la rouquine, qui regardait une série sur son téléphone à côté de moi, ses écouteurs dans ses oreilles. Elle releva la tête quand elle sentit mon regard sur elle et je m'empressai de me reconcentrer sur la route.

— Cuart, fit-elle calmement en mettant son écran en pause et en retirant l'un de ses écouteurs. J'ai une question.

Je poussai un soupir.

— Je n'ai vraiment pas l'énergie pour passer un interrogatoire.

Elle ne semblait pas avoir pris en compte ma réponse car elle continua :

— Je croyais que tu fumais, mais je ne t'ai pas vu toucher à une cigarette depuis que nous sommes ici.

Je ne m'attendais vraiment pas à cette question, mais j'étais plutôt rassuré que ce soit simplement ça.

— Je ne fume pas. J'ai dû toucher trois fois maximum à cette merde dans ma vie et ce n'est pas pour moi. Je laisse ça à mon connard de père.

Elle ne répondit pas, se contentant de regarder droit devant elle, pensive, ce qui me confirma que la réponse lui importait peu, car ce n'était pas la question qu'elle voulait réellement me poser. Malheureusement pour elle, je n'irais pas chercher plus loin et me focalisai de nouveau sur la nationale, magnifiquement éclairée.

— Tu ne comptes pas parler des fois où tu m'as embrassée, pas vrai ? lâcha-t-elle soudainement, me faisant freiner un peu trop brusquement sous l'étonnement.

J'avais beau ne pas être croyant, j'avais prié plus d'une fois pour ne jamais avoir cette conversation avec elle. Qu'est-ce que je pouvais bien avoir à lui dire ? Lui avouer que j'avais perdu le contrôle ? Qu'elle m'obsédait ? Et puis quoi encore ?

— Tu apprendras que je n'ai pas de compte à te rendre, princesse.

— Sauf si ça me concerne.

Elle s'était de nouveau tournée vers moi, mais j'avais décidé de l'ignorer. Je sentais son regard me parcourir des mains à la tête. Mon esprit commençait à divaguer et revenait à moi le souvenir de ses lèvres contre les miennes, de leur goût, de son souffle contre ma peau et de mes mains parcourant son corps. Tout en moi me rappelait combien j'avais eu envie d'elle dans ces moments-là. Bordel de merde.

— Je te plais, finit-elle par ricaner avant de remettre son oreillette.

Pardon ? J'avais mal entendu ?

— Je peux savoir quel genre de conneries tu racontes encore ?

— Tu passes ta main dans tes cheveux et ta langue sur tes dents, donc ça me prouve que tu penses à quelque chose qui te met dans l'embarras, me répondit-elle sans pour autant mettre en pause ce qu'elle regardait, ni même perdre le rictus plaqué sur son visage.

Je restai sans voix, mais je ne comptais absolument pas la laisser gagner.

— Ironique de la part d'une fille qui vient de relever certains de mes tics. Je pense que tu devrais te remettre en question, princesse, tu viens toi-même d'avouer que tu passes beaucoup trop de temps à m'observer.

Elle leva les yeux au ciel, à court d'arguments, et je réprimai un petit rire. Mon regard se perdit à nouveau sur la route sans fin et les kilomètres défilèrent, mon esprit se baladant jusqu'à tomber sur un panneau annonçant une petite aire d'autoroute. Elle dut l'apercevoir en même temps que moi, car elle se redressa brusquement en m'agrippant le bras.

— Cuart, il y a des restaurants et ça fait une heure que je te dis que je meurs de faim ! s'écria-t-elle.

— Non, ça fait une heure que tu me dis que tu veux un milk-shake.

— Il n'y a absolument aucune différence !

Je lui adressai un regard exténué. De toute façon, cela m'arrangeait que l'on s'arrête, car j'allais avoir besoin d'un café pour pouvoir continuer.

Au plus grand bonheur de ma passagère, je pris la sortie.

— Il y a un Starbucks ! s'exclama-t-elle en sautant du véhicule.

Je n'avais pas la moindre idée d'où elle puisait toute cette énergie après cette journée bien trop chargée. J'entrai dans le bâtiment, précédé de ma coéquipière, qui se dirigea immédiatement vers le comptoir, derrière lequel il n'y avait pour l'instant personne.

Une jeune femme ne tarda pas à arriver. Assez petit, son visage était encadré de cheveux dont la couleur était dangereusement proche du noir charbon. Elle s'arrêta une demi-seconde quand elle nous aperçut.

— Je… Bonjour… Euh… Excusez-moi, mais le service est fini.

Je poussai un soupir, Berry ne semblait pas l'avoir entendue, trop occupée à examiner le menu, mais elle n'allait pas être contente.

— OK et il y a d'autres restaurants ouverts à cette heure-là ? demandai-je alors, à la recherche d'une solution.

— Non, pas à ma connaissance, juste la supérette de la station-service.

— J'ai choisi ! nous interrompit Berry avant de remarquer que je hochais la tête négativement.

Son expression changea du tout au tout. Elle allait nous faire une scène.

— Qu'est-ce qu'il y a ? demanda-t-elle en fronçant les sourcils.

— Ils sont en train de fermer, dis-je en attrapant son bras pour anticiper toute réaction de sa part.

— Comment ça ? Mais, pour l'instant, ce n'est pas fermé, vu qu'on est entrés !

— Allez, Berry ce n'est pas grave, on trouvera bien un autre endroit.

— Mais…

— J'ai dit qu'on irait voir ailleurs.

— Mais la serveuse est encore là ! Elle peut me faire mon milk-shake, non ?

Berry bouillonnait un peu plus chaque seconde et je décidai de prendre une décision rapide et efficace : je m'emparai de son buste, que je jetai sur mon épaule afin de la soulever tel un vulgaire sac de marchandises.

— Au revoir, fis-je à la serveuse, qui nous regardait, déconcertée, tandis que Berry abattait violemment ses mains contre mon dos.

— Fais-moi descendre, connard ! Je veux mon putain de frappuccino au beurre de cacahuètes !

— Ta gueule, princesse.

Je fus étonné de constater qu'elle m'écouta. Arrivé à la Jeep, j'ouvris la porte côté passager avant de la balancer sur son siège.

— Mais…

Je plaquai ma main contre sa bouche tout en posant mon front contre le sien. Je pris une inspiration tout en fermant les yeux.

— Je t'en supplie, ne te plains pas. Je suis épuisé et je n'ai vraiment plus aucune patience, j'ai aussi besoin d'un café, donc ça ne me réjouit pas plus que toi qu'ils soient fermés.

Je rouvris les yeux pour les plonger dans les siens, qui me scrutaient de leurs iris verts. J'avais l'impression d'avoir affaire à une enfant. Je retirai ma main de sa bouche.

— Donc tu me promets qu'à la prochaine qu'on trouve, on s'y arrête ? me demanda-t-elle.

— Je ne te fais plus de promesses, car tu arrives toujours à me les mettre à l'envers, chuchotai-je en retour.

Elle esquissa un sourire en coin absolument magnifique.

— Tout à l'heure, tu me demandais pourquoi je t'avais embrassée, pas vrai ? Eh bien, peut-être que je ne te déteste pas autant que je ne le prétends.

À peine avais-je prononcé ces mots que je décollai mon front du sien, refermai sa portière et fis le tour de la voiture pour venir m'installer derrière le volant. La fatigue engourdissait légèrement mon corps. Tout compte fait, j'allais peut-être avoir besoin de deux cafés, et bien noirs.

Berry

Je devais être la seule mafieuse sur cette terre accro aux milk-shakes, mais cette cochonnerie en valait la peine. Je sirotai tranquillement ma boisson au brownie tout en regardant la route, un cookie dans l'autre main. Nous avions fini par trouver un café ouvert et un peu de sucre nous faisait le plus grand bien.

— Ne donne pas de cookie au chat ! me reprocha Cuart.

Je ne répondis pas, je n'avais donné qu'une miette de la pâtisserie à Junior et il avait l'air de se régaler.

— Donne-le-moi si tu ne le manges pas.

— Mais c'est le dernier !

— Raison de plus pour ne pas intoxiquer mon chat avec, rétorqua-t-il.

Je le toisai. Il savait très bien que je détestais qu'il parle du chat comme s'il en était le seul propriétaire.

La route était déserte. Il était bientôt une heure du matin et les seules lumières provenaient de quelques lampadaires, les phares et la luminosité du GPS. Cette ambiance était telle que j'aurais aimé y rester toute ma vie, d'un calme absolu. De toute façon, je l'avais toujours dit, les longs trajets en voiture et de nuit sont les meilleurs. Je sentais peu à peu mes forces me quitter et le sommeil m'emporter lorsqu'une sensation glacée me fit sursauter.

— Merde, c'est froid ! m'exclamai-je tout en rouvrant les yeux et en redressant le gobelet que je tenais toujours dans ma main.

Cuart tourna la tête et ne tarda pas à comprendre le sens de mes paroles.

— Quel boulet, bordel ! lança-t-il, presque moqueur. J'espère que tu n'as pas sali la caisse.

J'affichai une grimace tandis qu'un frisson dû au froid me parcourait. Je m'empressai de retirer mon t-shirt, que je jetai en boule à mes pieds. Heureusement, ni mon short de sport ni le fauteuil en cuir n'avaient été souillés, mais je restais tout de même dégoûtée au plus haut point d'avoir gaspillé autant de ma délicieuse boisson.

Cuart, de son côté, ne tarda pas à remarquer que ma poitrine n'était plus recouverte que de mon soutien-gorge.

— À quoi tu joues, bordel ? chuchota-t-il en se mordant l'intérieur de la joue.

— Tu veux dire quelque chose, Line ? lançai-je, amusée, en remarquant qu'il essayait tant bien que mal de rester concentré sur sa conduite.

— N'essaye pas de jouer avec mes limites, princesse, tu sais pertinemment que tu perds bien trop souvent à ce jeu.

Je réprimai un rire, mais n'ajoutai rien.

— Prends mon sac, j'ai un t-shirt propre dedans.

Je m'exécutai et constatai avec enthousiasme que le t-shirt était immense. Mon coéquipier posa à nouveau ses yeux sur moi avant de les détourner sur la route.

— Il te va bien mieux à toi, apparemment.

CHAPITRE 21

Berry

Je me réveillai doucement, étirant mes membres engourdis par mes quelques heures de sommeil. Je pris une grande inspiration pour inhaler l'odeur enivrante du t-shirt que je portais et qui m'avait plongée dans les bras de Morphée à la minute où je l'avais enfilé. En regardant le tableau de bord, je constatai qu'il n'était que 5 heures du matin et que mon compagnon de route continuait de conduire, sûrement à bout de forces.

— Hello, dis-je doucement pour annoncer que j'étais réveillée.

Il tourna à peine la tête vers moi.

— Tu peux rappeler la personne qui te harcèle depuis plus d'une heure ? Je me suis retenu de jeter ton téléphone par la fenêtre plus d'une fois, mais je te promets que, la prochaine fois que j'entends cette sonnerie, il y passe.

Je grimaçai à la suite de ce bonjour des plus délicats avant de m'emparer de mon portable. Quatorze appels manqués. Cuart n'avait donc pas exagéré. En remarquant qu'il s'agissait d'Anastasia, mon cœur se serra. Je lui avais juste envoyé un message la veille pour la prévenir que nous ne pourrions pas venir à l'hôpital et que nous devions quitter la Californie rapidement. Je la connaissais un minimum, elle voulait des explications et je lui en devais. Bien que Livio et Noah fussent tous deux très gentils, partir sans leur en parler ne me dérangeait pas plus que ça, mais Anastasia avait été un véritable ange avec moi. Je m'empressai de la rappeler et elle ne mit qu'une sonnerie à décrocher.

— Mon Dieu, Berry ! J'ai reçu ton message, ça va ? Y a un problème ? demanda-t-elle, paniquée à l'autre bout du fil.

— Salut Ana… commençai-je.

— Attends, sérieusement ? C'est cette blondasse qui appelle depuis tout à l'heure ? m'interrompit Cuart, tellement fort que je n'avais aucun doute sur le fait que mon amie l'ait entendu.

Je lui lançai un regard noir qu'il ignora.

— Désolée, Ana, Cuart conduit non-stop depuis huit heures et n'a pas dormi depuis près de vingt-quatre heures, donc il est sur les nerfs.

— Ne t'en fais pas, je commence à avoir l'habitude avec lui, mais explique-moi plutôt ce qu'il se passe. Vous fuyez quelque chose ?

L'instinct de cette femme ne cesserait jamais de m'épater et peut-être même de m'effrayer.

— Tu es intelligente, Ana, je sais que tu as compris que la balle qui a touché Livio n'était pas totalement le fruit du hasard et que quelqu'un en a après nous. Je ne te remercierai jamais assez pour la confiance que tu continues de nous accorder et je suis heureuse de t'avoir rencontrée, mais, pour votre sécurité…

— Et surtout la nôtre, commenta Cuart.

— … nous avons dû partir.

Il y eut quelques secondes de silence.

— Ne t'en fais pas, Berry, je comprends. J'espère vraiment que vous vous en sortirez sans encombres et que vous n'êtes pas dans de trop gros problèmes, histoire qu'on puisse se revoir un jour. Faites attention à vous et je te place entre les mains de Cuart, il a intérêt à bien s'occuper de toi.

La voix d'Anastasia se voulait confiante et joyeuse, mais j'avais entendu les accents d'inquiétude. Je laissai échapper un petit rire triste.

— Je te le promets, dis-je avant de raccrocher et de déposer le portable dans ma portière.

Je me retournai ensuite vers l'autre crétin.

— Tu es vraiment un con.

Je ne reçus aucune réponse, comme s'il n'avait pas entendu ce que je lui avais dit. Je fronçai les sourcils.

— Cuart ?

— Hmm ?

— Tu veux que je conduise ?

Le mafieux ouvrit de grands yeux.

— Non merci, mourir n'est pas dans mes plans.

— J'ai le permis depuis deux ans, connard, rétorquai-je en levant les yeux au ciel.

— Et alors ? Déjà qu'en temps normal je ne suis pas serein à l'idée de te laisser le volant, mais là, en plus, tu n'as dormi que quoi ? Quatre heures ? Il en est hors de question.

Je poussai un long soupir. J'étais persuadée qu'il n'en pouvait plus, mais son ego surdimensionné l'empêchait de l'avouer. Je décrochai alors du pare-brise son téléphone qui affichait le GPS.

— Je peux savoir ce que tu fais ?

Je décidai de ne pas lui répondre, imitant son comportement et me contentant de taper « hôtel » dans la barre de recherche avant d'en sélectionner un, pas trop éloigné de nous et qui ne faisait pas faire de détour.

Je reposai le GPS à sa place sous le regard interrogateur de Cuart.

— Écoute, si tu ne veux vraiment pas que je conduise, on peut s'arrêter dans un hôtel.

— Ça va nous faire perdre du temps !

— Peut-être, mais je n'ai pas non plus prévu de mourir, donc ce n'est pas grave si l'on perd trois ou quatre heures. En plus, ça fera du bien à Junior de sortir de sa cage.

Il ne renchérit pas, sûrement car j'avais raison. Il suivit les indications jusqu'à ce que, quinze minutes plus tard, nous atteignîmes notre destination. L'hôtel paraissait assez petit de l'extérieur, mais restait tout de même correct. Il était juste assez isolé, comme n'importe quel hôtel en sortie d'autoroute, entre la Californie et l'Oregon.

En entrant dans l'établissement, pendant que Cuart déchargeait le chat, je remarquai que le hall était désert. Je dus appuyer sur la cloche du comptoir pour qu'une femme ridée vienne à ma rencontre.

— Bonjour…

— Que puis-je faire pour vous ? me coupa-t-elle.

— Est-ce encore possible d'avoir une chambre ? demandai-je alors en regardant l'heure qu'affichait l'horloge accrochée au mur.

La vieille femme me détailla de haut en bas avec dégoût. Charmant.

— Ouais, lâcha-t-elle sèchement.

— C'est bon ? demanda Cuart qui venait d'entrer Junior dans ses bras.

— Oui normalement, me contentai-je de répondre avant que mon regard ne tombe sur la boule de poils enfouie dans les bras du mafieux.

— Lit double ? demanda alors la dame, toujours aussi peu agréable, en comprenant que nous étions deux.

— Deu…

— Oui, c'est parfait, l'interrompis-je.

La femme me tendit alors une clé.

— Chambre 69.

Je la remerciai d'un hochement de tête et récupérai Junior avant de me rendre à l'ascenseur, le laissant régler.

La chambre était tout ce que l'on fait de plus basique. Les murs étaient blancs et un lit double trônait au centre de la pièce avec, sur sa gauche, un canapé en imitation velours face à un téléviseur correct et, sur sa droite, une petite salle de bains ainsi qu'une penderie encastrée dans le mur.

J'étais en train de servir un bol d'eau au chaton, qui se rua dessus, sûrement assoiffé par ces longues heures de route, quand Cuart sortit de la salle de bains. Je n'aimais pas faire subir autant de stress à Junior, mais ce n'est pas comme si nous croulions sous les options.

— Tu sais que je n'ai pas prévu de dormir avec toi, me lança soudainement Cuart en se débarrassant de ses chaussures avant de faire de même avec son t-shirt.

— Ne t'en fais pas, moi non plus, répondis-je. J'ai suffisamment dormi, donc je ne vais pas fermer l'œil et dans quatre heures grand maximum on est partis.

Je me redressai pour lui faire face.

— Et je peux savoir ce que tu comptes faire à 5 heures du matin ? demanda-t-il en s'asseyant sur le lit, qui prenait une grande partie de la pièce. Une visite touristique du quartier ?

— J'ai vu une supérette juste à côté et elle avait l'air ouverte, donc je vais aller chercher de quoi ne pas mourir de faim, lui répondis-je en levant les yeux au ciel.

Il m'observa une demi-seconde, sceptique, et ce laps de temps suffit pour que mon regard tombe sur son torse. J'avais beau y être confronté chaque jour, je me retrouvais constamment à me demander comment c'était possible d'être aussi bien foutu.

— Bon, j'y vais, finis-je par dire, me forçant à me concentrer sur autre chose.

Il m'attrapa le bras avant que je n'eusse le temps de faire un pas.

— Ça sera peut-être plus simple avec ça, fit-il alors, moqueur, en me tendant ma carte bleue.

Je grimaçai, vexée par ma propre bêtise, avant de récupérer rapidement la carte et de me diriger vers la porte.

— Attends !

Je me retournai brusquement.

— Quoi encore ? fis-je sèchement.

— Je n'aime pas l'ambiance de cet endroit, fais gaffe, lâcha-t-il en m'envoyant son Colt, que je réceptionnai en vol.

Je rangeai l'arme dans la poche arrière de mon short, que je recouvris ensuite avec le t-shirt oversize de Cuart.

— Arrête de t'inquiéter, je pense être suffisamment douée pour pouvoir me défendre, répondis-je en refermant la porte derrière moi.

Cuart

Mon réveil sonna, m'annonçant qu'il était déjà 8 heures. Junior était allongé en boule contre ma tête sur le même oreiller que moi, ce qui m'arracha un sourire. J'ouvris les yeux et me redressai doucement, je n'avais eu que trois heures de sommeil, mais je me sentais déjà bien mieux. Je passai une main sur mon visage, essayant de dissiper la douleur du réveil, quand je remarquai que Berry n'était pas dans la chambre. Bordel !

Je bondis hors du lit, mon rythme cardiaque ayant triplé en l'espace d'une seconde, et je balayai la pièce des yeux, sans résultat. Je contournai le lit et ouvris la porte de la salle de bains, espérant la trouver là, mais mes espoirs s'envolèrent quand je vis la pièce déserte.

Je revins au centre de la chambre, une main sur le front, essayant désespérément de réfléchir. En parcourant une nouvelle fois la pièce du regard, mon attention se porta sur un pied qui dépassait de derrière le canapé et, en arrivant à son niveau, je découvris la rousse en train de finir sa nuit adossée à l'accoudoir, à côté de son téléphone, qui était en train de charger.

Je poussai un long soupir de soulagement et m'appuyai contre le mur pour reprendre un pouls régulier, remarquant par la même occasion que j'avais frôlé la crise cardiaque. Tout ça à cause d'elle. J'avais suffisamment dormi, mon œil.

Une fois que mon coup de stress fut passé, je posai un genou au sol afin de la prendre dans mes bras. Elle avait l'air de dormir paisiblement, son visage était détendu et sa respiration lente. Je remarquai par la même occasion qu'elle possédait une petite tache de naissance à peine visible sur le haut du front, petite imperfection qui pourtant sublimait son visage.

J'avais décidé de ne pas la réveiller et de simplement la déposer sur le lit le temps que je fasse un premier voyage jusqu'à la Jeep avec le chat et la nourriture posée sur le bureau. Puis je reviendrais la chercher et je rendrais la clé à la sorcière de l'accueil.

Il était l'heure de repartir.

CHAPITRE 22

Berry

Cela devait bien faire quinze minutes que je dévisageais Cuart, ne pouvant pas me résoudre à y croire.

— Donc tu m'as portée jusqu'à la voiture pendant que je dormais ? demandai-je pour la énième fois.

— La faute à qui ? me répondit-il, fatigué par mon insistance. Tu n'avais pas dit que tu ne dormirais plus ?

— Si, mais…

Je m'interrompis, à court d'arguments.

— Ne pense pas que c'était une partie de plaisir. Tu ne t'arrêtes jamais de parler, même en dormant.

Je lui lançai un regard noir tandis que, lui, affichait un sourire moqueur plus qu'énervant. Je décidai alors d'augmenter le volume de la radio pour ne plus avoir à supporter ses piques débiles. La chanson qui passait ne m'était pas inconnue, je ne connaissais pas les paroles, mais ça ne m'empêchait pas de fredonner l'air avant qu'elle ne soit brusquement coupée. Cuart s'était permis de changer de radio dans le plus grand des calmes, mais, lorsqu'une nouvelle musique résonna, je m'empressai d'intervenir :

— Hors de question que tu sautes SZA !

Il me dévisagea avant de diriger son regard sur la route.

— Ne me dis pas que…

Je répondis à son inquiétude à l'aide d'un grand sourire amusé. J'adorais cette chanson et la douce lueur du soleil matinal me donnait envie de chanter à pleins poumons. J'étais en train de prendre une inspiration, m'apprêtant à faire mon meilleur karaoké, quand une main vint se plaquer contre ma bouche. Je me retournai vers le mafieux, qui avait toujours les yeux rivés devant lui, ne conduisant à présent plus que d'une main. Mon expression de surprise lui avait fait esquisser un sourire satisfait, il n'avait jamais été aussi attirant…

— Et toi, il est hors de question que tu me casses les oreilles alors qu'il n'est même pas 9 heures, me lança-t-il.

Je levai les yeux au ciel avant de dégager sa main de mon visage.

— Connard, lâchai-je, faussement vexée, alors que « Nobody Gets Me » continuait de tourner en fond.

— C'est ça, princesse, boude, ça me fera des vacances, me fit-il, amusé.

Mon téléphone vibra au même moment et je l'attrapai. C'était un message d'Eden. Je lançai un regard à Cuart pour m'assurer qu'il n'avait pas vu de qui provenait la notification, puis je me mis à pianoter une réponse.

— Karlyn, promets-moi que tu n'enverras pas ce que tu viens d'écrire si le destinataire est Eden.

— Et pourquoi pas ? demandai-je, dépitée par le fait d'avoir été prise la main dans le sac.

— Je suis vraiment obligé de te réexpliquer qu'il est le principal suspect ?

— Tu n'es toujours pas passé à autre chose ? Je t'ai dit que ça ne pouvait pas être lui ! Tu te bases sur des critères stupides et je sais que ça t'arrangerait que ce soit lui, car tu ne l'as jamais vraiment apprécié.

— Berry…

— Je te demande de me croire quand je te dis que ça n'est pas lui. Et pourquoi cette situation est si compliquée, putain ? Les Golden Reverse font trembler tous les trafiquants des États-Unis, mais ils sont incapables d'anéantir une simple taupe.

— Tu n'as aucune certitude concernant Eden et, justement, tu connais l'influence plus qu'importante du gang, on est placés dans quarante-deux États sans compter les implantations hors du pays, c'est difficile d'avoir une emprise sans faille partout.

— Mais on a quand même mis DEUX MOIS à comprendre que cette taupe trouvait ses informations depuis la base centrale à New York ! Elle a eu le temps de décimer une division entière et de piéger nos espions !

— Je sais, mais je te signale que je suis bloqué à l'autre bout du pays, moi aussi. Et c'est sûrement la première crise du genre pour les Golden Reverse en plus de cent ans d'existence.

— Je suis au courant de tout ça, mais ça me met sur les nerfs d'être recherchée. Moi qui suis habituée à ce que mon statut me couvre à la moindre de mes déviances, là c'est lui qui me fout dans la merde. Après, je ne vais pas trop me plaindre, vu que ça me permet d'être le plus loin possible de mon père, mais ça ne rend pas la situation moins humiliante.

— Au moins tous les lieutenants sont au courant de ce qui se passe et sont deux fois plus vigilants concernant leurs hommes.

Ce terme désignait tous les hommes à la tête des différentes bases du pays, Loïs était le lieutenant du Nevada, basé à Las Vegas. Cuart était celui de la base centrale de New York, ce qui faisait de lui le bras droit de mon père. Les hommes bénéficiant de ce statut étaient ceux en qui nous avions la plus grande confiance et ils pouvaient piloter deux ou trois divisions, chacune composée de trois sous-divisions, chacune possédant un chef. Bref, nous avions un système hiérarchique strict qui permettait de faire régner l'ordre entre des milliers d'hommes plus criminels les uns que les autres.

— Tu sais si Loïs a été remplacé ? demandai-je soudainement d'une voix bien plus calme que précédemment.

— Oui, répondit-il doucement. C'est un certain Charlie qui a été nommé. À ce que j'ai compris, c'était le chef d'armes de la division 76.

Je baissai les yeux sur mes mains, essayant de contenir la douleur qui m'animait chaque fois qu'on parlait de lui. Mon regard tomba sur mon téléphone, me rappelant que je n'avais pas répondu à Eden.

— N'y pense même pas. Tu l'as dit toi-même, la situation est déjà suffisamment difficile à gérer comme ça, donc évite de donner malencontreusement notre emplacement à une potentielle taupe en répondant à ce message.

À vrai dire, je n'eus pas le temps de prendre une décision, car Cuart m'avait arraché mon portable des mains. Je serrai les poings de frustration et lui lançai un regard meurtrier. Je m'apprêtais à l'insulter pour la énième fois de la journée quand mon regard fut attiré par une marque rouge sur son bras.

— Mais tu saignes ! m'exclamai-je en découvrant une blessure le long de son avant-bras tatoué.

Il mit une seconde avant de réagir.

— Ah oui, ça, ce n'est pas grand-chose. Mon poignard m'a juste échappé des mains tout à l'heure quand j'ai voulu le ranger dans la boîte à gants, lâcha-t-il en détaillant rapidement sa blessure.

— Mais tu es stupide, ma parole ! Tu ne peux pas rester comme ça !

Je repris mon téléphone avant de le déposer rapidement sur le tableau de bord et de me retourner vers la banquette arrière à la recherche de mon sac à dos.

— C'est bon, pas besoin d'en faire tout un plat, je ne sens presque rien.

Je ne l'écoutai pas et sortis un bandage et une compresse.

— Je n'ai pas de désinfectant, mais on va faire sans, dis-je en relevant la tête vers le mafieux, qui me regardait faire sans oublier de conserver un œil sur la route.

J'attrapai son bras et positionnai la plaie vers le haut. Elle n'était pas mignonne. Mais, à mon contact, le mafieux se raidit, me faisant remarquer que je venais d'empoigner le bras qu'il détestait tant.

— Je suis vraiment désolée, Cuart, mais je...

— Dépêche-toi de finir ! cracha-t-il.

J'acquiesçai et esquissai un sourire tout en appuyant une compresse imbibée d'eau sur son bras en remarquant qu'il prenait sur lui pour me laisser toucher cette partie de son corps qui était si taboue.

— Tu ne sens vraiment rien ? demandai-je, étonnée qu'il ne réagisse pas au contact direct de l'eau avec la plaie ouverte.

— Non, je ne sens presque rien dans ce bras-là.

Je profitai de cet instant pour détailler de plus près son bras, semblable à une œuvre d'art. Il y avait tous types de tatouages, mais ceux qui ressortaient le plus étaient les animaux : un serpent qui entourait gracieusement son avant-bras, des cornes de bélier sûrement en rapport avec son signe astrologique, un chien, un dragon qui semblait tout droit sorti des légendes japonaises, un oiseau. Le tout parsemé de nombreux symboles dont je ne connaissais pas la signification, ainsi que de références aux pirates. Sous mes doigts, je sentis de longues et petites bosses qui ressemblaient à d'anciennes blessures, mais qui ne suivaient pas le tracé de ses tatouages, le même genre que celui sous son soleil. L'envie de poser la question sur ses cicatrices me démangeait, mais je savais que ça allait plus le blesser qu'autre chose, comme chaque fois que je l'avais interrogé sur ses tatouages. Ça allait uniquement le brusquer, l'énerver et le rendre distant. Je décidai donc de finir mon bandage, ranger la petite trousse et me taire.

— Tu les as remarquées, n'est-ce pas ?

La voix de Cuart me tira hors de mes pensées. Je me contentai de hocher positivement la tête sans détourner les yeux de la route, craignant de croiser son regard, car je ne savais pas ce qui m'attendait.

— Tu voulais que je te fasse confiance, pas vrai ? De toute façon, il faut bien que je te trouve une occupation pour t'empêcher de parler à l'autre blond avec des airs de mouton.

Cette description d'Eden n'était pas mauvaise et m'arracha un sourire, avant que je n'ouvre de grands yeux en comprenant le sens de sa phrase. Me faire confiance ?

Après dix heures de conduite, trois heures de sommeil et pas un repas correct depuis près de deux jours, je pense que j'étais en train de dérailler et pourtant la petite voix au fond de ma poitrine me disait que, si je voulais lui en parler un jour, c'était aujourd'hui. Et maintenant.

— Oui, ce sont des cicatrices.

Mes mots me brûlaient la gorge alors que je débitais des évidences, mais c'était la toute première fois que j'en parlais à voix haute. Toutes les personnes m'ayant attrapé le bras ou ayant juste évoqué ces cicatrices par le passé avaient été descendues ou, pour les membres des Golden Reverse, s'étaient sûrement retrouvées à l'hôpital.

Et cette fois encore, comme la dernière fois, je sentais ses yeux émeraude posés sur moi avec détermination, comme si elle allait m'aider à aller au bout de chacune de mes phrases. Je sentais ce regard qui disait « parle, je t'écoute » et je savais que, si je le croisais, je perdrais tous mes moyens. Je ne voulais pas paraître vulnérable, encore moins devant elle. Mais elle l'avait fait, elle s'était mise à nu devant moi et avait pleuré plusieurs fois dans mes bras malgré la haine qui nous animait. C'était mon tour, j'étais sur le point de lui avouer la raison de mes cauchemars.

Je m'étais décidé à parler, oui, jusqu'au bout. En évitant son regard, s'il le fallait. J'allais me débarrasser de ce fardeau la tête haute, sans la moindre hésitation. De toute façon, je ne pouvais plus le lui cacher, c'était impossible et j'en étais incapable.

Car, oui, j'avais arrêté de me voiler la face, Berry Karlyn avait beau être la personne la plus insupportable que je connaissais, sa bienveillance pouvait mettre à terre n'importe qui, moi y compris, moi le premier.

— Tu te souviens, je t'avais dit que ma mère ne s'était jamais occupée de moi et de ma sœur. Elle n'en avait pas la force. Elle avait été interdite d'avorter et Ino et moi représentions la raison de son malheur. Elle était femme au foyer, mais passait ses journées à l'extérieur, le plus loin possible de notre maison, tandis que nous étions élevés par une nourrice, et elle traînait des pieds quand elle devait rentrer.

Je passai une main dans mes cheveux. La douleur écrasait ma poitrine, et plus les secondes s'écoulaient, plus mon esprit s'embuait. J'essayais de maîtriser ma respiration, mais les images qui défilaient dans ma tête m'empêchaient de réfléchir correctement, donc je me contentai de raconter, sans cesser de me répéter que je ne devais pas craquer. Mon regard était posé sur la route pour me permettre de me concentrer sur autre chose que sur les paroles incontrôlables qui résonnaient dans ma tête.

Quand mes yeux croisèrent les iris verts de Berry, j'oubliai tout le temps d'un millième de seconde. Elle me regardait simplement, mais ça suffit à me convaincre de ne pas m'arrêter.

— Je me souviens que la dernière phrase qu'elle m'a adressée était « Tu ressembles de plus en plus à ton père », et le lendemain, le jour du troisième anniversaire d'Ino, elle s'était suicidée. Je me souviens que je n'ai pas pleuré ce jour-là, ce jour où je l'ai retrouvée, ni même le jour de son enterrement, alors que je n'avais que sept ans. Je savais au fond de moi qu'elle vivait un enfer et qu'elle serait sûrement mieux là-bas, pourtant je lui en ai voulu durant des années, car pour moi, en plus de nous avoir abandonnés, sa mort a été l'élément déclencheur de mon supplice. Ma mère ne nous aimait pas, ni moi, ni ma sœur, ni mon père. Elle pleurait toujours énormément et ne souriait qu'en présence d'invités. Je pense qu'elle devait être régulièrement battue par le monstre qui me servait de père. Tu sais, le genre d'hommes qui frappent dans les murs dès que la moindre chose ne va pas dans leur sens.

J'avais en tête le visage de cet homme, que je considérais plus comme un inconnu qu'autre chose et que je rêvais de voir brûler en enfer. Quoique, même Satan n'en aurait pas voulu.

— Un an après le suicide de ma mère, un an jour pour jour, mon père a perdu le peu de dignité qui lui restait. Lui qui ne m'avait presque jamais adressé un regard, un soir en rentrant de son bureau, sur les nerfs, il m'avait convoqué dans son bureau…

Ma voix dérailla. Mes ongles, qui étaient enfoncés dans le volant, commençaient à entamer le cuir.

— Après m'avoir fait venir, il a fermé la porte à clé avant de m'expliquer qu'il fallait que je sois digne d'être sa descendance, puis il avait sorti un cutter. Je ne comprenais pas à l'époque, j'attendais simplement qu'il me demande ce qu'il voulait que je fasse, je ne l'aurais jamais pensé capable d'une ignominie pareille.

Berry posa sa main sur sa bouche. De mon côté, j'avais l'impression de revivre ce jour, jour où mon monde quasi inexistant s'est écroulé.

— Il s'est accroupi juste devant moi et m'a demandé de lui tendre le bras. J'avais huit ans… J'avais huit ans la première fois que mon père a posé cette lame sur mon bras… Il me disait que je devais le supporter, car ce serait mal vu dans sa société qu'il le fasse sur lui, il me disait qu'il m'avait enfin trouvé une utilité. Je pleurais, je criais, mais je ne retirais pas mon bras, qu'il mutilait sans retenue. Jusqu'à ce qu'il me dise que chaque larme qui coulerait sur mes joues serait une entaille supplémentaire…

À côté de moi, le visage de Berry se décomposait et ses yeux se gorgeaient d'eau. Quant à moi, je n'arrivais plus à m'arrêter de parler, il fallait que je lâche tout. Absolument tout.

— Au début, c'était de temps en temps, quand il avait besoin d'extérioriser, puis c'est passé à une fois par semaine, et lorsque son entreprise a eu des problèmes, c'était tous les soirs. Et chaque fois, soit il me regardait dans les yeux en me remerciant et en me disant que je l'aidais à aller mieux, soit il me disait que, si ma mère s'était suicidée, c'était uniquement de ma faute, car j'étais un monstre. Il n'y avait pas d'entre-deux.

— Cuart, je…

— Ça a duré de mes huit ans à mes seize ans. Il m'a fait faire une dizaine de malaises et m'a envoyé six fois à l'hôpital en état critique. Il s'amusait à leur raconter que j'étais suicidaire, qu'il faisait tout son possible pour m'aider à aller mieux, et les médecins n'ont pas posé plus de questions. De toute façon, il payait, ça leur suffisait. Pour appuyer ses dires, il m'a même envoyé chez un psychologue, psychologue à qui il m'obligeait à mentir, bien évidemment. Par la suite, je me souviens d'avoir complètement arrêté de pleurer à l'âge de dix ans, plus aucune larme ne voulait sortir, j'étais juste vide. Complètement vide. À l'époque, j'avais vite compris que cette situation n'était pas normale, mais je m'y suis aussi très rapidement fait, je pense que c'était devenu une routine. J'avais fini par me dire que la seule chose dont cet homme avait besoin était mon bras droit et qu'il suffisait que je le lui donne. Durant une période, j'avais même presque perdu l'entière mobilité de ce bras, mais je pense que je n'étais plus à ça près. Je ne riais plus, je ne chantais plus, je n'avais pas d'amis et mon père m'avait coupé presque tout lien avec l'extérieur, j'avais des cours à domicile, je mangeais ce que l'on me donnait et je ne parlais jamais.

Je lançai un regard furtif à Berry, elle n'avait pas fait un mouvement depuis un moment. Elle était complètement enfoncée dans son siège et m'écoutait tout en regardant la route, de petites larmes dévalant ses joues en silence. Sa compassion m'arracha un léger sourire. Je pris une grande inspiration et continuai :

— Tu sais, il n'y avait pas que du malheur. De treize à quatorze ans, j'ai eu une année de répit, lorsqu'il est parti en voyage d'affaires durant un an, et que, juste après son départ, mon incroyable gouvernante, celle qui s'occupait réellement de moi et de mes blessures, m'a acheté un chien dans son dos, un berger australien. Sûrement le plus gentil chien que la terre ait connu. Il s'appelait Sparrow, je l'avais appelé comme ça, car j'adorais *Pirates des Caraïbes*, je regardais les films en boucle. Ce chien était mon rayon de soleil, il m'a appris à rire, à m'amuser sans retenue, mais surtout j'ai appris ce que ça faisait de tenir à quelqu'un…

Quand les souvenirs de ce qu'il s'était passé ensuite surgirent, je ne pus réprimer un soupir.

— Bien sûr, à son retour de voyage, lorsque ce monstre a appris l'existence de l'animal, il est entré dans une rage que je ne lui avais jamais connue et a abattu le chien devant mes yeux. Pour la première fois depuis des années, j'ai pleuré, toutes les larmes de mon corps, pendant des semaines. Mais ça a agi comme un déclic, comme la goutte qui fait déborder le vase. Après cela, pendant deux ans, j'ai réfléchi et mis en place un moyen de fuguer, continuant chaque soir de me rendre à son bureau pour son plus grand bonheur. Dire que je le hais n'est pas assez fort. Je ne le considère même pas comme un être humain et encore moins comme un père. À mes seize ans, j'ai quitté la maison en lui volant plus de six mille dollars avec un peu d'aide de ma gouvernante. Par la suite, je suis arrivé à New York et j'ai décidé de tout reprendre à zéro, il était hors de question que je garde la moindre trace du passé. J'ai fait recouvrir chacune de mes cicatrices par un tatouage plus ou moins réfléchi, plus où moins représentatif, et j'ai rejoint les Golden Reverse.

C'est là que je l'avais rencontrée, cette rouquine complètement inconsciente qui venait de me faire avouer en l'espace de dix minutes la somme des traumas que j'occultais depuis plus de quinze ans.

— La seule chose que je savais faire, c'était haïr, je n'avais pas d'autre choix que d'en vouloir au monde entier, et à toi plus qu'à n'importe qui. Quand on s'est rencontrés, tu n'avais que treize ans et pourtant tu étais la petite princesse d'une mafia, tu savais te battre et tu avais du répondant. Les gens te respectaient, tu avais des amis, tu étais l'un des sujets principaux de conversation. Comment voulais-tu que je ne te déteste pas de tout mon être ? Tu étais tout ce que je n'avais jamais eu le droit d'espérer.

Il me fallait quelque chose qui me rattache au monde et je l'avais trouvé dans la haine que je lui vouais. Je le savais, je savais que c'était grâce à elle que j'avais gardé ma part d'humanité. Et je m'étais mis en tête de la dépasser, de l'écraser. Je voulais devenir quelqu'un et plus précisément cet homme qui n'avait peur de personne et qui pouvait se permettre de marcher sur tout le monde. J'avais tué la personne que j'étais pour créer la meilleure version de moi-même sans jamais me retourner. Et pourtant, cela faisait quinze ans que toute cette histoire avait commencé, six ans que j'avais tout repris à zéro et je restais incapable de me relever totalement. Je me sentais toujours comme un fardeau et mon esprit restait occupé par la voix de cet homme qui me rappelait que le vrai moi n'existait pas. Je n'étais pas comme Jack Sparrow et j'avais beau le vouloir autant que je le voulais, je ne serais jamais quelqu'un d'autre.

Je l'avais fait, je venais de finir de dire tout ce que j'avais à dire. Et même si d'apparence rien n'avait changé, j'avais l'impression de respirer ne serait-ce qu'un peu mieux. Un silence écrasant s'était installé. Compréhensible… Comment réagir à ce genre d'aveux ? Pourtant, j'espérais une réaction… différente.

J'étais toujours concentré sur la route lorsqu'un bruit de ceinture attira mon attention. Berry s'était détachée.

— Tu ne vas pas me refaire le coup de la portière ? m'inquiétai-je.

Mon regard passait de la route à la rouquine à côté de moi, laquelle ne voulait pas me répondre.

— Je peux savoir ce que tu fais ? demandai-je à nouveau quand elle retira ses chaussures.

Je nageais dans l'incompréhension quand elle s'approcha de moi, avant d'enjamber la boîte de vitesses sous mon regard étonné. Elle passa sa deuxième jambe et s'installa ainsi sur mes cuisses avant de m'enlacer et d'enfouir sa tête dans mon épaule, m'empêchant de voir son visage.

Plusieurs secondes passèrent et je continuai de conduire, la rousse installée sur moi. Ce n'était pas ce qu'il y avait de plus pratique, mais j'avais rarement été aussi apaisé, presque en transe, comme si les secondes passaient avec une lenteur inouïe. Elle marmonna quelques mots étouffés dans mon t-shirt.

— Qu'est-ce que tu as dit ? lui chuchotai-je.

— C'est moi qui ne t'arrive pas à la cheville, répéta-t-elle avant de fondre en larmes. Tu es incroyable, Cuart, personne n'aurait tenu à ta place. Personne.

Je posai mon menton sur sa tête. Elle avait décidé de souffrir à ma place.

— Pardon… pardon… pardon…

— Ce n'est pas ta faute, princesse.

CHAPITRE 23

Berry

Dernière ligne droite. Plus que trente minutes à supporter dans cette voiture. Le trajet commençait à être épuisant et l'atmosphère avec Cuart était, comme qui dirait, spéciale. Pas désagréable pour autant.

Il agissait comme s'il ne venait pas de me confier le plus lourd fardeau de son existence et se foutait de ma gueule, car j'avais pleuré toutes les larmes de mon corps, au point que mes yeux étaient encore rouges même après huit heures. Je me surpris à analyser chaque partie de son corps, toutes d'une imparfaite perfection. J'avais toujours eu conscience de cette tension entre nous, qui s'était peut-être transformée en attirance physique avec le temps. Comment étions-nous arrivés à tant baisser nos barrières ?

Quelques mois plus tôt, jamais ma fierté ne m'aurait laissé pleurer dans les bras de qui que ce soit, excepté Loïs, et je m'étais retrouvée à pleurer dans ceux de Cuart pour un passé qui n'était autre que le sien. Un passé qui donnait la nausée. Cette pensée me fit grimacer, impossible que je sois devenue aussi faible.

Et pourtant, si j'aurais adoré lui mettre une balle entre les deux yeux il y a encore quelques mois, aujourd'hui je refusais qu'il puisse lui arriver quoi que ce soit. Ça m'énervait. Je détestais trop penser, dès que cela m'arrivait je m'enfuyais, le plus loin possible, pour pouvoir arrêter de réfléchir. Je détestais cette sensation de me poser vingt-six mille questions et de créer quarante et un mille films. Sauf que c'était exactement ce que j'étais en train de faire. Ma tête était remplie de « et si » et de « peut-être », et le pire était ce « je ne sais pas », qui était l'unique réponse à toutes ces incessantes questions.

Pourquoi avais-je réagi comme ça ? Le regrettais-je ? Avais-je le droit de pleurer pour son malheur ? Et la question la plus problématique à mes yeux : pourquoi fallait-il que je sois si impuissante quand il s'agissait de lui ? Pourquoi cela m'avait-il autant affectée ?

Eden, ce grand romantique, aurait directement crié à l'amour, j'en étais persuadée. J'y avais pensé un instant, mais plus j'y réfléchissais, plus cette idée me paraissait stupide. Où pourrait-on trouver de l'amour dans cette toxicité qu'était notre semblant de relation ? Comme si lui ou moi pouvions aimer correctement. J'avais de gros doutes là-dessus.

Je ne pouvais tout simplement pas tomber amoureuse. Nous n'étions pas dans une de ces histoires où les filles surmontent leur passé et je n'étais pas ce protagoniste féminin incroyablement humain et appréciable. J'étais lâche et bornée, sur tous les points, et je ne voyais pas la différence entre le cauchemar que je vivais hier et celui d'aujourd'hui. Oui, j'avais trouvé le terme parfait, j'étais une grosse lâche. J'agissais comme s'il n'y avait pas de conséquences, puis, peu importe la situation, je fuyais dès la première complication, me cachant derrière des mots blessants et me voilant constamment la face. J'étais justement en train de le faire pour me convaincre que je ne ressentais pas la moindre chose pour l'homme avec qui je vivais depuis au moins trois mois… pathétique.

J'étais clairement en train de m'attacher, je le dévorais des yeux. Je n'apprendrais vraiment jamais de mes erreurs. J'étais attachée à ma mère, à Loïs, à Savannah, et le résultat était le même : plus un seul ne faisait partie de ce monde et j'en avais trop souffert. Je ne pensais pas que m'attacher entraînait la mort des gens, loin de là, simplement ne pas m'attacher à eux aurait été bien plus simple à vivre. Je m'étais promis de ne plus jamais avoir besoin de personne et pourtant…

— Pourquoi tu me fixes, la sentimentale ? demanda Cuart, amusé, qui avait sûrement dû remarquer que je n'avais pas détourné les yeux de lui depuis un moment.

J'avais rencontré tellement de gens, mais personne comme lui…

Je ne lui répondis pas et essayai de penser à autre chose, n'importe quoi tant que ça ne concernait pas ce que je ressentais.

Pour mon plus grand étonnement, la première chose qui me vint à l'esprit fut Ino. À vrai dire, Cuart en avait à peine parlé et, maintenant que j'y réfléchissais, il était clair que je ne savais rien d'elle, si elle vivait le même enfer ou si elle s'en était sortie. Il ne l'avait que très peu évoquée, comme s'ils n'avaient pas grandi ensemble. Était-ce le cas ? Vivait-elle encore là-bas ? Était-elle encore en vie ?

Je mourais d'envie de lui poser la question qui venait à présent de remplacer toutes les autres dans mon esprit. Mais je n'osais pas relancer la conversation, le sujet étant beaucoup trop délicat. Alors que j'étais encore rongée par cette pensée, mon regard tomba sur un des immenses immeubles de Seattle et une vague de souvenirs me submergea. J'aimais cette ville de tout mon cœur. C'était la ville natale de ma mère et quand j'étais enfant j'adorais y venir, l'ambiance y était incroyable, les rues magnifiques, et c'est aussi là que vivaient mes grands-parents. Malheureusement, je ne m'entendais pas très bien avec eux, je ne leur avais pas rendu visite depuis la mort de leur fille et je me voyais mal débarquer à l'improviste.

— Ça te rappelle quelque chose ? me demanda le mafieux.

— Oui, on est en plein milieu de Magnolia, près de la baie Elliott, répondis-je tout naturellement en baissant ma vitre. Normalement, on ne va pas tarder à entrer dans un parc.

— Un parc ?

— Tu te souviens quand je t'ai dit que c'était un endroit calme ? La maison se trouve en plein milieu du Discovery Park, si je ne dis pas de bêtises. Elle est complètement isolée au milieu des sapins, répondis-je en affichant un sourire. C'est comme une grande maison de campagne !

Cuart finit par acquiescer d'un hochement de tête avant de lancer un regard au GPS. Nous n'avions jamais été aussi proches du but.

La voiture se gara dans l'immense allée et je sautai hors de la Jeep pour respirer l'air pur et contempler la magnifique maison typiquement américaine qui se dressait devant moi. J'ouvris la portière arrière et attrapai Junior dans sa cage de transport.

— Regarde, mon grand, maintenant c'est ici qu'on loge ! m'exclamai-je. Bienvenue dans la maison de mon enfance.

Je rigolai quand le chaton me répondit d'un miaulement. Il n'avait pas l'air apeuré le moins du monde et paraissait au contraire très curieux, à mon plus grand soulagement. Mon regard se posa sur le jardin, notamment sur la balançoire que l'on pouvait apercevoir entre les arbres. J'eus l'impression que le temps s'était figé autour de cette maison.

— Gamine, aide-moi à vider les affaires de la voiture au lieu de taper la discussion avec le chat, grogna une voix dans mon dos.

— Je vais ouvrir la maison et j'arrive !

Je m'empressai de sortir les clés avant de me diriger vers la grande porte qui éveillait tant de souvenirs en moi. Je voulais me dépêcher de donner à manger à l'animal, que nous n'avions pas nourri depuis notre départ pour des raisons évidentes d'hygiène et qui devait mourir de faim.

La maison était restée sublime malgré l'absence d'occupants, elle était meublée du nécessaire et c'était amplement suffisant. J'entrai dans une des chambres, la suite parentale, Cuart sur mes talons.

— Je vais me dépêcher d'aller dormir, car cette pièce me donne des idées salaces, lâcha Cuart en s'affalant sur le lit.

Je me retournai, confuse et surprise.

— Ai-je mal entendu ?

— Qu'as-tu entendu, princesse ? répondit-il en passant une main sur son visage tout en laissant échapper un rire.

Je poussai un soupir et ne lui répondis pas, sachant pertinemment que cette conversation ne mènerait à rien.

— Bon, bah, je vais me laver, lançai-je en me dirigeant vers la salle de bains, qui me faisait de l'œil depuis mon arrivée.

— Si ça te chante, se contenta de répondre Cuart qui somnolait déjà à moitié.

Cuart

Ça faisait une éternité qu'elle était dans cette salle de bains et je voulais aussi me doucher avant de m'endormir. Je comptais bien la virer de là si c'était la seule solution. Je me levai brusquement, n'ayant plus la patience d'attendre.

— Sors d'ic…

Je m'arrêtai net dans ma menace après avoir passé la porte, car la rouquine me faisait face, ses cheveux encore mouillés gouttaient sur son t-shirt, ou plutôt mon t-shirt, le rendant légèrement transparent et laissant apparaître ses tétons, qui pointaient à travers. Bordel. Je me mordis la main pour ne faire aucune réflexion. Seigneur, j'étais foutu. La détester était bien plus simple. Cette putain de princesse était en train de devenir mon point faible.

— J'ai compris, je sors, souffla-t-elle en s'attachant rapidement les cheveux.

Mais, lorsqu'elle passa à côté de moi, je lui barrai le passage. Elle m'interrogea du regard, mais elle ne mit pas longtemps à remarquer que la façon dont je la regardais était tout sauf amicale.

— Tu m'énerves…, lui lançai-je de manière presque inaudible.

N'en avait-elle pas marre de pouvoir jouer ainsi avec moi ?

Quand elle me vit déglutir, un sourire se forma sur son visage. Je me rapprochai d'elle lentement, sa peau frémissant sous mon souffle. Nous n'étions plus qu'à quelques centimètres l'un de l'autre, mais je m'arrêtai alors que nos lèvres se frôlaient. C'était à son tour de rompre les barrières entre nous. Je voulais qu'elle prenne cette initiative qui confirmerait que je n'étais pas le seul à perdre la tête.

— À toi l'honneur…

À peine avais-je prononcé ces mots qu'elle fit un léger pas en avant pour que nos lèvres s'entrechoquent. Pendant de nombreuses secondes. J'avais l'impression que mon corps s'enflammait et que toute cette attirance que j'avais reniée, que nous avions reniée, était en train de ressurgir. Elle avait raison, elle me plaisait et, pour mon plus grand malheur, plus que physiquement.

Ses lèvres étaient miennes et pour rien au monde je ne les aurais laissées. Je voulais poser mes mains sur elle, sentir son corps brûler sous mes doigts, le baiser s'intensifiant chaque fois que nos lèvres se rencontraient. J'avais l'irrépressible envie d'en avoir plus. Quand je passai mes mains sous chacune de ses cuisses pour la porter et la plaquer contre la porte, elle laissa échapper un petit cri de surprise qui me fit perdre le peu de conscience qu'il me restait.

Berry ouvrit la bouche pour me laisser l'accès à sa langue et elle se perdit sous l'ardeur de notre échange, sous les caresses de mes lèvres contre les siennes, sous la distance inexistante entre nos deux corps et de mon bassin contre le sien. Je sentais son cœur battre à mille à l'heure et j'avais l'impression de me laisser emporter dans la passion qu'elle me transmettait. Sa peau au contact de la mienne, ses mains sur mon corps, tout faisait monter mon envie d'elle.

Lorsque notre baiser prit fin, nous étions haletants et ses magnifiques yeux verts étaient plongés dans les miens.

— Je dois me laver, lui chuchotai-je en posant, un instant, ma tête dans le creux de son cou.

Puis je me reculai pour lui laisser la possibilité de descendre, chose qu'elle fit sans me lâcher du regard, tout en esquissant un sourire.

— La salle de bains est libre, m'annonça-t-elle, l'air satisfait.

Cette fille était la définition de l'audace. Je peinai à décrocher mes yeux de son corps avant de m'engouffrer dans la salle de bains. J'avais besoin d'une douche… froide.

Berry

Je me réveillai doucement, la pièce était plongée dans le noir. Je restai immobile quelques secondes, le temps que mes pensées s'éclaircissent. Quelle heure était-il ? Je m'étais endormie directement après ma douche, juste après notre arrivée, alors qu'il ne devait être que 18 heures. J'essayai de me tourner sur le dos, mais quelque chose m'en empêchait. Un bras plus précisément. Je mis quelques secondes à comprendre que c'était le bras de Cuart qui entourait ma taille, m'enveloppant d'une chaleur des plus agréables. Mon corps, qui s'était crispé sans que je m'en rende compte, se détendit tandis que des papillons incontrôlables prenaient leur envol dans mon ventre. En me concentrant légèrement, j'arrivais à sentir son souffle dans mon cou. Un souffle régulier et apaisé qui me donnait des frissons dans tout le corps et m'avait ôté toute envie de me lever.

Je mis plusieurs longues minutes à me décider enfin à attraper mon téléphone sur la table de chevet. La lumière bleue de l'écran m'éblouit et mes yeux mirent un certain temps à s'y habituer. Le calme régnait dans l'entièreté de la pièce et quand je réussis enfin à distinguer les chiffres indiquant l'heure, je grimaçai, il n'était trois heures et demie du matin.

— Éteins cette lumière, grogna sa voix éraillée dans mon dos.

Je me retournai pour lui faire face, l'écran de mon téléphone éclairant légèrement nos visages encore endormis. Le mafieux retira sa main de ma taille pour venir la poser sur ses yeux.

— Qu'est-ce que tu fous ?

— Je regarde juste l'heure.

— Et ?

— Il est 3 heures du matin.

— OK, donc on peut se rendormir maintenant ?

— Sauf que moi j'ai sûrement fini ma nuit, je n'arrive plus à fermer l'œil.

Il poussa un soupir, me faisant comprendre que ça ne l'intéressait pas.

— Va t'occuper, alors, moi j'ai des heures de sommeil à rattraper, me lança-t-il avant de me tourner le dos.

Il n'y avait rien à faire, il était vraiment d'une amabilité sans faille…

Je repoussai la couette d'un simple geste et m'assis sur le bord du lit avant de me décider à quitter la chambre, suivant les aimables conseils du mafieux. Je commençai par faire un tour de la maison, plongée dans le silence, me remémorant les joyeuses journées que j'y avais passées, avant tout ça. Avant que Hanson ne veuille faire de moi une machine de guerre, avant que la relation de mes parents ne se détériore, avant les nombreuses disputes. Avant les problèmes, quoi…

Je regardai par une des baies vitrées donnant sur l'immense forêt qui nous entourait et qui était éclairée par la simple lueur de la lune, lorsque je sentis qu'on me chatouillait le mollet. Je baissai les yeux, ma magnifique petite boule de poils me fixait de ses grand yeux verts. Un large sourire étira mes lèvres.

— Tu as faim, ma bestiole ? demandai-je en le prenant dans mes bras avant de me diriger vers la cuisine, où se trouvaient ses gamelles. Moi aussi, je meurs de faim, mais on n'a rien à manger, car on est allés dormir au lieu de penser à se ravitailler.

Notre organisation foireuse risquait de nous tuer avant que nos ennemis ne retrouvent notre trace.

Je nourris le chat et m'assis sur un des tabourets de l'îlot central pour le regarder se jeter sur ses croquettes. J'étais perdue dans mes pensées quand une question me traversa l'esprit.

— Junior ? C'est vrai que tu préfères Cuart ?

L'animal ne prit même pas la peine de relever la tête de sa gamelle.

— Tu sais qu'à la base il ne voulait même pas te garder. Bien sûr, par la suite, c'est lui qui t'a donné ton nom et tu dors constamment avec lui, mais… Ah ! Ça m'énerve, pourquoi tu fais du favoritisme comme ça ?

Bien évidemment, je ne reçus aucune réponse, et quand je me rendis compte que j'étais en train de faire une crise de jalousie à un chat, je me sentis stupide. Je lançai un coup d'œil à mes notifications, et je me rappelai le message d'Eden, auquel je n'avais pas répondu. Au fond de moi, j'étais absolument certaine de son innocence, je savais que ce n'était pas lui la taupe, le problème était que j'avais promis à Cuart de ne pas empirer la situation et je ne pouvais pas me permettre de gaffer. Je reposai donc le téléphone sans y accorder plus d'attention. Mais, à présent, j'étais seule dans une maison vide, ou presque, au beau milieu de la nuit, et c'était le meilleur moment pour trop réfléchir. Sauf que je ne voulais *pas* réfléchir.

Quand l'autre égocentrique se décida enfin à se lever, il était presque 10 heures. Je n'avais jamais vu quelqu'un faire des nuits de seize heures auparavant et, si je n'en avais pas la preuve sous les yeux, je n'aurais jamais cru que c'était possible. Le problème avec le sommeil, c'est que plus on dort, plus on est fatigué, et je pouvais sentir sa mauvaise humeur à des kilomètres. Est-ce que ça allait m'empêcher de le faire chier ? Absolument pas. Je venais de poireauter le ventre vide pendant six heures et je comptais bien lui faire part de mon agacement.

— Bien dormi, la Belle au bois dormant ? dis-je à la seconde où la porte s'ouvrit.

Une aura noire se dégageait du corps à moitié nu du mafieux. Les récents événements m'avaient presque fait oublier son attitude habituelle. J'eus droit à un grognement comme unique réponse.

— Je t'aurais bien apporté ton petit-déjeuner au lit, mais comme tu ne vas pas tarder à le remarquer, on n'a rien à manger, continuai-je. Donc, petit conseil, l'exhibitionniste, tu devrais faire demi-tour et enfiler un t-shirt, car on va devoir manger à l'extérieur et faire des courses.

Il me détailla de haut en bas à plusieurs reprises avant d'ancrer finalement son regard dans le mien et d'afficher un rictus.

— Par contre, toi, tu devrais garder cette tenue, tu ferais fureur auprès des pédophiles.

— Ne t'en fais pas, tu me l'as bien fait comprendre hier, renchéris-je en lui adressant un clin d'œil provocateur.

Son sourire s'évanouit aussitôt et il contracta la mâchoire involontairement.

— Sauf que tu étais bien plus mignonne quand tu avais la bouche occupée, finit-il par répondre.

Je continuai de soutenir son regard alors qu'il s'approchait doucement. Il posa sa main de part et d'autre de ma mâchoire.

— Dans dix minutes dans la voiture.

J'affichai alors un sourire satisfait avant de froncer les sourcils en le voyant se diriger vers la cuisine.

— Pourquoi tu vas là-bas ?

— Parce que je vais dire bonjour à mon chat d'abord.

— C'est mon chat, connard ! lui lançai-je alors qu'il s'éloignait déjà en ricanant.

Dix minutes plus tard, il m'avait effectivement rejointe dans la Jeep, habillé, et nous roulions en direction du centre de Seattle. Il me lança un regard furtif.

— T'étais vraiment obligée de mettre une robe de soirée ?

— Il faut savoir ce que tu veux, répondis-je, contente qu'il ait remarqué que j'avais mis la seule robe que j'avais emportée à la hâte.

— C'est vraiment tout ou rien avec toi.

Il était long à la détente pour ne s'en rendre compte que maintenant, mais je me contentai de lui adresser un grand sourire. Le silence plana pendant quelques minutes avant que je ne me décide à le briser.

— Dis-moi, Cuart ?

— Je le sens déjà mal, fit-il en levant les yeux au ciel.

— On ne va pas parler d'hier soir ?

Il poussa un long soupir.

— Tu comptes réellement me faire le coup chaque fois qu'il se passera quelque chose entre nous ?

— « Passera » ? soulignai-je, amusée. Car tu penses que cela va se reproduire ?

— Je ne vois pas l'intérêt de me poser des barrières, si j'en ai envie, je le referai.

— Et si moi je n'en ai pas envie ?

Il tourna la tête pour pouvoir me regarder dans les yeux.

— Toi ? lâcha-t-il avant de pouffer.

Je fronçai les sourcils, légèrement vexée.

— Je peux savoir ce qui te fait rire, Line ?

Il mit quelques secondes à retrouver son sérieux.

— Ce qui me fait rire ? C'est que tu es persuadée que tu peux me résister, fit-il en actionnant le frein à main. Mais là n'est pas la question, je pensais que tu avais faim, princesse.

Je le regardai sortir de la voiture en lui lançant un regard noir. J'avais aussi presque oublié son ego surdimensionné.

À vrai dire, je n'étais pas restée vexée très longtemps, car, en ce milieu d'après-midi, j'avais totalement oublié son attitude de ce matin. Seattle n'était peut-être pas la plus belle ville du monde, mais on s'y sentait tellement bien que j'avais finalement passé une très bonne journée. Entre ça, la nourriture délicieuse et les tonnes de fringues que j'avais achetées avec la carte de monsieur, il ne m'en fallait pas plus pour être de bonne humeur.

— Bordel, mon père m'appelle pour la huitième fois au moins depuis ce matin, me plaignis-je après avoir déposé les courses que nous avions tout de même fini par faire à côté du nombre exagéré de sacs déjà présents dans le coffre.

— Rappelle-le quand on sera rentrés, se contenta de me répondre Cuart en s'installant derrière le volant.

— Et pourquoi ça ? m'indignai-je en prenant place sur le siège passager.

— Pour lui expliquer la situation, je te signale que, même si je te suis dans tes conneries, il reste mon boss, notre boss, même si ce n'est pas ton estime pour lui qui t'étouffe.

Je levai les yeux au ciel. Bien sûr que je n'avais aucune estime pour cet homme, et bien que le père de Cuart soit sûrement le pire être vivant sur cette terre, le mien n'en restait pas moins une ordure.

— Je décrocherai uniquement s'il me rappelle, si ça peut te faire plaisir, mentis-je en rangeant mon téléphone dans ma poche.

— C'est déjà ça, répondit le mafieux, qui savait pertinemment que ça ne servait à rien d'insister à ce sujet.

La voiture redémarra et nous prîmes le chemin du retour sur une route parallèle à la côte. J'essayai mon nouveau parfum, qui me faisait de l'œil, et une agréable odeur d'épices embauma le reste du trajet, qui ne dura pas longtemps, une vingtaine de minutes tout au plus, dans une ville où personne ne nous connaissait et à plusieurs milliers de kilomètres des États dans lesquels nous étions recherchés.

J'avais à peine posé le pied à l'extérieur du véhicule que mon téléphone vibra dans ma poche. Quel timing de merde. Je lançai un regard désespéré à Cuart, qui n'eut pas besoin de parler pour me faire comprendre que je n'avais d'autre choix que de décrocher.

— Mets sur haut-parleur, ordonna-t-il en faisant le tour de la voiture pour s'adosser contre la portière arrière droite, à côté de la mienne.

Je m'exécutai et, quand la voix rauque résonna à l'autre bout du fil, il me fallut faire preuve d'une force surhumaine pour ne pas raccrocher sur le coup.

— Dis donc, Hanson, tu m'avais manqué depuis le temps, dis-je aussi ironiquement que ma voix me le permettait.

— Berry Agatha Karlyn, je peux savoir où est-ce que tu te trouves ? Immédiatement ! cracha la voix de mon géniteur, me faisant grimacer.

— Je préfère ne pas le dire au téléphone, tu sais, avec cette histoire de taupe, c'est plus sûr, répondis-je sur un ton des plus innocents.

J'entendis un grognement.

— Est-ce que Cuart est avec toi ?

— Oui, il est avec moi, et devine quoi ! On n'est ni morts, ni blessés, preuve que même quand tu ne nous appelles pas, on survit.

Le regard de Cuart me rappelait que j'avais failli y passer à plusieurs reprises, mais je préférai l'ignorer.

— OK, ça suffit, jeune fille, j'ai été assez patient avec toi, à présent tu vas m'écouter et m'obéir. C'est aussi valable pour toi, Line, car je sais que tu m'entends. Vous allez m'informer immédiatement de votre position et suivre mes indications en fonction. Après quoi…

J'avais cessé d'écouter le speech interminable de mon père. Il parlait dans le vide, car ce qu'il racontait ne m'intéressait pas le moins du monde.

— C'est bon, t'as fini ? le coupai-je soudainement. J'en ai plus que marre d'être ton petit pantin, maintenant lâche-moi les basques, tu veux ? T'es qu'un putain d'égoïste qui ne pense qu'à ses affaires et son image. Rappelle-moi quand tu auras décidé d'agir en père, car je n'arrive plus à le supporter.

Il y eut quelques secondes de silence pendant lesquelles je me demandai quelle allait être sa réponse.

— Très bien, tu veux être indépendante, Berry ? Libre à toi. Mais sache que dans ce cas tu n'as plus d'argent sur ton compte bancaire, plus d'hommes à tes ordres et plus d'aide de ma part.

J'écarquillai les yeux, ahurie.

— T'es vraiment un connard.

— Oui, mais ça, ce n'est pas nouveau, ricana-t-il. J'attendrai que tu reviennes en rampant, ma fille, car que ça te plaise ou non, tu me dois la vie.

— Tu seras étonné de voir que je me porte mieux loin de toi.

Cuart assistait à cette discussion sans broncher. Il n'était pas directement concerné et n'avait pas vraiment l'air d'avoir de camp. Quant à Hanson, il avait cessé de parler. Je m'apprêtais à raccrocher quand sa voix se fit entendre une nouvelle fois, sur un ton bien plus sombre et cruel qu'il ne l'avait jamais été.

— À présent, c'est ton problème si tu as préféré partir avec le meurtrier de ta mère.

CHAPITRE 24

Berry

Je n'arrivais pas à comprendre la phrase que venait de prononcer Hanson, ma raison m'empêchait de réfléchir correctement. Le meurtrier de maman ? Cuart ? Ces mots n'avaient aucun bien, pas vrai ?

Je relevai la tête à la recherche du regard de Cuart pour me rassurer. Ce dernier me fixait, immobile et la bouche entrouverte, comme s'il allait dire quelque chose, mais qu'il ne trouvait pas les mots.

Non, c'était un mensonge. Hanson jouait la carte de la manipulation, ce n'était pas possible autrement. Sa menace par rapport à mon indépendance avait principalement pour but de me faire peur, je le savais, mais cette fois c'était un cran au-dessus. Je reportai à nouveau mon attention sur mon cellulaire alors que ma vue se brouillait contre mon gré.

— Je n'oublierai jamais, jamais, comment tu criais sur maman avant sa mort ! criai-je à travers mon téléphone, à bout de nerfs. Je n'oublierai jamais le nombre de fois où tu m'as envoyée à la mort alors que je n'étais qu'une adolescente ou alors quand tu me sexualisais devant tes « collègues » pour te vanter de je ne sais quoi ! Alors n'essaie pas d'inventer une quelconque histoire sur Cuart pour te dédouaner de tes actions, car tu as déjà dépassé les limites, Hanson.

Il y eut un nouveau blanc, bien plus pesant que le précédent. J'avais tué le meurtrier de maman de mes propres mains et, même si je n'en étais pas ressortie indemne, j'avais tout de même vu son corps inerte allongé sur le sol. Alors pourquoi avais-je cette boule dans le ventre ainsi que cette petite voix qui me disait : « Et si c'était vrai ? » J'allais craquer si ça continuait.

— Oh, mais je n'invente rien. N'est-ce pas, Cuart ? ajouta mon père d'un ton tout à fait détendu.

Je vis le corps du mafieux se crisper, ne s'attendant sûrement pas à être pris à partie ainsi. Il étouffa un juron et, lorsqu'il évita mon regard, je compris.

— Oh putain…, lâchai-je d'une voix tremblante.

— Bon, eh bien, je vous laisse régler ça entre vous, Berry, tu me solliciteras quand vous aurez mis les choses au clair. C'est dommage, vous aviez l'air de mieux vous entendre.

Il raccrocha et je me retrouvai seule face à lui, face à Cuart, et pour la première fois depuis longtemps, c'était étouffant. La rage me prenait aux tripes.

— Alors, c'est vrai ? demandai-je pour avoir une réponse concrète et claire, pour m'assurer que je n'avais pas juste mal compris. Alors c'est toi qui as tué ma mère ?

— Oui, c'est vrai…, finit-il par me répondre après d'interminables secondes.

Je mordis mon poing pour m'empêcher de crier et me retournai face à la Jeep pour donner un violent coup de pied dans le pneu. Puis je fis volte-face pour fixer le mafieux. Et ce, pendant un long moment, sans un bruit. Si j'avais eu une arme, je l'aurais sûrement tué sous le coup de la colère.

— Tu sais, Cuart… J'essaie de me convaincre que tu as vécu l'horreur, que tu te bats tous les jours contre d'énormes traumatismes et que c'est excusable. Mais je n'y arrive pas. Je n'y arrive pas, putain. J'ai envie de te cracher au visage, bordel, j'ai envie de te balancer à la gueule tout ce qui pourrait me tomber sous la main, j'ai envie de te saigner !

— Berry, essaye de rester calme, s'il te plaît, je te dois des explications.

— Nan, mais c'est l'hôpital qui se fout de la charité ! Rester calme ? Dis-moi comment ! Ah, excuse-moi, j'avais oublié que ce n'était pas ton fort ! Putain de connard, encore heureux que tu me doives des explications.

— Je...

— Non, tu sais quoi ? Ferme ta gueule. Je t'ai assez vu pour aujourd'hui, je pense, on finira cette discussion demain, là j'ai besoin d'espace pour encaisser. Ose m'approcher, qu'on rigole, et tu es un homme mort.

Je tournai les talons en me dirigeant vers la porte d'entrée, laissant Cuart planté dans l'allée. Après avoir ouvert la porte, je m'arrêtai quelques secondes.

— Et pour finir la conversation de ce matin, non, ça ne se reproduira plus, car hier était la dernière fois que tu posais tes mains sur moi, Line, crachai-je avant de claquer violemment l'immense porte derrière moi.

À la seconde où je me retrouvai seule dans le salon, un mur nous séparant, je ne pus m'empêcher de laisser couler les larmes que j'aurais préféré ne jamais verser. J'avais fui et continuais de fuir en direction de la chambre, où je m'enfermai à clé. Je me mis immédiatement à la recherche de mon sac à dos, le fouillant désespérément sans la moindre visibilité à cause des larmes qui me brouillaient la vue. Je tâtai à l'aveugle à la recherche de mes écouteurs, dont j'avais actuellement plus besoin que de n'importe quoi. Je mis la musique à fond dans mes oreilles pour ne plus m'entendre penser. J'avais fui, je n'avais pas voulu lui montrer à quel point ça m'avait affectée.

L'atroce boule dans mon ventre persistait, mêlant l'envie de vomir à celle de manger, et c'était plus que désagréable. J'étais à présent assise dans un coin de la pièce, en boule, pleurant en silence, et la musique qui me brisait les tympans ne me permettait pas de réfléchir correctement, mais pas comme je l'aurais espéré. J'étais perdue. Comment étais-je censée réagir ? Comment ? Je n'en avais pas la moindre idée. Maman… Pourquoi Cuart ? Comment ? Dans quel but ? Pour qui ? Pourquoi ne pas m'en avoir parlé ? Je me sentais trahie. Les questions qui arrivaient par milliers dans mon esprit me menaient toutes à la même conclusion : j'avais vécu avec un homme qui m'avait caché être le responsable d'une des pires périodes de ma vie, il m'avait écouté souffrir, il m'avait assurée de son soutien, il m'avait juré qu'il comprenait, il avait osé… et j'avais encore une fois était salement utilisée par mon père pour tuer un homme comme ça l'arrangeait. On m'avait prise pour une conne. Venant de mon père, ce n'était pas très étonnant à vrai dire. Mais Cuart, lui, m'avait prise pour une conne.

Je fixais le plafond quand je me rendis compte de quelque chose. Pourquoi cela m'étonnait tant venant de lui finalement ? Parce que je m'étais attachée ? Parce que j'avais cru en lui et avait retrouvé, grâce à lui, une nouvelle stabilité mentale après la mort de Loïs. Ils ne m'avaient pas prise pour une conne, j'étais une conne.

Loïs… Pardon, pardon, pardon. Je m'en voulais d'être si pathétique. Je m'en voulais d'avoir appris à apprécier l'homme que je détestais et de lui avoir fait confiance. Je m'en voulais d'avoir inconsciemment pensé qu'il comblerait le vide qu'avait laissé Loïs. Je portai machinalement la main à mon pendentif. Mon Dieu, j'aurais donné n'importe quoi pour l'enlacer maintenant.

Mon cerveau avait fait abstraction du son qui résonnait dans mes oreilles pour que je puisse visualiser son visage, ses traits de mauvais garçon accentués par sa cicatrice à la lèvre, ses yeux marron et son sourire qui lui donnait l'air d'un abruti fini, mais qu'il n'hésitait pas à adresser à tout le monde. Une voix, sa voix, chuchotait dans mon oreille : « Personne ne sera jamais comme moi, *tesoro.* » Depuis son départ, c'était bien plus compliqué de prendre les bonnes décisions et d'assumer les mauvaises. Je resserrai l'émeraude dans le creux de ma main.

Quand la musique changea soudainement, l'état de dérive dans lequel j'avais sombré cessa brusquement et je me retrouvai dos au mur, dans tous les sens du terme. Qu'allais-je faire maintenant ? Hanson m'avait coupé les vivres et je ne pouvais pas me permettre de vivre aux dépens de Cuart, plus maintenant.

Je me relevai avec difficulté, mon corps entier était engourdi et ma tête tournait comme si j'avais reçu un coup de marteau. J'avais dû pleurer durant un long moment. Je traînai mon corps, devenu insupportablement lourd, jusqu'à la salle de bains, où je vis l'état lamentable dans lequel je me trouvais, encore une fois. Je réprimai un rire nerveux, heureusement que je ne m'étais pas maquillée ce matin, car le carnage aurait été bien pire.

Alors que j'examinais avec dégoût mon reflet dans le miroir, je ressentis un vide dans ma poitrine, un vide bien plus important que jamais auparavant, un énorme trou. Je venais de remarquer que je n'avais absolument plus personne. J'étais totalement seule, plus que jamais et peut-être pour la première fois de ma vie. Je n'avais pas de famille, je n'avais plus Loïs, chaque homme de ma mafia pouvait être une taupe et mon ami le plus proche était le suspect numéro un, j'avais quitté des personnes qui avaient l'air formidables, qui auraient pu être des amis, et Cuart était un menteur. J'étais seule.

J'essuyai la dernière larme qui dévalait ma joue. Je ne voulais plus reconnaître la personne dans ce reflet, car moi, Berry Agatha Karlyn, je n'avais besoin de personne et sûrement pas d'un connard. Il fallait que je trouve une solution à tout ça et le plus tôt serait le mieux. Il fallait que je fasse quelque chose de cette rage.

Cuart

Je toquai à la porte de la chambre pour la énième fois.

— Allez, Berry, putain.

— Il y a deux autres chambres et une autre salle de bains ! me lança la rousse de l'autre côté.

— Est-ce que je pourrais au moins récupérer mes affaires ? demandai-je à défaut de discuter avec elle.

J'entendis des pas s'éloigner de la porte et, quand ils revinrent, le verrou fut ôté et je reçus mon sac en pleine tête.

— Tiens ! Maintenant dégage, me cracha-t-elle.

Je pris une grande inspiration pour garder mon calme et passai rapidement mon pied dans l'entrebâillement avant qu'elle n'ait le temps de me claquer la porte au nez. Elle poussa un juron et me mitrailla d'un regard empli de haine.

— Retire ton pied avant que je ne plante mon poignard dedans !

— Tu ne le feras pas, répondis-je, commençant à perdre le sang-froid dont j'avais fait preuve jusque-là, et ce n'était clairement pas bon signe.

— Tu en es sûr ? fit-elle en sortant le couteau de sa poche arrière.

Je devais me contrôler, il ne fallait absolument pas que j'envenime la situation. J'étais venu pour apaiser les choses, je voulais lui parler, pouvoir m'expliquer. Je retirai finalement mon pied et la porte claqua devant moi, me faisant sursauter. Je posai ensuite mon front sur le bois de celle-ci en l'entendant se verrouiller à nouveau.

— Berry…

Je m'arrêtai quelques secondes.

— Je suis désolé.

— T'as six ans de retard ! lança-t-elle depuis l'autre pièce.

Putain, Hanson. Dans quelle merde m'avait-il foutu ? Dire que j'étais sur le point de tout lui avouer aurait été un mensonge, certes, mais j'aurais voulu qu'elle l'apprenne de ma bouche.

Je ramassai mon sac sur le sol et montai à l'étage. Après avoir ouvert plusieurs portes, je tombai sur une grande chambre, spacieuse et lumineuse, mais ce n'était pas celle d'un adulte, loin de là. Les murs étaient beige et le coucher de soleil qui traversait la fenêtre donnait un reflet orangé chaleureux. C'était la seule pièce de la maison que l'on aurait pu croire encore habitée. À gauche, un lit une place, pas très grand, de l'autre côté une immense armoire fermée par des rideaux gris et un petit bureau, mais ce qui attirait le plus l'œil était la multitude de cadres accrochés aux murs, alternant entre dessins et photos encadrées.

Un cadre doré en particulier attira mon attention. En m'approchant, je remarquai qu'il s'agissait de la photo d'une fillette, une petite rousse qui riait aux éclats dans les bras d'une grande blonde souriante. La femme tenait la longe d'un petit poney dans une de ses mains. Berry et sa mère. Elles avaient l'air heureuses et je me rendais compte petit à petit que, si elles ne pouvaient plus rire ensemble aujourd'hui, c'était bel et bien ma faute, j'avais contribué à la disparition de ce sourire.

Après quelques secondes à contempler le cadre, je décidai de partir à la recherche de la dernière chambre. La nuit tombait doucement et la journée avait été longue.

J'avais fini par commander à manger, mais toujours impossible de faire sortir cette gamine entêtée de la chambre qu'elle avait faite sienne.

— Juste pour te prévenir : il y a des sushis, dis-je en m'asseyant sur la dernière marche de l'escalier, qui ne se trouvait qu'à quelques mètres de sa porte.

Toujours pas de réponse. Junior s'approcha de moi et se frotta contre ma jambe et je laissai échapper un soupir. J'avais pensé au fait qu'elle n'avait plus d'argent, mais à vrai dire ce n'était pas très inquiétant. Tout ce qui avait besoin d'être payé, je pouvais le faire moi-même ou le voler, je m'en fichais. Il lui suffisait de mettre sa fierté de côté, là était le problème. Mais, contre toute attente et malgré ses dires, Hanson n'avait pas réellement lâché sa fille et m'avait confirmé que ma mission était toujours d'actualité et que je devais rester à ses côtés jusqu'à la fin de cette histoire de taupe, bien que je n'eusse pas pensé une seconde à m'en aller. Une partie de moi me disait qu'elle savait qu'en cas de besoin elle aurait l'aide qu'il lui fallait.

Berry

Je m'étais installée dans le canapé avec la nourriture que j'avais trouvée dans le frigo afin de pouvoir décompresser, chose que je n'avais pas pu faire depuis la veille. Je venais de passer la nuit à discuter avec mes banquiers pour récupérer le compte à mon nom ouvert aux Bahamas et essayer de transférer l'argent sur un nouveau compte en Nouvelle-Zélande, là où mon père n'y aurait pas accès. Je n'avais donc pas vraiment eu la tête à dormir, sachant que c'était toujours en cours de négociation. J'amenai mes baguettes à ma bouche sans détourner les yeux du dessin animé de mon enfance qui passait à la télé : *Les Winx*. Comment décrire mon amour pour ce chef-d'œuvre ? Sûrement équivalent à celui que j'avais pour les sushis. Je n'avais pas non plus mangé depuis la veille et le combo des deux me faisait un bien fou. Mais mon bonheur fut de courte durée, je me crispai quand je sentis une présence dans mon dos. Si j'avais réussi à faire abstraction de son existence, il n'avait fallu que quelques secondes pour qu'il m'insupporte à nouveau, comme il le faisait déjà si bien avant le début de cette mission. Seule différence, à présent j'avais une raison de plus de lui en vouloir.

J'essayai de l'ignorer, je n'avais pas l'énergie de lui prêter attention.

— Berry.

La façon dont il prononça mon prénom me donna un frisson dans tout le corps, mais il fallait que je garde mes principes, alors je restai immobile et impassible, le regard rivé devant moi. Quand il comprit que je ne comptais pas lui accorder ne serait-ce qu'une seconde, il fit le tour du canapé pour se placer dans mon champ de vision.

— Berry, il faut qu'on parle.

Je l'ignorais et, le connaissant, il devait être en train de bouillir de l'intérieur, essayant de se contenir comme il le pouvait. Il détestait ne pas être écouté, probablement une conséquence de son enfance, mais ce n'était pas le moment de s'apitoyer sur son sort. On parlait de ma mère et aucun passé, quel qu'il soit, ne pouvait justifier qu'on m'ait pris ma part de pureté dans ce monde de merde.

Elle ressemblait à un ange. Et ce n'était pas un euphémisme. Elle n'avait jamais fait partie des Golden Reverse, mais elle avait été prête à tout supporter pour pouvoir vivre avec mon père tant elle l'aimait, même si cela impliquait de cohabiter avec une mafia. Ma mère était tout bonnement incroyable et n'hésitait jamais à tenir tête à Hanson lorsqu'il jouait avec ma vie.

Cuart se planta devant le téléviseur, ne sachant sûrement plus quoi faire pour attirer mon attention.

— Karlyn, écoute-moi ! m'ordonna-t-il alors.

J'ouvris de grands yeux, ébahie par l'audace dont il faisait preuve. Il continuait de défier mon regard et ça suffisait à m'agacer.

— Non, toi, Line, écoute-moi, répondis-je en me levant. Cela fait six ans que l'on se connaît, six ans. Eh bien, essaie de me citer quelque chose que tu ne m'as pas fait endurer pendant ces six années ! Je crois que tu ne te rends pas compte.

Non, il ne s'en rendait pas compte, car moi-même je ne m'en rendais pas compte, et pourtant, en six ans, Cuart m'avait insultée, rabaissée, étranglée, enfermée, avait tué mon amie. Pourtant, tout ça, je l'avais oublié en quelques mois. Je lui avais tout pardonné. Mais pas ma mère, c'était trop, je ne pouvais pas.

— Cuart, j'aurais pu tout te pardonner. Je l'ai fait. Mais je viens d'apprendre que tu as tué ma mère et qu'en plus de ça tu m'as menti ! Je pense que tu peux comprendre que je le prenne mal, merde ! Je n'arrive pas à croire que tu m'aies fait ça.

Je ne me trouvais plus qu'à quelques centimètres de lui, pointant mon doigt sur son torse comme un reproche et levant les yeux pour ne pas perdre le contact visuel. Il me fixa en retour, sans la moindre trace d'énervement dans les yeux. Il se contentait de me regarder avec une intensité qui me rongeait l'estomac. J'aurais parié qu'il essayait de lire dans mon âme et je lui en voulais d'être si calme face à mes reproches. Au fond de moi, je ne voulais pas qu'il me dise que j'avais raison, je voulais qu'il riposte, qu'il me montre que tous ces mois passés ensemble représentaient vraiment quelque chose, qu'on avait réellement avancé… Qu'il tenait à moi…

— Il va te falloir plus que des explications. Maintenant, dégage de devant la télé, sors de cette pièce.

Je me retournai pour reprendre ma place sur le canapé, mais il m'attrapa par le bras.

— Lâche-moi ! lui ordonnai-je immédiatement.

Sa vision m'était insupportable. Dès que je me retrouvais face à lui, j'étais partagée entre un dégoût profond et l'envie de lui laisser une énième chance, et ça me torturait.

— Berry, je te l'ai caché pour ta santé mentale ! Tu as bien vu dans quel état tu as été durant plusieurs semaines ?

J'essayai de dégager mon bras de son emprise, mais plus je bougeais, plus il resserrait sa poigne et mon estomac se nouait.

— Cacher, c'est mentir.

Et le mensonge était la pire des trahisons.

— Je ne suis pas sûre que me mentir était le meilleur moyen pour que j'aille mieux ! conclus-je.

— C'est ton père, Berry. C'est Hanson, lâcha Cuart, telle une bombe.

Je m'arrêtai net, je ne comprenais plus rien. Comment ça, mon père ? Qu'est-ce qu'il venait faire là ? Mon manque de sommeil ainsi que l'animosité présente dans la pièce avaient engendré un mal de tête qui n'aidait pas à la compréhension.

— Comment ça ?

— Tu sais que pour entrer dans la mafia ton père fait passer une épreuve. Pour toi, ça a été de tuer le pseudo-meurtrier de ta mère, bien, pour moi, ça a été de la tuer, elle.

Stop. Arrête de m'asséner des coups alors que je ne les supporte plus. Je… j'avais envie de frapper quelqu'un, mais je ne savais pas qui de nous deux. Sûrement les deux.

— À l'époque, je n'étais qu'un putain de gamin désespéré, j'étais en fugue et sans toit fixe. Ton père m'a fait une proposition en or, même si je savais pertinemment qu'ôter des vies allait devenir mon quotidien si je faisais ce qu'il me demandait. Il m'avait donné un prénom, une photo et une adresse. Je n'avais aucune idée de qui il s'agissait et je m'en moquais complètement ! J'ai écouté ton père par instinct.

C'était donc mon père… l'acteur principal de cette histoire. Je comprenais mieux maintenant pourquoi j'avais été la seule à pleurer la mort de ma mère. Son impassibilité n'était pas due à sa peine camouflée d'avoir perdu la femme de sa vie, mais bien à son soulagement de ne plus l'avoir dans les pattes.

Quand j'y pensais, j'avais assisté à de nombreuses disputes entre mes parents, plus violentes de jour en jour. Je savais que ma mère s'opposait catégoriquement à mon enrôlement dans la mafia et qu'elle tolérait déjà difficilement que je gâche mon enfance à être entraînée. Une fois, elle m'avait même réveillée dans la nuit et nous étions parties dans l'Ohio, où nous étions restées une semaine. Elle ne m'avait jamais expliqué pourquoi, mais désormais tout me paraissait plus logique. Elle essayait de tenir tête à Hanson. Pourtant, s'il y avait bien une chose dont j'étais sûre, c'était que je tenais ma patience de mon père et qu'il n'avait pas dû apprécier la blague.

Je mis plusieurs secondes à répondre, cherchant mes mots, car mon cerveau n'était plus capable de fonctionner. Je ne savais plus ce que je devais ressentir, mais je lui en voulais. Sur ce point, j'étais catégorique.

— OK, tu ne l'as pas fait de ton propre chef, mais le pire n'est pas que tu l'aies tuée sur l'ordre de mon père, Cuart, c'est que tu ne me l'as jamais dit ! Tu m'as fait perdre le peu de confiance que j'avais en quelqu'un. Tu m'as fait perdre la confiance que j'avais en toi.

— Je sais, mais tu voulais que je fasse quoi ? Je ne cherche plus à te faire du mal, Berry, au contraire.

— Tu fais ce que tu veux, je m'en fous, mais moi, j'ai le droit de savoir qui a tué ma mère. Surtout si c'était toi.

— Oui mais…

— Mais tu restes coupable, le coupai-je sèchement. Et je n'ai plus besoin de toi.

Mes mots étaient durs, mais reflétaient le fond de ma pensée. Je souffrais trop pour pardonner. Il avait desserré sa prise autour de mon poignet et j'en profitai pour me libérer, je retournai m'installer dans le canapé avec ma nourriture et mon dessin animé. La seule possibilité qui s'offrait à présent au traître était de me laisser tranquille.

Je n'avais pas envie d'en parler avec lui, mais ses explications m'avaient éclairée sur certains points. Pour commencer, la raison pour laquelle les ADD23 étaient à nos trousses. Mon père avait envoyé leur chef en prison, et moi, j'avais tué un de leurs hommes sans raison apparente. Nous n'étions donc plus de simples rivaux, mais bien des menaces à leurs yeux. Ensuite, je comprenais mieux comment mon père avait fait des Golden Reverse une si grosse mafia. Il était froid, sans la moindre émotion ni aucun remords, il était la personne la plus manipulatrice que j'avais eu la « chance » de rencontrer et il était égocentrique. Toutes les qualités d'un grand et puissant connard. L'avait-il au moins aimée ? L'amour n'était probablement pas un mot ni un sentiment qu'il connaissait. Hanson Karlyn était fidèle à lui-même et je ne l'avais jamais vu flancher. Ça aurait été stupide de ma part d'espérer qu'il ait pu tenir à quelqu'un d'autre que lui. Ou alors c'était du déni et, dans certains cas, c'est la seule chose qui nous permet de tenir.

Je détestais me dire que j'aurais pu avoir une autre vie, une vie « normale ». Aller au lycée et avoir des amis. Vivre dans une maison avec ma famille et y faire des soirées pyjama. Me lamenter sur les études que j'aurais choisies tout en me ressourçant grâce à mes activités extrascolaires. Ou tout simplement aller dans des soirées normales comme celles qu'Anastasia m'avait fait découvrir. Mais à présent c'était trop tard, je ne savais régler mes problèmes que par la violence, je ne savais vivre que par la criminalité. Je ne pouvais pas vivre autrement, même si je l'avais voulu.

CHAPITRE 25

Cuart

Berry. Berry. Berry. Berry.

Mon seul et unique problème ces derniers jours. Ma seule et unique prise de tête. Un jour, cette fille aurait ma peau.

— Bordel, Berry, sois raisonnable.

Nous étions au milieu de la salle à manger, aussi grande que sublime, dans laquelle je l'avais suivie afin de négocier. J'aurais préféré que cette épreuve soit plus facile, ou du moins qu'elle n'essaye pas de m'assommer avec une bouteille en verre comme elle l'avait fait.

— Laisse-moi réfléchir une seconde, lâcha la rouquine en croisant ses bras sur sa poitrine. Non !

Je poussai un énième soupir en me passant la main dans les cheveux, qui me tombaient péniblement sur le front. Alors que c'était autrefois mon activité favorite, j'avais de plus en plus de mal à me disputer avec elle, car j'avais pris cette mauvaise habitude de laisser mon regard se perdre sur ses lèvres. J'y étais accroché et je n'arrivais pas à m'en détacher, ce qui, par ailleurs, compromettait nettement ma repartie.

— Je ne vais pas te laisser seule ici alors que c'est complètement isolé, dis-je tout de même en replongeant mes yeux dans ses iris verts, la route est à au moins quarante-cinq minutes de marche et la prochaine maison, n'en parlons pas, tu n'as pas d'issue s'il y a un problème. On n'est pas sortis d'affaire, Karlyn, les ADD23 sont presque aussi nombreux que les Golden Reverse.

— Et ton fameux hacker, alors ? Il a servi à quoi ? fit-elle sur un ton méprisant.

— Il n'a pas trouvé grand-chose, je te l'accorde, mais tu sais à quel point notre réseau est complexe, ça ne se fait pas en quelques jours, ripostai-je pour défendre l'homme que j'avais embauché.

— En attendant, la taupe des ADD23 s'en sort plutôt bien, renchérit-elle sans perdre cet air hautain insupportable, mais qui lui donnait un charme évident.

— Ne sous-estime pas Erwin Delidson, Karlyn. Si cet homme veut vraiment ta peau et celle de ton père, il sera capable de tout.

Elle laissa échapper un sifflement qui exprimait son mécontentement. J'avais conscience d'être quelqu'un d'habituellement peu agréable, mais, lorsqu'elle était à cran, Berry Karlyn n'était pas mieux.

Erwin Delidson, le chef de nos principaux adversaires, s'était évadé de prison et cette idée ne me plaisait pas du tout. Hanson l'avait sans cesse nargué et provoqué durant de nombreuses années et maintenant il était de retour à la tête de son réseau, son neveu plus que problématique à ses côtés. Ils devenaient donc une réelle menace.

— De toute façon, ça ne change rien au fait que je ne viendrai pas manger avec toi, fit soudainement la rousse, me sortant de ma rêverie.

— Sauf que l'on n'est plus des gamins, Berry, à force de se faire livrer de la malbouffe, on va avoir des problèmes.

— Est-ce de ma faute si tu ne sais même pas cuisiner des pâtes ?

Tous les prétextes étaient bons pour m'accabler un peu plus. Comme si elle cherchait à se convaincre qu'elle me détestait.

— C'est la seule chose que tu sais faire, alors ne la ramène pas ! lui lançai-je avant d'entendre un léger bruit métallique contre le sol.

— Je n'ai pas en…

— Tais-toi, fis-je en redressant la tête, la coupant dans sa riposte.

— C'est quoi ton problème encore ?

Elle avait été vexée par ma remarque, mais j'en faisais abstraction, essayant plutôt de me concentrer sur les bruits autour de nous.

— Tu n'as rien entendu ? lui demandai-je, plus très sûr de moi.

— Je m'en fous ! fit-elle. Maintenant laisse-moi sortir d'ici, je n'ai plus envie de continuer cette discussion avec toi.

Je restai immobile quand elle me contourna pour rejoindre la porte, trop occupé à me demander si mon esprit me jouait des tours. J'avais un mauvais pressentiment. J'inspirai longuement, mais je fus pris d'une quinte de toux. Quelque chose n'allait vraiment pas. Mon premier réflexe fut de me retourner en direction de la rouquine, qui s'était arrêtée dans l'encadrement de la porte avant de se mettre à tousser violemment, pliée en deux.

En un dixième de seconde, un gaz avait envahi la pièce et, sans réfléchir plus longtemps, je me précipitai en direction de Berry. Je lui plaquai une main sur la bouche après m'être accroupi à côté d'elle afin de diminuer l'arrivée d'air toxique dans ses poumons.

— Arrête de respirer ! lui ordonnai-je tout en scrutant les alentours, devenus indiscernables.

La panique commençait à me gagner. Nous n'étions pas du tout en position de force et cela n'annonçait rien de bon, très loin de là. Mon regard croisa celui de la rouquine, apeurée. Je posai son visage contre mon torse pour la protèger. Son corps ne tarda pas à se relâcher sous mes doigts. Il était évident qu'elle s'était endormie et je devais la sortir d'ici le plus vite possible, le gaz était bel et bien soporifique.

Mais, en essayant de me relever, je fus contraint de prendre une légère inspiration. Un vertige me prit. La fumée m'empêchait de voir. J'avais l'impression que mon corps ne me portait plus. Je tenais fermement Berry contre moi pendant que je luttais pour rester éveillé, appuyé contre le bois épais de la porte. L'atmosphère devenait de plus en plus lourde, et plus les secondes passaient, plus je sentais mes forces me quitter, puis soudainement plus rien.

Berry

Ma tête me faisait un mal de chien et me semblait peser deux fois plus lourd que d'habitude. En ouvrant les yeux, je constatai que j'étais assise par terre, toujours dans la salle à manger et dos au pied de la table auquel j'étais… attachée ? Merde ! Je balayai la pièce du regard et aperçus Cuart, dans le coin opposé, assoupi, lui aussi attaché.

— Cuart !

Je voulais l'appeler à nouveau, mais j'entendis une conversation provenant de l'extérieur de la pièce. Mon rythme cardiaque s'accéléra instantanément. Je me débattis sans retenue, essayant de me défaire le plus rapidement possible de ces cordes qui m'empêchaient tout mouvement.

— Doucement, ma belle, tu vas te blesser, ricana une voix face à moi.

Je relevai la tête. Bien que mes cheveux roux me tombent sur le front, j'aperçus un homme, blond platine, qui me regardait, moqueur, depuis l'embrasure de la porte. Je ne l'avais pas entendu arriver. Ma mâchoire se contracta et, quand il s'approcha Cuart, ma panique s'accentua.

— Regarde-moi la grosse prise, la pêche a été bonne, lança-t-il.

Il s'accroupit et renversa la tête de Cuart en arrière. Un autre homme, au crâne rasé, le rejoignit et ricana à son tour. Il fronça les sourcils rapidement avant d'arborer une *poker face* à nouveau.

— Dis-moi, il ne se réveille pas, ton pitbull ? me demanda-t-il avant de se relever.

— J'espère que vous n'êtes pas pressés, lançai-je, sans montrer la moindre once du stress qui commençait à me submerger. Déjà qu'en temps normal il dort trop, alors, avec du gaz soporifique, vous risquez d'en avoir pour la journée. Par contre, je ne garantis rien pour son humeur à son réveil.

Il esquissa un sourire, l'air ravi.

— Serait-ce une menace ?

— Non, juste un conseil entre personnes qui voudraient vivre plus longtemps, répondis-je en ajoutant un clin d'œil.

Le blond fit un pas dans ma direction, puis deux.

— Je ne pensais pas que tu aurais l'audace de parler ainsi, fit-il en s'arrêtant à quelques centimètres de moi.

Je n'arrivais pas à évaluer sa taille, mais il paraissait plutôt grand. Il me dominait de toute sa hauteur et j'usais de toute ma volonté pour ne rien laisser paraître, et surtout pas ce qui pourrait s'apparenter à de la faiblesse. Son comparse semblait sortir de l'armée, à en juger par sa coiffure et ses bras volumineux.

— Qui êtes-vous ? finis-je par demander, sur un ton bien moins insolent que je ne l'aurais voulu.

Tout en parlant, j'essayais de réfléchir à un quelconque moyen de sortir de cette situation merdique.

— Tu penses être en position de poser la moindre question ?

Son pied se leva et il l'écrasa sur mon thorax, jusqu'à me couper la respiration. Ça, je ne l'avais pas vu venir.

— Absolument ravissante, souffla-t-il alors, avant de retirer sa botte cloutée de mon torse.

Maintenant qu'il s'était approché de moi, je voyais mieux à quoi il ressemblait. Les visages souriants et tristes tatoués sur chacune de ses joues, la phrase *I'll kill those who can't kill me*[1] tatouée sur le dos de sa main, son cargo noir et sa grande chemise blanche. Un style indéniable et pourtant peu courant chez les mafieux. Il souhaitait afficher sa différence. À cela s'ajoutaient un regard bleu perçant et une aura qui était l'une des plus désagréables que j'aie jamais croisées.

— Ugo Dan Delidson, lâcha-t-il soudainement. Ce nom te dit-il quelque chose, Berry Karlyn ? Cela

1. « Je tuerai ceux qui ne peuvent pas me tuer. »

serait bête que je sois le seul à connaître la personne en face de moi.

Ce nom me glaça le sang. Effectivement, il me disait quelque chose et il devait bien être le dernier que j'aurais voulu entendre. Ugo Dan Delidson, le fils du fondateur des ADD23, Aaron Dan Delidson, décédé depuis une dizaine d'années, et le neveu de leur leader actuel, Erwin Delidson. Je déglutis avec difficulté. Il s'accroupit et je me crispai lorsqu'il replaça une mèche derrière mon oreille, m'arrêtant presque de respirer.

— Dommage que je n'aie pas le droit de batifoler avec l'ennemi.

— Car tu penses avoir tes chances ? ricana une voix fatiguée que je ne connaissais que trop bien.

Line.

— Tiens donc, un revenant, s'exclama Ugo en se retournant dans sa direction.

Il lança un regard furtif à la plante verte qui n'avait pas bougé depuis tout à l'heure et celle-ci acquiesça d'un hochement de tête avant de quitter la pièce.

— J'ai des envies de meurtre, cracha Cuart, qui semblait déjà irrité.

— Si tu le dis, lui répondit l'autre sans plus d'intérêt pour ses menaces. Au fait, pour éviter que vous ne perdiez du temps à les chercher, vous n'avez plus ni arme ni téléphone sur vous.

Il m'adressa un clin d'œil avant que le barbouze entre à nouveau, suivi cette fois de deux autres mafieux, lourdement armés. Cuart poussa un grognement.

— Merde.

Je l'observai, espérant qu'il trouve une solution rapidement, car j'avais fait le tour des possibilités et je n'en voyais pas une à notre avantage. Pour autant, je n'avais pas arrêté d'essayer de me défaire de cette corde qui me charcutait les poignets, sans grand résultat.

— Je vais vous laisser faire connaissance, annonça Ugo en désignant les trois hommes debout devant lui. Ne vous en faites pas, ce n'est l'histoire que de quelques heures et vous pourrez bientôt retrouver une personne qui vous est familière. Mais, pour l'instant, je préfère ne pas prendre vos capacités à la légère.

Il s'apprêtait à quitter la pièce lorsqu'il se retourna pour la énième fois.

— Et estimez-vous heureux que je ne vous aie pas tués dans votre sommeil, le boss voulait s'accorder ce plaisir.

Mon stress, qui ne m'avait pas quittée depuis mon réveil, était en train de se transformer en véritable panique. Nous étions, à première vue, dos au mur.

Les trois subordonnés, qui n'avaient pas prononcé un mot jusqu'ici, se consultèrent à voix basse. Puis un des hommes armés se planta près des grandes fenêtres et un autre se plaça dans l'encadrement de la porte, ne laissant au milieu de la pièce que la caricature du militaire.

Mes échanges de regard avec Cuart ne menaient à rien et pourtant il ne détournait pas les yeux, les plongeant si profondément dans les miens, que j'en oubliais l'espace d'un instant la situation. Sans m'en rendre compte, ma respiration s'était calée sur la sienne et l'adrénaline était en train de redescendre doucement. Son regard fut arraché au mien lorsque le rasé lui attrapa la mâchoire.

— *Stronzo*[1], cracha Cuart.

Ce n'était pas la première fois que je l'entendais prononcer ce mot sous le coup de la colère, mais je n'en connaissais toujours pas la signification. Les deux hommes échangèrent quelques répliques dans cette même langue. Je n'y comprenais rien mais vu le ton employé, ça ne devait pas être des mots d'amour. C'était dans ces moments-là que je regrettais de ne maîtriser que l'anglais, ma langue maternelle, et quelques rudiments de japonais, que je tenais de ma mère, grande admiratrice de la littérature de ce pays. Le militaire sembla amusé par les propos de mon colocataire, mais d'une certaine façon ne semblait pas vouloir le lâcher du regard. Pour un peu, j'aurais presque été jalouse.

Soudain, Cuart essaya de se relever pour attaquer l'homme par surprise mais ce dernier fut trop rapide et le tasa en retour laissant Cuart sonné. La violence de la scène me provoqua un mouvement de recul, et je ne faisais pas la fière. Nous étions vraiment dans de beaux draps. Je grimaçai, les prochaines heures allaient être interminables.

Mes muscles étaient engourdis et je commençais à avoir mal aux fesses à force de rester immobile sur le sol. Cuart avait repris connaissance et avait passé un temps considérable à confronter le militaire qui s'était rapproché de lui et le tenait maintenant par les cheveux. Cette diversion m'avait permis de dénouer en partie mes liens sans attirer l'attention. Ça me faisait mal, certes, la corde frottant mes poignets me brûlait, mais il ne manquait pas grand-chose pour que j'arrive à m'en débarrasser.

1. Connard.

Malgré la situation, quelque peu inconfortable, je ne pouvais m'empêcher de penser à Junior. Lui avaient-ils fait du mal ? J'étouffai un soupir de soulagement lorsque ma main droite, puis la gauche firent enfin libres. Je fis attention à tout de même garder les mains dans mon dos pour ne pas éveiller les soupçons. Je n'avais pas trente-six mille solutions. Ils n'étaient plus que deux, l'un, armé jusqu'aux dents, surveillant l'extérieur par la fenêtre et celui qui parlait avec Cuart, je pouvais essayer de le prendre par derrière et de l'étrangler avec la corde que je tenais fermement dans ma main gauche. À vrai dire, je n'avais pas d'autre idée.

Je me décalai légèrement sur la droite. Mon regard croisa celui de Cuart, qui comprit immédiatement ce que j'avais en tête. Il insulta le rasé pour attirer son attention. Une fois arrivée derrière l'ancien militaire, mes yeux rivés sur ma cible, je m'apprêtais à bondir sur lui lorsqu'un canon froid se posa sur ma tempe.

— À ta place, je resterai tranquille, lança une voix railleuse.

Ugo. Cette remarque provoqua un grognement de la part de Cuart. Pour une fois, j'étais d'accord avec lui.

— Et pourquoi ça ? fis-je, l'arme me dissuadant tout de même d'effectuer le moindre mouvement.

— La camionnette est arrivée ma beauté, alors toi et ton enragé allez tranquillement embarquer sans histoires.

Je sentis son souffle dans mon cou, mais tentai tout de même de rester impassible.

— Ne m'obligez pas à vous taser.

Je cherchais désespérément Cuart du regard et, lorsque ses yeux noirs plongèrent dans les miens, je compris que nous n'avions pas d'échappatoire.

Je déglutis avec difficulté lorsque le canon glissa le long de ma mâchoire. Ugo avait beau avoir affirmé qu'il n'avait pas le droit de nous tuer, j'étais convaincue que cette arme était chargée. Je sentis la tension monter en moi. Il ne suffisait que d'une seconde.

Je laissai tomber au sol le morceau de corde en signe de capitulation et baissai les yeux pour ne plus avoir à croiser le regard de Cuart. Ugo, qui devait être ravi de son entrée théâtrale s'empressa de m'attraper les mains pour les nouer dans mon dos et me poussa vers la porte.

— Milo, quand tu auras fini de t'acharner sur lui, tu l'amèneras à la camionnette. Ne traîne pas, on part dans dix minutes et il a l'air d'avoir la tête dure.

Puis il m'attrapa par l'épaule. Nous traversâmes le salon puis le hall d'entrée pour arriver devant la porte, qui s'ouvrit sur un homme, que je n'avais pas vu jusqu'à présent. Il était debout sur le perron et, dans son dos, je remarquai une Mercedes noire ainsi qu'une grosse camionnette blanche, dont les portes arrière étaient grandes ouvertes. Je n'eus pas vraiment le temps de m'attarder sur les détails, car l'homme en question, qui faisait à peu près ma taille, passa derrière moi afin de me serrer les poignets avec du plastique solide. La seule chose qui me retenait de me débattre était bien la présence, toujours aussi pesante, du blond dans mon dos.

Ce dernier continua de me faire avancer vers le véhicule.

— Ta peur sent divinement bon, chuchota-t-il dans ma nuque.

Mon corps eut à peine le temps de se raidir qu'il me poussa à l'intérieur et referma les portes sur moi. Je me retrouvai alors dans le noir, essayant de me redresser comme je le pouvais malgré mes mains entravées. La seule lumière que je pouvais distinguer était celle qui passait par l'espace entre les portes et ce n'est qu'au bout de quelques minutes que j'entendis à nouveau du bruit dans la cour.

— Où est Karlyn ? fulmina une voix.

Cuart. C'était la voix de Cuart.

— Ferme ta gueule ! répondit Milo, son accent plus prononcé que jamais.

Puis le bruit strident d'un taser se fit entendre, suivi d'un grognement de douleur et d'un son mat, comme celui d'un corps heurtant le sol. Les portes s'ouvrirent, m'aveuglant une seconde, avant que je ne puisse distinguer Cuart, agenouillé, son cerbère le menaçant d'un taser dans la nuque. Cuart releva les yeux et son regard vint se figer dans le mien, encore et inlassablement. Je vis sa mâchoire se crisper.

— J'imagine que je dois monter à l'intérieur, fit-il.

— Perspicace. Au moindre faux pas, je te tase jusqu'à ce que tu perdes connaissance et je te casse les deux jambes.

— Au moins, ça a le mérite d'être clair, répliqua le Golden Reverse entre ses dents.

Ugo était adossé à la façade, largué par les deux hommes armés de tout à l'heure et celui qui m'avait jeté dans le van. Ils étaient donc cinq en tout. Cinq contre deux, c'était lâche, mais efficace.

Une fois que Cuart fut embarqué, les portes se refermèrent et il ne fallut qu'une minute à la camionnette pour se mettre en route.

— Dis-moi que tu as un plan, chuchotai-je.

Pas la peine de répondre, son attitude en disait suffisamment.

— Je t'avoue ne pas vraiment avoir eu le temps d'en trouver un qui tienne la route.

Je poussai un long soupir. Pourquoi étions-nous dans ce bourbier ?

— Il me semble que les ADD23 ont une base dans les alentours de Seattle et, si je ne me trompe pas, Delidson vient de nous informer que l'on n'allait pas tarder à voir la taupe, continua-t-il.

Je détaillai, avec le peu de luminosité présente, l'homme face à moi. Je ne voulais pas le pardonner, lui refaire confiance sous prétexte que nous étions en mauvaise posture, mais je n'avais pas vraiment le choix… Et c'était plus compliqué que je ne l'aurais voulu.

— Line. Certes, nous sommes dans une situation problématique et nous sommes de la même mafia, mais ne va pas t'imaginer que j'oublie tout parce que nous devons nous sortir de là ensemble.

— Ne t'inquiète pas, je l'avais bien compris. Mais je pense que ce n'est pas vraiment le moment, Berry.

Durant le trajet, je repensai au Cuart que j'avais découvert aujourd'hui. Un Cuart en difficulté, un Cuart qui refusait de me quitter du regard comme s'il suffisait qu'il cligne des yeux pour que je disparaisse. Un Cuart que j'aurais aimé découvrir avant qu'il ne me déçoive.

Lorsque le véhicule s'arrêta violemment, après de nombreuses minutes qui étaient pourtant passées bien trop vite, je manquai de m'étaler sur le plancher.

Il n'y eut aucun signe d'activité durant plusieurs secondes, puis les portes s'ouvrirent violemment et quatre silhouettes entrèrent avec des petits sacs en tissu dont je ne connaissais que trop bien l'utilité. La rage naissait à nouveau dans les yeux de Cuart, qui détestait se sentir impuissant. Si ses yeux avaient pu tirer des balles, personne ici n'aurait été encore vivant.

Ils mirent les sacs sur nos têtes et nous poussèrent dehors. Momentanément aveugle, je me concentrai sur les autres sens. Et mon ouïe me confirmait qu'il y avait suffisamment d'hommes pour nous descendre au moindre faux pas.

— Je t'ai manqué, le pitbull ? lança une voix qui semblait être celle de Milo.

— C'est plutôt l'inverse, répondit Cuart, moqueur.

— Soyez mignons et gardez votre énergie pour la découverte de votre traître, s'exclama soudainement Ugo, me faisant presque sursauter.

Donc mon intuition était juste. La taupe se trouvait bel et bien dans cette base et cette idée m'irrita.

Cuart

On nous guidait dans un long couloir, le bruit de nos pas résonnant contre les parois. Puis un bruit de porte métallique se fit entendre. Je n'avais aucun moyen de savoir si Berry était toujours là, s'ils n'avaient pas décidé de l'enfermer ailleurs.

Ils me firent tourner à droite et me poussèrent dans une pièce humide, puis je reçus un coup à l'arrière du genou, qui m'obligea à m'asseoir. Aussitôt, on retira le sac de ma tête et je découvris une pièce sombre, comme un sous-sol, avec une unique fenêtre minuscule. À mon plus grand soulagement, Berry me suivait, escortée par une femme d'un mètre soixante-quinze, juchée sur des talons d'une bonne dizaine de centimètres. Métisse aux cheveux lissés en un carré, typiquement le genre de fille qui m'aurait intéressé si elle n'était pas en train de contraindre ma rouquine à avancer. Berry fut placée à quelques mètres sur ma droite et, quand on lui retira son sac en toile à son tour, ses cheveux décoiffés et son regard furieux donnaient l'impression qu'elle aurait pu mordre quiconque approcherait.

Face à nous, le groupe de nos agresseurs avait bien changé. S'y trouvaient toujours Ugo et Milo, dont je n'arrivais pas à déchiffrer les intentions. Mais, à présent, un homme les avait rejoints, un verre d'alcool à la main, une fille à peine habillée accrochée à son bras. Il y avait aussi celle qui avait amené Berry ici et un autre homme. Tous nous regardant de haut en bas.

À chacune des deux portes était posté un garde armé. Avaient-ils si peur de nous ?

— Alors ce sont eux ? fit l'homme en apportant son verre à sa bouche. On dirait juste deux gosses de riches.

— Ça ne fait aucun doute, Berry Karlyn et Cuart Line, quatre mois jour pour jour qu'ils ont disparu des radars, lui répondit Ugo avec un rictus.

— Karlyn comme Hanson Karlyn ? demanda soudain la femme en sous-vêtements avec étonnement.

— Très exactement. Et Line comme son insupportable bras droit.

— On n'est pas des bêtes de foire, cracha Berry avec mépris.

— Oh, chérie, tu serais étonnée de voir à combien est ta tête.

Berry serra les dents. Ugo avait réponse à tout et celui qui oserait lui retirer le dernier mot perdrait la vie, il n'y avait aucun doute là-dessus. Alors qu'un silence pesant s'était installé, une sonnerie retentit et la fille métisse s'empressa de sortir un portable que je ne connaissais que trop bien de sa poche arrière pour le tendre au blond qui n'avait pas perdu son sourire sadique.

— Anastasia, articula-t-il.

Les yeux de Berry s'écarquillèrent et elle s'apprêtait à riposter lorsque le canon d'une arme se posa sur sa tempe.

— Je ne t'ai pas demandé ton avis, pesta Ugo sans cesser de contempler l'écran. Et si nous rigolions un peu ?

Il décrocha sous le regard étonné des personnes présentes dans la pièce. Il mit le haut-parleur et coupa le micro.

— Berry ? Berry, tu m'entends ? Berry !

La voix d'Anastasia résonna dans la pièce froide avant de s'évanouir. Puis ce fut le silence.

— Berry… Je ne sais pas si tu m'entends.

Encore un silence.

— Je sais que tu as tes problèmes de ton côté, mais je pense que tu aimerais être prévenue. En tout cas, je ressens le besoin de te le dire.

Je crus entendre des reniflements. Oui, sa voix n'était pas la même que d'habitude.

— Livio… Tu sais que c'est mon meilleur ami depuis nos trois ans… et même s'il était lourd et qu'il n'était pas le plus intelligent, je tenais énormément à lui…

Il ne m'en avait pas fallu plus pour comprendre où elle voulait en venir, à l'inverse de Berry qui écoutait attentivement et qui devait encore être dans le déni.

— Ça sent la mauvaise nouvelle, ricana l'homme au verre de whisky.

— Il y a eu des complications à la suite de son opération… Il n'a pas pu sortir de l'hôpital comme prévu et il est tombé dans le coma… Berry, Livio est mort ce matin…

À peine avait-elle fini sa phrase que l'appel fut coupé par Ugo.

— C'est d'un ennui ! se plaignit-il en lançant le portable sur le sol. Je vous propose d'enchaîner avec une nouvelle annonce plus croustillante !

Berry n'avait pas bougé, elle fixait le sol. Je savais qu'elle allait s'en vouloir pour Livio. Et Ugo continuait son monologue.

— Sortez d'ici ! ordonna-t-il aux ADD23 à ses côtés. Et faites entrer notre invité spécial.

Il avait prononcé ces phrases sur deux tons totalement opposés et Berry avait l'air d'avoir rapidement repris ses esprits, mais elle qui était toujours persuadée que le traître n'était pas Eden allait encore chuter de treize étages en le voyant entrer dans la pièce. Milo referma la porte derrière lui. Je ne la quittais pas des yeux, les secondes qui s'écoulaient paraissaient interminables. La porte s'ouvrit à nouveau et la personne responsable de tous nos problèmes entra avec une démarche sereine. Je la regardai avec mépris s'arrêter à côté du blond pour nous faire face.

— Tiens donc, ça faisait longtemps, cousine, ricana sèchement Berry.

Julia. Julia Delvos-Karlyn se tenait juste là, à quelques mètres de nous, et nous dévisageait. Sérieusement ? Quelle était cette blague de mauvais goût ? La même Julia qui s'était effondrée en larmes quand elle avait perdu les clés de son appartement ?

Elle aurait eu le courage de trahir le réseau mafieux de son oncle ?

— Il est plutôt féminin, ton Eden, Cuart, se moqua Berry.

— Ta gueule.

C'était donc elle qui avait contribué à l'exécution de dizaines de Golden Reverse et à l'échec de trop nombreuses transactions. Cette femme sans la moindre trace de courage nous avait tous pris pour des cons du haut de ses vingt et un ans.

— Moi qui pensais que le grand Cuart Line ne se trompait jamais, je suis déçue, poursuivit la rouquine.

— Je t'emmerde, Karlyn.

— Vous arrivez à vous disputer dans cette situation ! s'exclama la traîtresse. Vous ne grandirez jamais ?

Je lui adressai un regard noir, elle avait vraiment du culot de se la ramener.

— C'est impressionnant de voir qu'ils peuvent faire absolument ce qu'ils veulent alors qu'ils sont aussi immatures, lâcha Ugo en s'approchant de moi. Et les plus dangereux sont ceux qui agissent sans se soucier des répercussions, comme s'ils n'avaient rien à perdre.

Il pointa son arme sur moi. Il visait mon front et j'eus à peine le temps de le voir appuyer sur la détente, penchant de justesse ma tête sur la gauche. La balle alla se loger dans le mur à ma droite, juste au niveau de mes yeux. Il afficha un sourire encore plus large. Ça ne m'amusait plus du tout.

— Mais c'est qu'il ferait presque peur, le blondinet, avec ses déductions bancales, ricanai-je, méprisant.

— C'est votre seule réaction à l'annonce de la taupe des Golden Reverse. J'aurais espéré un peu plus de déception pour votre cousine et ancienne coéquipière.

— Ma seule déception, c'est de l'avoir suffisamment sous-estimée pour ne pas me méfier d'elle et d'avoir pensé que, malgré notre haine réciproque, nous faisions tout de même partie de la même famille, fit Berry.

— Laisse-moi rire, de quelle famille tu parles, Berry ? Tu n'as même pas été fichue de comprendre que ton propre père avait fait tuer ta mère, car il ne la supportait plus ! Mais au moins, toi, tu as eu des parents…

Elle marqua une brève pause.

— Est-ce que tu sais ce que ça fait de grandir complètement abandonnée, Berry ? Non, tu n'en sais rien, car tu as toujours été la petite princesse du boss, celle qui avait une mafia à ses pieds. Tu n'as aucune idée de ce que ça fait de grandir sans le moindre parent, de se faire harceler de la primaire au lycée. Je porte le nom des Karlyn, mais personne n'a ne serait-ce un minimum d'estime pour moi. Adam est le seul à s'être un jour soucié de moi… le seul à m'avoir dit qu'il m'aimait…

Julia avait maintenant l'air pensive. Je n'en croyais pas mes oreilles : en plus de tous nous avoir bernés comme des cons, elle avait fait tout ça pour un homme. Homme du camp ennemi qui l'avait sûrement utilisée en profitant de ses problèmes affectifs. Quoi qu'il en soit, nous avions été complètement aveugles. Elle gérait le réseau d'information depuis le cœur de la mafia, il était évident que nous aurions dû nous méfier d'elle. Nous étions passés à côté du principal suspect à cause de son nom de famille. Je jetai un coup d'œil à Berry, cela devait être horrible pour elle d'être en face de la personne responsable du décès de Loïs.

— Comment as-tu fait pour nous retrouver ? Personne n'était au courant de nos positions ! s'énerva-t-elle, de toute évidence, vexée par les reproches de sa cousine, mais pas touchée le moins du monde par son histoire.

— J'avoue avoir sué pour pouvoir vous retrouver en Californie, répondit calmement Julia. Mais lorsque Eden m'a annoncé qu'il partait en mission dans le Sud-Ouest, j'ai directement fait le rapprochement et j'ai dû y aller à tâtons, fouiller dans toutes nos propriétés dans les alentours, sachant qu'elles ont toutes un réseau sécurisé, à la différence de la maison de Seattle.

Son sourire s'agrandit.

— Pour celle-là, il a suffi que vous répondiez à l'appel de Hanson pour que je vous trace dans son dos.

— Bien assez de blabla, intervint Ugo. J'ai un dernier cadeau pour toi, ma belle.

Il parlait bien évidemment à Berry. Putain, il ne pouvait pas la fermer avec ses « ma belle » à tout bout de champ ?

La porte s'ouvrit, un homme s'avança sans un mot et donna à Ugo un objet enroulé dans un tissu avant de quitter la pièce tel un fantôme. Le sourire du blond s'agrandit lorsqu'il démaillota l'objet en question avant de le jeter à nos pieds. Je découvris avec étonnement une main découpée. Pour quoi faire ? En l'observant de là où j'étais, je réussis à remarquer une bague qui me rappelait vaguement quelque chose et ce n'est que quand je vis le visage de Berry se décomposer que je compris.

— Julia m'a gentiment informé que l'homme que nous avions tué dans la villa de Las Vegas t'était cher, Berry, expliqua-t-il. J'avais donc demandé à mes hommes de me ramener une de ses mains et je me suis promis de la conserver pour te l'offrir le jour où j'aurais réussi à t'attraper.

— Loïs...

Son nom était sorti comme un chuchotement de la bouche de Berry tandis qu'elle fixait le sol.

— C'est la main de Loïs !

Elle avait fini par relever la tête pour finalement crier cette phrase à pleins poumons, alors que d'énormes larmes dévalaient ses joues. Ce monstre n'avait quand même pas osé ? Et pourtant.

— C'est la vie, Berry, conclut Julia.

La voir à nouveau dans cet état était insupportable au possible et, si j'avais pu me défaire des liens qui me retenaient, je les aurais sûrement tués tous les deux. Mon impuissance commençait à peser sur mon mental et, contrairement à ce qu'il m'avait été donné de voir, Berry n'était pas aussi accablée que d'habitude. Ses larmes coulaient et pourtant son regard était menaçant et son aura meurtrière. Je la connaissais assez pour savoir ce qu'elle pensait. Car je pensais exactement la même chose. Ils ne nous avaient laissé aucune issue depuis le début et nous n'avions pas la moindre échappatoire, pourtant, nous refusions de rester enfermés ici.

La porte s'ouvrit à nouveau, plus violemment cette fois, attirant immédiatement mon attention. Milo s'arrêta dans l'embrasure.

— Ugo, j'ai deux mauvaises nouvelles.

Ce dernier laissa échapper un grognement en se tournant vers lui.

— La première est que Hanson est insaisissable, on a perdu le contact avec plus de la moitié des hommes que nous avons envoyés là-bas et impossible de déterminer sa position.

— Et la deuxième ? cracha Ugo, qui avait perdu son sourire en une fraction de seconde.

— Le boss est coincé en Russie à cause d'une tempête de neige, à ce que j'ai compris, donc il risque d'avoir une semaine de retard.

— Merde !

Julia avait sursauté sous la brutalité des paroles et des mouvements du mafieux, manifestement instable. Il reporta son regard sur Berry et moi.

— Si on ne peut toujours pas les descendre, on va devoir les séparer. Hors de question qu'ils restent dans la même pièce.

Je ne savais plus quoi faire, mais il était hors de question que Berry sorte de mon champ de vision. Milo se dirigea pour la énième fois à la porte, faisant signe aux autres de revenir. La métisse entra, suivie par l'homme au verre de whisky.

— West, tu t'occupes de la rousse. Pièce 666. Kass, tu restes ici avec Milo en attendant S. et s'il fait un mouvement vous le tabassez, c'est compris ? ordonna Ugo.

Ils hochèrent tous la tête comme de braves toutous et l'homme habillé de noir, West donc, donna son verre à la métisse et s'approcha doucement, d'un pas assuré, les mains dans les poches, incroyablement insolent.

Il attrapa violemment le bras de Berry pour la faire se relever, mais elle perdit l'équilibre.

— Tiens-toi sur tes jambes, putain ! pesta-t-il.

Berry avait un regard des plus obscurs, ses iris n'avaient jamais été aussi sombres et si elle avait fait preuve de soumission jusque-là, cela n'allait pas durer longtemps. Je t'en supplie, Karlyn, n'agis pas sans réfléchir.

Elle se redressa, se retrouvant dos à l'homme qui lui tenait à présent les mains. Elle pencha légèrement la tête en avant pour pousser un soupir et, la seconde suivante, elle la balança violemment vers l'arrière, donnant un énorme coup de boule dans le nez de son ravisseur, qui n'était, en fait, pas très impressionnant. Sous la douleur et la surprise, il lui lâcha les mains et elle se retourna pour lui asséner un high kick dans les côtes. Et merde.

Elle était à présent seule face à trois fous furieux et une traîtresse. Le quatrième ADD23 qu'elle venait de mettre à terre se releva péniblement sous les paroles tranchantes de son chef.

— Je peux savoir à quoi tu joues ? C'est pathétique. Elle est en position de faiblesse, donc tu la chopes et vous dégagez d'ici ! IMMÉDIATEMENT ! s'emporta Ugo.

Berry était dos au mur. Elle s'était placée au fond de la pièce pour avoir une vue d'ensemble sur la situation, mais ça n'augmentait pas ses chances d'évasion, presque nulles. Au contraire. J'aurais bien essayé de l'aider, mais les décharges m'avaient engourdi et je n'en restais pas moins attaché. Je ne pouvais pas bouger. J'essayais de ne pas stresser pour elle, bien qu'elle ait sûrement agi impulsivement, bien qu'elle soit inévitablement en danger, elle pouvait s'en sortir toute seule. Elle n'avait jamais eu besoin de mon aide.

— Avec des types de ce gabarit, on n'ira pas bien loin, se moqua-t-elle alors en regardant l'homme qui s'approchait à nouveau d'elle.

— Ta gueule, l'asperge, répondit-il, vexé.

— Mince alors, peut-être que ta petite taille remettrait-elle en question ta masculinité ? demanda-t-elle d'un air faussement innocent.

L'homme sortit un couteau. Elle avait joué avec ses nerfs et il avait sauté à pieds joints dans la provocation. Cette mafia était vraiment constituée de lâches, ils ne ramassaient que nos ordures.

Je vis Berry déglutir lorsqu'il plaça son arme blanche sur sa gorge, elle n'avait pas pu l'éviter, ses mains encore attachées réduisant considérablement ses options.

— Tu parles tout de suite beaucoup moins, salope…

Rien ne m'avait préparé à ce qui allait se passer ensuite. Elle lui cracha un mollard au visage. Elle avait osé ! Et c'était incroyablement drôle. Enfin, uniquement pour moi, car si la métisse n'était pas intervenue, l'homme ne se serait sûrement pas arrêté là.

— West, tu connais les règles. On les garde en vie tant qu'on n'a pas reçu l'ordre de les tuer.

Je le regardais, impuissant, lui serrer de nouveau les poignets avec une fermeté ahurissante tandis qu'il l'accompagnait vers la porte. C'était quoi cette putain de pièce 666 ? Où l'emmenait-il ?

Après eux, ce fut au tour d'Ugo de s'en aller, emportant avec lui le portable qu'il avait jeté plus tôt, nonchalant, me laissant avec Milo et la métisse, qui répondait, elle, au nom de Kass. Ainsi que la traîtresse.

— Tu n'essaies pas de porter secours à ta protégée ? ricana Milo, dont la voix ne m'avait pas manqué.

— Elle n'en a pas besoin, crachai-je.

Ce n'était pas tout à fait vrai. Elle n'aurait sans doute pas été contre un peu d'aide et j'aurais tué pour pouvoir la lui apporter. Bordel, qu'est-ce que je détestais être impuissant. J'avais envie de tous les envoyer six pieds sous terre, et Julia la première.

— C'est donc lui, Julia ? Celui avec qui tu me racontais avoir passé la nuit. Vraiment pas mal, ricana Kass.

J'arquai un sourcil et je laissai échapper un rire sadique.

— Je…

— Il n'y a aucune fierté à tirer d'avoir supplié un mec bourré de coucher avec toi, coupai-je cette garce de Julia qui s'apprêtait à répondre.

Elle n'ajouta rien, preuve qu'elle était toujours la pauvre fille que nous avions connue. Les deux autres personnes présentes la questionnèrent du regard pour demander confirmation. La métisse ajouta, un sourire provocateur sur les lèvres :

— Notre mafieux avoue donc qu'il ne sait pas contrôler ses pulsions.

— *Puttana, non cercarmi o non terrò i pugni*, la menaçai-je, la mâchoire serrée.

J'étais en train de perdre mes moyens. Et le pire, c'est que je savais pourquoi. Je perdais mes moyens car Berry n'était plus là.

Les deux femmes se tournèrent directement vers Milo.

— Traduction ? demanda la métisse, qui savait pertinemment que ce n'était pas un compliment que je lui avais adressé.

Milo soupira.

— En gros, il t'a dit « salope, ne me cherche pas où je ne retiendrai pas mes coups ».

Elle ouvrit de grands yeux, surprise par mon audace.

— Donc tu oses menacer une femme ? fit-elle d'un air qui semblait presque énervé. Tu manques cruellement d'éducation.

— Femme ou homme, tu me casses les couilles, je te pète la gueule, lui répondis-je du tac au tac.

Kass ricana avant de tendre sa main à Milo. Julia, elle, n'avait pas prononcé un mot.

— Milo, donne-moi le taser, on va lui apprendre les bonnes manières, ordonna-t-elle enfin.

Berry

Une goutte de sang glissa lentement le long de mon cou depuis la minuscule entaille en haut de ma gorge et s'échoua dans le col de mon débardeur. Cette sensation était extrêmement désagréable et me rappelait que l'homme qui m'obligeait à avancer était en possession d'une arme, ce qui était loin d'être mon cas. C'était bien la seule chose qui me dissuadait de faire un pas de travers. De plus, les fils qui me lacéraient les poignets n'étaient pas non plus ce qu'il y avait de plus pratique. Je ne pouvais rien faire, mais la chance dans mon malheur était que j'allais avoir plusieurs jours pour réfléchir à une solution pour me, enfin, nous sortir de là, si Cuart n'en trouvait pas une avant.

J'avais beau regarder autour de moi pour me repérer plus tard, le décor ne changeait pas, c'était un immense couloir avec des murs noirs en béton et pas la moindre trace de vie. Comme si l'endroit était condamné et réservé aux séquestrations et que leur QG était dans une tout autre partie du bâtiment. Les numéros des portes allaient de cinquante en cinquante, actuellement nous étions au niveau de la 466 et, si mes souvenirs étaient bons, le Golden Reverse se trouvait dans la pièce 116, en bonne compagnie qui plus est.

L'homme m'arrêta devant la fameuse porte 666 et un détail me frappa. C'était la dernière porte du couloir et je me trouvais loin, trop loin du reste. Deux fois plus petite et sans la moindre fenêtre, la pièce était pire que ce que j'imaginai. Une odeur âcre de corps en décomposition me prit à la gorge. J'avais beau ne pas être claustrophobe, il ne fallait pas s'étonner si je faisais une crise de panique dans cette pièce à l'atmosphère écrasante.

Le brun sortit son couteau, me prenant de court. Mais alors que je m'attendais à une attaque, le corps crispé au possible, mes mains furent soudainement libérées et un pied s'écrasa dans mon dos, me poussant violemment vers l'avant. Je trébuchai, finissant à genoux, mes mains râpées par les cailloux qui jonchaient le sol.

— On se débat moins, hein, la rouquine ? fit l'homme en s'approchant doucement de moi. Dis-moi, où est ton copain ? Il ne se démène pas pour venir te sauver ? Il n'essaye pas de te suivre à ses risques et périls ?

Il s'empara de mon menton pour me faire redresser la tête. J'étais à bout de forces. Malheureusement pour lui, la pression psychologique ne fonctionnait pas sur moi, rarement en tout cas, et j'aurais toujours quelque chose à répondre à quiconque voudrait me faire taire. J'avais été entraînée pour. Merci papa.

— J'ai beau lui avoir dit toutes les atrocités du monde, tu serais étonné de voir qu'il serait le seul à venir me sauver si j'étais sur le point de mourir…, arrivai-je à articuler.

— FERME-LA !

Sa main glissa dans mes cheveux, il prit une mèche entre ses doigts, un sourire sadique sur les lèvres.

— Cette couleur, je ne sais pas si c'est une malédiction ou bien un don.

Alors que je m'apprêtais à riposter, son coude s'écrasa pile entre ma nuque et mon omoplate, faisant flancher tous les muscles de mes bras. Mon torse rencontra le béton froid. Ma tête prit un coup, mais j'avais réussi à limiter l'impact. J'essayai de garder une respiration régulière, mais je sentis sa main libre glisser sur ma hanche, jusqu'à frôler l'intérieur de ma cuisse.

— Tu mériterais d'être violée… Dommage que je n'en aie pas l'autorisation, chuchota-t-il dans mon oreille.

Je réprimai un cri de rage, je voulais qu'il ôte ses mains. J'aurais voulu le tuer après lui avoir crevé les yeux et arraché les membres. Je voulais qu'il souffre pour l'aveu qu'il venait de me faire. Mais il se redressa. Mon dos était encore paralysé par son coup.

— À très bientôt, ma grande rouquine, tu m'as convaincu, ton séjour ici va être un enfer.

CHAPITRE 26

Berry

Je me réveillai en sursaut, la respiration complètement saccadée et manquant de m'étouffer tellement j'avais du mal à reprendre mon souffle. Je parcourus la pièce du regard, le temps que je comprenne que je m'étais assoupie à nouveau malgré mes nombreuses tentatives pour rester sur mes gardes. Si j'en croyais le temps interminable que j'avais passé enfermée et si on partait du principe qu'on me donnait un repas par jour, cela faisait déjà trois jours que j'étais ici, assise dans cette pièce angoissante sans jamais arrêter de stresser.

Chaque fois que je fermais les yeux, des cauchemars m'assaillaient. Celui dont je venais de me réveiller portait en partie sur Cuart et sur les craintes qui me rongeaient un peu plus chaque jour, m'empêchant de penser à autre chose qu'à lui. Contrairement à moi, il avait l'air d'être sous constante surveillance et nos kidnappeurs devaient prendre un certain plaisir à le malmener.

Continuaient-ils de le taser ? Se contentaient-ils de le taser ? Tenait-il le coup ? Avaient-ils remarqué ses cicatrices ? Le mutilaient-ils ? Son passé avait-il à nouveau fait surface ? Avait-il besoin d'aide ? Je voulais savoir comment il allait. Même si ça me brûlait les entrailles de le dire, j'avais besoin de savoir comment il allait pour pouvoir me concentrer sur autre chose.

C'est le gargouillement de mon ventre qui me tira hors de mes pensées. Le changement d'alimentation avait été brutal. Je n'avais plus la notion du temps et trouver l'heure était un pur jeu de hasard, la seule chose pouvant m'aider étant l'animation de l'autre côté de la porte blindée. Je me relevai précipitamment, perdant l'équilibre une demi-seconde avant de m'approcher de la porte. Le silence qui régnait était anormal. Mais, alors que je m'apprêtais à appuyer sur la poignée, comme pour m'assurer qu'elle était bien bloquée, un cri résonna, m'arrêtant brusquement dans mon mouvement, et ma main se mit à trembler sur le coup, hors de contrôle. Ma vision se brouilla, ce qui restait de mon misérable cœur avait fini en miettes et je fixais le vide. Ce cri qui venait de traverser le couloir m'avait frappée tel un coup de poignard. Des pas se firent entendre de l'autre côté de la porte et pourtant j'étais incapable de bouger.

La porte s'ouvrit dans un fracas et West entra dans la pièce, rictus aux lèvres une fois de plus. Mes jambes lâchèrent, me laissant à genoux face à lui.

— À ce que je vois, tu l'as entendu d'ici, ricana-t-il.

— Stop, lâchai-je sans pour autant avoir la force de le regarder dans les yeux. S'il vous plaît, stop.

— Arrêter quoi, ma belle ? demanda Ugo, en apparaissant sur le pas de la porte tel un fantôme, comme à son habitude.

Je serrai mes poings plaqués contre mes cuisses pour m'empêcher de verser une larme.

— Laissez-le, laissez Cuart… Pourquoi vous acharner sur lui ? C'était moi dont vous aviez besoin…

C'est traître, c'est lâche… Battez-vous comme des hommes, putain.

West s'apprêtait à me faire taire, mais Ugo l'en empêcha d'un simple mouvement de main.

— Pourquoi ne pas me faire subir la même chose, hein ? Je ne vous demande qu'une chose… pas lui… Faites ce que vous voulez de moi, je ne suis pas en sucre… mais pas lui… Il n'a plus le droit d'autant souffrir…

Je venais de perdre toute dignité, mais c'était pour lui.

Des pieds entrèrent dans mon champ de vision, je levai les yeux pour m'assurer de l'identité de leur propriétaire, qui se trouvait, à présent, à quelques centimètres. C'était bien évidemment Ugo, qui me surplombait sans la moindre once de bienveillance. Il me montra une photo sur l'écran de son téléphone. Il s'agissait de Cuart, agenouillé, dans un état si misérable que je mis plusieurs secondes à le reconnaître.

— Le voir ainsi est d'une incroyable satisfaction, tu ne trouves pas ? me demanda Ugo sans retirer l'image de sous mes yeux.

Cuart avait la tête baissée, salie par la crasse de la pièce, la mâchoire serrée et abîmée, les bras toujours attachés et couverts de bleus, une plaie sur son front saignait. Ils s'étaient sûrement mis à plusieurs pour lui faire tout ça. Pour lui faire crier ses poumons à ce point. Je fus prise d'un haut-le-cœur, c'était insoutenable.

— Connards, crachai-je entre mes dents.

— Parle plus fort, me provoqua Ugo.

— Je vais…

— Tu vas quoi ?

Les deux hommes ricanèrent. Mes yeux balayaient le sol à toute allure à la recherche d'un quelconque moyen de me sortir de là. Mon regard tomba sur la chaussure droite d'Ugo, chaussure dans laquelle j'avais le vague souvenir de l'avoir vu cacher un poignard de poche plusieurs jours auparavant. Était-ce toujours le cas ? Il n'y avait qu'une façon de le savoir.

Il fallait que j'agisse vite, qu'il n'ait pas le temps de réagir. Je me relevai partiellement, prenant appui sur le seul genou qui touchait encore le sol afin de plonger ma main dans la chaussure. Par chance, mes doigts rencontrèrent le métal froid d'une arme. Je me relevai aussi rapidement que mon corps me le permit pour me retrouver face à lui. Je tendis mes bras, tenant fermement le poignard pour le planter dans son ventre. Mais ce n'est pas lui qui se prit le coup. Il avait eu le réflexe d'attraper West et de l'utiliser comme bouclier et ce dernier se tordait de douleur. J'eus à peine le temps de me rendre compte de mon échec qu'une main m'agrippait la gorge.

Le visage d'Ugo était déformé par la colère. Il me toisait et je soutins son regard meurtrier. Du coin de l'œil, j'apercevais le blessé qui souffrait bruyamment et essayait péniblement de contenir son hémorragie, mais ni Ugo ni moi n'en avions quelque chose à faire. Les doigts du blond se resserrèrent sur mon cou et je commençai à suffoquer alors qu'il me faisait reculer jusqu'à me broyer les omoplates contre le mur opposé de la porte.

— Je peux savoir ce que tu as voulu faire ? RÉPONDS !

Je déglutis avec difficulté, l'air n'arrivant presque plus à mes poumons. Mon regard voyageait du corps de West à celui d'Ugo. Je me retrouvais dans l'un des pires scénarios possibles.

— JE T'AI POSÉ UNE QUESTION ! me cracha le mafieux en resserrant sa prise sur ma gorge.

— J'ai la dro… Ugo ? ARRÊTE ! s'écria une voix féminine aux accents de panique.

La femme accourut pour venir nous séparer, lui attrapant le bras. À bout de souffle, je m'effondrai une nouvelle fois sur le sol sordide.

— Ugo, merde ! Calme-toi ! Le boss a dit qu'il ne fallait pas la tuer !

Je levai les yeux vers elle. Je l'avais déjà vue quelque part, mais je n'arrivais pas à savoir où. Alors que ma respiration revenait à la normale, je compris que c'était la blonde du premier jour, celle qui se tenait au bras de West, mais cette fois plus habillée. Sa main droite était occupée à retenir Ugo.

— Je le sais, répondit-il sèchement.

Le silence semblait résonner contre chaque mur de la petite pièce. De mon côté, j'aurais aimé me masser la gorge, mais le moindre mouvement me coûterait sûrement la vie.

— Tu as la drogue ? demanda le blond au bout de plusieurs minutes.

De quoi parlait-il ? C'est alors que je remarquai ce qu'elle tenait dans sa main gauche. Une seringue. Remplie.

— Oui, mais tu es sûr que cette dose suffira ? répondit-elle en lui tendant la seringue. Il n'y en a vraiment pas beaucoup.

— Ça suffira, c'est pour voir comment son corps réagit dans un premier temps, on augmentera les doses au fur et à mesure, assura Ugo avant de se tourner vers moi tout en enlevant le capuchon posé sur l'aiguille. Elle est bien trop agitée, ça lui fera du bien.

Tout mon corps se crispa. Je voyais rouge à présent, je n'avais touché qu'une fois à la drogue dans ma vie et je n'en gardais pas un bon souvenir, même si j'aidais régulièrement mon père à gérer le trafic de stupéfiants.

— C'est elle qui a poignardé West ? demanda la jeune femme en s'agenouillant à côté de l'homme qui avait cessé de gémir.

— Oui, il devrait s'en sortir, donc ne stresse pas, se contenta de répondre Ugo en s'approchant de moi.

Je voulais m'enfuir, le plus loin possible. Malheureusement, reculer n'était pas une option. Mais, alors que je cherchais, paniquée, un moyen de l'esquiver, il tira brusquement ma jambe, me faisant m'étaler de tout mon long sur le béton froid, à sa merci.

Cuart

Je pensais que ce jour n'allait jamais arriver. Cette nuit, Milo était de garde. La journée, deux à trois personnes étaient présentes dans ma cellule : la métisse qui se faisait appeler Kass, Milo qui me suivait depuis notre enlèvement à Seattle, ainsi qu'un homme dont je n'avais jamais entendu le son de la voix et que les deux autres appelaient S. Simplement S. Je n'étais jamais seul. Parfois, ils bavardaient à l'extérieur de ma cellule, un homme armé à la porte, souvent ils entraient tous pour me maltraiter à leur guise quand ils s'ennuyaient ou m'estimaient trop insolent. Je leur avais laissé ce plaisir, au point que je m'étais même presque habitué aux décharges. Et de temps en temps, il arrivait que cette traîtresse de Julia passe la tête par la porte pour observer ce qu'il se passait. La nuit en revanche, c'était différent. Le premier soir, S. avait monté la garde seul, puis ce fut au tour de Kass. Logiquement, cela devait être celui de Milo. Si je ne m'étais pas trompé. Il y avait intérêt.

Je grimaçai de douleur. Mes nombreuses blessures me brûlaient de partout. Ces chiens ne se retenaient pas. Je redressai la tête, des voix de l'autre côté de la porte me parvenaient faiblement.

— Qu'est-ce qu'il se passe ? demandait Milo.

— La rouquine a planté West, répondit une voix de femme.

Je ne pus réprimer un sourire. Berry allait suffisamment bien pour continuer de se battre et elle n'y allait pas de main morte.

J'avais toujours trouvé les journées très longues, une des raisons pour lesquelles je dormais énormément. Être enfermé n'arrangeait pas les choses, être torturé non plus, mais aujourd'hui avait été une journée atrocement longue et je l'avais passée à regarder par la fenêtre en attendant une seule chose, et ce, pour la première fois de ma vie : que le soleil se couche.

La porte se referma, me laissant Milo comme unique compagnie. Celui-ci poussa un long soupir et c'est à ce moment-là que je compris que je n'étais en fait pas si pressé que ça. J'avais eu une idée, une seule et unique idée pour essayer de me sortir de là, et j'estimais mes chances de réussite à dix pour cent, quinze maximum. Je n'en avais pas d'autre, il fallait que je tente le coup.

J'attendis un moment avant de tenter quoi que ce soit. Deux heures peut-être.

— Tu comptes rester là ? Adossé au mur, à attendre que le jour se lève ?

Milo me dévisagea, fronçant les sourcils comme pour essayer de comprendre où je voulais en venir.

— *Qual è il tuo problema*[1] ? cracha-t-il alors en guise de réponse.

— Tu as pris goût à me parler italien à ce que je vois, poursuivis-je, toujours aussi confiant, un léger rictus venant se dessiner sur mes lèvres.

— Et toi, tu as pris goût à te prendre des coups, renchérit-il.

Je poussai à mon tour un long soupir.

— Milo, combien de temps va encore durer tout ce cirque ?

C'était officiel : je venais de le perdre, il ne comprenait plus rien et je le voyais bien dans son regard. Et je venais de me jeter à pieds joints dans mon plan tiré par les cheveux.

Je poussai sur mes jambes pour me coller à la paroi. Mes mains, qu'ils avaient fini par attacher devant moi pour que je puisse manger, ne m'étaient d'aucune aide. Je mis toutes mes forces, même celles que je ne pensais pas posséder, afin de me relever sous le regard ébahi de Milo.

Une fois sur mes pieds, mon corps me rappela à l'ordre, et je dus m'adosser au mur. Après quelques

1. « C'est quoi, ton problème ? »

secondes à reprendre mes esprits, je me décidai enfin à m'avancer vers lui.

— Putain, à quoi tu joues ! cria-t-il en sortant le taser de sa poche.

Je levai les yeux au ciel.

— Tu n'es pas hétéro, n'est-ce pas ? lui demandai-je sans pour autant m'arrêter d'avancer. Je ne suis pas aveugle, tu sais.

Je vis Milo déglutir, signe que mon plan était peut-être en train de marcher.

— Il fait une chaleur de dingue ici, continuai-je alors sur ma lancée. Ça te dérangerait d'enlever mon t-shirt ?

Je m'arrêtai à quelques mètres de l'homme, qui semblait toujours autant nager dans la confusion, et je laissai mes yeux le parcourir de haut en bas.

— Je… Qu'est-ce que tu es en train d'insinuer ? demanda-t-il, toujours un peu sur la défensive.

— Je rêve ou tu as besoin d'un dessin ? me plaignis-je en levant la tête vers le plafond. Ça fait plusieurs jours que je m'en prends plein la gueule, j'ai besoin de décompresser, tu ne penses pas ? Il n'y a personne d'autre cette nuit.

Je compris que j'atteignais mon objectif quand il fit un pas en avant et je profitai du fait que son attention soit dirigée sur mon visage pour cacher le lacet, qui se trouvait au fond de ma poche, dans le creux de ma main. J'avais réussi à l'enlever de ma chaussure plus tôt dans la journée, lors de leurs rares moments d'inattention.

— Tu ne te foutrais pas ouvertement de ma gueule ? siffla Milo.

Mon sourire s'agrandit davantage. Il était suffisamment proche à présent, j'attrapai son t-shirt du bout des doigts et, d'une simple pression, le rapprocha au maximum de moi avant de lui chuchoter :

— Tu veux une preuve ?

Je remontai mes mains jusqu'à son menton, que je pris entre mes doigts et, en un dixième de seconde, j'avais passé le lacet autour de son cou pour le serrer violemment, lui coupant net la respiration et l'empêchant de pousser le moindre cri et d'alerter qui que ce soit. Au bout de deux longues et interminables minutes, son corps s'effondra sur le sol. Inerte. Et je poussai le plus long soupir de soulagement de ma vie. Règle fondamentale lorsque l'on est dans la mafia : éviter de penser avec sa bite.

Je m'empressai de et fouillai chacune de ses poches, à la recherche d'une quelconque arme qui me permettrait de me défaire de ce fil qui me broyait les poignets. La seule chose que je trouvais était un petit couteau, cela ferait l'affaire, mais j'étais un peu déçu, j'aurais préféré une arme à feu, un portefeuille ou bien un téléphone.

Je réussis à me défaire de mes liens Et je me redressai tout en massant mes poignets enfin libres, mon regard tombant sur la porte vers laquelle je me dépêchai de me diriger lorsque Berry s'immisça dans mon esprit. Je chassai rapidement son image de ma tête, il fallait que je me concentre. Mais, alors que j'allais attraper la poignée, je m'arrêtai en entendant des rires qui provenaient de l'autre côté. Comment se faisait-il qu'il y ait encore des gens ? Nous étions en plein milieu de la nuit, pourquoi n'allaient-ils pas se reposer ?

Une migraine lancinante me rappela à l'ordre, laissant mes pensées errer jusqu'à la petite fenêtre à l'autre bout de la pièce. Si j'arrivais à la briser, je pourrais sortir par là, mais ça impliquerait de laisser Berry ici pour une durée indéterminée. Hors de question !

Avais-je le choix ?

Il fallait que j'aille chercher Berry, il n'en était pas possible autrement, je ne pouvais pas laisser cette emmerdeuse seule ici. Pourtant… Je n'étais pas chez moi, nous étions dans le repaire des ADD23. La seule arme à ma disposition était le couteau de Milo et, de l'autre côté de cette porte, je me retrouverais face à les ennemis, je n'avais pas connaissance de leur nombre, ni de leur armement. Dans ce scénario, j'étais la proie.

Je posai une main sur mon front, remontant par la même occasion les mèches qui s'y trouvaient. Je la retirai rapidement et grimaçai en remarquant qu'elle était déjà couverte de mon sang. J'étais clairement en train de faire une hémorragie et ma migraine me le confirmait. Il fallait que je réfléchisse.

Je n'avais, d'après les propos de nos ennemis, plus que quatre jours devant moi durant lesquels ils ne pouvaient rien faire à Berry, quatre jours durant lesquels j'étais sûr qu'elle aurait la vie sauve. Je refusais qu'elle reste seule entre leurs mains plus longtemps. J'allais mettre fin à cette putain de blague. Il fallait que je sois efficace, je n'avais pas le choix, même si je devais tous les tuer un par un, je la ramènerais.

J'étais, en fait, en train de m'énerver. Je commençais à bouillonner, je n'en pouvais plus. Je traversai la pièce avec détermination et rassemblai toute ma rage pour donner un coup de coude dans la vitre de la fenêtre, qui se fissura sous la puissance de l'impact. L'adrénaline était telle que je ne ressentais pas la douleur. J'enchaînai avec un nouveau coup de coude, qui brisa le verre. J'en retirai un morceau, qui s'était logé dans ma peau, et me dépêchai de détacher du cadre ceux qui m'empêchaient de passer.

Lorsque le trou fut suffisamment grand pour que je m'y faufile, je pris appui sur le rebord de la fenêtre, malgré les bris de verre qui y étaient dispersés. Je n'étais plus à une écorchure près. Je me hissai de l'autre côté et sautai. Ma chute fut amortie par l'herbe. Il faisait beau, extrêmement beau. Pas un seul nuage n'était présent dans le ciel et la forte luminosité de la presque vallée, éclairée par la lune, était déconcertante. J'observai les environs pour repérer ma position, j'étais face à un lac. Derrière moi se tenait l'énorme entrepôt aménagé des ADD23, à côté d'une maison qui devait également leur appartenir et faire office de base.

Hormis ce lac, il n'y avait aucun élément pour me repérer. Et comme c'était la nuit, je ne pouvais pas non plus m'aider du soleil pour savoir où était le nord. Un bruit attira mon attention. Je tendis l'oreille… oui, c'était un bruit de voitures, comme si une route était à proximité. De l'autre côté du point d'eau, qui n'était pas si étendu, se trouvaient plusieurs arbres. C'était loin d'être une forêt, mais suffisant pour dissimuler une route et d'autres habitations. De toute façon, le trajet pour venir ici ne m'avait pas semblé si long et Seattle n'était pas réputé pour ses campagnes. Je devais pouvoir rejoindre la civilisation.

Je me mis à courir, du mieux que mon corps me le permettait, ne prenant pas en compte les limites qu'il m'imposait et que j'avais déjà dépassées. J'avais l'impression de courir dans le vide et pourtant je ne m'arrêterais pas. Mes pieds martelaient l'herbe avec puissance, car je n'avais pas d'autre choix que de réussir. Berry vivrait, il n'en était pas possible autrement, et plus je serais efficace, mieux ce serait. Ils ne remarqueraient sûrement ma disparition que le lendemain, il fallait prendre de l'avance, il fallait que je récupère des hommes et des armes.

Je pilai en arrivant face à la route et la réalité me rattrapa lorsque j'eus du mal à reprendre mes esprits tellement ma tête tournait. Je portai de nouveau la paume de ma main à mon front et découvris, sans grande surprise, que ma blessure continuait de saigner abondamment.

La route n'était pas très passante, encore moins à cette heure tardive. Heureusement, je distinguai un lotissement pavillonnaire de l'autre côté. Je n'eus pas besoin de plus de réflexion pour me convaincre de le rejoindre le plus rapidement possible.

Je passai, d'un seul mouvement, au-dessus de la petite barrière qui me séparait du chemin goudronné et poussai un grognement de douleur. Lorsque j'arrivai enfin au niveau des maisons, une vague de soulagement me submergea malgré mon état, encore plus pitoyable que tout à l'heure. Je m'arrêtai quelques minutes, le temps de trouver comment j'allais procéder et, plus les secondes s'écoulaient, plus je m'en voulais de ne pas être plus efficace. J'étais à bout de forces.

Je me plaçai devant la première porte et poussai un long soupir. Je n'aimais pas du tout ce que je m'apprêtais à faire, mais je n'avais pas le choix. Je toquai. Une fois, deux fois. Aucune réponse malgré les lumières qui éclairaient encore l'intérieur. Bordel, j'aurais préféré que ce soit plus simple.

Il se passa la même chose avec la maison d'en face. Je tentai ma chance auprès de chaque habitation, les unes après les autres, ce scénario se répétant indéfiniment, à l'exception d'une jeune femme qui m'avait ouvert pour me refermer la porte au nez avant que je puisse prononcer le moindre mot et d'un homme qui m'avait menacé, car je venais, apparemment, draguer sa copine. Alors que tout ce que je souhaitais, c'était passer un putain de coup de fil.

Ma patience avait atteint sa limite, la prochaine fois que l'on m'envoyait bouler, j'entrerais par effraction sans prendre en compte l'avis des résidents. Je toquai violemment, retrouvant peu à peu l'énervement que ma course m'avait fait perdre, mais m'arrêtai brusquement lorsque, à peine quelques secondes plus tard, ce fut une vieille dame qui m'ouvrit. Elle était petite et n'avait pas l'air de déborder d'énergie, mais affichait un sourire empli de douceur.

— Bonjour, je peux faire quelque chose pour toi ? demanda-t-elle avant de s'interrompre. Oh, mon Dieu ! Mais tu as vu dans quel état tu es ?

Elle fit plusieurs pas dans ma direction et attrapa mon poignet. J'eus un violent mouvement de recul, n'arrivant toujours pas à accepter que l'on me touche le bras. Si la grand-mère fut surprise par ma réaction, elle n'en montra rien, elle me dévisageait, en silence, attendant que je prenne la parole. J'avais été pris de court par son accueil.

— Excusez-moi, je peux vous demander un service ?

La femme continuait de me porter un regard inquiet et bienveillant.

— Oui, bien sûr ! Mais entre, mon garçon.

— Désolé, je n'ai pas le temps, mais pourrais-je avoir un téléphone ?

— Attends-moi ici, je vais te chercher ça !

Elle semblait heureuse de me venir en aide.

En attendant qu'elle revienne, une pensée émergea dans ma tête. Je comptais appeler Isaac, un informateur des Golden Reverse, mais comment ? Si j'appelais sur la ligne principale, personne ne décrocherait, car le numéro n'était pas répertorié et, si je voulais avoir une chance qu'il me réponde, il fallait donc que j'arrive à appeler son numéro personnel. Mais comment étais-je censé m'en souvenir, bordel ? Quel pouvait bien être son numéro ? 212...

Il fallait que je fasse marcher mes neurones. Quel était ce numéro de merde ? Je me souvins qu'il me l'avait donné.

— Tiens.

La voix de la vieille femme me tira hors de mes pensées. Elle me tendait un téléphone ainsi qu'une compresse, que je plaquai contre mon front.

— Merci la vieil... madame, dis-je avant de me replonger dans une concentration maximale.

Je restai sans bouger plusieurs secondes. 648...

— Tout va bien ?

— Ça y est ! lançai-je en ignorant la question de la dame, qui m'observait depuis l'embrasure de sa porte.

Je m'empressai de pianoter le numéro qui m'était revenu, avant d'approcher le mobile de mon oreille. Une sonnerie retentit, puis deux... Il avait intérêt à décrocher.

— Allô ?

— Isaac, c'est Cuart ! Numéro 342516.

— Cuart ? Line ? lança mon interlocuteur, qui devait sûrement être en train de vérifier mon numéro d'identité.

— D'après toi, connard ?

— Mais comment ? Où êtes-vous ? s'empressa de me demander Isaac. Nous n'avions aucune nouvelle ! Julia a disparu aussi, on est sûrs qu'elle est la taupe !

— Je pense que j'avais remarqué, soufflai-je. Mais là je n'ai pas le temps de parler, mets-moi en contact avec la base la plus proche de Seattle. Maintenant.

— Oui, chef, s'exécuta Isaac avant que je l'entende pianoter sur son clavier. Tu as de la chance que je sois encore debout.

Il y eut un petit silence.

— OK, nous n'avons rien sur Seattle, la base la plus proche dans l'État de Washington est au niveau de la frontière avec le Canada, à Blaine.

Je ne pris pas la peine de répondre.

— Base de frontière, nous écoutons, intervint une nouvelle voix.

— Ici Cuart Line, sous-chef et capitaine de la division principale, nous avons une urgence, j'ai besoin que vous veniez me chercher, tout de suite.

— Bien, votre position ?

Je lançai un regard à la femme toujours face à moi.

— Où sommes-nous exactement ?

— Hum… hésita-t-elle légèrement. 8106 134th Ct SE à Newcastle.

Je répétai l'adresse à mon nouvel interlocuteur.

— C'est noté. Nous vérifions et le trajet fait… 190 km. Notre homme sera là dans une heure au plus tard, ajouta-t-il avant de raccrocher.

La seconde suivante, le téléphone vibra dans mes mains et s'afficha sur l'écran le numéro d'une plaque d'immatriculation que je pris soin de graver dans ma mémoire avant de supprimer le message et de bloquer le numéro avec qui je venais d'être en communication. Tout cela avant de rendre son portable à la bonne femme, qui continuait de m'offrir un petit sourire.

— Merci, chuchotai-je d'une voix à peine audible avant de tourner les talons, ma main continuant de presser le morceau de coton au-dessus de mon arcade sourcilière.

Je m'assis finalement sur le trottoir face à la route. Tout ce qu'il me restait à faire, c'était attendre.

L'univers trouvait toujours un moyen de me faire comprendre que je n'étais jamais au bout de mes peines. L'attente puis le trajet jusqu'à la base des Golden Reverse avaient été les deux heures les plus insupportables que j'avais eu à vivre jusqu'ici. Entre mon hémorragie incessante, la fatigue, les hématomes et les secondes qui s'écoulaient, laissant Berry seule un peu plus longtemps, je commençais à devenir fou.

Plus nous approchions de la base, plus ma jambe tremblait frénétiquement. Sans m'en rendre compte, je m'étais remis à me ronger les ongles. Pourquoi fallait-il que son image persiste ainsi dans ma tête ? Son sourire, ses mains, jusqu'à sa bêtise, tout me manquait et j'avais terriblement peur pour elle. La boule dans mon estomac était presque insoutenable. Je détestais être séparé d'elle. Je ne le supportais pas.

La voiture s'arrêta devant un immense portail, qui s'ouvrît peu de temps après notre arrivée. Je découvris alors une immense maison moderne et carrée, gardée, à première vue, par deux hommes armés de fusils d'assaut. La voiture redémarra pour se diriger vers un garage souterrain, où se trouvait une petite dizaine de grosses voitures. Dès que le conducteur releva le frein à main, j'ouvris violemment ma portière et me dirigeai immédiatement vers l'ascenseur que j'avais aperçu, sans pour autant savoir ce qui m'attendait dans cet endroit qui m'était inconnu.

Alors que j'approchai de la cage métallique, les portes s'ouvrirent sur un brun, assez carré et plutôt imposant, bien qu'il soit visiblement plus petit que moi. Ses cheveux tombaient sur ses épaules et le contraste entre son débardeur et son pantalon de costard lui donnait un air atypique. Il retira sa cigarette de sa bouche.

— Enchanté, Cuart, j'imagine.

Il me tendit sa main.

— Je me présente, je suis Ulysse, c'est moi qui gère la base de Blaine, foyer des divisions 45 et 46 ainsi que les contacts avec le sud du Canada.

Mon regard passa de sa main à son visage.

— J'ai pas le temps pour tes conneries. Amène-moi dans ton bureau, on doit parler.

Je passai à côté de lui, entrai dans l'ascenseur et, cinq minutes plus tard, j'étais assis, les mains jointes et les coudes posés sur les genoux, face à trois personnes : Ulysse et ses deux capitaines de division.

— Bien, il faut faire vite, annonçai-je sèchement en me massant les tempes.

— De quoi est-ce qu'il parle ? demanda la seule femme présente, qui était, elle, assise en tailleur sur le bureau. On nous a dit que toi et Berry, la fille du boss, avez été forcés de vous isoler pendant un certain temps à cause du problème de taupe, mais que vous n'étiez plus joignables depuis plusieurs jours. À part ça, nous n'avons aucune information.

Je ne perdis pas plus de temps et expliquai le plus clairement possible la situation.

— Maintenant je veux une OP qui soit rapide et efficace, fis-je en me relevant.

Malheureusement pour moi, la réalité m'avait rattrapé une nouvelle fois et je perdis l'équilibre, mes jambes ne me portant plus.

Le capitaine de la division 46 me rattrapa de justesse avant de passer mon bras autour de ses épaules. C'était un homme aux cheveux noirs et aux traits anguleux. Ses yeux verts me firent penser aux siens et me rappelèrent qu'elle était entre les mains de ces connards, me faisant serrer les dents.

— Tu ne pourras, de toute façon, aller nulle part pour le moment, affirma Ulysse. Il faut qu'on te soigne, tu ne peux pas rester dans cet état.

— Je t'ai demandé ton avis ? crachai-je au brun. Je suis ton putain de supérieur.

— Encore un entêté, comme si nous n'en avions pas déjà assez, soupira la femme à voix basse.

Je la fusillai du regard.

— Je connais l'emplacement d'une de leurs bases et le temps presse, nous devons aller récupérer Berry. Et je ne compte pas attendre.

— Je vois, répondit Ulysse, qui semblait réfléchir à une solution. Va te reposer au moins le reste de la nuit et pendant ce temps je vois pour un plan d'attaque efficace qui nous permettrait de partir dès demain.

Je ne pouvais exprimer aucun désaccord, à vrai dire mes dernières forces étaient en train de me lâcher et j'étais épuisé. Le stress m'avait empêché de fermer l'œil dans la voiture.

— Je te conduis à la salle de soins, intervint le gars sur lequel je m'appuyais toujours.

Mais la voix d'Ulysse m'interpella avant que l'on ne passe la porte.

— Cuart, tu serais capable de nous y conduire ?

J'acquiesçai d'un mouvement de tête avant de disparaître dans le couloir, suivant le jeune que je connaissais à peine. Puis, on me fit asseoir sur un lit médical et on me soigna comme un enfant. J'avais perdu pas mal de sang et ces derniers jours n'avaient pas été de tout repos, mais j'arrivais tout de même à m'en vouloir d'être là.

Je me réveillai dans la salle de soins. Seul. En me redressant sur le lit, dont mes pieds dépassaient presque, je posai une main sur mon front et constatai qu'un énorme pansement rectangulaire recouvrait ma blessure. Des bandages allaient de mes poignets à mes paumes, laissant tout de même mes doigts libres de leurs mouvements.

Après quelques secondes d'égarement, je bondis hors du lit, fondis sur la porte, puis sur l'ascenseur. Quelle heure était-il ? Combien de temps avais-je dormi ? La voix robotique annonça le dernier étage, que j'avais retenu comme étant celui du bureau. J'entrai sans toquer dans la pièce et découvris le brun d'hier, Ulysse, plongé dans des documents posés sur son bureau, dont faisait sûrement partie la feuille que je lui avais rédigée très brièvement la veille, durant mes soins, avec toutes les informations dont il aurait pu avoir besoin. Il se redressa brusquement.

— Cuart, tu m'as fait peur ! s'exclama-t-il avant de pousser un soupir. On ne t'a pas appris à toquer avant d'entrer ?

Je le dévisageai, une vague d'indifférence dans le regard.

— Bon, j'imagine que tu veux des informations sur l'avancée de la situation.

— Dans le mille.

Il se leva, vérifiant une dernière fois ses feuilles avant de venir s'appuyer sur l'avant de son bureau, tandis que je m'asseyais dans le canapé.

— J'ai passé la nuit dessus, commença-t-il. Actuellement, je peux mettre vingt-cinq hommes de terrain à ta disposition, mais ça impliquerait que tu partes avec Jeena, car ils sont sous ses ordres.

— Jeena ?

— Celle qui était dans ce bureau hier, capitaine de la division 45.

Je hochai la tête en me rappelant la femme que j'avais rencontrée la veille.

— Pour entrer dans les détails, ils retiennent Berry dans une pièce que tu n'as jamais vue et tu ne sais pas si elle est en position de se battre, n'est-ce pas ?

— Exact.

— Alors j'ai pensé à un plan. Étant donné qu'il y a un peu plus d'une heure de route entre notre base et la leur et qu'il s'est écoulé sept heures depuis ton évasion, vous allez partir à plusieurs voitures et vous poser à moins d'un kilomètre d'eux, histoire de ne pas vous faire repérer. Dans un premier temps, tu ne partiras qu'avec deux hommes et deux voitures, avec chauffeur ou sans. Comme on ne leur a pas laissé assez de temps pour prendre des mesures radicales, la sécurité devrait être légèrement renforcée, mais Berry est normalement toujours sur place, donc vous vous débrouillez pour la récupérer en évitant le plus possible la confrontation. Ensuite, tu prendras une des deux voitures et pendant que tes coéquipiers rejoindront les autres en attendant ton retour, tu iras déposer Berry à l'endroit où vous vous êtes fait attraper, la maison à Seattle dont tu m'as parlé.

Je l'arrêtai brusquement.

— T'es con ou quoi ? Je ne vais pas la laisser seule dans une maison qui est déjà enregistrée dans leur base de données, ça serait comme leur redonner une chance de la récupérer !

— Écoute, Cuart, tu nous prends de court et c'est l'endroit le plus sécurisé et le plus proche que nous ayons, car vous n'aurez pas le temps de revenir la déposer ici et ça serait de toute façon trop risqué, riposta-t-il. Tu m'as dit qu'elle était à moins d'une demi-heure des ADD23. De toute façon, après l'avoir déposée, tu repars immédiatement, tu récupères tes hommes et vous les attaquez de front cette fois. J'ai découvert, après plusieurs heures de recherche, que la base dans laquelle vous étiez retenus était l'une de leurs principales, l'équivalent de la nôtre à Chicago, mais elle a été affaiblie en effectif à cause de nos confrontations des dernières années. Donc, si vous la faites tomber, vous privez les ADD23 d'un de leurs organes vitaux.

Je serrai les poings. C'était une bonne nouvelle, mais j'avais du mal à m'en réjouir.

— Tu sais combien de temps cela va nous prendre de s'approprier la base ? demandai-je.

— Si vous êtes efficaces, moins d'une journée. Et après, vous n'aurez plus qu'à tendre un guet-apens à Erwin, vous aurez à peu près deux jours pour le mettre en place avant son arrivée. C'est une occasion en or.

— Et qu'est-ce que je fais de Berry durant ces trois jours ?

— Tu la laisses se débrouiller seule, ce n'est pas une enfant.

Je détournai les yeux, énervé.

— Écoute, Cuart, c'est notre seule possibilité. Tu m'as pris au dépourvu et je me casse la tête pour une stratégie qui tienne la route, c'est de loin notre meilleure option.

— Autre chose que je devrais savoir ?

— J'ai appelé le boss pour le tenir au courant de la situation et il devrait se déplacer pour nous rejoindre ici même pendant que vous serez en mission. Donc normalement, si tout se passe bien, il sera ici à votre retour.

— Très bien, dis-je sèchement en me relevant. Tu les préviens de se tenir prêts, on partira avant midi.

Je me dirigeai vers la porte du bureau et posai une dernière question avant de claquer la porte derrière moi :

— Où est-ce que je peux aller m'équiper ?

— Premier étage, deuxième porte à gauche.

Je traversai le couloir du sous-sol. J'étais prêt, habillé et armé en conséquence. Je me dirigeai vers la grande porte derrière laquelle m'attendaient les équipes avec lesquelles j'allais travailler. Je poussai les deux battants, découvrant une pièce emplie d'hommes et d'une seule femme, dont les longs cheveux noirs étaient ramenés en une queue-de-cheval haute. Tous s'arrêtèrent de parler quand j'entrai. Je vins me placer à côté d'elle.

— Jeena, j'imagine ?

— Bien vu, Sherlock, me répondit-elle, sarcastique.

J'observai les hommes face à moi. Tous de tailles, d'âges et de gabarits différents, ils avaient pourtant un point commun : une tête de vainqueur. Et ça me fit esquisser un sourire, ravi.

— Bien, les gars, commença Jeena, je vous présente Cuart. C'est lui qui va diriger l'OP d'aujourd'hui, d'ailleurs désolée de vous avoir prévenus à la dernière minute, tout le monde a reçu les informations ?

Aucune réponse. Ils me dévisageaient avec curiosité. Ils devaient s'attendre à ce que je sois un simple nouveau. Ma taille me permettait cependant de surplomber plus des trois quarts d'entre eux, imposant donc le respect.

— J'ai dirigé une division d'élite, vous avez intérêt à avoir son niveau, lançai-je. Je n'accepte pas l'échec.

— T'es mignon avec tes menaces, mais qui nous dit que toi, tu l'as, le niveau ? répliqua Jeena.

— Demande-toi comment je suis arrivé second alors que je n'avais que vingt ans, et on en reparlera.

En réalité, c'est plus simple lorsque l'on n'a rien à perdre.

La femme n'ajouta rien et je relevai la tête vers les hommes alignés face à moi.

— Vous avez entendu ? J'ai peut-être la moitié de l'âge de certains d'entre vous, mais sachez que si je me tiens ici et non pas à côté de vous, c'est qu'il y a une raison. Et je buterai le premier qui veut la remettre en question.

Un nouveau silence s'installa

— Parfait, laissai-je échapper avant de me débarrasser rapidement de mon sweat-shirt, que j'envoyais sur le banc contre le mur, me retrouvant à présent en débardeur noir.

Mes rangers résonnaient contre le sol alors que je me dirigeais vers les armes accrochées au mur. Je m'arrêtai devant un MP40, que je passai autour de mon torse, ainsi que deux grenades, que je rangeai dans les poches de mon cargo. Je me retournai pour adresser un regard à Jeena.

— On y va. Quatre par voiture. Armez-vous, dans deux minutes nous sommes partis.

Et je quittai la pièce avec comme seule pensée : réussir.

— Je trouve ça bizarre que le Cuart dont on m'avait parlé, arrogant et égocentrique, soit en train de se démener pour sauver une fille à papa, lâcha Jeena. Elle en vaut vraiment la peine ?

Qu'est-ce que j'avais fait pour me retrouver avec elle dans cette voiture ? Cela faisait une heure que nous étions partis et je regrettai déjà le silence de mon cachot.

— Ferme-la, tu veux ?

Elle n'eut pas l'air de prendre en compte mon ordre.

— Elle est fidèle à sa réputation au sein des Golden Reverse ? Grande, insolente et manipulatrice, tireuse d'élite…

— Crois-moi, personne ne la veut comme ennemie. Pas même moi.

Jeena m'interrogea du regard.

— Non, sérieusement, tu es prêt à mourir pour cette fille ?

— Je suis né pour mourir jeune.

Ma réponse jeta un froid à la conversation, pour mon plus grand bonheur, car c'était exactement ce que je cherchais.

Nous approchions de notre premier arrêt, celui où nous laisserions une grande partie de la division pour que Jeena, deux de ses hommes, dont un simple conducteur, et moi, nous infiltrions dans l'entrepôt pour aller chercher la rouquine. J'étais au summum de ma concentration.

Lorsque la voiture s'immobilisa, nous larguâmes les mafieux qui serviraient pour la deuxième partie de l'intervention, puis nous reprîmes la route à quatre, répartis dans deux voitures.

— Dernière ligne droite, c'est le moment ou jamais pour faire demi-tour, me lança ma coéquipière.

Je l'ignorai. Je vérifiai une dernière fois que mon arme était chargée correctement, réajustai mes gants et ne lâchai pas la route des yeux jusqu'à apercevoir l'allée au bout de laquelle se trouvait l'entrepôt dans lequel j'avais été retenu plusieurs jours.

La voiture freina et j'ouvris aussitôt ma portière. Je me retournai brièvement et fis un signe de tête à Jeena, ainsi qu'à l'homme dans l'autre voiture, afin qu'ils me suivent.

Nous nous engouffrâmes dans l'allée et contournâmes de loin la maison principale pour rejoindre l'entrepôt par lequel j'étais sorti. Nous ne faisions aucun bruit, tandis que nous approchions de la fenêtre brisée par mes soins, et je fus déçu, mais pas surpris, de constater qu'ils l'avaient condamnée. À l'aide d'une scie, Jeena découpa une ouverture. Évidemment, le corps de Milo n'était plus là et le calme de la pièce ne me disait rien qui vaille.

— Bon, chuchotai-je sous le regard interrogateur de mes deux coéquipiers.

Il était prévisible qu'on ait remarqué ma disparition.

— Faites gaffe au verre, dis-je d'un souffle aux mafieux qui me suivaient, tout en m'appuyant sur le rebord de la fenêtre rouverte par mes soins.

Je me faufilai par l'ouverture comme je l'avais fait la veille. Ma respiration s'accélérait, l'atmosphère de cet endroit n'avait rien d'agréable et mon corps traumatisé me hurlait de faire marche arrière, mais j'étais déterminé. J'essayais de garder une respiration normale et concentrais toute mon attention sur les bruits provenant de l'autre côté du mur, sans succès. J'avais comme une désagréable impression de déjà-vu.

— Je n'ai jamais vu ce qui se trouvait de l'autre côté de cette porte. Nous serons face à l'inconnu, expliquai-je à mes coéquipiers, qui découvraient la pièce.

Moi, je n'avais pas besoin de regarder autour de nous, j'avais eu le temps de connaître les lieux dans les moindres recoins. Mon regard tomba sur une flaque de sang presque sec sur le sol, sang qui n'était autre que le mien, et je déglutis en reportant mes yeux sur la porte.

— On y va, ordonnai-je à voix basse mais ferme.

J'appuyai sur la poignée tout en restant collé à la porte tandis que Jeena pointait déjà devant elle son fusil d'assaut, prête à tirer au moindre danger.

Le couloir était dessert, je me détendis légèrement. Je pris mon MP40 entre mes mains. Face à nous se trouvait un salon ouvert, actuellement vide, mais sûrement la raison du brouhaha que j'avais souvent perçu. Malgré tout, notre efficacité nous avait permis d'avoir une longueur d'avance sur eux. Nous n'étions probablement pas attendus aussi tôt.

Sur notre droite, les numéros des pièces allaient par ordre croissant et, comme nous étions au niveau de la pièce 406, il était évident que nous devions partir par là.

— Ramon, tu vas à gauche. Tu fais le guet, fit Jeena avant de se retourner vers moi et de m'adresser un signe de tête comme quoi nous pouvions y aller.

— Berry est dans la pièce 666, lui rappelai-je tandis que nous nous dépêchions d'avancer jusqu'à nous retrouver à une intersection.

Je croisai le regard ma coéquipière quand nous comprîmes que la numérotation s'arrêtait là. Il fallait penser stratégique. Comment pouvait-il y avoir une pièce 666 s'il n'y avait plus de numéros ? Malheureusement nous n'avions plus le temps de réfléchir à leur logique, il fallait agir.

— Je prends à gauche, tu prends à droite. Le premier qui arrive au bout de son couloir rejoint l'autre, finis-je par lui dire, optant pour la simplicité.

La femme acquiesça de la tête avant de lancer :

— Évite de mourir.

— Pas avant d'avoir retrouvé Berry, lui répondis-je en lui tournant à mon tour le dos.

Les portes défilaient de part et d'autre du couloir et je les inspectais toutes en espérant y voir inscrit le numéro du diable. Sur certaines, je peinais à déchiffrer quelque chose. Rien ne correspondait à ce que je cherchais.

Le couloir formait un coude. Alors que je m'apprêtais à m'y engager, j'entendis un frottement de chaussures contre le béton. Je stoppai net. Berry devait se trouver là et elle était gardée, j'en étais persuadé. Mes soupçons se confirmèrent, un homme montait la garde devant une porte. J'aurais bien joué la facilité et lancé ma grenade, mais nous avions pour objectif de faire dans la discrétion. Je m'avançai d'un pas, puis d'un deuxième, sans que l'homme me remarque.

— On a bientôt fini notre garde, on va bientôt tourner.

Je me figeai. Il n'était pas seul. J'allais devoir être encore meilleur. En une demi-seconde, j'apparus dans leur champ de vision et, sans leur laisser le temps de comprendre ce qui se passait, tirai sur eux en rafale. Plusieurs balles se logèrent dans leurs corps avant qu'ils ne s'écroulent sur le sol, dans une mare de sang. La discrétion était tombée à l'eau, maintenant je jouais le chrono.

Lorsque mes yeux trouvèrent enfin les trois 6, gravés dans le métal de la dernière porte de ce couloir qui semblait interminable, j'évacuai toute la tension qui s'était accumulée en moi. Je ne perdis pas une seconde supplémentaire et me dépêchai d'enfoncer la porte à l'aide d'un coup de pied dans lequel j'avais mis toute mon âme. Mon air enjoué disparut immédiatement de mon visage. Berry était allongée sur le sol, ses cheveux recouvrant son visage, immobile. Endormie ? Inconsciente ? Ou…

Je me dépêchai de remettre mon arme en bandoulière pour venir m'agenouiller à côté d'elle.

— Berry, l'appelai-je en repoussant une mèche rousse de devant ses yeux.

— Hmm…

Je poussai un soupir de soulagement.

— Putain, tu m'as fait peur, lâchai-je. Tu peux te relever ? On se tire d'ici.

— Hmm…

— Berry ?

— Que… Tu es ici… Qu'est-ce que tu fais… là… Ils avaient dit… Partis…

Je lui relevai la tête, regrettant déjà mon soupir de soulagement, et j'ouvris ses paupières à l'aide de mes doigts. Ses pupilles étaient énormes, au point que l'on n'en voyait presque plus les iris. Elle était défoncée.

— Ne me touche pas ! cria-t-elle en se redressant brusquement.

— Berry, c'est moi, on doit sortir de là.

— Nan… Laisse-moi ici !

Je pris son visage entre mes mains.

— Calme-toi, Berry, hors de question que tu restes ici.

Elle ne dit rien, gardant la tête baissée, puis elle la redressa brusquement.

— Non ! Lâche-moi ! Je ne suis qu'une putain d'erreur, tu l'as dit toi-même ! Je te déteste !

Elle attrapa mes poignets et des larmes coulèrent le long de ses joues.

— Arrête ! Je ne veux plus ! Je te déteste ! Cuart…

J'écrasai une de ses larmes avec mon pouce.

— Regarde-moi, lui dis-je.

Elle hésita plusieurs secondes avant de m'écouter.

— Tu es la plus belle de mes erreurs et, si c'était à refaire, je n'hésiterais pas une seconde. Tu as mon cœur, princesse. Alors vas-y, déteste-moi comme tu ne l'as jamais fait, mais ça ne changera rien au fait que je suis à toi, corps et âme.

J'aurais aimé la calmer plus longtemps, mais le temps pressait, alors je la relevai avec une douceur que je ne me connaissais pas. Berry, elle, ne disait plus rien. Elle se laissait faire. La voir, la toucher, la savoir à proximité me faisait un bien fou.

Elle tenait difficilement debout. Je lui tournai le dos et m'accroupis. Elle n'eut pas besoin que je lui explique pour passer ses bras autour de mon cou et m'entourer la taille de ses jambes. Je passai une main sous chacune de ses cuisses et je la sentis poser sa tête sur ma nuque.

Il fallait sortir d'ici. Nous pouvions sortir d'ici. Et l'emmener loin.

Je repassai la porte et écrasai les cadavres qui s'étaient ajoutés à la décoration du couloir. Jeena ne devait pas tarder. Je tournai à l'angle et me retrouvai nez à nez avec une chevelure blond platine que je ne connaissais que trop bien. Un sourire effrayant était plaqué sur son visage. Je reculai instinctivement d'un pas.

— Tu aurais au moins pu frapper avant d'entrer, Cuart… ou bien devrais-je dire Easton.

Ugo pointa son canon sur nous et une détonation retentit.

CHAPITRE 27

Cuart

Mon souffle s'était coupé quelques secondes. Mes mains avaient resserré leur prise sur les cuisses de Berry sans que je m'en rende compte. Les yeux de l'homme face à moi, le blond responsable de toute cette situation, roulèrent dans leurs orbites. Son corps s'écroula devant moi, derrière lui Jeena, une arme pointée dans notre direction. Elle venait de nous sauver la mise. Je lui adressai un mouvement de tête reconnaissant.

— Qu'est-ce qu'elle a ? me demanda-t-elle comme si de rien n'était.

— Je pense qu'ils l'ont droguée.

Elle hocha la tête.

— On arrête de traîner.

En revenant sur nos pas, le plus rapidement possible, je rejoignis la pièce qui nous servait de liaison avec l'extérieur, tandis que Jeena récupérait Ramon, assis sur le côté, se tenant l'épaule. Il avait dû croiser le chemin d'Ugo.

De nouveau dehors, nous avancions sans nous retourner en direction des voitures. La première étape était, malgré tout, une réussite. Je plaçai Berry, assoupie, sur le siège passager pendant que mes coéquipiers montaient dans l'autre voiture.

— On se retrouve tout à l'heure, me lança Jeena en fermant sa portière.

Je contournai la voiture pour m'installer derrière le volant et je mis le contact. Il fallait que j'emmène Berry à l'abri, même si j'aurais préféré que ça soit encore plus loin.

Je mis le frein à main et levai les yeux en direction de cette maison qui ne me disait plus rien qui vaille. Je jetai un œil à la rousse, qui continuait de dormir à côté de moi, et je détachai à contrecœur sa ceinture. Je fis le tour de la voiture pour l'aider à descendre.

— Tu arrives à marcher ou tu es encore à l'ouest ? lui demandai-je en posant ses pieds au sol.

— J'ai l'impression de pencher complètement, me répondit-elle en se rattrapant à mon t-shirt. On est où ?

— À Seattle, répondis-je dans un souffle tout en continuant de l'aider à marcher dans l'allée jusqu'à la porte.

— Cuart, fit-elle alors que nous venions à peine de mettre le pied dans le salon.

— Hmm ?

— J'ai envie de vomir.

Je laissai échapper un juron.

À peine arrivée aux toilettes, elle se jeta à genoux et pencha la tête au-dessus de la cuvette. Je tenais délicatement ses cheveux dans mes mains pour qu'ils ne la gênent pas et, au bout de quelques secondes, elle se mit à vomir. Penché au-dessus d'elle, je massais ses épaules afin qu'elle essaie de se détendre un peu. Elle tressanta plusieurs fois et des sanglots se firent entendre.

— Chut, princesse, calme-toi. Tout va bien.

Je glissai ses cheveux dans son t-shirt avant d'aller chercher un verre d'eau dans la cuisine et, quand je revins, elle s'était appuyée contre le mur à côté des toilettes. Je lui tendis le verre, qu'elle ne refusa pas, et je lui proposai mon autre main dans la foulée afin de l'aider à se relever.

Elle était vraiment… dans un état second. Ses yeux n'exprimaient rien et ses pupilles n'avaient pas tout à fait rétréci. Mais le plus perturbant était son silence. Elle qui parlait quand tout allait bien, chantait quand elle était heureuse, se plaignait lorsqu'elle était ennuyée et criait lorsqu'elle était énervée. Là, elle ne disait pas un mot.

Parle-moi. Dis-moi que tu vas bien.

Je l'emmenai jusqu'à la chambre et l'aidai à se débarrasser de ses fringues crasseuses, elle se glissa dans le lit en sous-vêtements. Elle n'avait pas l'énergie de faire plus et je n'avais pas le temps de m'occuper d'elle…

Elle ne mit pas longtemps à fermer les yeux.

— Berry, l'interrogeai-je avant de faire une pause. Comment tu te sens ?

— J'ai l'impression d'être shootée avec un mélange de LSD et d'héroïne, mon corps est insupportablement dérangeant, chuchota-t-elle. Ça démange, ça tourne, ça fait mal…

Je serrai la mâchoire et observai son corps malade. Elle semblait si fragile. C'est dans ces moments-là que je me disais que je pourrais tout lui donner. Mon corps, mon cœur, ma vie, tout ce qu'elle voudrait, tant qu'elle le voudrait. Repartir était donc bien la dernière chose dont j'avais envie, mais je n'avais pas réellement le choix, je m'étais engagé et ils m'avaient aidé à la ramener. Plus vite ça serait fait, plus vite je reviendrais.

Je repassai la porte de sa chambre après avoir fermé les volets et lançai un bref regard à cette maison en laquelle je n'avais plus aucune confiance.

— Tu ne t'en vas pas, hein ? demanda la voix étouffée de Berry, déjà à moitié endormie.

Je refermai pourtant la porte derrière moi, sans un mot. Je passai la porte d'entrée, la refermai à l'aide d'un double des clés que j'avais trouvé en fouillant un peu, et mon attitude changea radicalement. Je pris place dans ma voiture et agrippai mon volant. Mon regard déjà habituellement noir l'était dix fois plus. J'allais, permettez-moi le terme, enculer ces connards de ADD23.

Berry

J'avais besoin de vomir. Encore. Je me précipitai à toute vitesse en direction des toilettes. Cette nuit avait été la plus longue, mais aussi la plus insupportable que j'avais jamais eu à vivre. Je m'étais réveillée une bonne dizaine de fois pour courir en direction des W.-C., chaque fois je retournais me coucher encore plus épuisée, et ce, pendant à peu près vingt heures. Outre la drogue, le peu de nourriture infecte que j'avais avalé et le manque de sommeil m'avaient achevé. Mon corps était dans un état lamentable.

Après que mon corps se soit, une nouvelle fois, débarrassé de je ne sais trop quoi vu que j'avais le ventre vide depuis un moment maintenant, je tirai la chasse et décidai d'aller me laver, ne supportant plus la crasse qui me recouvrait de la tête aux pieds. Je ne débordais pas d'énergie, mais au moins je pouvais tenir sur mes jambes.

En attendant que l'eau chauffe, je détaillai mon corps nu dans le miroir. Mon regard passait de la racine de mes cheveux à mes orteils. Ça faisait longtemps que je ne m'étais pas réellement regardée dans un miroir. Ça faisait longtemps que je n'avais pas pris le temps de regarder à quoi je ressemblais simplement, car je ne reconnaissais pas la personne que je voyais, comme si une partie de moi était complètement fausse. Et aujourd'hui encore, c'était compliqué.

La fille face à moi était loin d'être moche, elle avait l'air confiante et hautaine, on voyait qu'elle marchait la tête haute avec un sourire provocateur. Je l'adorais, cette fille. Même salie, même énervée, même trahie, elle ressemblait à une flamme éternelle. J'aurais tué pour être elle chaque jour, pour être plus que simplement ce qu'on m'avait appris à être.

Quand de la buée se forma sur le miroir, m'arrachant à mon reflet, je compris que c'était le moment d'arrêter de réfléchir.

L'eau chaude dévalait ma peau, de plus en plus grise au fur et à mesure qu'elle glissait sur mes jambes. Le manque de force me poussa à m'asseoir sous le grand pommeau. Je ramenai mes jambes à moi. Je ne savais pas où était Cuart, je ne l'avais pas vu depuis mon réveil et je ne savais pas pourquoi il m'avait ramenée ici, ce que j'étais censée y faire.

J'enroulai une serviette autour de mon corps et une dans mes cheveux, et je me dirigeai vers la cuisine sans trop savoir l'heure qu'il était. La maison était sens dessus dessous depuis la dernière fois. La table de la salle à manger était cassée, ainsi que deux des chaises. Le canapé du salon était renversé et la table basse en verre brisée. Je m'arrêtai net. Quel plaisir avaient-ils bien pu prendre à détruire des objets de la maison au hasard ? Micro-ondes, grille-pain et four étaient en morceaux dans un coin de la pièce. En levant la tête, mon regard se posa alors sur une horloge, mais j'ignorais si elle était à l'heure.

Je pris l'initiative d'aller vérifier le frigidaire. Il était bizarrement dans un état correct. Il avait l'air d'avoir reçu un choc dans la porte, mais il pouvait toujours se fermer, fonctionnait parfaitement et les produits à l'intérieur semblaient encore bons. Je refermai la porte et mes yeux rencontrèrent la gamelle de Junior. Merde. Junior !

Je me retournai brusquement, manquant de tomber. Je me dirigeai vers la porte d'entrée et poussai un léger cri de colère quand je compris qu'elle était fermée. J'avais beau m'acharner sur la poignée, rien n'y faisait. En regardant rapidement par la fenêtre se trouvant juste à côté, j'aperçus la Jeep qui nous avait tant servi, complètement brûlée. Je déglutis avec difficulté, je ne me sentais plus en sécurité dans cette maison qui avait pourtant fait mon bonheur si longtemps.

Cuart reviendrait, j'en étais persuadée. En attendant, je me dépêchai de rejoindre la chambre et de me changer avec les magnifiques habits que j'avais achetés il y a à peine quelques jours, le lendemain de notre arrivée ici et la veille de nos problèmes. Je montai ensuite à l'étage.

— Junior ! Junior, mon chat, viens là !

Je fouillai chaque pièce. Je déplaçai tout, rangeant en même temps le bazar qu'avaient mis nos agresseurs et veillant à laisser toutes les portes ouvertes.

Je commençai par l'étage, puis je décidai de redescendre pour faire de même. Fouiller toute la maison m'avait bien pris une heure, mais aucune trace de la boule de poils pour autant. J'ouvris ensuite la fenêtre du salon pour me rendre à l'extérieur, je n'avais pas envie de baisser les bras. Je me mis à l'appeler, une fois, deux fois, sans succès et, alors que je m'apprêtais à baisser les bras, j'entendis un miaulement. Je tendis l'oreille. Je le rappelai, cette fois très attentive.

Lorsque le cri du chat se fit entendre à nouveau, je levai les yeux : Junior me regardait depuis le bord de la toiture et manqua de me faire faire un arrêt cardiaque lorsqu'il glissa légèrement.

— Comment es-tu monté là-haut, débile ?

Le chaton miaula à nouveau. Je me dépêchai de rentrer dans la maison et de courir à l'étage, car Junior se trouvait juste au-dessus de la fenêtre de ma chambre d'enfant. Après avoir fait irruption dans la pièce, je passai la tête par la fenêtre. Je poussai un soupir de soulagement lorsque je vis qu'il n'avait pas bougé.

— Viens là, mon grand, dis-je en appuyant mon coccyx sur le rebord de l'ouverture pour pouvoir me pencher légèrement en arrière.

L'animal me regardait et hésitait à venir.

— Allez, Junior ! l'encourageai-je doucement. Je suis de retour, mon cœur.

Il poussa un petit cri étouffé, mais n'osait toujours pas bouger, effrayé. C'est alors que je me souvins que nous avions du saumon dans la cuisine.

Ce n'est qu'après une demi-heure, durant laquelle j'avais fait preuve d'une patience et d'un calme hors du commun, que j'arrivai enfin à récupérer la bestiole. Je n'en pouvais plus, mais j'étais tout de même heureuse d'avoir retrouvé mon chat et il devait être du même avis à en croire ses ronronnements incessants à partir du moment où il fut dans mes bras. Je lui servis des croquettes, en plus du saumon, car il n'avait pas dû manger beaucoup ces derniers jours, et je partis m'affaler sur le sofa, que j'avais remis sur ses pieds plutôt dans la journée.

Je n'étais plus sûre du tout de son retour. Je commençais à désespérer et à sombrer totalement. Pourquoi Cuart ne rentrait-il pas ? Quatre jours que je poireautais. Même un signe de vie de n'importe qui chez les Golden Reverse m'aurait suffi. J'étais assise en tailleur sur le canapé, où j'avais passé ces derniers jours pour essayer de m'occuper ou de me changer les idées, mais ça n'était plus très efficace. Mon incompétence aux fourneaux n'avait pas mis longtemps à me rattraper et je me retrouvais à manger une salade devant une chaîne passant exclusivement de la musique.

Ça ne m'était pas arrivé depuis des années, mais j'avais fait une crise de panique la veille, signe que j'atteignais la limite de ce que je pouvais endurer. J'avais besoin de rentrer chez moi ou au contraire de fuir à l'autre bout du monde, d'en finir avec tout ça. J'étais seule. Vers qui me tourner en cas d'attaque ? Cette maison, qui avait été mon refuge, me faisait l'effet d'une prison. La seule chose que je pouvais faire de mes journées était de trop penser. Et, mon Dieu, qu'est-ce que je voulais qu'il rentre !

Certes, je ne lui avais pas encore pardonné... Merde, il fallait que j'arrête de me voiler la face, il serait pardonné à la seconde où il passerait cette foutue porte. Enfin, s'il la passait... Et je commençais vraiment à croire que ça n'arriverait peut-être pas. Je n'avais pas envie de me dire que l'on m'avait abandonnée encore une fois.

Junior sauta à côté de moi, me faisant sursauter. Je le caressai, les yeux plongés dans le vide, tandis que la musique résonnait dans tout mon corps.

— Moi aussi, je veux qu'il revienne, mon grand.

Rentre, je t'en supplie, rentre. Viens me chercher pour qu'on s'en aille.

J'étais perdue et j'ignorais totalement ce qui se passait à l'extérieur. Cette maison me faisait un peu plus peur chaque jour et j'aurais aimé pouvoir la fuir. Je ne me sentais pas en sécurité ici et, si je disparaissais, personne ne s'en rendrait compte.

J'étais effrayée, paniquée, plus que je ne l'avais jamais été. La solitude était bel et bien mon pire cauchemar. Je me retrouvais sans route à suivre ni objectif, je n'étais plus personne et j'en devenais folle.

Cuart

J'enjambai un cadavre et confiai mon fusil d'assaut à l'homme qui se trouvait posté devant la porte. Je rejoignis Jeena, qui parlait avec un homme chargé de faire le point, au milieu de toutes nos voitures qui emplissaient l'allée du repaire des ADD23. Une fois que je fus à leur niveau, l'homme en costard leva les yeux de sa feuille pour les poser sur moi.

— Erwin Delidson ? me demanda-t-il.

— Mort, répondis-je avec un sourire en coin. Poumon gauche perforé par balle, puis décapitation.

Je levai ma main droite pour mettre en évidence le sang qui avait éclaboussé mon bandage. J'étais incapable de dire combien de vies j'avais ôtées, ni combien de fois j'aurais pu y passer, mais le résultat était là : j'avais gagné. J'avais tenu ma promesse, nous nous étions débarrassés des ADD23, en tout cas de la majeure partie d'entre eux, et j'avais tué leur boss de mes propres mains. La seule chose qui m'énervait était que cela nous avait pris une journée de plus que prévu.

Je commençais à m'impatienter, tandis que le Golden Reverse écrivait sur son bout de papier tout en continuant de poser des questions à Jeena. Celle-ci dut remarquer que mon pied tapait incessamment contre le sol, car elle me lança un regard interrogateur.

— Tu veux vraiment y aller maintenant ? demanda-t-elle, laissant de côté son interlocuteur. Le soleil est en train de se coucher.

Je lui répondis d'un simple regard qui suffisait à lui faire comprendre que ça m'était égal.

— OK, vas-y, fonce, je me charge de les prévenir.

J'esquissai un léger sourire avant de me précipiter vers la voiture, dont j'avais toujours les clés dans la poche. Avant de faire marche arrière, sous le regard de Jeena et de l'homme chargé du rapport, je baissai ma fenêtre pour les avertir :

— Si vous cherchez la tête d'Erwin, elle doit être un peu plus loin que son corps, vu que j'ai frappé dedans.

Puis je démarrai en trombe, laissant derrière moi le reste des Golden Reverse, qui nettoyaient et vérifiaient chaque recoin de cette base que nous avions fini par nous approprier.

J'avais rarement si peu respecté le code de la route, ne prenant en compte aucune limitation de vitesse ou signalisation et encore moins les priorités. Je n'avais qu'une idée en tête et c'était mon seul et unique objectif. Plus je me rapprochais de la maison, plus ma respiration accélérait et mon cœur battait vite. Je priais pour qu'il ne se soit rien passé. En entrant dans le parc, mon attention n'était plus du tout portée sur la route, au point que je faillis me prendre un arbre à plus de 90 km/h et, lorsque la maison apparut face à moi, je fus soulagé de la trouver dans le même état qu'à mon départ, même si ça ne m'informait en rien sur la situation. Au moins, elle n'était pas en train de brûler.

Je m'arrêtai dans l'allée gravillonnée et sautai de la voiture tout en cherchant la clé de la maison dans la poche de mon cargo. Je voulais la voir et m'assurer qu'elle allait bien.

Quand j'ouvris la porte, mes yeux tombèrent immédiatement sur la rouquine, qui descendait l'escalier face à moi, à l'autre bout de la pièce. Je la détaillai de haut en bas, n'oubliant aucune partie de son corps, comme pour me confirmer qu'elle était bien là face à moi, que nous nous en étions sortis. Elle releva la tête de surprise avant de froncer les sourcils.

— Toi !

Je m'arrêtai net, sur le seuil de la porte. Sa réaction brutale laissait comprendre qu'elle était en colère et, à vrai dire, je ne m'attendais pas à un autre accueil.

— Oui, toi, répéta-t-elle sur un ton toujours aussi agressif.

Je la regardai s'approcher sans rien dire. Elle était exactement pareille qu'avant tout ce merdier et c'était à la fois une victoire et un certain échec.

— Cuart Line, tu es le plus gros connard que la terre ait connu, cracha-t-elle.

Elle s'arrêta juste devant moi et attrapa la petite chaîne qui pendait à mon cou, rapprochant dangereusement mon visage du sien. Soudain, elle vint plaquer ses lèvres sur les miennes. Surpris, je restai immobile un millième de seconde avant de comprendre ce qu'elle était en train de faire et de me rappeler tout le désir qui circulait dans mes veines. Puis, elle se détacha doucement de moi et posa son front contre mon torse, m'arrachant à ce moment que j'aurais voulu moins bref.

— Je t'ai pardonné, je n'arrive plus à te détester.

Ses mots étaient presque inaudibles et pourtant ils résonnaient dans tout mon être. Elle m'avait pardonné. Je m'emparai de son menton pour lui faire redresser la tête avant de lui adresser le sourire qui s'était formé sur mon visage.

— C'est fini, princesse, tout est fini. On peut enfin rentrer à la maison.

Je mourais d'envie de l'embrasser à nouveau, j'aurais pu tuer pour ce contact entre nos bouches qui me faisait ressentir ce que jamais je n'avais connu auparavant. Mon regard se perdait sur ses lèvres et le frisson qui s'empara de moi m'indiquait que j'étais incapable de rester indifférent. Mais, alors que je la contemplais sans m'en cacher, quelque chose apparut dans mon champ de vision avec un miaulement aigu.

Je lâchai le menton de Berry. Junior, assis au milieu de la pièce, nous regardait.

— Je l'ai retrouvé sur le toit il y a quelques jours, m'informa-t-elle, tout me tournant le dos pour s'approcher du chat.

J'en profitai pour la suivre à l'intérieur de la maison. Elle prit Junior dans ses bras avant de me le tendre. J'étais content de revoir la boule de poils.

J'avais fini par aller me doucher, mourant d'envie de me débarrasser de cette odeur de sang qui me collait à la peau. J'avais enlevé mes bandages et j'étais perdu dans mes pensées. Était-ce raisonnable de dépendre l'un de l'autre à ce point ?

— J'ai eu la peur de ma vie, continua Berry, qui avait pris place dans la chambre mitoyenne à la salle de bains et qui avait commencé à se plaindre malgré le mur qui nous séparait. Ne me fais plus jamais un coup pareil, j'ai cru que j'allais péter un câble.

Je me sentais stupide d'avoir eu peur pour elle, il en fallait bien plus pour que Berry Karlyn finisse à genoux. Une image de Berry à genoux apparut dans mon esprit et… Je chassai rapidement cette pensée.

J'entrai dans la chambre, une serviette autour de la taille. La rouquine était allongée sur le lit, continuant d'évoquer sans interruption ses derniers jours, enfermée ici. Je ne l'écoutais pas, mon cerveau était envahi par tout autre chose. Non, ce n'était pas raisonnable. Mais ça faisait longtemps que le raisonnable ne guidait plus ma vie. Je ne m'étais jamais senti aussi vivant. J'avais arrêté de survivre et m'étais mis à vivre, sans m'en rendre compte, et elle était la cause de tout ça. Je la voulais, plus que tout au monde.

Je décrivais ma panique des derniers jours à Cuart, quand je l'avais entendu entrer dans la pièce. Je m'en voulais de lui avoir pardonné aussi rapidement, mais, après tout, il avait fait bien plus pour moi ces derniers temps que quiconque, à part peut-être Loïs. Il était devenu important, il faisait partie de ma routine, sa présence était devenue mon quotidien et je m'étais rendu compte que, mon Dieu, j'adorais ça. Je n'avais pas réfléchi avant de l'embrasser, mais je n'avais pas trouvé d'autre moyen de le lui faire comprendre. Mon problème, la raison pour laquelle j'avais craqué, était simple : je croyais en lui plus qu'en n'importe qui. Je n'avais pas arrêté de parler depuis, débitant bien trop de mots à la seconde.

— Tais-toi avant de me faire regretter d'être venu te chercher, me susurra la voix de Cuart à quelques mètres de moi.

Je me redressai brusquement, bien décidée à lui répondre, mais je restai bouche bée.

— Quelque chose à contester, princesse ?

Mes yeux parcouraient son corps à une vitesse folle et mon cœur battait à en rompre ma cage thoracique. Il avait été salement amoché et pourtant…

— Tu es beau… laissai-je échapper d'une voix si basse qu'il ne dut probablement pas m'entendre.

— *Ti voglio tanto*, chuchota-t-il alors qu'il s'était encore approché.

— C'est dégueulasse. Tu sais très bien que je ne comprends pas un mot…

Je n'avais pas eu le temps de finir ma phrase qu'il agrippa ma cuisse, et je ne pus retenir un petit cri de surprise.

— Berry Karlyn, je te veux, répéta-t-il, articulant chaque mot, son regard ne lâchant pas le mien.

Je déglutis. Pardon, maman, j'étais en train de tomber amoureuse pour les mêmes raisons que celles pour lesquelles je le haïssais. Enfin, si je n'avais pas déjà atteint le fond du gouffre. Ses yeux. Bordel, ses yeux. Personne ne m'avait jamais regardée comme ça.

Sa main était toujours posée sur ma cuisse et il m'attira vers lui. Je me retrouvai alors assise sur le bord du lit, face à cet homme incroyablement attirant, sa serviette tombant sur ses hanches et laissant apparaître le V du bas de son torse, son odeur dominant celle du gel douche. J'avais rarement vu autant de perfection en un seul être, chacun de ses défauts le rendant un peu plus beau. Et sur ces bras, que ce soient ses tatouages ou ses cicatrices, tout dégageait un charme extraordinaire.

L'index de sa main libre vint se balader sur mes clavicules avant de remonter le long de mon cou pour s'échouer sur mon menton, ce qui me fit relever les yeux vers son visage bien trop proche.

La tension dans la pièce était enivrante, tout comme les cercles qu'il dessinait du bout des doigts sur ma peau. Il attendait ma permission.

— Prends-moi, Line, chuchotai-je contre sa bouche. Je n'attends que ça.

Ses lèvres se retroussèrent en un rapide sourire, qui s'effaça lorsque nos lèvres se rencontrèrent. J'eus l'impression d'exploser de l'intérieur, jamais auparavant je n'avais ressenti autant de sensations dans mon ventre. J'avais tellement soif de lui que, quand je basculai en arrière, mes lèvres ne quittèrent pas une seule seconde les siennes. Je n'avais jamais autant voulu quelqu'un, ça en devenait effrayant. Ses mains enlevèrent mon t-shirt sans qu'il me quitte des yeux et il sembla heureux de voir que je ne portais pas de soutien-gorge. Il posa immédiatement ses paumes sur mes seins alors que sa bouche avait dérivé sur ma mâchoire et qu'elle passa au bas de ma gorge sans cesser de descendre. Ma respiration s'était intensifiée et je n'arrivais pas à contrôler quelques râles de plaisir.

— J'aime chaque partie de ton corps, grogna-t-il contre ma peau, me provoquant un frisson dans tout le corps.

Ses doigts rencontrèrent le creux de mes hanches et prirent le temps de parcourir chaque centimètre carré de ma peau avant d'attraper l'élastique de mon jogging. Il savait où il allait, ce qu'il faisait. Il retira, en une seule fois, mon bas ainsi que ma culotte et les jeta sur le sol. Je l'entendis s'agenouiller et, dans la seconde qui suivit, il agrippa fermement le haut de mes jambes. Ma chaleur corporelle avait augmenté en flèche. Il vint déposer un énième baiser à l'intérieur de ma cuisse avant de se redresser et de laisser ses mains se balader sur le bas de mon ventre.

Il commença à caresser les replis de mon intimité, m'arrachant une suite de soupir et, alors qu'il intensifiait déjà ses actions sur mon clitoris, j'étais déjà bien humide. Je n'avais pas besoin de le voir pour savoir qu'il affichait un sourire satisfait pendant que je me perdais littéralement sous ses caresses. Il savait se servir de ses doigts.

Ensuite, il en fit pénétrer un, me faisant déglutir. Puis il continua immédiatement avec un deuxième et je fermai les yeux tout gémissant doucement. Il commença ses va-et-vient qui me firent me mordre la lèvre inférieure, plutôt lents dans un premier temps, qu'il ne tarda pas à accélérer, au rythme de ma respiration. Je perdais peu à peu pied. Mes yeux étaient embrumés et je n'entendais que le bruit de nos souffles haletants. Je sentis l'orgasme monter alors qu'il me doigtait toujours plus profondément et lorsqu'il arqua ses doigts en moi, je ne pus contenir plus longtemps le plaisir qui me submergeait. Mon dos se courba et mon râle fut le plus puissant depuis le début de la soirée, provenant de mes entrailles.

Oh putain…

Cuart

Elle venait de jouir et je pouvais affirmer dès à présent avoir trouvé quelque chose d'encore plus beau que son sourire. Les cheveux en pagaille, elle reprenait peu à peu son souffle.

— J'espère que tu ne penses pas que je vais rester sur ma faim, princesse.

Je lui attrapai les poignets, ce qui la força à ouvrir les yeux et à se relever mais ses jambes lâchèrent et elle tomba dans mes bras.

— Il fait beaucoup trop chaud ici, arriva-t-elle tout de même à prononcer. Ça ne te dirait pas de passer dans la pièce d'à côté ?

Son sourire aussi bien provocateur qu'allumeur avait fait tripler mon excitation. Je la soulevai du sol pour la porter, torse contre torse, ses bras autour de mon cou et ses jambes autour de mon bassin. Je l'emmenai dans la salle de bains et la déposai à côté du lavabo, le temps de plonger ma main dans ma trousse de toilette pour en sortir un préservatif. Je laissai tomber ma serviette au sol, laissant apparaître mon sexe durci. J'arrachai d'un coup l'emballage et enfilai le préservatif.

Berry attrapa soudainement mes lèvres avec les siennes et les retira la seconde suivante, comme si elle n'avait fait ça que pour attirer mon attention et me pousser à l'impatience. Elle savait exactement comment me chauffer. J'attrapai alors fermement ses hanches pour venir la coller à mon érection et, sans lui laisser le temps d'ajouter quoi que ce soit, je la pénétrai, laissant échapper un sifflement de satisfaction tandis que son gémissement résonnait dans mes oreilles. Nos bassins s'entrechoquaient, encore et encore, elle savourait autant que moi ce plaisir inégalé. Ses râles et ses plaintes de plaisirs ne m'incitaient qu'à accélérer mes va-et-vient. Son corps brûlait sous mes doigts et la vue de son visage ne me faisait que regretter de ne pas l'avoir fait plus tôt. Je la pénétrai et la repénétrai inlassablement, tandis qu'elle penchait légèrement la tête en arrière, signe qu'elle était au summum de son extase. Chaque son qui sortait de sa bouche sonnait comme une mélodie à mes oreilles. Sa respiration s'accéléra. J'écrasai alors mes lèvres sur les siennes, charnues, continuant d'intensifier le moment que nous étions en train de passer, nos bouches étouffant ses gémissements et mes râles. Je la sentais se presser contre moi, tremblante, son sexe se contractant sur le mien ne faisant qu'accroître mes sensations. Ses jambes agrippèrent aussitôt ma taille, m'accompagnant dans mes coups de reins.

— Cuart… lâcha-t-elle, soudain.

Mon plaisir était très proche d'atteindre son paroxysme et je ne donnai que quelques coups de bassins avant de m'abandonner à la jouissance. Mon simple nom dans sa bouche avait suffi à me faire jouir.

Je me retirai doucement et enlevai le préservatif avant de laisser tomber ma tête contre sa poitrine, la respiration complètement déréglée, inhalant son parfum qui agissait pire qu'une drogue sur moi. Sa tête se reposa sur la mienne tandis que je m'appuyais aussi sur le meuble à l'aide du bras avec lequel je ne tenais pas la taille de ma rousse.

Elle essaya, après plusieurs secondes, de descendre du meuble de salle de bains, mais elle se rendit rapidement compte que ses jambes ne le lui permettraient pas, me faisant ricaner alors que je n'avais pas encore totalement repris mon souffle. Je la pris à nouveau dans mes bras, avec le peu de force qu'il me restait, pour l'emmener jusqu'au lit. Je la portai telle la princesse qu'elle était.

— « Tu as mon cœur, princesse… », chuchota-t-elle dans mon cou avant de laisser échapper un petit rire. Je m'en souviens et j'en suis heureuse…

Ses derniers mots, pourtant presque inaudibles, m'avaient arraché un sourire. Un sourire sincère, car cette simple phrase venait de me faire aimer la vie le temps d'un instant.

CHAPITRE 28

Berry

Je battis des paupières. La lumière de la pièce me brûlait les yeux et mon corps était encore tout engourdi. Je venais de passer la meilleure nuit de ces derniers jours. Une fois mes yeux habitués à la luminosité, je distinguai l'homme qui dormait à côté de moi, sa main posée sur mon ventre nu, me donnant des frissons. Si l'on m'avait dit qu'un jour je serais folle de lui, je ne l'aurais jamais cru. J'adorais le voir dormir, il semblait si apaisé que je voulais l'enlacer et dormir avec lui durant des heures encore. Je me tournai doucement pour me retrouver sur mon côté gauche, face à lui. Je pouvais le regarder pendant des heures entières sans jamais me lasser. La perfection de ses traits ne faisait que souligner qu'il était l'incarnation de l'enfer, mais sa présence m'était malheureusement devenue indispensable. Je fixai plus particulièrement son bras posé juste devant mon visage et sans y réfléchir je posai mon index sur le haut d'une cicatrice qui partait de son épaule et je suivis le trait du bout du doigt, parcourant ses blessures. Je le fis plusieurs fois, hypnotisée par les lignes de son corps. Il souffrait de devoir les porter et pourtant elles étaient une si grande part de lui que je ne pouvais que les aimer. Il était beau.

— Des gens sont morts pour moins que ça, murmura soudainement une voix.

Je relevai la tête, ses yeux étaient encore endormis.

— Je peux savoir pourquoi tu fais ça ? demanda-t-il alors d'une voix éraillée. Tu sais bien que je n'aime pas qu'on y prête attention et encore moins qu'on y touche.

— Pourtant je les adore, répondis-je instinctivement. Tu les portes divinement bien.

Il laissa échapper un ricanement.

— Tu es stupide, me lança-t-il avant de m'attirer contre lui pour déposer un baiser sur le haut de mon crâne.

Je profitai de son étreinte et du contact de sa peau nue contre la mienne durant plusieurs longues secondes avant de me résoudre à poser les questions fatales :

— Qu'est-ce qu'on fait maintenant ? Où doit-on aller ?

Cuart mit un moment à réagir avant de poser son regard sur moi et, à ma grande surprise, il se crispa avant de pousser un juron et de se débarrasser de la couverture d'un mouvement de bras. Je le regardai sans comprendre tandis qu'il fonçait en direction de l'armoire et qu'il s'empressait d'enfiler un caleçon, puis un pantalon.

— En principe, je devais juste faire l'aller-retour pour venir te chercher, expliqua-t-il en me lançant des vêtements au visage. Dépêche-toi de t'habiller, on a suffisamment traîné comme ça.

Je restai confuse encore quelques instants alors qu'il finissait d'enfiler son t-shirt. Lorsque je me décidai à quitter le lit à mon tour, je sentis son regard perçant sur moi et il ne détourna pas les yeux même lorsque je relevai la tête vers lui, il me contemplait. Je mis moins de deux minutes pour enfiler mon nouveau sweat-shirt oversize gris et une petite jupe basique noire.

Cuart, lui, était déjà en train de vider l'armoire remplie de nos affaires, enfin, surtout des miennes. J'attrapai la grosse pince posée sur ma table de chevet afin de m'attacher les cheveux avant de le rejoindre pour ramasser les vêtements sur le sol. Une fois tout posé sur le lit, il m'informa qu'il allait se charger du chat.

— Dans quoi est-ce que je les range ? lui demandai-je juste avant qu'il ne quitte la pièce.

— J'ai une tête de valise ?

Et ce fut sa seule réponse.

Je grimaçai avant de réfléchir à un moyen de tout emporter, sachant que nous n'avions que deux petits sacs à dos, puis je me souvins que nous avions encore les sacs des courses. Ça pouvait faire l'affaire.

Je refermai le coffre quand je vis Cuart s'approcher de la voiture, Junior dans les bras. Je l'interrogeai du regard.

— Je n'ai pas trouvé sa boîte, m'informa-t-il, et je n'ai mis que le nécessaire dans le coffre, soit sa bouffe et ses gamelles.

Je levai les mains au ciel pour lui dire que je le laissais gérer et que je me dédouanais de toute responsabilité avant de contourner la voiture pour m'asseoir du côté passager.

— J'ai super faim, me plaignis-je à la seconde où le Golden Reverse prit place à côté de moi, derrière le volant. Nous en avons pour longtemps ?

— Non, il y a à peine une heure de route, me répondit-il tout en posant le chat sur mes genoux.

Il plongea sa main dans sa poche et en sortit un téléphone, un téléphone étrangement familier. Normal, c'était le mien. Il me le tendit, m'informant qu'il l'avait retrouvé lors de sa « chasse » aux ADD23.

La voiture démarra et la première chose que fit le chaton fut de sauter de mes genoux pour aller s'installer sur la plage arrière. Je le regardai faire, amusée, une sensation bizarre s'emparant de moi. Je me sentais bien, comme si je n'avais rien sur la conscience, et plus les minutes passaient, plus c'était agréable.

Une notification sur l'écran de mon téléphone attira mon attention. Je passai outre des centaines d'appels manqués de mon père et Eden et je me concentrai sur un message :

Anastasia : *Vous allez bien ? Je m'inquiète…*

Mes yeux dérivèrent sur Cuart qui conduisait tranquillement et je me souvins de ce qu'elle m'avait annoncé il y a quelques jours. Ça ne m'avait pas réellement affectée, vu la situation dans laquelle nous étions, mais Ana s'était révélée une très gentille personne et elle devait en souffrir. Je ne réfléchis pas plus et collai mon téléphone à mon oreille.

— Allô ? Berry ? s'exclama la voix de la jeune femme à l'autre bout du fil.

— Salut ma belle…

— C'est qui ? demanda immédiatement Cuart, me faisant lever les yeux au ciel.

Je lui fis signe de se taire.

— J'ai réellement cru qu'il vous était arrivé quelque chose de grave, j'ai eu peur ! continua Ana sur un ton paniqué.

— Eh, calme-toi, l'arrêtai-je. C'est plutôt pour toi que l'on devrait s'inquiéter. Comment tu vas ? Comment tu le vis ?

Le regard de Cuart jonglait entre la route et moi. Il m'adressa quelque chose d'inaudible et je pus lire sur ses lèvres qu'il me redemandait avec qui je parlais, sauf que je décidai de l'ignorer quand la blonde se remit à parler.

— Je tiens le coup… J'ai la chance d'avoir Noah à mes côtés, ainsi que ma famille, mais ça reste dur de faire le deuil. Je n'en ai pas envie…

Je laissai échapper un léger soupir.

— Je suis désolée, je suis sincèrement désolée.

— Ce n'est pas ta faute ! me reprit-elle immédiatement.

— Et pourtant si… Je sais ce que ça fait lorsque l'on te retire l'une des personnes les plus importantes à tes yeux, je sais à quel point on en souffre. Alors je suis désolée, tellement désolée de te l'avoir retiré. Si tu savais comme je m'en veux.

Je ne la voyais pas mais il ne fallait pas être devin pour comprendre que mon interlocutrice était fébrile.

— C'est con, mais je sais comment tu te sens. C'est tout sauf supportable et j'aurais préféré que ça se passe différemment pour vous…

— On ne te le dit peut-être pas assez, mais tu es une bonne personne, Berry. Je reste contente de t'avoir rencontrée…

— Moi…

Je n'eus pas le temps de finir ma phrase que la main de Cuart vint s'écraser sur ma cuisse avant de la serrer fermement.

— Karlyn, je t'ai demandé à qui tu parlais. Pourquoi tu t'excuses ?

Sa voix était froide, tranchante, mais rien de plus impressionnant que d'habitude, et je m'apprêtais à jouer la provocation lorsque sa main remonta brusquement sur ma jambe jusqu'à atteindre le bas de ma jupe. Je perdis immédiatement mon rictus sous la surprise et l'arrêtai en attrapant son poignet.

J'articulai à mon tour un « connard » inaudible, mais qui le fit sourire avant que son attention ne se reporte sur la circulation, heureusement très calme.

— Je t'ai posé une question, princesse.

Je poussai un soupir avant de céder tout en m'assurant de retirer ma cuisse de son emprise.

— C'est Anastasia.

Je n'attendis pas de réaction de sa part avant de reprendre ma conversation.

— Moi aussi, Ana, j'ai passé d'excellentes soirées et je te promets qu'on se reverra, mais là je vais devoir te laisser, finis-je par lui répondre. Je suis en voiture avec Cuart et j'ai peur que l'on ne soit coupées. Prends soin de toi.

— Pas de problème, je comprends. Prenez aussi soin de vous, me répondit la petite blonde, que je n'avais jamais connue si calme, avant de raccrocher.

— De quoi vous parliez ? me demanda Cuart, qui n'avait pas l'air d'avoir saisi le sujet de notre conversation, m'arrachant alors à mon sentiment de culpabilité.

— De Livio.

— Et je peux savoir pourquoi ?

— Tu es sérieux ? lui demandai-je en le dévisageant. Tu sais, son opération foireuse et…

Était-il possible qu'il ne se souvienne pas de ce qui était arrivé au blond de la plage alors qu'il s'était pris une balle à ma place ?

— Ah oui, c'est vrai ! J'avais oublié qu'il était mort, celui-là, lâcha Cuart.

J'ouvris la bouche. Son indifférence me laissait muette.

— Tu es vraiment une ordure.

— Pour vous servir, répondit-il avec un clin d'œil.

Puis il changea complètement d'attitude. Toujours aussi déstabilisant.

— D'ailleurs, je dois te parler de quelque chose, commença-t-il, ce qui ne me mit pas du tout en confiance. Je sais que tu l'as entendu, mais tu devais être trop défoncée pour comprendre.

Je fronçai les sourcils.

— Avant de mourir, Ugo m'a appelé Easton.

Je plongeai dans mes souvenirs à la recherche des paroles qu'aurait pu prononcer le ADD23 et pourtant aucun des mots de ce sociopathe ne m'aidait à comprendre la situation. Je ne comprenais pas de quoi Cuart parlait.

— Ne cherche pas, tu n'as pas la réponse. Il m'a appelé ainsi car c'est mon prénom. Je suis né sous le nom de Easton Travetto, italien et fils de Dominic et Sonia Travetto.

Il avait grimacé après avoir prononcé ces mots et je restai sans rien dire. Son vrai prénom ? Je… et puis merde, j'en avais marre d'être toujours à la ramasse.

— Je n'ai pas utilisé ce nom depuis de nombreuses années. C'est ton père qui, à mon arrivée, s'est chargé de changer mon identité, je suis juridiquement et légalement Cuart Line aux yeux de l'État. J'ai des papiers américains et dans les registres Easton est considéré comme mort, à l'âge de seize ans. Il n'existe plus.

Je pouvais voir que ça le déchirait d'en parler. De plus, il semblait pris par un besoin de se justifier, il devait haïr ce nom de tout son être. Il m'avait dit qu'il avait voulu tout recommencer à zéro et cela impliquait bien sûr son identité. Après tout, ce nom était synonyme de tout ce qu'il avait subi et il avait eu besoin de s'en défaire pour survivre. Je n'avais pas connu Easton Travetto et ça m'était égal.

— Il n'y a personne d'autre que Cuart Line ici, affirmai-je avec un petit sourire.

Je voulais qu'il sache que je me fichais royalement qu'il ait eu une autre identité, une autre nationalité. Si elles étaient mortes pour lui, elles l'étaient aussi pour moi. Finalement, nous n'étions pas si différents… Un père détestable, une mère défunte et l'envie de fuir qui nous brûlait les entrailles. Il devait sentir mon regard sur lui car je le dévorais littéralement des yeux, quand j'eus une révélation.

— Mais ça veut dire que c'était de l'italien tout ce temps ? m'exclamai-je.

Il ricana, un rire faible mais sincère.

— Oui, on ne perd pas une langue maternelle si facilement.

— Je me sens stupide, je n'avais même pas compris que c'était de l'italien alors que je rêve d'aller en Italie. Je suis trop nulle en langues étrangères.

— Je t'apprendrai si tu veux. Je tenais quand même à te prévenir pour que tu l'apprennes par moi, car si c'est arrivé jusqu'aux oreilles des ADD23, c'est que ça a dû fuiter.

Je lui adressai un nouveau sourire avant de rapidement pianoter sur mon téléphone. Puis je relevai la tête et profitai des dernières minutes de trajet pour ne rien faire, excepté jeter quelques regards à Junior qui s'était endormi.

Un immense portail s'ouvrit sur une allée qui menait à un parking souterrain. De part et d'autre, des personnes, des Golden Reverse sans doute, nous observaient. Ça promettait d'être drôle. Cuart gara la voiture parmi toutes les autres, identiques, et se tourna vers moi.

— Il faut que je te prévienne de quelque chose.

Je l'écoutai attentivement, plus vraiment étonnée de n'être au courant de rien.

— Il y a des chances que Hanson soit ici et qu'il nous attende.

Je poussai un juron tout en fronçant les sourcils. Il avait réussi à m'énerver avec une seule phrase. Je n'avais même pas envie de répondre.

— Une dernière chose, m'arrêta-t-il alors que je m'apprêtais à actionner la poignée de ma portière.

— Quoi…

Il attrapa ma mâchoire pour venir écraser ses lèvres sur les miennes. Si je le dévorais des yeux, il ressentais la même chose à mon égard.

— J'en mourais d'envie depuis ce matin, m'avoua-t-il.

Puis il ouvrit la porte et s'extirpa du véhicule, me laissant seule dans la voiture à sourire niaisement. Je me dépêchai de sortir à mon tour pour le rattraper et agripper son bras, marchant à présent à côté de lui.

— Je peux savoir ce que tu fais, gamine ? m'interrogea-t-il.

— Exactement comme d'habitude, ce dont j'ai envie, répondis-je avec un grand sourire provocateur.

Je voyais bien qu'il avait du mal à cacher le soulagement qu'il ressentait que l'on soit encore là, ensemble, comme deux idiots, mais bien meilleurs que n'importe qui d'autre. Nous étions devenus le refuge l'un de l'autre, le seul endroit où l'on se sentait nous-mêmes et apaisés. Où l'on pouvait vivre.

Cuart

— Ce n'était pas trop tôt, je t'ai dit que je te couvrais pour hier, mais tu étais censé rentrer dans la soirée. Qu'est-ce qui vous a pris autant de temps ?

Jeena était de nouveau assise en tailleur sur le bureau, tandis que j'avais repris ma place sur le sofa rouge, face au meuble.

— Rien qui ne te concerne, répondis-je sèchement, n'ayant pas la moindre intention d'écouter ses reproches.

Berry était partie à la recherche de toilettes et la seule raison pour laquelle j'écoutais Jeena était que j'attendais qu'elle revienne.

— Non, mais… ce n'est pas professionnel, Cuart.

— Tu apprendras que je le suis rarement.

— Et donc, qu'est-ce que vous êtes ? finit alors par me demander Jeena qui avait en fait très bien cerné la situation.

— C'est ma pute.

— Berry ! grognai-je à l'intention de la rousse qui venait d'apparaître sur le pas de la porte avant de prononcer ces mots.

Elle entra dans la pièce avec sa démarche de mannequin. Elle avait cette manie d'avoir l'air détestable et elle adorait ça. À ma grande surprise, elle traversa la salle pour venir prendre place sur mes genoux.

— Qu'est-ce que nous sommes, Line ? demanda-t-elle immédiatement en tournant légèrement la tête pour venir croiser mon regard.

— Statistiquement, nous ne sommes rien, lui répondis-je, m'assurant de lui tenir tête, sans pour autant pouvoir me détacher de ses iris verts.

— Sauf qu'il est évident que tu m'aimes, ajouta-t-elle.

— Et qui t'a dit ça ?

— Tes yeux, bouffon, ricana-t-elle avant de finalement se retourner vers la mafieuse qui nous regardait sans un mot. As-tu ta réponse euh…

— Jeena.

Le problème dans cette histoire était que je ne pouvais pas la contredire car, si frustrantes fussent ses paroles, je devais avouer qu'elle avait raison. J'étais en train de prendre conscience que j'étais fou amoureux d'elle, j'adorais jusqu'à la plus chiante partie de sa personnalité et j'étais complètement foutu.

La porte du bureau s'ouvrit à nouveau. L'homme qui m'avait accueilli quelques jours auparavant apparut sur le pas de la porte.

— Salut tout le monde, le boss vous attend au premier ! annonça-t-il joyeusement, me faisant grimacer. Vous me suivez ?

Berry, qui avait l'air ravie par la situation, poussa un soupir avant de suivre Ulysse, qui quittait déjà la pièce.

— Alors, je l'adore déjà, ta bombe à retardement, mais tu n'as clairement pas choisi la facilité, me lança Jeena, amusée, avant de leur emboîter le pas.

Non, en fait je n'avais pas choisi tout court.

CHAPITRE 29

Berry

Je n'avais aucune envie de voir mon géniteur, mais plus vite la torture aurait lieu, plus vite elle serait finie. Je jetai un énième coup d'œil en arrière, comme pour m'assurer que Cuart nous suivait bien. Nous passâmes par la cage d'escalier pour rejoindre le premier, Jeena m'avait précédée et je me trouvais à présent à marcher juste devant Cuart. À la seconde où nous franchîmes le seuil, tous les yeux se tournèrent vers nous. Ou plutôt vers Cuart, derrière moi. Je connaissais son importance pour notre mafia mais je savais aussi qu'il n'était pas connu à ce point. Je fronçai les sourcils en percevant des chuchotements. C'était quoi cette mauvaise blague ? Tout ce que j'arrivais à intercepter était des « c'est lui » ou encore des « oui, c'est sûr », mais j'essayais d'en faire abstraction. J'essayais de ne pas me concentrer sur ces voix qui résonnaient désagréablement dans ma tête, lorsque mon cœur rata un battement.

— Tu penses qu'Easton est son vrai nom ?

Je parcourus rapidement la pièce, ne sachant pas d'où venaient ces mots bien plus dévastateurs qu'ils n'en avaient l'air. Je finis par me retourner vers Cuart. Il marchait, complètement impassible, comme chaque fois qu'il y avait des gens autour de lui. Impossible de savoir s'il avait entendu. Je pressai le pas afin de pouvoir m'échapper de cette ambiance oppressante au plus vite et me précipitai dans la pièce tout au bout du couloir.

Pourtant, ce qui m'attendait à l'intérieur était loin d'être plus agréable. Je me figeai. Cuart se plaça à ma gauche tandis que quelqu'un refermait la porte et que Jeena rejoignait Hanson. La colère était en train de s'emparer de l'entièreté de mon corps.

— Je peux savoir ce que cette salope fait ici ? explosai-je. Pourquoi n'est-elle pas morte comme tous les autres !

Je n'eus pas le temps de faire plus de trois pas, qu'un bras entourant mes épaules m'empêcha de faire un pas de plus. Je me retournai alors vers Cuart qui n'avait pas changé d'expression.

— Ne fais pas de connerie, se contenta-t-il de me dire.

J'étais furieuse et décidai de reporter mon attention sur mon père.

— Pourquoi t'es là toi aussi ? lui crachai-je alors qu'il affichait son sourire satisfait habituel.

— Je suis aussi très content de te revoir, ma fille.

À sa droite se tenait Nick, l'homme qui avait remplacé Cuart durant ses derniers mois d'absence. Ils étaient tous deux là, fiers, et ça me donnait la gerbe.

— Putain, Hanson ! Qu'est-ce que Julia fait attachée sur une chaise au milieu de cette pièce ? Pourquoi cette traîtresse n'est-elle pas morte ?

Il ricana sans cesser de me regarder droit dans les yeux. Cuart me colla à son torse quand il vit que le comportement de mon père ne faisait qu'attiser ma haine, puis Hanson s'approcha, Nick sur ses talons.

— Tu es beaucoup trop rancunière, Berry, me fit-il, ignorant une nouvelle fois ma question. Tu sais que tu es ma petite fille ?

Mon regard n'exprimait que dégoût et mépris.

— Je ne suis plus ta petite fille depuis que tu m'utilises, Hanson.

— Tu veux bien me dire ce que je t'ai fait pour que tu sois aussi remontée contre moi ?

Je manquai de m'étouffer. Cet homme était sûrement l'un des pires que la terre ait connus.

— Je... Tu te fous de ma gueule ?

J'étais en train de perdre mes moyens et ce n'était vraiment pas le moment.

— Non, je suis sérieux. Je t'écoute, vas-y, et je m'excuserai en conséquence.

J'étais ahurie. Il osait. Il avait osé. Comme si des excuses pouvaient réparer le fait qu'il m'ait gâché la vie.

Les autres personnes présentes assistaient à la scène, mais je n'en avais plus rien à faire.

— Tu te souviens le jour de mon quatorzième anniversaire ? Tu sais, à peine quelques mois après avoir fait tuer maman.

Hanson me regardait sans broncher, comme s'il ne savait pas ce que j'allais lui reprocher.

— Ce jour-là, tu m'as fait un cadeau. C'était d'ailleurs mon tout premier cadeau d'anniversaire de ta part, cadeau qui n'était autre que de la lingerie, de la lingerie en dentelle rouge avec un couteau qui se dissimulait parfaitement dedans. Et tu n'as, en plus, rien trouvé d'autre à faire que de m'ordonner de les essayer devant TES alliés, que tu avais fait venir à la maison pour MES quatorze ans. Ils m'avaient qualifiée de venimeuse alors que je n'étais qu'une enfant...

Et ce n'est qu'un exemple parmi d'autres. Maintenant tu oses me dire que je suis ta petite fille ? Tu oses me demander ce que je te reproche alors que tu as été tout sauf un père.

Bien évidemment, personne n'avait tiqué. On avait lieu à une parfaite discussion entre mafieux. Pourtant j'étais remontée comme je l'avais rarement été.

— Il te suffisait de me dire que ça te dérangeait, me répondit-il le plus calmement du monde.

— Parce que tu m'aurais écouté peut-être ? Tu n'as jamais vraiment écouté ce que je dis !

— Calme-toi, princesse.

Cuart venait de chuchoter ces mots dans mon oreille pour être sûr que moi seule puisse les entendre.

— Ça remonte à des années. Tu ne veux pas tourner la page, chérie ?

Chérie. C'était la première fois de sa vie qu'il m'appelait comme ça et j'aurais voulu que ça ne me fasse rien. Je sentis les larmes me monter aux yeux, il fallait que je me reprenne sérieusement.

— Tu es drôle. Si la vie était un livre, j'aurais moi-même choisi l'histoire dans laquelle tu n'es pas mon père.

Un silence s'installa. Personne n'osait parler. Personne n'osait nous interrompre dans cette bataille silencieuse et pesante jusqu'à ce qu'une voix se fasse entendre.

— Sympa, la réunion de famille. Quelque chose à ajouter, Easton ?

Mon sang ne fit qu'un tour. Tous les efforts que je faisais pour me calmer furent réduits à néant en une fraction de seconde. Je fusillai Julia du regard, j'allais la tuer.

— Comment tu l'as appelé, pétasse ?

Mon intonation était calme, mais je luttais de toutes mes forces contre le bras de Cuart pour m'en libérer.

— Par son vrai nom bien évidemment, ricana-t-elle. Je l'ai retrouvé dans des archives et je le préfère largement.

En plus elle se foutait de notre gueule ? Que quelqu'un la renvoie sur son bout de trottoir avant que je ne lui arrache les yeux.

— Hanson, je pense que je n'ai rien à faire ici, je vais aller prendre un verre en vous attendant, déclara soudainement le Golden Reverse, me lâchant.

Il quitta la pièce, les mains dans les poches. J'étais sur le cul. J'observai alors toutes les personnes présentes à la recherche de réponses.

— Je dois t'avouer que je suis déçu, Berry. Je vous ai mis ensemble en espérant qu'il t'apprivoise, mais à ce que j'ai pu constater, c'est l'inverse qui s'est produit, ajouta Hanson avant d'effacer les quelques mètres qui nous séparaient. Si Julia est ici, c'est qu'on peut encore tirer quelque chose d'elle et rien d'autre, préviens Cuart que nous avons un jet pour New York dans trois heures, nous aurons le temps de parler à ce moment-là. D'ici là, nous nous occupons du cas de ta cousine.

J'acquiesçai d'un hochement de tête. J'adhérais pour la première fois depuis longtemps aux paroles de mon père et je n'avais plus vraiment la tête de continuer à me battre.

Je quittai la pièce à la recherche de Cuart, mais il avait disparu. Merde. Le couloir était rempli de personnes qui m'observaient.

— Tu as perdu quelque chose, ma belle ? me demanda un homme à ma gauche.

Il fit un pas vers moi.

— Pour commencer, respecte mon espace vital, tu seras mignon, lui fis-je en le repoussant légèrement pour qu'il s'éloigne. Et, oui, je cherche Cuart Line, le grand brun.

— Le mec qui joue un double jeu ?

— Je peux savoir ce que c'est que cette connerie ?

Le brun me regardait, déstabilisé par ma froideur.

— Euh... Bah... Hier soir, on a reçu l'information que le second des Golden Reverse mentait sur son identité et... hum... des rumeurs disent qu'il serait peut-être avec l'ennemi.

Bordel, donc c'était ça. La traîtresse avait fait fuiter les informations qu'elle avait trouvées sur Cuart pour monter des rumeurs débiles. Le coup partit tout seul et vint s'écraser dans la mâchoire de l'homme encore à côté de moi. Il venait d'être victime de toute la frustration que j'avais accumulée ces dernières minutes. Tant pis pour lui.

— Je te conseille de te renseigner avant de dire de la merde à l'avenir, crachai-je, à nouveau remontée.

Et je m'empressai de rejoindre les escaliers, bien décidée à faire tous les étages pour retrouver le noiraud. Je n'avais pas envie qu'il s'en prenne plein la tête. Pas maintenant.

Je trouvai Cuart assis dans un fauteuil, se massant les tempes. Un verre vide sur la table basse devant lui, à côté d'une bouteille de bourbon.

— Il faut vraiment que tu te mettes à boire dès que quelque chose ne va pas ? commentai-je pour annoncer ma présence.

— J'ai une migraine, me répondit-il sans pour autant lever les yeux.

Je poussai un soupir et m'assis sur son accoudoir.

— On rentre à New York dans trois heures, l'informai-je tout en m'appuyant sur son dos.

— Ça fait six ans que ça a eu lieu. Pourquoi il faut que ça ressorte maintenant ? Je croyais que ça avait été enterré en même temps que mon ancienne vie.

— Ils ne te méritent pas…

— Je vais reprendre un verre, me lança-t-il en se relevant, ignorant une nouvelle fois mes paroles. De toute façon, c'est la seule chose qui me permet d'oublier.

— Au pire, je suis là si tu as besoin d'oublier.

Il s'arrêta dans son mouvement pour se retourner vers moi.

— Hors de question que je t'utilise comme un pansement, Karlyn. Si je peux au moins t'éviter ça.

— Et si je veux quand même l'être ?

Un silence s'installa. Il ne bougeait plus et jouait avec ses doigts. Ma tête reposait sur son dos, son cœur résonnait dans mon oreille.

— Je te déteste, Karlyn, putain ce que je te déteste.

Il avait toujours la tête dans ses mains. Il ne voulait pas faire face à mon regard.

— Ça ne date pas d'hier, lui répondis-je.

C'était dur de le voir lutter contre lui-même, bien plus que l'on ne pourrait l'imaginer. Il était rongé.

— Cuart. Cuart. Cuart. Cuart. Cuart. Cuart. Cuart…

— Qu'est-ce qu'il y a ? Qu'est-ce que tu fais ?

— C'est juste au cas où tu oublierais comment tu t'appelles.

Il réprima un petit rire qui me confirma que j'avais atteint, ne serait-ce qu'un peu, mon objectif. Il finit par se redresser, m'obligeant à faire de même, et il pencha la tête pour me regarder de ses iris noirs.

— Je ne sais pas comment on est censé aimer quelqu'un, mais une chose est sûre, Berry Karlyn, il est hors de question que je te laisse partir.

— Et je n'ai aucune envie de m'en aller.

Il n'avait pas l'air de l'avoir remarqué, mais il avait gagné à partir du moment où j'avais préféré être avec lui qu'être seule.

— Même avec cinq grammes dans le sang, même avec ta tête de cadavre et tes sautes d'humeur, je suis tombée amoureuse de toi, Line, pour la première fois de ma vie.

Je n'avais cessé de le regarder et je voulais qu'il remarque de quelle façon je posais, moi aussi, mes yeux sur lui. Je replaçai deux de ses petites mèches sur son front avant de me pencher pour poser mes lèvres sur les siennes, pour lui offrir un baiser qui reflétait tout ce que j'éprouvais pour lui. Je voulais qu'il lui transmette tout cet amour qu'il n'avait jamais eu et qu'il comprenne que même face au reste du monde, même dans la merde jusqu'au cou, quelqu'un l'aimerait de tout son être pour ce qu'il était.

Je me forçai à me détacher de lui avant de lui esquisser un joli sourire satisfait et de descendre de l'accoudoir.

— Tu m'excuseras car, même si j'ai tout sauf envie de voir mon père, il y a tout de même une personne dans ce bâtiment que je rêve de descendre.

Il continuait de me regarder, affalé dans son fauteuil.

— Et évite de trop boire, car une fois éméché tu arrives à formuler des phrases, lui lançai-je moqueuse, alors que j'avançais vers l'entrée de la pièce.

— Ta gueule, je n'ai bu qu'un seul verre pour l'instant.

— Tu sais ce qu'on dit, jamais un sans deux.

— Personne ne dit ça, grogna-t-il alors que je m'apprêtais à disparaître derrière la porte.

J'embrassai mon majeur avant de le lui tendre et de quitter la pièce avec un grand sourire.

Cuart

J'étais adossé à la voiture, Junior dans les bras, attendant que Nick, Hanson et Berry passent la porte pour enfin partir d'ici. Jeena était venue me chercher pour me dire qu'ils n'allaient pas tarder à me rejoindre, mais ils commençaient sérieusement à se faire désirer.

Soudain, la rouquine apparut face à moi, un immense sourire sur le visage alors qu'elle s'essuyait les mains avec une petite serviette qui tournait au rouge. Bordel, ce qu'elle était incroyable.

— Alors, elle respire encore ? lui lançai-je alors qu'elle continuait de s'approcher de moi.

— Malheureusement pour moi, oui, mais j'ai quand même eu le droit de me faire plaisir.

Elle me présenta ses mains, qui avaient gardé une coloration légèrement rougeâtre à cause du sang malgré le lavage.

— Actuellement, il ne lui reste plus qu'une oreille et cinq doigts sur les dix.

La légèreté avec laquelle elle parlait du fait qu'elle venait de torturer Julia était tout simplement hilarante.

— Et Hanson ? Nick ?

Elle leva les yeux au ciel.

— Ils finissent de parler paperasse avec Ulysse. Ils étaient en train de dire qu'il faudrait envoyer une division sur la base des ADD23 qu'on a récupérée pour sécuriser les lieux, qu'il faudrait se débarrasser de tous les déchets générés par votre intervention et, à ce qu'il paraît, Julia a craché deux ou trois infos intéressantes avant de perdre connaissance. Bref, rien de bien fou.

Je hochai la tête et me remis à regarder le ciel. Les trois dernières heures avaient été plutôt dures, mais j'arrivais à me reprendre. J'avais perdu le contrôle après les paroles de la traîtresse et je le regrettais. J'aurais dû demander à la faire taire mais j'avais préféré fuir, une nouvelle fois, ce nom qui me hantait encore. Du coup, j'en avais profité pour m'occuper du chat, lui donner à manger, à boire et le caresser.

— C'est quoi ça ?

Hanson avait fait son entrée dans la pièce, accompagné du blond qui le suivait partout. Berry le fusilla du regard.

— C'est le chat de Berry, affirmai-je. Elle l'a trouvé et n'a jamais pu s'en séparer.

Celle-ci ouvrit de gros yeux mais je lui donnais un léger coup de coude pour lui faire comprendre de ne rien dire.

— Tu es devenu faible, Cuart, lança Hanson.

— Non, j'ai choisi la tranquillité, répondis-je.

Nous n'allions pas tarder à décoller et Berry venait de prendre place à côté de moi, après avoir confié

Junior au personnel de l'avion, une bouteille à la main, qu'elle me tendit.

— Tu sais que tu peux demander aussi ? Je ne suis pas censé deviner ce que tu veux.

Elle ne me regardait pas, fixant les sièges encore vides face à elle et il ne me fallut que quelques secondes pour finalement comprendre là où elle voulait en venir.

— Tu te fous de ma gueule ? m'esclaffai-je. Tu n'arrives pas à l'ouvrir ?

Elle me lança un regard assassin avant que je ne me décide enfin à l'aider.

Peu de temps après, Hanson prit place dans un fauteuil à quelques mètres de nous, suivi de Nick, encore et toujours. J'adressai à mon boss un léger mouvement de tête, par politesse, qu'il me rendit alors que nous entendions les réacteurs s'allumer.

Ce n'est qu'au bout de quinze minutes que nous pûmes enfin nous détacher et je soulevai l'accoudoir posé entre Berry, déjà somnolente, et moi. Elle ne tarda pas à retirer sa ceinture pour laisser sa tête tomber sur mes genoux. Les trajets en avion l'avaient toujours assommée et, cette fois, nous en avions encore pour cinq heures et demie.

Une sonnerie retentit et Nick se leva pour décrocher, s'excusant avant de s'éloigner.

— Très bien, dit Hanson à peine le faux blond sorti de son champ de vision. Profitons de ce moment de calme pour avoir la conversation que tu as fuie tout à l'heure.

— J'ai juste fui mes problèmes et en rien cette conversation, répondis-je avec ma sécheresse habituelle.

— Si tu le dis, ricana le parrain des Golden Reverse avant de lever la main pour qu'on lui apporte sa cigarette électronique.

Il posa ses deux mains sur ses genoux avant d'ancrer ses yeux verts dans les miens.

— Cuart, mon enfant, ces dernières semaines, tu as ignoré nombre de mes appels, tu m'as désobéi, tu as pris des décisions risquées sans même me prévenir et ordonné une OP dangereuse sans mon accord.

Il se rassit profondément dans son siège. Sans m'en rendre compte, mes doigts s'étaient mis à jouer avec les cheveux de la rouquine. Je serrais les dents.

— Mais je ne peux pas négliger, loin de là, que tu as fait de l'excellent travail sur le long terme.

Un serveur se posta à la droite du mafieux pour lui présenter sa cigarette sur un plateau et il s'empressa de la porter à sa bouche. Il recracha la fumée longuement.

— Tu as protégé Berry à tes risques et périls et le résultat est là, continua-t-il en désignant sa fille, qui continuait sa nuit sur moi. Tu t'es débarrassé d'une base importante des ADD23 avec une simple division de frontière et tu as descendu de tes mains mon plus gros opposant.

— À vrai dire, boss, je suis étonné. Ils n'étaient pas si bons que ça, bien que certains nous aient donné du fil à retordre. Et la mort d'Erwin Delidson est principalement due au fait que nous venions de récupérer une de ses propriétés sans que ça arrive jusqu'à ses oreilles.

— Je conçois, Cuart, que leurs meilleurs éléments n'étaient, en effet, sûrement pas présents et même trop occupés à me poursuivre. Malheureusement pour eux, les Brésiliens étaient de passage et ça ne leur a pas facilité la tâche. De plus, les ADD23 étaient loin d'être au meilleur de leurs capacités depuis l'arrestation d'Erwin.

Il tira une deuxième fois sur sa cigarette.

— Bien, tout ça pour dire que je t'ai fait confiance les yeux fermés et tu m'as prouvé une nouvelle fois que j'avais eu raison de le faire. J'aurais bien aimé te promouvoir, mais tu possèdes déjà le grade le plus important derrière le mien, ta division et une prime t'attendent à la maison.

Je laissai un petit silence s'installer.

— En fait, Hanson, j'aurais autre chose à vous demander.

Il me dévisagea, surpris.

— Je pense que Berry est en train de faire une overdose de mafia et, pour tout vous dire, j'aimerais me détacher quelque peu des Golden Reverse. Je sais bien évidemment que la règle est que nous ne pouvons les quitter sauf en mourant et c'est pour cette raison que je ne parle pas d'en partir. Juste de nous détacher du plein temps.

J'avais, de mon côté, des raisons de vouloir m'éloigner de Hanson Karlyn. Bien qu'il ait mon respect, il n'avait pas hésité à me tirer une balle dans le pied quand il était en position de faiblesse et son comportement était bien trop limite envers Berry.

— Aïe, aïe, aïe, Cuart, tu vois ce que tu me demandes ? Me séparer de deux de mes meilleurs éléments ? fit-il en se massant le front.

— Oui, mais à présent les ADD23 se retrouvent sans tête ni successeur et vous savez comme moi que si personne n'en récupère les commandes, ils vont rapidement éclater. Et, en cas de mission trop importante, nous pourrions en effet revenir prêter main-forte.

— Tu es un garçon intelligent, Cuart… et tu es dur en affaires.

— Il vous suffirait de me payer à la fin du mois, rendre ses vivres à Berry et nous serions quittes. Bien évidemment, nous resterons en contact.

L'homme poussa un long soupir.

— Berry est un casse-tête que toi seul arrives à comprendre, mon pauvre… Tu es sûr d'être aussi épris que tu le laisses paraître ?

— Je m'agenouillerais devant elle tous les jours s'il le fallait, répondis-je, sans la moindre hésitation ni détourner le regard.

— Si c'est ce que tu veux vraiment, Line, qu'il en soit ainsi, j'ai une dette envers toi alors tu as mon accord.

CHAPITRE 30

Berry

Je me réveillai en sursaut. Une main venait de s'écraser violemment sur ma fesse et ça me picotait tellement elle avait claqué fort.

— Allez Berry, lève-toi, on est arrivé et tu m'écrases, grogna la voix de Cuart.

Les sièges face à nous étaient vides et le mafieux attendait impatiemment que je quitte ses jambes pour se lever. Je me redressai, lui laissant le champ libre et frottai machinalement ma joue en grimaçant.

— Dépêche-toi !

Je me levai, encore un peu dans les vapes, pour suivre Cuart qui était déjà presque sur les marches du jet. Le soleil tapait fort et me brûla un peu les yeux. J'eus besoin de les protéger de la luminosité avec ma main pour pouvoir remarquer Eden, en train de charger les valises de mon père ainsi que nos sacs dans l'une des deux Range Rover, qui semblaient nous attendre. L'hôtesse arrêta Cuart pour lui rendre Junior, heureux de retrouver des bras qu'il connaissait, et j'en profitai pour le doubler afin de descendre les marches à toute allure.

Plus de quatre mois que je n'avais pas senti l'odeur de New York, plus de quatre mois que je n'avais pas vu cet aérodrome et ses alentours. Lorsqu'Eden me vit foncer à toute allure sur lui, il stoppa ce qu'il était en train de faire pour me tendre ses bras. Je l'enlaçai fortement, heureuse de retrouver mon ami, mon seul ami, et soulagée car il nous était bel et bien resté fidèle.

— Content de vous savoir en vie, miss Berry, me lança-t-il avec un sourire chaleureux.

— Contente de savoir que tu n'es pas la taupe, lui répondis-je sur le même ton.

— Car tu as douté de moi ?

— Moi ? Pas une seconde, mais lui ne peut pas en dire autant, fis-je en désignant Cuart qui descendait du jet.

Le blond marqua un temps d'arrêt.

— Pourquoi est-ce qu'il a un chat dans les bras ?

Je m'emparai de ses lunettes de soleil avant de me détacher de lui.

— Longue histoire, mais tu devrais te dépêcher de finir de remplir le coffre avant qu'Hanson ne s'énerve, lui dis-je en les posant sur mon nez.

— Salut... fit-il à Cuart.

Évidemment il n'eut aucune réponse.

J'étouffais sous mon pull et je levai les bras pour le retirer lorsque Cuart le tira brusquement vers le bas.

— Tu vas me faire le plaisir de garder ce sweat sur toi. Je me rappelai que c'était lui qui avait choisi ma tenue ce matin et qu'elle ne comportait pas de t-shirt.

Eden nous regardait, bouche bée.

— Je peux savoir à quoi vous jouez ? demanda-t-il, comme si l'on était en train de se moquer de lui.

— Histoire encore plus longue, me contentai-je de lui répondre avec un sourire amusé, avant de récupérer le chat dans les bras du noiraud.

Je montai ensuite sur la banquette arrière de la Range Rover.

Durant le trajet, le blond m'avait fait comprendre qu'il avait deux choses pour moi une fois que l'on serait arrivés et j'étais, à présent, partagée entre le stress et l'excitation. J'avais attendu impatiemment que l'on finisse de vider le coffre pour qu'enfin l'on m'explique ce qui m'attendait. C'était dans ces moments-là que j'étais heureuse de ne pas avoir la réputation de personne agréable, Cuart non plus d'ailleurs. Personne n'osait venir nous parler, même après une disparition de plusieurs mois, tout le monde nous avait vus, tout le monde était étonné, mais personne ne venait nous faire chier.

Eden s'approcha de moi alors que nous venions à peine d'entrer dans le hall.

— Je vais te cacher les yeu…

— Laisse tomber, je m'en charge, annonça Cuart, qui n'était jamais bien loin.

Le blond me lança un regard interrogateur mais n'insista pas.

— Suivez-moi, lança-t-il une fois que la main de Cuart fut placée sur mon visage, me plongeant dans le noir complet.

Mon cœur battait la chamade.

Cuart

Je faisais avancer Berry à travers le couloir, suivant presque à contrecœur le blond à bouclettes. Je ne pouvais m'empêcher de me demander ce qu'il lui réservait. Eden connaissait bien Berry, c'était un fait, mais quelle surprise avait-il pu lui préparer pendant notre absence ?

Je mentirais si je disais que l'idée de la laisser se prendre un mur ne m'avait pas plusieurs fois traversé l'esprit, mais je me contentais de la conduire, sous les instructions de son ami. En apercevant le bout du couloir que l'on avait emprunté, celui qui menait au mur arrière vitré du building, je ne pus empêcher mon visage de se décomposer. Merde. Plus nous avancions et plus je pouvais distinguer ce qui s'y trouvait. Berry ne tiendrait pas le coup. Je m'arrêtai à quelques mètres de la fameuse surprise, mais je n'avais pas réellement envie de la laisser voir ça. Je lançai un regard à Eden, qu'il me rendit d'un air de dire « il le faut » et je serrai la mâchoire. J'eus du mal à me convaincre de lui rendre la vue et, lorsque je retirai ma main, Berry se figea et ses yeux se posèrent sur le meuble en bois exposé devant nous.

Eden cherchait une validation sur le visage de la rouquine et, bien qu'elle me tournât le dos, je devinais que celle-ci était encore sous le choc. Puis elle se laissa tomber à genoux, ses mains sur son visage, tout en étouffant un sanglot, au pied de l'autel dédié à Loïs.

On ne mit que quelques secondes avant de discerner ses pleurs.

— M… merci Eden, merci beaucoup… essaya-t-elle d'articuler entre deux sanglots.

Les larmes dévalaient ses joues à torrent. Nous ne pouvions rien faire à part la regarder s'effondrer. Il fallait qu'elle évacue. De mon côté, je contemplais le dernier hommage envers cet homme dont l'on ne cessait de vanter les mérites. Il était simple mais suffisant, tout comme lui. Le bloc de bois vernis comportait de nombreuses photos et sur la plupart se trouvait Berry. *More a brother than anyone else*[1], était-il gravé.

— Après ton départ, j'ai évité le plus possible ton père, sachant qu'il ne m'appréciait pas, et dès que j'ai appris pour Loïs, je me suis dit qu'il le méritait, commença Eden. Tout le monde y a mis du sien, Loïs n'avait pas d'ennemi, pas ici en tout cas. Il a fait énormément pour chacun d'entre nous et pour toi plus que n'importe qui, j'imagine.

Il est vrai que Loïs était resté un certain temps à New York avant de prendre les rênes de la base de Las Vegas.

— Le bracelet est la seule chose que nous avions réussi à récupérer lorsque son corps a été ramené.

Je m'accroupis à côté de Berry. Elle vivait presque dans le déni jusqu'ici, mais elle comprenait sûrement qu'il était temps qu'elle lui dise au revoir. Pour de vrai. Je pris sa tête pour la poser contre mon torse alors qu'elle avait du mal à respirer tant ses larmes coulaient. Je voyais bien qu'elle essayait d'être le plus silencieuse possible, mais c'était peine perdue. Elle touchait nerveusement son émeraude.

— C'est le bracelet que je lui avais offert avant son départ pour Vegas, arriva-t-elle à articuler entre deux sanglots.

— Je sais, je sais.

— Je voudrais qu'il revienne…

Ses mots étaient presque inaudibles, tels des chuchotements.

— Et je suis sûr qu'il ne voulait pas te laisser.

1. Plus un frère que n'importe qui.

Nous restâmes ainsi de longues minutes, dans un silence des plus pesants. Mes jambes avaient fini par me donner l'impression d'être envahies de fourmis, mais je ne disais rien.

— Désolée, chuchota Berry, qui avait finalement réussi à se reprendre. Je vais aller me rafraîchir le visage.

Je l'aidai à se relever sans un mot et, lorsqu'elle me contourna, Eden lui donna un morceau de papier.

— Tiens, c'est ça le deuxième truc.

Elle hocha la tête avant de s'engouffrer dans le couloir. Eden attendit qu'elle disparaisse pour enfin m'adresser la parole.

— Il s'est passé quelque chose entre vous ?

— Il semblerait, me contentai-je de lui répondre.

— Non mais j'hallucine…

— Ça te pose un problème ? J'ai merdé plus d'une fois mais ma relation avec elle ne te concerne en rien.

— Donc tu vas me faire croire que tu t'intéresses vraiment à elle après tout ça ?

— Qu'est-ce que tu ne comprends pas quand je te dis que ça ne te concerne pas ?

— Vas-y, cite-moi une chose que tu sais d'elle et que tout le monde ignore, histoire qu'on rigole.

Je le dévisageai, je n'avais aucune raison de me justifier, mais ce jeu auquel il voulait jouer m'amusait bien. J'affichai alors un rictus provocateur.

— Elle a un sublime grain de beauté.

— Où ça ? répondit-il, confus.

— Juste là, fis-je en pointant le milieu de ma poitrine. Entre les seins.

Il ouvrit de grands yeux, ahuri, qui ne servirent qu'à alimenter mon sourire.

— C'est bon ou tu as besoin que je te donne le nombre de taches de naissance qu'elle a sur les fesses ? ajoutai-je avant de lui tourner le dos, le laissant planter là.

Eden m'avait toujours un peu fait pitié à jouer au toutou de Berry mais je ne nie pas que son attention d'aujourd'hui était vraiment bien.

Berry

J'étais assise en tailleur sur une chaise face à l'énorme bureau de marbre et je jouais avec le bout de papier qu'Eden m'avait donné, pensive. Pleurer m'avait fait du bien. J'attendais nonchalamment Hanson car il avait, soi-disant, quelque chose à me dire. Il m'avait fait convoquer et je poireautais depuis maintenant une dizaine de minutes. Je n'avais pas envie de le voir et je ne voulais pas rentrer à la maison ce soir.

Lorsque j'entendis la porte s'ouvrir, je pris une grande inspiration afin d'afficher le visage le plus fermé possible. J'avais fait le choix, il y a des années de ça, de ne plus jamais l'autoriser à me voir faible.

Cependant, les pas s'arrêtèrent sur le seuil, ce qui eut piqua ma curiosité.

— Si tu attends ton père, il ne viendra pas, me lança Cuart, appuyé contre l'embrasure. Il vient d'avoir une urgence.

Je poussai un soupir, de frustration ou de soulagement, peut-être les deux. Mon père avait ce don de toujours me faire passer après. Mais, alors que le brun s'apprêtait à repartir en refermant la porte derrière lui, je l'interpellai.

— Cuart.

— Hmm ?

— Je viens avec toi.

Le mafieux s'arrêta une seconde.

— Sauf que là, je rentre chez moi.

— Oui, et j'ai dit que je venais avec toi.

Un sourire se dessina sur ses lèvres alors que je me levais et glissais le papier dans la poche de mon sweat-shirt.

— J'imagine que je n'ai pas mon mot à dire, fit-il alors que je passais à côté de lui sous son regard amusé.

Il referma la porte derrière moi alors que je continuais de sentir son regard dans mon dos. En arrivant dans le hall, il me demanda où j'avais mis Junior et je me pressai d'aller récupérer le fauve ainsi que les quelques affaires que j'avais presque oubliées dans le bureau. Je le précédai ensuite jusqu'à l'avant du building qui nous servait de base et juste là, attendait une magnifique Lexus anthracite sur laquelle était adossé un homme. Celui-ci se redressa au moment où il nous aperçut. Il s'approcha de nous pour donner les clés de la voiture à Cuart sans un mot.

— Je n'ai pas le souvenir que tu sois déjà monté dans mon bébé, fit-il en déverrouillant la voiture.

Je lui lançai un regard accusateur. Je ne savais même pas qu'il avait une telle voiture. Je contournai le véhicule pour prendre place du côté passager et installai l'animal à mes pieds.

— Lexus LC500 Hokkaido Edition, ajouta-t-il, fier de son bolide.

À vrai dire, je ne m'y connaissais pas vraiment hormis en Mustang. Je n'en possédais pas mais Hanson, lui, en avait deux, qu'il n'utilisait presque jamais et que je me faisais un plaisir de conduire. Mais je devais avouer que cette Lexus était un véritable bijou.

Cuart emprunta la route qui longeait Central Park. On ne tarda pas à dépasser mon appartement. Je ne savais pas où il habitait car ce détail ne m'importait pas à l'époque, mais à présent j'étais curieuse. Je contemplais les rues de Manhattan, qui m'avaient plus manqué que je ne l'aurais pensé. Nous traversâmes Manhattan Bridge. Et ce n'est qu'au bout de vingt-trois minutes de route que la voiture s'arrêta devant un grand immeuble, très propre et qui respirait la modernité.

— Je ne m'attendais pas à ce que tu habites à Brooklyn, lui dis-je tout en descendant de l'automobile sans pour autant lâcher l'immeuble des yeux. C'est un peu loin, non ?

— La paix en vaut le prix.

Il passa devant moi et ouvrit la porte teintée qui donnait sur un hall des plus classes.

— Tu vas laisser ta voiture ici ?

— J'irai la garer dans le parking souterrain plus tard, fit-il en appuyant sur le bouton pour appeler l'ascenseur.

Je détaillai l'endroit et ça me fit… bizarre. Comme si j'allais découvrir une autre facette de Cuart que je ne connaissais pas et c'était à la fois stressant et excitant. J'étais en train de faire une overdose d'émotions pour une seule journée. Les portes s'ouvrirent et Cuart appuya sur le bouton 7, le dernier étage.

— Penthouse ? lui demandai-je, surprise.

— Penthouse, me confirma-t-il alors que l'ascenseur s'était déjà mis en marche.

Quand les portes s'ouvrirent à nouveau, Cuart dut déverrouiller une petite grille puis nous pénétrâmes enfin dans un magnifique appartement, et je pesais mes mots. Le salon était lumineux et entièrement vitré, sublimé par un gigantesque canapé d'angle blanc ainsi qu'une table basse effet marbre posée sur un tapis lui aussi blanc. Sur la droite se trouvait la cuisine, moderne et simple, toute en noir et blanc, avec des chaises surélevées rouges pour venir apporter du contraste. Mais ce qui attira le plus mon attention fut les nombreux tableaux accrochés sur les murs, ils étaient en harmonie parfaite avec la pièce. Comme quoi, Cuart était réellement blindé.

— Tu t'intéresses à l'art ? lui demandai-je.

— Non, je n'y connais rien, mais ils coûtaient cher donc ça devait être de la bonne qualité répondit-il en jetant son sac à dos au pied d'une des commodes modernes blanches qui habillaient la pièce.

Je réprimai un rire. Je me décidai enfin à poser Junior sur le sol, nous avions une chance monstre que ce chat soit un ange. Il ne bougeait jamais et s'adaptait à tous les habitats sans aucun souci.

— Il y a quelque chose dont je pense que tu aimerais connaître l'existence, m'informa Cuart avant de se diriger vers une porte qui se trouvait derrière la salle à manger.

Je le rejoins dans une chambre sans comprendre puis il attrapa mon menton pour me faire tourner la tête. Mes yeux se posèrent alors sur la baie vitrée, qui donnait accès à un balcon sur lequel je pouvais deviner un… jacuzzi ?

Je reportai immédiatement mon regard sur Cuart.

— Tu te fous de ma gueule ? fis-je. Ça fait une éternité que je n'ai pas mis les pieds dans un jacuzzi !

— Eh bien, fais-toi plaisir, me répondit-il avec un air satisfait qu'il peinait à cacher. Je vais aller m'occuper de ma voiture et en profiter pour rapporter les croquettes du chat que tu as oubliées dans le coffre.

Je le regardais faire demi-tour et sortir.

— La salle de bains, c'est sur ta droite, la porte face à la salle à manger et mon dressing est sur ta gauche, la porte coulissante.

Je n'en croyais pas mes yeux, l'appartement était un des plus chics qu'il m'avait été donné de voir et je savais de quoi je parlais. Même la chambre dans laquelle je me trouvais en ce moment même était sublime. Un immense lit précédé d'un petit tapis rond et flanqué de tables de chevet modernes blanches ainsi que d'autres tableaux. L'ambiance était d'un confort inexplicable et la vue sur les buildings était à couper le souffle, égalant largement celle que je pouvais avoir sur Central Park depuis chez moi.

Je jetai un coup d'œil à Junior, qui était déjà parti s'allonger sur le canapé, épuisé par ce voyage. Compréhensible. De mon côté, je n'allais pas faire long feu.

Cuart

Quand je remontai, je fus surpris de constater que Berry ne se trouvait pas dans le salon et mon premier réflexe fut donc d'aller vérifier la terrasse. Mon intuition se confirma lorsque, en entrant dans ma chambre, je découvris sa tête rousse qui dépassait du jacuzzi. Elle avait les yeux perdus dans le vague, fixant l'horizon. Je restai immobile quelques secondes, me rendant compte que Berry était vraiment chez moi, avant de me décider à passer la baie vitrée.

— Sympa, mon appart, hein ?

Je l'avais acheté quatre ans auparavant, mon cadeau à moi-même pour mes dix-huit ans, et il se trouvait que c'était le seul endroit où je me sentais réellement bien. Je n'avais pas le souvenir d'y avoir déjà invité quelqu'un, en tout cas pas plus d'une heure.

Elle se tourna brusquement, ne m'ayant pas entendu arriver.

— Je l'adore, finit-elle par me répondre avant de reporter son attention sur les gratte-ciel face à nous.

Je regardai ses cheveux, qui tombaient dans l'eau agitée. Un détail m'interpella.

— Qu'est-ce que tu as mis sur toi ?

J'entendis un léger ricanement qui me fit arquer un sourcil. Berry se retourna doucement vers moi, ne laissant, dans un premier temps, rien de plus que ses clavicules sortir de l'eau avant, de finalement se relever complètement.

Mon regard descendit le long de son corps et je tombai sur sa poitrine découverte. Je levai les yeux au ciel avant de déglutir. Berry dans toute sa splendeur. Puis je compris ce qu'elle portait.

— C'est mon boxer ?

— Exact ! Il me va bien, pas vrai ?

Elle affichait un grand sourire qui paraissait presque innocent, on aurait dit qu'elle était en train de lire dans mes pensées.

Elle finit par se réinstaller dans le jacuzzi, commençant sûrement à avoir froid. Je croisai les bras, provocateur.

— Je n'ai jamais dit que tu pouvais faire comme chez toi.

— Sauf que je n'ai pas eu besoin de ton accord, me répondit-elle, toujours aussi confiante.

— Très bien, princesse, comme tu voudras, dis-je en rentrant à l'intérieur de l'appartement, comme si je m'avouais vaincu. Il faudra que je te parle de quelque chose après mon bain.

J'avais déjà repassé la baie vitrée lorsque j'entendis mon nom sortir une nouvelle fois de la bouche de la squatteuse.

— Cuart, tu pourras m'apporter un verre de vin rouge ?

— Tu fais comme chez toi, non ? lui répondis-je sans me retourner pour autant.

— Allez ! J'ai oublié ma serviette sur ton lit en plus.

— Tu te démerdes, lui lançai-je. Et hors de question que tu mouilles ma chambre !

CHAPITRE 31

Berry

Je m'étais assise sur le balcon après avoir éteint le jacuzzi, continuant de contempler la vue en attendant de sécher un peu. Je commençai à grelotter.

J'étais encore trempée et la fraîcheur du coucher de soleil commençait à se faire ressentir. J'avais la chair de poule et je décidai de ramener mes genoux contre mon torse pour bloquer la brise qui s'échouait sur ma peau. J'allais rentrer.

Alors que j'étais perdue dans mes pensées, je sentis une serviette envelopper mes épaules. Surprise, je découvris Cuart, accroupi, ses mains en train descendre sur ma taille.

— T'es conne ou quoi ? grogna-t-il près de mon oreille. La seule fois où tu décides de m'écouter, c'est un jour où je me fous de ta gueule ? Ne reste pas là, tu vas choper la crève.

Il leva les yeux au ciel et son aveu m'arracha un sourire malgré moi. Il se souciait bien plus de moi qu'il ne le prétendait.

Il se redressa et me tendit une main pour m'aider à me relever, que je m'empressai de saisir tout en m'assurant que la serviette qu'il m'avait amenée et qui me couvrait légèrement ne tomberait pas. Je le suivis à l'intérieur jusqu'à son bien trop grand dressing. Je m'arrêtai à quelques mètres de lui, au niveau de la séparation des deux pièces, encore un peu dégoulinante, tandis qu'il scrutait ses armoires du regard.

— La prochaine fois que tu viens ici, évite de le faire sur un coup de tête et apporte des fringues, me lança-t-il tout en récupérant un t-shirt ainsi qu'un autre sous-vêtement.

Il se retourna pour me les remettre, plongeant alors ses yeux dans les miens.

— Tu peux mettre ça ce soir.

Je continuai de soutenir son regard sans un mot. Il s'avança doucement vers moi, me faisant automatiquement reculer à cause de la tension qui persistait entre nous, jusqu'à ce que l'arrière de mes genoux rencontre le sommier du lit et que je tombe assise sur le matelas.

— *Non posso credere che tu sia la cosa più bella che mi sia mai capitata*[1], lâcha-t-il soudainement.

Son ton était plutôt froid, mais je ne le connaissais que trop bien pour savoir que ça pouvait être tout aussi gentil. Ou alors, il était en train de me reprocher quelque chose.

— Je ne comprends toujours pas, me contentai-je de lui répondre.

— Fais un effort, Karlyn.

— Ce n'est pas ma faute si je ne comprends pas.

J'affichai alors un minuscule rictus, je voyais bien sur son visage qu'il n'était pas énervé.

— Merci pour les vêtements, ajoutai-je en les lui prenant des mains.

---

1. Je ne peux pas croire que tu es la plus belle chose qui me soit arrivée.

Je n'eus pas de réponse pendant une longue minute. Il se contentait de me regarder, presque impassible, mais ça ne me mettait pas mal à l'aise.

— Tu ne veux pas aller chercher tes affaires dès demain ? finit-il par me demander.

Mon regard amusé tourna soudainement à l'interrogation. Cela voulait vraiment dire ce que cela voulait dire ?

— Tu veux officialiser quelque chose, Line ?

— Je n'ai rien à officialiser, princesse, je sais déjà tout ce qu'il y a à savoir. Mais…

— Mais ?

— Karlyn, veux-tu…

Il secoua la tête. Il n'arrivait pas à finir sa phrase, à formuler sa demande.

— Désolé, mais ça dépasse mes limites de minauderie, soupira-t-il.

Je ris, trouvant qu'il s'était déjà surpassé depuis un bon moment.

— Savoir que je veux être avec toi te suffit ou il faut vraiment que tu m'infliges ça ?

Il avait redressé la tête pour me regarder à nouveau dans les yeux. Il était presque sérieux et je décidai donc de prendre son visage entre mes mains avant d'afficher un grand sourire.

— Tu me suffis amplement, Line, lui dis-je avant de coller mes lèvres aux siennes.

Je pense ne jamais me lasser de cette sensation.

— Tu es en train de mouiller mes draps, grogna-t-il contre mes lèvres après quelques secondes.

Je souris de plus belle avant de repousser son visage pour le regarder dans les yeux. Cette fois, je ne le voyais plus de la même manière, quelque chose me tracassait et j'avais besoin de lui en faire part. De toute façon, il était directement concerné.

— Plus de secret entre nous, pas vrai ?

Il fronça les sourcils, s'attendant au pire. Je finis par lâcher sa tête pour qu'il puisse reculer et je baissai les yeux sur mes doigts, que j'entortillai. Il fallait que je me lance.

— J'ai demandé à Eden de faire des recherches sur Ino Line il y a deux mois de ça et, pour des raisons que l'on ignorait, elle était introuvable, commençai-je.

J'empêchai Cuart de me couper la parole d'un simple mouvement de main.

— Laisse-moi finir s'il te plaît, dis-je avant de prendre une inspiration. Mais hier, après ce que tu m'as dit, je lui ai demandé d'orienter ses recherches sur Ino Travetto. C'était ça, le papier qu'il m'a donné tout à l'heure. Son numéro de téléphone.

Je déglutis avec difficulté.

— Cuart, j'ai peut-être retrouvé ta sœur…, annonçai-je avant de trouver le courage de le regarder en face.

Lui n'avait pas cessé une seconde de le faire et me détaillait, l'air déboussolé.

— Je t'avoue que je ne sais pas trop quoi te dire, là, finit-il par m'avouer en passant nerveusement sa main dans ses cheveux. Je… Ino… Nous…

— Je me disais que, si tu la revoyais, vous pourriez reprendre contact ou… tu pourrais juste apprendre comment elle va, pour t'aider à passer à autre chose. Tu avais l'air de mal le vivre, de l'avoir totalement perdue de vue.

Il continuait de me regarder en silence.

— Dans deux jours, nous serons le 1er du mois, fit-il soudainement. J'ai un accord avec ton père, qui fait que dans deux jours nous serons, toi et moi, en partie indépendants des Golden Reverse.

Je ne comprenais plus rien et il semblait l'avoir remarqué.

— Berry, dans deux jours, je serai payé et nous serons libres de chacun de nos mouvements. Tu veux venir avec moi en Italie ?

Mon cerveau était en surchauffe totale. Moi qui craignais sa réaction !

— Tu n'es pas énervé ? me contentai-je de répondre comme pour m'assurer que ce n'était pas le cas.

— Je me suis toujours senti coupable d'avoir laissé Ino toute seule là-bas. Certes nous n'étions pas très proches, mais elle restait ma sœur. Je n'avais, à vrai dire, pas pensé à elle une seconde lorsque je fuyais. Tu as juste eu l'audace de faire ce dont je n'ai jamais eu le courage.

— Et tu veux que je t'accompagne ?

— Je t'avoue que cette fois, au lieu de jouer au con, je préfère éviter de louper cette opportunité, tu l'as dit toi-même, j'ai besoin de passer à autre chose. J'ai besoin de savoir si elle va bien et j'ai envie que tu restes à mes côtés.

Il avait l'air sincère, mais surtout apaisé, chose rare lorsque nous avions ce genre de conversation.

— Si j'ai pris cette décision de m'éloigner de la mafia, c'est principalement pour toi, pour que tu puisses faire ce qui te chante, pour que tu arrêtes de te renfermer à cause du monde toxique dans lequel tu as grandi. Et tu ne m'avais pas justement dit une fois que l'Italie était ta destination de rêve ?

Ses paroles me donnaient l'impression qu'il essayait de me convaincre à le suivre, alors que la réponse était évidente pour moi.

— Tu t'en souviens ?

J'essayais de rester sérieuse, mais mon cœur était en train de danser la samba dans ma poitrine.

— Malheureusement pour moi, je me souviens de chaque mot que tu m'as adressé, princesse, répondit-il avant de se diriger vers la sortie. Maintenant, dépêche-toi de te changer pendant que je commande à manger.

Il n'avait sûrement pas conscience à quel point ses dernières paroles étaient affreusement mignonnes.

Il referma la porte derrière lui et je me laissai tomber de tout mon long sur la couette. Aujourd'hui, j'étais réellement passée par toutes les émotions possibles et imaginables. Et tout ça si vite…

En tout cas, j'étais persuadée d'une chose : c'était mauvais pour le corps d'être instable émotionnellement. J'étais épuisée.

Cuart

Je ne sais pas comment j'ai perdu le contrôle si vite. J'avais toujours agi impulsivement par le passé, mais ça avait toujours été dans mon intérêt. Maintenant je me retrouvais à quitter mon travail pour pouvoir rester avec la seule personne sur terre que je supportais et à qui j'avais presque proposé d'emménager chez moi il y a trois jours. Comment fait-on marche arrière ?

Bordel, j'avais mis plus de temps à trouver qui j'étais qu'à tomber amoureux de sa personne, c'était frustrant. Mais le pire dans tout ça, c'est que c'était agréable. J'étais allongé sur son ventre, dans le canapé, pendant que l'on regardait je ne sais trop quoi à la télévision, et pour rien au monde je n'aurais cédé ma place.

J'étais satisfait qu'elle soit restée vivre ici, car j'avais encore en travers de la gorge les agissements de Hanson à son égard, et honnêtement, je n'arrivais plus à me passer de sa présence dans mon lit, de son corps entre mes bras ou même de sa voix entre les murs de chez moi.

— Cuart, je viens de recevoir un message d'Eden, il dit qu'on peut aller lui déposer Junior.

Je grognai. J'avais déjà presque oublié que nous partions aujourd'hui en Italie alors que j'avais moi-même chargé les valises dans le coffre ce matin et que c'était moi qui avais avancé cette idée que je trouvais à présent stupide. Encore une fois, j'avais agi impulsivement, je ne voulais plus y aller. Ce pays m'effrayait et ce qui m'y attendait encore plus. D'après Berry, Ino ne vivait plus avec notre géniteur, mais l'idée que cette information soit fausse me rongeait de l'intérieur. Bien sûr, il était hors de question que je lui en fasse part. Elles s'étaient téléphoné pour se donner rendez-vous dans maintenant trois jours et nous comptions utiliser les deux premiers que nous allions passer là-bas pour simplement profiter.

— En vrai, t'es dégueulasse de vouloir laisser Junior chez Eden alors que tu sais qu'il est allergique aux chats, ajouta-t-elle, m'arrachant à mes pensées.

— Il a accepté, non ? Alors je ne vois aucun problème.

— C'est vrai, soupira-t-elle. Bon, lève-toi, on ne va pas tarder.

Mais je ne bougeai pas, je n'en avais pas envie.

— Cuart !

— Ta gueule.

Elle souleva ma tête de son ventre pour essayer de se dégager et de se lever.

— T'es chiant, finit-elle par pester en s'éloignant du salon, en direction de la cuisine.

— *Lo so, principessa*[1].

— Je ne parle pas italien ! râla-t-elle.

Je me redressai à contrecœur et sifflai pour appeler le chat. Junior apparut quelques secondes plus tard en trottinant.

— Salut la boule de poils, lançai-je tout en esquissant un sourire à l'animal, qui s'était assis pour me regarder.

Je m'avançai pour le ramasser et le posai ensuite sur mon épaule avant de me diriger vers la cuisine, où Berry était en train de lire un dossier.

— Qu'est-ce que tu fais, gamine ?

— Je profite du fait qu'on voit Eden pour lui déposer ça, j'ai oublié de le remplir avant, me répondit-elle sans m'adresser un regard. Tu ne trouves pas ça malsain ?

Je fronçai les sourcils.

— De quoi ?

— De coucher avec une meuf que t'appelles gamine, s'esclaffa-t-elle avec un rictus moqueur.

Je levai une énième fois les yeux au ciel avant de tourner les talons. Je ne savais même plus pourquoi je l'avais rejointe dans cette pièce.

---

1. « Je le sais, princesse. »

— Tu comptes voyager dans cette tenue ? lui demandai-je en prenant conscience qu'elle portait mon sweat et mon jogging.

— Oui, pourquoi ?

— Ça servait à rien que je t'emmène chercher tes affaires si tu mets les miennes.

Je ne pensais qu'à moitié mes paroles, car j'avais développé un plaisir malsain à la voir porter mes vêtements depuis notre road trip.

— Oui, mais tu sens bon, lâcha-t-elle. Ah, et dernière chose, c'est Marcus qui conduira le jet !

Pourquoi j'avais décidé de partir avec ce boulet, déjà ?

— Princesse, tu veux bien dégager de devant le soleil ?

J'étais allongé sur mon transat et Berry était venue se poster juste devant moi, me faisant de l'ombre et interrompant ma session bronzage. Ça faisait du bien d'avoir des vacances. De vraies vacances. Sans que des gens me cherchent, souhaitent ma mort ou que les personnes que je croise me dévisagent, car elles avaient compris que je pratiquais un métier peu légal et savaient que je gagnais mieux ma vie qu'elles. Mais si je me sentais bien, c'était surtout parce que nous louions une villa avec piscine et vue sur la mer dans une ville d'Italie que je ne connaissais pas et qui ne me rappelait pas mon enfance. Mais ça, c'était avant que Berry vienne m'embêter. J'ouvris les yeux et pris le temps de détailler son corps en bikini, me rappelant qu'elle était à moi, avant de replonger mes yeux dans les siens.

— Qu'est-ce que tu me v…

— Ça va être l'heure du rendez-vous, Cuart, n'oublie pas que notre venue ici avait un but au départ.

Je grimaçai. Elle avait ce don de me ramener à la réalité sans prendre de pincettes.

— En plus, tu es en train de cramer, ricana-t-elle finalement.

Effectivement, ma peau, qui avait considérablement doré, virait au rouge.

Elle prit une dernière gorgée de sa boisson avant de se pencher pour déposer un baiser sur mes lèvres. Je m'apprêtais à le lui rendre, mais, en humectant mes lèvres, je remarquai que les siennes avaient le goût du chocolat. Écœurant.

— Putain, Berry !

Elle explosa de rire.

— Tu sais très bien que je n'aime pas ça ! Tu étais vraiment obligée ?

— Bon, on y va ! m'ignora-t-elle en pivotant sur ses talons.

Berry

Dans le rétroviseur de la vieille Mustang bleue, je distinguais Cuart, qui marchait nonchalamment. Son t-shirt blanc faisait ressortir les couleurs qu'il avait prises. Il avait accepté de louer la voiture de mes rêves et la conduire était un véritable bonheur, toutes les excuses étaient bonnes pour l'utiliser. Je sortis mon portable de la poche arrière de mon short pour entrer l'adresse qu'Ino m'avait donnée dans le GPS. Je lançai un coup d'œil à Cuart qui prit place à côté de moi et mon sourire s'affaissa. Il regardait dans le vide et sa main gauche massait machinalement son bras droit.

— Cuart.

Il ne bougea pas.

— Cuart, répétai-je en posant cette fois une main sur son épaule.

Il sursauta. Je discernais à peine ses pupilles dilatées à cause de la noirceur de ses iris, mais je pouvais voir dans son attitude qu'il était en état de stress.

— On est obligés de rien, tu sais. On n'a que deux appels à passer pour rentrer à la maison.

Il resta muet.

— Je… Ça ne sert à rien de te forcer, tu vas être confronté à un des traumatismes de ton enfance. Donc, je t'en supplie, dis-moi ce que tu veux qu'on fasse, je te suivrai, peu importe ta décision.

— Berry…

Son regard fuyait le mien.

— Je dois le faire. Je n'en peux plus de rester bloqué sur ça, sauf que je m'en veux beaucoup trop de l'avoir abandonnée. Je ne sais absolument pas comment elle va réagir, ce qu'elle est devenue, les souvenirs qu'elle a de moi. Je ne connais pas ma sœur, Berry. Ça fait six ans…

— Si elle a accepté cette rencontre, Cuart, c'est qu'elle se souvient de toi et qu'elle a aussi envie de te revoir.

— Alors démarre, bordel, si tu comptes sur moi pour le faire, on ne risque pas d'avancer.

Je n'attendis pas plus longtemps pour m'exécuter. Il est vrai que tout s'était enchaîné rapidement, mon annonce, sa proposition de me faire venir en Italie, l'appel à sa sœur, le rendez-vous, le départ. Tout s'était organisé en l'espace de quelques jours et je n'étais même pas sûre qu'il irait mieux après. Je n'avais pas vraiment eu le temps de parler avec cette fille, mais d'emblée elle m'avait semblé calme et avenante. Je l'espérais en tout cas.

Je voyais bien que lui n'était plus sûr de rien. Toutefois, bien que ce pays soit celui de son enfance cauchemardesque, nos deux premiers jours ici avaient été superbes et il avait même eu l'air heureux de pouvoir parler sa langue maternelle, d'être revenu ici.

Je conduisais tranquillement, concentrée sur la route, tandis que sa main se crispait sur elle-même au fur et à mesure que les kilomètres entre nous et le point de rendez-vous se réduisaient. Il aurait beau dire n'importe quoi, n'importe qui aurait deviné qu'il était stressé comme jamais.

Il n'avait pas dit un mot depuis que nous étions partis et se figea totalement lorsque j'arrêtai la voiture sur une place de parking, à l'entrée d'une jolie rue pavée et passante.

— Je reconnais cet endroit.

Je lui adressai alors un regard interrogateur pour l'inciter à développer.

— Je ne sais pas trop… J'ai dû… J'ai dû venir ici en vacances…

J'attrapai sa mâchoire et tournai sa tête pour l'obliger à me regarder.

— Sauf que là tu vas retrouver ta sœur, je suis avec toi, tu n'habites plus ici et le truc qui te sert de père non plus. Alors détends-toi, car tout va bien se passer. Tu es devenu quelqu'un d'autre, Cuart.

Puis je me détachai pour sortir de la Mustang, tout en enfilant ma paire de lunettes de soleil, imitée par le mafieux qui détaillait déjà les alentours. Déformation professionnelle. Je contournai la voiture lorsque mon regard se posa sur un écriteau.

— C'est ici que l'on est attendus, l'informai-je en lui indiquant le panneau « Míla » qui désignait un petit café.

J'essayais de paraître le plus décontractée possible, si j'étais moi aussi tendue, ça n'arrangerait rien. Nous avancions en direction des tables en terrasse qui se trouvaient face à nous. Il avait les mains enfoncées dans les poches et se forçait à marcher la tête haute pour paraître imposant. C'était une habitude qu'il avait prise à la suite de son traumatisme et contre laquelle je me battais tous les jours : il ne voulait montrer aucune faiblesse, aucun signe de vulnérabilité, et son mètre quatre-vingt-dix, sa carrure et ses tatouages étaient tout à son avantage.

Nous n'étions plus qu'à quelques mètres du petit commerce lorsque je remarquai une fille, avec de longs cheveux noirs, assise seule à une table, plongée dans son téléphone. J'adressai un léger coup de coude à Cuart pour qu'il la remarque et aussitôt celle-ci releva la tête pour regarder dans notre direction. En toute objectivité, elle était sublime. Vraiment. Sans la moindre trace de maquillage, cette fille possédait ce qu'on appelle la beauté naturelle. Ses yeux s'agrandirent quand elle nous remarqua et elle se leva brusquement de sa chaise. Elle marcha vers nous et Cuart s'arrêta. Je fis de même. La jeune femme stoppa net à un mètre du mafieux, ne m'ayant sûrement même pas remarquée.

— Easton ? Easton, c'est vraiment toi ? demanda-t-elle dans un anglais approximatif.

Sa voix était fébrile et émue, l'on voyait bien qu'elle n'en croyait pas ses yeux.

— Il faut croire, se contenta de répondre le brun à ma gauche.

— Je n'y crois pas.

Elle semblait hésitante.

— Je peux ?

Cuart lui ouvrit les bras et elle vint immédiatement s'y blottir avant de fondre en larmes.

— Salut, petite sœur.

La scène me comprimait le cœur.

— Je suis désolé, Ino..., murmura Cuart.

La brune avait enfoui la tête dans son torse. Elle était, elle aussi, assez grande, avec à peine deux ou trois centimètres de moins que moi. Elle avait des jambes élancées et un petit buste. Mais, surtout, les voir ainsi me rendait, pour la première fois depuis bien longtemps, fière de moi. Je restai en retrait, ne souhaitant pas interrompre ce moment et de toute façon je ne comprenais pas grand-chose à leur échange. Les quelques mots que je saisissais au vol me faisaient comprendre qu'elle l'avait cru mort. Cuart, lui, s'en voulait de ne pas être allé la chercher.

— Aujourd'hui, ça me semble évident. Tu es mon frère, je ne peux pas t'en vouloir... Tu as traversé l'enfer et juste essayé de survivre, conclut Ino en anglais entre deux sanglots.

Cuart lui caressa les cheveux avant de se séparer d'elle. Ino s'empressa d'essuyer ses larmes avant de se tourner vers moi.

— Excuse-moi pour ce spectacle pathétique, fit-elle avec un petit rire nerveux. Je... Euh... j'imagine que tu es Berry ? Merci. Juste merci et désolée, mon anglais n'est pas parfait.

— Ne t'en fais pas, aucun problème.

— Venez vous asseoir avec moi, j'ai pris une table !

Elle semblait soudain gagnée par le stress, comme si elle était gênée. Nous la suivîmes jusque sous le parasol qu'elle occupait plus tôt et un serveur ne tarda pas à venir prendre notre commande.

— *Eh Ino… a proposito di… Domenico…*, demanda Cuart.

— *Papà ?*

— *Sì*, lui répondit-il en baissant les yeux.

Il était dans un état de nervosité que je n'avais encore jamais vu, sa jambe tremblait sous la table, ses yeux cherchaient le sol. Mon cœur se serra une énième fois. Son attitude exprimait tous les traumatismes qu'il essayait désespérément de cacher. Être dans un endroit qu'il connaissait dans sa vie d'avant, face à sa sœur, n'était pour lui synonyme que de danger et il faisait tout pour que ni elle ni moi ne comprenions qu'il voulait juste s'enfuir.

— Je t'aime, Cuart, lui chuchotai-je à l'oreille.

Ses épaules s'affaissèrent légèrement et il se tourna vers moi afin de me scruter de ses iris noirs. Je ne saurais décrire ce que j'y voyais, mais ça m'arracha un sourire. Ino attendait que nous soyons prêts pour répondre.

— *Papà, o Domenico se preferisci, è morto poco più di un anno fa.*

Cuart eut l'air pris de court par ces paroles, et j'aurais aimé comprendre ce qu'elle disait.

— Elle vient de dire que mon père est mort il y a plus d'un an.

OK, je ne m'y attendais pas non plus.

— Je peux parler en anglais si vous voulez.

— Je veux bien si ça ne te dérange pas.

— D'autant plus que ça fait longtemps que je n'ai pas parlé italien, j'ai sûrement pas mal de lacunes, ajouta Cuart.

— Pas de soucis, je disais que, le soir du départ de Easton, après une journée de plus que nous avions dû passer dans nos chambres sans en sortir…

Elle fit une pause avant de se tourner vers son frère.

— En fait, dans mes souvenirs, les seuls contacts que nous avions pu avoir, toi et moi, étaient durant son année d'absence. Jamais avant et encore moins après. Mais pardon, je m'égare. Ce soir-là, Dominico est entré en furie dans ma chambre et s'est arrêté devant moi avant de m'enfoncer son poing dans la tête. Il n'y a pas d'autres façons de le dire, il m'a tabassée et c'est le jour où je t'en ai sûrement le plus voulu, honnêtement. Ça a duré facilement quarante minutes avant qu'il ne s'arrête et qu'il ne me regarde avec dégoût alors que j'étais allongée sur le sol. Je me souviens parfaitement des mots qu'il m'a adressés ensuite, car ce sont les derniers qu'il m'ait dits.

Elle sembla fouiller dans sa mémoire quelques instants.

— Il m'a dit : « Je ne sais même pas pourquoi je perds mon temps avec toi, tu n'en vaux pas la peine, car, de toute façon, il est hors de question qu'une personne de ton espèce récupère mon entreprise. Aucune femme n'en a les capacités », rapporta-t-elle sans bégayer.

Je restais muette. Prise de remords, je m'en voulais d'être aussi capricieuse au quotidien, car les deux personnes à ma table avaient tellement souffert. Cuart non plus ne disait pas un mot.

— C'était la première et dernière fois qu'il levait la main sur moi. La dernière fois qu'il m'adressait la parole. J'ai appris quelques jours plus tard qu'il avait plongé dans une dépression sévère, à tel point qu'il a complètement desserré la vis avec moi et que les rares fois où je pouvais le croiser dans la maison il m'ignorait totalement. Cinq mois plus tard, on lui découvrait un cancer du poumon, merci le tabac, et deux ans plus tard il était hospitalisé pour cancer et dépression. Je ne peux pas dire qu'après ça ma vie était paradisiaque, car les traumatismes restent, mais c'était si tranquille et normal comparé à tout ce que tu as vécu.

Nous parlâmes durant deux longues heures et je ne vis pas le temps passer. Ils avaient énormément de choses à se dire. La main de Cuart était posée sur ma cuisse pendant tout ce temps, je crois que ce geste nous rassurait tous les deux. Nous avions appris, de notre côté, beaucoup de choses : l'entreprise de leur père, Travettio, avait été vendue cinq millions d'euros, qui lui étaient directement revenus, et elle étudiait dans une prestigieuse école d'art du haut de ses dix-huit ans.

Ino avait eu droit en détail au récit des six dernières années de la vie de Cuart, depuis sa fugue, et même d'événements antérieurs dont elle n'avait pas été mise au courant. Elle avait été compréhensive. Cuart, qui d'habitude ne parlait que très peu, avait pris le temps de lui expliquer. Bien sûr, il ne fallait pas trop espérer, il n'avait laissé apparaître aucune once de détresse.

À force de l'écouter parler, j'avais compris qu'elle était une fille intelligente, très intelligente même, mais surtout très mature. Elle avait, elle aussi, été obligée de grandir vite.

Je ne me lassais pas de les écouter, moi qui avais en temps normal très peu de patience, les voir s'ouvrir me donnait l'impression de les connaître depuis toujours et de partager quelque chose avec eux. Je finis la dernière gorgée de mon milk-shake cacahuète-banane pendant qu'ils terminaient leur échange, auquel j'avais très peu pris part. Je pensais que cette conversation nous avait aussi permis de situer où nous en étions dans nos vies.

— Oui, ça ne fait que deux mois, depuis ma majorité, que ton ancienne gouvernante, Sindy, n'est plus ma tutrice légale, mais sinon elle a continué de travailler pour nous tout ce temps, répondit Ino, concluant ainsi le sujet de discussion qu'ils avaient lancé.

Elle termina son smoothie.

— Parler avec vous en anglais m'aura permis de pratiquer, fit-elle avec un petit sourire. *Grazie mille*, Berry.

Je lui rendis son sourire. C'était surtout à moi de la remercier d'avoir été si rayonnante et bienveillante avec Cuart.

— *Smettete di ringraziarla o diventerà ancora più arrogante di quanto non sia già*[1], lui dit-il, me laissant perplexe.

La belle brune rigola légèrement tandis que je les dévisageais.

— Qu'est-ce que tu lui as dit ? lui demandai-je.

— Mêle-toi de tes affaires, me répondit Cuart avec un rictus provocateur.

— *Stronzo*, lui lançai-je alors sur le même ton.

Il perdit son sourire pour me dévisager à son tour.

— Tu n'es pas censé ne pas parler un mot d'italien ?

— J'apprends vite, dis-je tout en passant ma langue sur mes dents.

---

1. « Arrête de la remercier ou elle va devenir encore plus arrogante qu'elle ne l'est déjà. »

Sa sœur nous regardait, amusée.

— Vous allez bien ensemble, nous fit-elle soudainement.

— Il faut croire, grogna Cuart tout en croisant les bras sur son torse.

Quel caractère de merde, celui-là !

— Mince, il est déjà six heures moins le quart…, fit Ino, qui avait lancé un coup d'œil à son portable. Ma meilleure amie ne va pas tarder à venir me chercher.

— Tu n'as pas de voiture ? lui demanda alors Cuart en fronçant les sourcils.

— En fait, je n'ai même pas le permis. Je suis, comme qui dirait, un danger public dès que je suis au volant.

Elle laissa échapper un petit rire nerveux.

Tel frère, telle sœur. J'étais à deux doigts de le dire, mais je tenais encore un peu à ma vie. Ino se leva alors.

— Vous ne pouvez pas savoir à quel point ça m'a fait plaisir de te revoir et de te rencontrer, Berry. Eas… Cuart, à bientôt, j'espère. On reste en contact ! conclut-elle en s'emparant de son sac.

— Alors, c'était si horrible que ça ? demandai-je, amusée, au mafieux alors que la jeune femme s'éloignait.

Je posai ma main sur la sienne, qui n'avait pas quitté ma jambe. Il la retourna immédiatement et glissa ses doigts entre les miens, avait de lever ses yeux vers moi.

— On rentre, nous aussi ?

C'était une question purement rhétorique, car il se leva, m'entraînant avec lui, sans même attendre ma réponse. Nous marchions en direction de la Mustang et, alors que je me détachais de lui pour contourner le bolide, sa main glissa jusqu'à mon poignet, dont il s'empara pour venir plaquer le bas de mon dos contre le coffre. Sa deuxième main attrapa mon menton et il me transperça du regard.

— Karlyn, on t'a déjà dit que tu étais incroyable ?

Je ne pus réprimer le sourire qui se forma sur mon visage.

— Non, dis-le-moi.

À peine avais-je fini ma phrase, qu'il s'empara de mes lèvres. Les siennes étaient douces, charnues, et j'avais l'impression de me perdre à leur contact. J'en voulais encore et toujours plus.

Il plongea ses yeux dans les miens.

— Tant qu'on y est, quel est le prochain pays d'Europe que tu veux visiter, princesse ?

Sa question me prenait de court et je mis plusieurs secondes à lui répondre.

— Hmm... Portugal ?

— Vendu. Mais, pour l'instant, je te propose de retourner à la villa, je vais te remercier comme tu le mérites.

Il avait chuchoté ses mots dans mon oreille. Un frisson me parcourut le corps tandis qu'il se dirigeait vers sa portière. Je n'avais pas perdu ce sourire stupide alors que je reprenais place derrière le volant. Après tout, c'était notre vie, nos choix, nos emmerdes, et personne n'était apte à nous dire quoi faire.

ÉPILOGUE

Deux ans plus tard

Cuart

Après l'Italie et le Portugal, nous avons fait la France, l'Espagne, l'Angleterre, la Roumanie, la Suisse, la Grèce et l'Islande. Nous étions tombés amoureux de l'Europe. Nous avions fait tout ce qu'il y avait à faire, des bassins naturels aux sports extrêmes. Et ce n'est qu'après un an et deux mois à faire le tour du continent que Berry et moi avions finalement décidé de nous installer, suite aux demandes incessantes d'Ino, en Italie. Nous habitions donc à présent depuis dix mois dans une énorme maison sur le littoral de Trieste.

Après notre départ, nous n'avions eu besoin de retourner travailler pour les Golden Reverse qu'une fois, et nous avions profité de cette occasion pour déménager et récupérer Junior. Mon seul regret était d'avoir laissé ma magnifique Lexus en Amérique. Nous avions ensuite essayé de vivre normalement mais – spoiler – ça avait duré à peine un mois.

À force de discuter avec ma sœur, Berry avait commencé à s'intéresser à l'art. Et grâce à ses deux, trois contacts et sa maîtrise des milieux gouvernés par l'argent, elle avait rapidement intégré, sans le moindre problème, le marché des enchères et commençait même à se faire un nom. Incapable de tenir en place, ce nouveau terrain de jeu l'amusait beaucoup. De mon côté, je me contentais de profiter de la vie, la suivant à ses enchères et ses expertises aux quatre coins du globe. J'adorais son sourire quand elle gagnait, manipulait, trompait ou était félicitée par les autres participants, qui avaient fini par la craindre. Que ce soit sur des reproductions, des œuvres qui valaient des millions ou de simples tableaux à vendre coûte que coûte, elle était devenue imbattable.

Ces deux années n'avaient rien arrangé, elle était toujours ma faiblesse. Mais une chose allait beaucoup mieux de mon côté et c'était indéniable, je n'avais plus besoin d'être meilleur qu'elle depuis que j'étais avec elle.

Je la faisais avancer, une main sur les yeux pour l'empêcher de voir le résultat de plusieurs heures de travail. Je la fis s'arrêter devant un immense miroir dans lequel je pouvais détailler son corps.

— Prête ?

— Totalement, fit-elle, impatiente.

Je retirai doucement ma main de son visage pour la laisser chercher du regard la marque indélébile qui avait été ancrée dans sa peau sur sa côte droite, juste en dessous de sa poitrine actuellement recouverte d'un simple soutien-gorge.

— Alors, tu l'aimes ?

— J'ai envie de dire non juste parce que c'est toi qui en as eu l'idée, me répondit-elle sans détourner le visage de son reflet.

— Mais ?

— Il est incroyable.

Un sourire se dessina sur mon visage.

Sur mon épaule gauche venait d'être tatoué *My scars*[1]… et sur son buste… *never disappear*[2]. Ces mots étaient gravés dans sa chair et dans la mienne. Éternellement. J'adorais cette phrase, car chaque partie était propre à chacun et pourtant elles se complétaient et étaient la preuve que nous nous en étions sortis, pas indemnes, mais vainqueurs. Toujours.

Berry tourna la tête en direction du tatoueur, qui était déjà en train de ranger son matériel de travail, les yeux pleins d'étincelles.

— C'est magnifique, merci beaucoup.

Elle lui adressa un grand sourire, qu'il lui rendit avant de quitter la pièce, nous laissant ainsi seuls. Alors que je m'apprêtais à poser mes lèvres dans son cou, elle se dégagea.

— Toujours pas, Line, fit-elle en me désapprouvant du regard.

Je laissai échapper un grognement.

— Tu n'exagères pas, là ? OK, j'ai jeté ton nouveau cadeau parce qu'il était absolument ignoble, mais tu ne penses pas que ça a assez duré ?

— Hmm, laisse-moi réfléchir. Non.

— C'est dégueulasse de m'empêcher de te toucher pendant plus d'une semaine à cause d'un bout de tissu de merde avec ta tête imprimée en gros dessus.

— Sauf que c'est moi qui décide, Line, répondit-elle en se dirigeant vers la porte. N'oublie pas qu'il faut qu'on finisse de se préparer, Marcus vient nous chercher à midi.

1. « Mes cicatrices… »
2. « … ne disparaissent jamais. »

Son ton était provocateur et elle savait pertinemment que ça avait le don de m'agacer. En deux ans, rien n'avait changé, elle était toujours aussi insupportable. Berry Karlyn restait fidèle à elle-même et je mentirais si je disais que ça me déplaisait.

Berry

Se faire tatouer trois heures avant de prendre l'avion en robe de soirée n'était peut-être pas la meilleure idée que j'avais eue, mais maintenant il fallait que j'assume. Je finissais d'onduler mes cheveux quand Cuart entra dans la salle de bains.

— Je viens de recevoir un message de Marcus, qui dit qu'il se pose dans vingt minutes.

Ce soir, les Golden Reverse organisaient une soirée pour célébrer l'anniversaire d'un haut placé qui n'était autre que le nouveau bras droit de Hanson, titre qui avait été remis sur le marché après le départ de Cuart. Quelques jours plus tard aurait lieu le mariage d'Anastasia et Noah et nous avions donc décidé de rentrer en Amérique pendant dix jours.

— C'est un nouveau costume ? lui demandai-je.

Cet ensemble bleu nuit lui allait à merveille. Toujours fidèle à lui-même, il avait sa veste ouverte et sa chemise avec le bouton du haut détaché.

— Oui, j'en ai profité quand tu es partie deux jours à la montagne avec Ino.

J'acquiesçai d'un hochement de tête avant de ramener tous mes cheveux vers l'avant sans cesser pour autant d'admirer son reflet dans le miroir.

— Tu veux bien fermer ma robe ? lui demandai-je alors qu'il venait de sortir son portable.

Il leva les yeux vers moi, détaillant ma robe bleu nuit de haut en bas, avant de me confier son téléphone. Une notification s'afficha, attirant mon attention, et je découvris son fond d'écran. C'était une photo de moi qui dormait avec Junior. Je n'avais même pas connaissance de l'existence de cette photo, mais elle était, je dois l'avouer, très belle.

Derrière moi, Cuart était concentré sur sa tâche.

— Ça va ? Ça n'appuie pas trop sur ton tatouage ? me demanda-t-il, soucieux, alors qu'il passait deux doigts entre mon dos et l'arrière de la robe, comme pour vérifier que je pouvais respirer.

— Non, c'est bon, confirmai-je calmement avant de lui tendre un collier assorti à mon serre-tête. Tu peux me mettre ça aussi ?

Sans répondre, il le passa délicatement autour de mon cou. Pendant ce temps, je réajustai mon bustier ainsi que la fente qui laissait apparaître ma jambe gauche et je m'emparai des gants posés devant moi, de la même couleur que ma robe. Je jetai ensuite un dernier coup d'œil à mon maquillage, qui mettait en valeur le vert de mes yeux. J'étais prête.

En relevant la tête vers Cuart, je ne pus m'empêcher d'esquisser un sourire alors qu'il ajustait sa chemise au niveau de ses poignets et je me retournai pour me retrouver face à lui. Il se redressa alors à son tour pour me regarder.

— Sympathique, le fond d'écran, lui lançai-je en lui tendant son portable.

— Ne te fais pas d'idées, c'est uniquement pour le chat que j'ai choisi cette photo.

— Ah, parce que tu préfères Junior à moi ?

— Ne pose pas de questions dont tu ne veux pas la réponse, princesse.

Il attrapa ensuite mon menton entre ses doigts et examina mon visage.

— Pas mal, finit-il par dire sur un ton légèrement moqueur.

Cet homme était la meilleure partie de moi, la partie dont j'avais besoin, celle qui me donnait l'impression d'être humaine et vivante.

— Je sais, dis-je avant de le contourner pour quitter la pièce.

Ma peau avait immédiatement réagi à son contact et je me rendis compte qu'il était de plus en plus dur de ne pas lui céder.

Nous allions être en retard si nous continuions de traîner, déjà que nous partions presque à la dernière minute. J'étais en train de fouiller dans le panier à clés quand Cuart fit son entrée dans la pièce, déjà chaussé, notre valise à la main. Par réflexe, je lui lançai le trousseau de la Land Rover que je venais de piocher et qu'il réceptionna sans problème. Cette voiture ne valait peut-être pas ma Mustang garée dans le garage, ni la Lexus de Cuart qui nous attendait à l'aérodrome de New York, mais son confort était de loin le meilleur.

— Tu sais si Junior est à l'intérieur ? demandai-je soudainement au noiraud alors que je m'apprêtais déjà à passer la porte d'entrée.

— Oui, il est en train de manger.

— Et tu as prévenu le cuisinier qu'on ne mangeait pas ici ce soir ?

— Tout est bon, souffla-t-il en me faisant signe que je pouvais sortir.

— Tu sais que tu es un homme à marier, Line ? lui dis-je avec un grand sourire.

Il ne me répondit pas, mais passa son bras autour de mes épaules pour me presser contre lui.

Cuart

Lorsque la porte du jet s'ouvrit, je me décidai enfin à refermer mon MacBook et à réveiller Berry. Encore un peu dans les vapes, elle releva la tête et plongea ses yeux verts dans les miens.

— Tu t'es quand même endormie, lui fis-je remarquer alors qu'elle grimaçait déjà.

Elle m'avait fait promettre de ne pas la laisser s'endormir. Évidemment, à peine avions-nous décollé qu'elle ronflait déjà. Oui, elle ronflait, et je tenais trop à ma vie pour le lui dire. Elle me dévisagea, silencieusement, durant plusieurs secondes, avant de se lever complètement et de s'étirer.

— Mon maquillage n'a pas bougé ?

— Non, c'est bon, répondis-je alors que je n'y avais même pas prêté attention, me levant à mon tour.

Elle lissa sa robe avant de récupérer ses escarpins bleus. Dehors, la nuit était déjà en train de tomber, notre arrivée était prévue pour vingt heures trente et nous n'avions pas de retard. En passant à côté de lui, je fis un signe de main à Marcus, histoire de le remercier, mais la seule chose qui m'intéressait était ma voiture. La belle Lexus nous attendait, elle avait sûrement été sortie pour notre arrivée et, à la seconde où je posai un pied sur la terre ferme, un homme me tendit les clefs ainsi que mon ancien Colt. Retour sur le territoire, reprise des habitudes. Je lui adressai un rapide mouvement de tête avant de rejoindre mon bolide. Maintenant, direction la base des Golden Reverse, au cœur de Manhattan.

Le trajet se déroula dans le calme et le silence, un silence agréable qui n'avait rien de malaisant. Ce silence qui disait que l'on n'avait pas besoin de parler pour savoir ce que l'autre pensait. J'avais conduit machinalement, ne remarquant même pas la durée du trajet, et je m'arrêtai juste devant le luxueux building où était déjà garé un bon nombre de grosses voitures. Je me décidai ensuite à ranger les clés de mon bébé dans ma poche, à contrecœur. Je venais tout juste de la retrouver et j'avais à peine pu en profiter. Je sortis pour aller ouvrir la portière de la rouquine, qui se dépêchait d'enfiler ses talons avant de descendre en m'adressant un joli sourire. Ce soir encore, elle était resplendissante, mais je remarquai quelque chose qui tachait son gloss. Elle avait une légère trace du chocolat qu'elle avait mangé dans le jet sur le coin de la bouche. Je soupirai tout en humidifiant le bout de mon pouce avant de frotter tout doucement le coin de ses lèvres.

— Essaye au moins d'être présentable.

Elle leva les yeux au ciel et attendit que j'eusse fini pour se diriger vers le hall, mais je l'interpellai.

— Attends.

Elle s'arrêta pour m'interroger du regard.

— Oui ?

— Cette robe te va à la perfection et tu le sais très bien, commençai-je. Alors, si un homme t'approche, fais-moi le plaisir de l'envoyer à l'hosto.

Elle esquissa un rictus mauvais en guise de réponse, je n'aimais pas ça.

— Tout dépendra de s'il est plus beau que toi, se contenta-t-elle de répondre.

— Je ne rigole pas avec toi, Karlyn, ça fait longtemps que nous ne sommes pas revenus, n'oublie pas comment ces hommes sont.

— Fais attention, on pourrait croire que tu es possessif.

Je restai immobile et impassible, attendant qu'elle me réponde sérieusement. Elle pouvait bien dire ce qu'elle voulait, je ne cesserais jamais d'être protecteur quand il s'agirait d'elle. Il était hors de question qu'on me la prenne.

Elle finit par pousser un soupir.

— *Qualunque cosa tu voglia amore mio*[1], fit-elle sans cesser de me regarder droit dans les yeux.

La satisfaction dessina un sourire sur mes lèvres, cette réponse me convenant bien plus. Berry avait commencé à apprendre l'italien et elle faisait des progrès rapides. De plus, parler ma langue maternelle la rendait sexy au possible.

— Mademoiselle Berry ! Line ! Content de vous savoir présents ce soir, la fête se déroule aux deux derniers étages. J'espère que vous passerez une agréable soirée, nous accueillit Jess.

Nous nous dirigeâmes en direction de l'ascenseur après avoir brièvement salué l'employé, toujours aussi enjoué et avenant, qui approchait dangereusement de la soixantaine. Berry passa son bras autour du mien, je lui adressai une dernière phrase avant que nous rejoignions les autres :

— C'est le moment de briller, princesse.

---

1. « Tout ce que tu veux, mon amour. »

Les portes s'ouvrirent sur le dernier étage, un immense rooftop. Exactement ce à quoi je m'attendais. Quelques regards se braquèrent sur nous tandis que nous faisions irruption dans la pièce. J'arrivais difficilement à reconnaître certains visages.

— Tes pronostics ?

— Trois heures.

— T'es mignonne, j'aurais à peine dit deux.

Nous nous déplacions au milieu de la foule bavarde, on n'entendait à peine la petite musique en fond, il était clair que nous ne tiendrions pas trois heures ici. Soudain, Berry s'arrêta, tirant sur mon bras pour attirer mon attention.

— Cuart.

— Hmm ?

— Il y a Cam.

Cam ? Ce nom ne me disait rien jusqu'à ce que mes yeux se posent sur le brun aux yeux bleus. Le violeur. Tout mon corps se crispa quand il nous remarqua à son tour. Même des années après, il avait toujours cette tête de connard ambulant. Je crus enrager lorsqu'il se dirigea dans notre direction.

— Hey !

À quoi jouait-il ? Comment osait-il la regarder dans les yeux ? Mon premier réflexe fut de me poster devant Berry, m'interposant entre eux alors qu'il venait de s'arrêter à quelques mètres de nous.

— Qu'est-ce que tu crois faire ?

— Votre réputation vous précède, se contenta-t-il de répondre. Et je…

Il s'arrêta de parler et se mit à frotter l'arrière de son crâne.

— Berry… je…

Berry se plaça à mon côté. Malgré ses talons, elle ne dépassait pas le brun, qui était, malheureusement, plus impressionnant qu'il y a deux ans.

— Je n'ai pas eu l'occasion de le dire la dernière fois, le fait que j'avais bu n'excuse en rien ce que j'ai failli te faire et j'ai vraiment été une merde… Je suis dé…

— Au moins tu t'en es rendu compte, le coupa brusquement Berry. Je ne veux pas de tes excuses.

Puis elle se tourna vers moi, me faisant comprendre d'un simple regard qu'elle ne voulait pas avoir affaire à lui.

— J'ai vu Eden là-bas, me fit-elle avant de m'entraîner avec elle.

Je la suivis sans rien dire, jusqu'à apercevoir la tête blonde à bouclettes. Il afficha un grand sourire lorsqu'il nous vit.

— Alors, ta première année où tu bois en toute légalité ? lui lança immédiatement Eden lorsqu'elle vint l'enlacer.

Cette simple phrase suffit à me faire esquisser un sourire. Berry, elle, recula d'un pas et fronça les sourcils.

— Ha, ha, très drôle, Cuart m'a déjà fait la blague le jour de mon anniversaire, répondit-elle, sarcastique.

J'affichai alors un sourire satisfait.

— Les gars, j'ai vingt et un ans, vous pouvez arrêter de me traiter comme une gamine.

Je les laissai à leurs retrouvailles et je partis me chercher un verre, j'en avais bien besoin.

Pourquoi fallait-il que, sous prétexte que nous avions adressé la parole à une personne, des dizaines prennent ça pour un signal ? En plus, ils venaient tous pour parler des mêmes choses. « Vous êtes le premier à être devenu indépendant des Golden Reverse, c'est impressionnant », « C'est bien vous qui avez tué l'ancien chef des ADD23 ? ». Mais la plus insupportable des questions était celle-ci : « C'est donc vrai que vous avez laissé votre poste de second pour déménager avec la fille du boss ? » et c'est exactement ce que l'homme face à moi me demandait depuis presque dix minutes.

— Il existe des personnes qui vous font comprendre que choisir la paix est la meilleure décision, dis-je pour mettre fin à la conversation, qui commençait à s'éterniser. Et apprenez à respecter la vie privée des gens.

Et sans le moindre regard pour lui, j'abandonnai brusquement l'homme qui m'avait abordé pour m'isoler de l'autre côté de la pièce. Je cherchais à présent ma rouquine du regard. À la seconde où je la trouverais, je l'attraperais pour que l'on parte d'ici, j'avais atteint ma limite. Mais, alors que je commençais à perdre patience, ne distinguant pas de tignasse orange parmi la foule, je perçus des pas furtifs derrière moi. Tout mon corps s'était tendu et j'étais prêt à envoyer voler la personne qui essayait de me surprendre. Je m'étais retourné brusquement.

— Touche-moi et je te brise les jambes.

— Bordel, Berry ! T'es stupide pour me surprendre par-derrière ?

Elle croisa les bras sur sa poitrine.

— N'essaye pas d'inverser les rôles, c'est toi qui as failli me taper dessus à l'instant !

Je poussai un soupir. Je n'avais plus l'énergie de débattre avec elle.

— J'ai juste envie de partir d'ici.

— Je te suis, je n'attendais que ça, ma batterie sociale est épuisée.

— Parce que t'en as une ? ricanai-je.

Certes, elle était amicale et énergique avec les personnes qu'elle appréciait, mais ça s'arrêtait là.

— Là n'est pas la question, on y va, oui ou non ?

— À vos ordres, princesse.

Nous nous mîmes à marcher d'un pas confiant en direction de l'ascenseur, affirmant, lorsque l'on nous le demanda, que nous nous contentions de descendre à l'étage du dessous, afin de dissimuler notre fuite. Nous étions irrécupérables. Berry adressa un signe de la main à Jess quand nous passâmes, presque en courant, à côté de son comptoir et je m'empressai de sortir les clés de la Lexus de ma poche pour que nous puissions sauter dedans.

Tandis que je démarrais, Berry se débarrassait de ses chaussures.

— Alors ? lui demandai-je dans la foulée tout en pressant l'accélérateur.

Je la vis jeter un rapide coup d'œil à l'heure affichée sur le tableau de bord.

— On a tenu deux heures et huit minutes précisément, c'est toi qui as gagné, fit-elle en se rasseyant dans son siège. Alors, que me proposes-tu, monsieur le génie ?

À vrai dire, une idée m'avait traversé l'esprit.

— Il n'est même pas 23 heures, c'est un peu tôt pour aller à l'hôtel, tu ne penses pas ?

Elle me dévisagea, n'attendant qu'une seule chose, que je lui fasse part de ce que j'avais derrière la tête, mais je me contentai d'afficher un sourire satisfait et d'ouvrir les fenêtres.

— Tu sens ça, princesse ?

— Sentir quoi ? me répondit-elle, sceptique.

— Le bonheur, dis-je en me laissant tomber contre mon dossier tout en profitant de l'air de la nuit qui s'échouait sur mon visage.

Ce n'est qu'après plusieurs minutes de calme profond que Berry perdit finalement patience.

— Allez, Cuart, dis-moi où tu m'emmènes !

— À Cones, lui répondis-je sans détourner les yeux de la route. Ils ferment à minuit, non ?

Cones étant sa boutique de milk-shakes préférée à Manhattan, je n'avais pas besoin de la regarder pour savoir que ses iris verts s'étaient mis à pétiller.

— Bordel, qu'est-ce que je t'aime ! lâcha-t-elle, ravie par l'idée.

Ses paroles agrandirent mon sourire. Elle avait été la première à m'aimer et je voulais qu'elle soit la dernière, car, oui, la fille que je voulais tuer était devenue la fille pour qui j'aurais pu tuer, et c'était bien plus beau que je ne l'aurais imaginé.

— Je ne te le dis pas assez, mais… moi aussi, je t'aime, princesse.

Berry

Je savourais mon milk-shake, les yeux fermés, appuyée contre la rambarde du Brooklyn BRIDGE. Mais le calme fut de courte durée car Cuart fulminait encore.

— La prochaine fois qu'un connard ose venir me voir pour me dire que ta tenue est indécente, je ne me contenterai pas de lui enfoncer mon poing dans la gueule !

Le client qui nous précédait dans la boutique avait fait un commentaire. Un sourire effleura mes lèvres, j'imaginais aisément le mauvais quart d'heure qu'il avait dû passer. Je remarquai que le dernier bouton de la chemise de Cuart, qu'il avait fait l'effort d'attacher jusque-là, était à nouveau défait, laissant apparaître le haut de son torse. Son regard s'arrêta sur ma longue robe fendue, puis sur l'émeraude de Loïs, que je portais toujours. Puis il s'approcha de moi et sa main se glissa dans mes cheveux.

— Alors que tu es divine dans cette tenue.

Ses yeux n'avaient pas quitté les miens.

— Que se passe-t-il, Line, pour que je reçoive autant de compliments ce soir ? le charriai-je tout en continuant de rapprocher nos corps.

Mais alors que la tension entre nous était à son paroxysme, mon regard fut attiré par une lueur dans le ciel. Avion ou étoile filante ?

— Karlyn, concentre-toi, grogna-t-il en m'attrapant la mâchoire pour m'obliger à le regarder.

— Il y a un problème ? m'inquiétai-je.

— Il se pourrait bien.

Sa main libre se fourra dans sa poche et il en sortit une petite boîte.

— Princesse, veux-tu être officiellement la femme de ma vie ?

Mes yeux s'arrondirent. C'était sûrement la plus belle bague que j'avais vue de ma vie. Mon cœur battait à mille à l'heure, j'en avais le souffle coupé. Étais-je en train de rêver ?

— Je te promets que si tu me forces à me mettre à genoux, je ferai plus que te demander en mariage, Karlyn.

J'écrasai alors violemment ma bouche sur la sienne pour l'empêcher de dire plus de bêtises, une unique larme d'émotion roula le long de ma joue et je déposai mon gobelet sur la rambarde à ma droite.

— *Sì, lo voglio, Cuart*[1], finis-je par répondre.

— Comme si tu pouvais me dire non, ricana-t-il en m'agrippant les hanches pour m'embrasser de nouveau.

— Est-ce qu'on peut aller quelque part ? J'ai envie de te faire découvrir un endroit que j'affectionne particulièrement.

— *Tutto per la mia rossa*[2], me répondit-il en esquissant un sourire qui me fit fondre.

1. Oui, je le veux, Cuart.
2. Tout pour ma rousse.

1 AN PLUS TARD

Berry

J'ouvris un œil, mais le refermai aussitôt. La lumière traversait déjà la fenêtre de ma chambre et me brûlait les yeux, bien qu'elle n'eût pas l'air d'être celle d'un grand soleil. Je m'étirai en douceur et tentai, par la même occasion, d'attraper le cou de l'homme de ma vie, mais mes mains ne rencontrèrent pas sa peau. Je me redressai brusquement et une grimace se fit sur mon visage en constatant que le lit était vide. Je mentirais si je disais ne pas avoir été déçue de me réveiller seule le jour de mon anniversaire.

Après quelques secondes à contempler les draps défaits, je me décidai enfin à me lever, ajustant le t-shirt que j'utilisais comme pyjama depuis trois ans maintenant. Ce même t-shirt qu'il m'avait donné dans la voiture après avoir renversé mon milk-shake. Et plus j'y repensais, plus je me disais qu'on avait fait du chemin depuis.

J'enfilai des chaussons confortables qui traînaient et me mis à sa recherche. Je voulais lui dire bonjour, ce matin plus qu'un autre jour.

En arrivant dans le salon, ouvert sur la cuisine et la salle à manger, formant une pièce absolument immense, mon regard parcourut les meubles avant de tomber sur lui, allongé dans la véranda, pièce entièrement vitrée qui offrait une vue imprenable sur le reste de notre terrain et sur la mer. Cependant ce paysage était aujourd'hui altéré par les quantités astronomiques d'eau qui s'abattaient sur la terrasse, ainsi que sur le toit, dans un bruit plus qu'agréable.

Les saisons sont particulièrement chaudes en Italie, mais arrive toujours un moment dans les alentours de novembre durant lequel l'automne s'installe.

Je m'approchai doucement de lui pour observer ce qu'il faisait. Affalé sur son sofa, il était plongé dans un livre. Je ne pus m'empêcher de sourire. Même la plus banale des actions devenait sexy avec lui. Je contournai le canapé sur la gauche pour avoir accès à sa tête, posée sur l'accoudoir. Je m'accroupis à son niveau et vins doucement déposer mes lèvres sur le haut de son front. Ses yeux se détachèrent de son livre un instant pour venir rencontrer mes iris, puis il reprit sa lecture.

— Qu'est-ce que tu fais ? me demanda-t-il alors, calmement.

— Je te dis bonjour.

— Et pourquoi ?

— J'en avais envie.

— OK.

Je poussai un soupir de déception.

— Cuart, fais juste un petit effort aujourd'hui.

— Tu peux aller nourrir le chat ? J'ai oublié.

Je me redressai, décidant que je ne me battrais pas, et je me dirigeai vers la cuisine, blessée qu'il ait oublié la date de mon anniversaire, tout comme l'année dernière, quand il avait dû repartir à New York.

Mais le second problème dans cette histoire devait sûrement être la relation toxique que j'entretenais avec cette date. Comme elle est à la fois mère de mes plus beaux souvenirs avec Loïs et source des décisions désastreuses de mon père me concernant, elle était à la fois synonyme d'engrenage dans le monde de la mafia et de joie inconditionnelle auprès de la personne que j'aimais le plus. Sauf qu'il fallait que je me fasse une raison : aucun des deux ne faisait désormais partie de ma vie aujourd'hui.

En passant le seuil de la pièce dans laquelle je n'allais pratiquement jamais, je m'emparai du sac de croquettes sagement posé sur son étagère et me dirigeai immédiatement vers la gamelle. Je me figeai en constatant que le chat, qui avait bien grandi et grossi en trois ans, était déjà en train de manger.

— Cuart ! l'interpellai-je faisait volte-face.

Mais à peine m'étais-je retournée que mes yeux découvrirent un grand milk-shake dans une tasse de BELLAVISTA, soit le meilleur glacier du coin. Je restais en suspens une seconde avant de m'en emparer pour amener la paille à ma bouche.

Sauf qu'une surprise en cachait une autre. Sous le gobelet, deux billets d'avion dont la destination indiquait les Seychelles. C'était quoi encore, cette histoire ?

— Joyeux anniversaire, princesse.

Je relevai brusquement la tête et trouvai mon homme accoudé au bar qui séparait la cuisine et le salon. Je ne l'avais pas entendu arriver, preuve que l'on ne perd pas ses habitudes de tueur si facilement.

J'étais à la recherche d'une trace d'honnêteté dans ses yeux comme pour me confirmer que c'était bien vrai et il se mit à rire. Un rire léger et sincère qu'il avait appris à rajouter dans son quotidien au fil des ans. Je ne pus m'empêcher de sourire à mon tour avant de contourner le plan de travail pour aller confronter le noiraud.

Une fois face à lui, je levai les yeux pour que nos regards se croisent et lui assénai, sans me retenir, un coup dans le ventre, avant de l'entourer de mes bras.

Il se plia de douleur une seconde et émit même une plainte, mais je n'y prêtai pas attention.

— T'es vraiment un con… J'ai cru que tu l'avais encore oublié.

— Oui, mais ce n'est pas le cas, me répondit-il en passant finalement ses bras autour de mon corps, m'enlaçant de sa chaleur réconfortante. En espérant que ce soit ton plus bel anniversaire, princesse.

La température de mon corps augmentait à toute allure, au point que mes joues me brûlaient et que mon ventre me démangeait.

Je vins déposer un furtif baiser sur ses lèvres avant de m'écarter de lui pour le détailler de haut en bas.

— On va vraiment aux Seychelles ?

Il ne me répondit pas et se contenta de m'adresser un mouvement de tête en direction des billets d'avion que j'avais laissés à côté du milk-shake.

J'entrai à nouveau dans la cuisine pour récupérer les petits morceaux de papier tout en prenant une gorgée de mon milk-shake au passage et revins auprès de lui pour les lire à voix haute.

— Destination, Seychelles. Porte D, première classe, sièges 11 et 12. Départ, le… 16 novembre à 11 h 30 ! Mais c'est dans seulement trois jours ! m'exclamai-je.

— Ta secrétaire est prévenue et Ino aussi, elle s'occupera de Junior.

J'ouvris de grands yeux, stupéfaite par l'anticipation dont il avait fait preuve.

— On y reste combien de temps ?

— Une semaine, me répondit-il tout en m'attirant à lui.

Ses iris aussi noirs que le néant fixaient mes lèvres. Sans m'en rendre compte, j'avais porté mon poids en avant afin de me hisser sur la pointe des pieds. Mes bras passèrent mécaniquement autour de son cou et je posai de nouveau mes lèvres sur les siennes mais cette fois plus longtemps, plus intensément, plus passionnément. J'étais même incapable de m'en détacher.

Il me rendit rapidement mon baiser et ne tarda pas non plus à l'approfondir, mélangeant nos langues qui se connaissaient par cœur. Je sentis ses mains passer sous mon t-shirt et remonter lentement le long de mon buste. Mon corps réagissait de façon électrique à chacune de ses actions, tout comme la première fois. Il me faisait toujours autant d'effet.

Je ne pus réprimer un sourire lorsqu'il finit son chemin sur le haut de mes côtes, soupesant presque mes seins. Il profita de ce moment d'inattention de ma part pour décoller ses lèvres et les laisser se balader le long de ma mâchoire avant d'arriver à mon oreille où il chuchota :

— Je t'aime.

Et cela suffit à me faire fondre, à perdre le peu de consistance qu'il me restait. Au fur et à mesure des années qui continuaient de défiler, il ne me l'avait jamais dit aussi facilement que ces derniers temps, preuve qu'il évoluait à mes côtés. À nos côtés si l'on compte Junior. Et savoir que j'étais la seule personne sur cette terre qui n'avait jamais eu le droit à ces mots de la bouche du grand Cuart Line suffisait à me faire sentir spéciale. La seule et unique femme qu'il avait jamais aimée.

Mais alors que mon esprit s'était égaré, ses mains m'attrapèrent à l'arrière de mes cuisses et me soulevèrent du sol avec aisance. Mon regard croisa celui de mon mari qui pétillait et il ne m'en fallut pas plus pour comprendre ses intentions.

J'entourai fermement mes jambes autour de sa taille et déposai ma tête sur son épaule avec un léger rire tandis qu'il me ramenait à notre chambre de la façon la plus royale qui soit.

Cuart

Je ne comprendrai jamais que l'avion assomme Berry à ce point. À peine avions-nous décollé qu'elle commençait déjà à somnoler appuyée contre le hublot et je savais qu'elle ne se réveillerait qu'à l'atterrissage. Je repris mon livre qui me faisait de l'œil depuis que nous étions partis mais quelque chose m'empêchait de me concentrer sur ma dystopie fantastique et ça me mettait réellement sur les nerfs.

L'hôtesse de l'air, qui faisait d'incessants allers-retours, s'arrêta à mon niveau pour la troisième fois et m'adressa une nouvelle fois cette phrase qui m'était devenue insupportable :

— Voulez-vous quelque chose ?

Son ton innocent était sûrement le plus agaçant car derrière ces paroles des plus banales, son langage corporel était flagrant. Cette façon qu'elle avait de se tenir debout, les jambes croisées, la manière dont sa jupe avait été considérablement remontée depuis son premier passage, ses rougissements et son rire niais quand je levais des yeux agacés sur elle. Tout était pathétique.

Je ne pris même pas la peine de lui répondre et me contentais de placer mes écouteurs dans mes oreilles.

Pensant qu'elle avait compris, je baissai la garde pour me plonger dans mon livre, espérant me couper du monde pour au moins quelques heures. Mais je fus tiré de force de ma lecture par une main posée sur la mienne. Ses doigts effleurèrent le dos de ma main. À bout de patience, j'attrapai son poignet, laissant tomber mon livre à mes pieds.

— *Mai più !* Plus jamais ! crachai-je au visage de l'hôtesse en la fusillant du regard.

Puis je lâchai violemment sa main et me tournai vers Berry, posant délicatement ma main sur son épaule avant de lui chuchoter :

— Princesse, tu as du désinfectant ?

Elle ouvrit rapidement un œil et m'indiqua le sac à côté d'elle, sous le regard de l'hôtesse qui semblait déroutée par mon changement de comportement en l'espace d'un instant.

Quand j'eus récupéré le flacon, je fis exprès de soutenir son regard pendant que je me nettoyais soigneusement la main qu'elle avait touchée. Je voulais qu'elle soit blessée par mon action de dégoût et qu'elle ne m'approche plus du reste de ce vol.

*

La plage dorée la mer turquoise et le bruit des mouettes au-dessus de nos têtes, il n'y avait pas de meilleure façon de finir tranquillement cette semaine des plus agréables. Cependant, il me restait encore deux surprises à dévoiler.

— Cuart.

Berry était en train de s'agiter à coté de moi. J'ouvris un œil et je poussai un soupir, sachant pertinemment qu'elle était encore en train d'avoir des réactions disproportionnées par rapport à ses paroles à venir.

— Tu penses que je devrais me faire un carré ?

— Berry, on a déjà eu cette conversation.

— Oui, mais la question ne veut pas sortir de ma tête.

— Ma réponse est la même, tu fais ce que tu veux avec tes cheveux, mais si ça ne te va pas, je me foutrai ouvertement de ta gueule et tu dormiras sur le canapé.

Elle me secoua le bras pour me faire comprendre que ma réponse ne lui convenait pas.

— Dis-le si je te fais chier, s'énerva-t-elle face à mon peu d'investissement pour cette question qui semblait existentiel à ses yeux.

Ce qui est dingue c'est qu'elle connaissaît la réponse mais qu'elle tend quand même le bâton pour se faire battre.

— Tu vas nous chercher un truc à manger ?

Elle me toisa de son regard faussement hautain et finit par se lever. Mon regard glissa sur son corps, toujours aussi sublime, en bikini.

— Ta carte, m'ordonna-t-elle soudainement.

— Tu n'as pas la tienne ? grognai-je, contraint de me déplacer pour aller chercher la mienne dans mon portefeuille.

— Je l'ai laissée à la chambre, et merci ! s'exclama-t-elle en la prenant rapidement de mes mains pour s'en aller en direction des stands et bars.

Quatre ans qu'elle était à mes côtés et pourtant ce n'était pas assez. Ça ne sera jamais assez. Je ne pourrai simplement jamais la regretter.

Mon goût s'était porté, pour une fois, sur autre chose que les milk-shakes. Après avoir fait les plus belles plages des Seychelles, nous avions décidé de nous poser aujourd'hui sur une plage plus touristique et moins calme nommée Beau-Vallon, réputée pour ses stands de nourriture créole exceptionnels.

Il y a trois jours, nous avions découvert les sorbets coco et étrangement, Cuart avait adoré malgré son aversion pour le sucré. Pour moi, c'était simple, je n'aimais pas donc je me contenterai de churros.

En revenant, les bras remplis, Cuart me dévisagea avant de finalement se décider à m'aider.

— Merci, la rouquine, me fit-il en découvrant que je lui avais rapporté le sorbet pour lequel il m'échangerait sans le moindre remord depuis quelques jours.

Mais alors qu'il comptait m'ignorer à nouveau, je m'installai sur ses genoux.

— T'es chiante, dégage.

— Quand j'y pense, même avec ton caractère de merde, tu n'as jamais essayé de me rendre jalouse, dis-je en l'ignorant royalement et en passant mes bras autour de son cou.

Il poussa un petit soupir d'abandon avant de me répondre.

— Poser mes yeux sur une autre femme serait juste une erreur alors que je sais d'avance qu'elles ne t'arriveront pas à la cheville.

C'est dans ces moments que je suis heureuse d'avoir épousé un homme franc qui ne fait jamais de compliments gratuits, comme ça, je sais qu'il pense réellement tout ce qui sort de sa bouche.

— Oui, mais du coup je n'ai jamais eu l'occasion de te dire que j'avais perdu ma virginité avec Xander.

— Attends, Berry, tu te fous de ma gueule là ?

— Ne t'en fais pas, il a été doux et respectueux. La première fois…

— Berry ! Tu cherches à faire quoi exactement ?

— C'est bon, on n'a couché ensemble que trois fois, ne t'énerve pas.

— Xander de mon ancienne division ?

J'approuvai d'un hochement de tête ainsi que d'un sourire provocateur.

— Putain, et tu veux que je fasse quoi de cette information ? cracha-t-il.

— Que tu saches la vérité par rapport aux retards d'un ancien de tes hommes.

Il se massa les tempes. Je l'avais fait vriller en une demi-seconde et je ne me lasserais jamais de ce pouvoir.

— Tu sais quoi, tu me saoules, laisse tomber pour les surprises.

— Les quoi ? Depuis quand tu me prépares des surprises ?

Mon rictus s'était effacé de mon visage et je détaillais Cuart à la recherche de réponses, mais il savait qu'à présent il venait de retourner la situation que j'avais moi-même envenimée.

Alors que j'étais toujours installée sur ses genoux, il m'avait attrapé les poignets pour m'empêcher de me débattre.

— Que vas-tu faire maintenant, Karlyn ? Tes vingt-trois ans t'ont fait pousser des ailes ?

Je fronçai les sourcils. Bien sûr que non, je n'avais aucune excuse. J'optai donc pour la manipulation affective en essayant de poser mes lèvres sur les siennes, mais il réussit à m'arrêter.

— Qu'est-ce que tu peux être vicieuse, putain !

— Allez, dis-moi ! le suppliai-je.

— Tout ce que tu as à savoir, c'est que ce soir on quitte le gîte à 19 heures.

*

— Maillot de bain plus petite veste alors que la nuit est déjà tombée ? T'es sûr de ton coup ? demandai-je à Cuart que je matais très clairement pendant qu'il se changeait.

— Est-ce qu'un jour tu pourras arrêter de remettre en cause tout ce que je te dis ?

— Dois-je te rappeler à cause de qui j'ai des problèmes de confiance ? renchéris-je face à son ton désinvolte.

Il s'en tint à un simple soupir avant de se retourner en partie habillé et de me dire droit dans les yeux :

— Contente-toi de profiter de ta surprise princesse.

Puis il m'attrapa le bras avant de m'entraîner vers la porte d'entrée, n'emportant que les clés de la chambre étoilée que nous louions. Quant à moi, je le suivis bêtement. À l'entrée d'une minuscule clairière d'arbres tropicaux, un homme attendait, lampe torche à la main et sac sur le dos.

— Prêts à aller voir la ponte des tortues imbriquées ?

Mon regard se posa sur Cuart, sourire aux lèvres. Non ce n'était pas vrai…

Je me jetai à son cou.

— Je t'aime, je t'aime, je t'aime, je t'aime.

Plus le temps passait et plus je l'aimais, ça en devenait maladif.

— Je le sais, princesse.

Une fois mes émotions redescendues, je me détachai de Cuart pour finalement présenter mes excuses au guide.

— Très bien, reprit ce dernier, sans doute habitué à ce genre de réactions, nous n'allons pas tarder à y aller mais j'ai quelques conseils de sécurité à vous donner tout d'abord, surtout par rapport aux *Eretmochelys Imbricata*, qui sont une espèce en danger critique d'extinction et donc protégée. Nous vous demanderons un respect total des règles. Tout d'abord nous demandons un silence total pour que la ponte des tortues se passe dans le plus grand des calmes et sans le moindre stress sinon elles risquent de ne pas vouloir revenir. De plus, pas de lumières autres que les lumières bleues dont je vous équiperai. Et pour finir : profitez du moment.

Plus d'une heure après, assise sur le sable humide, je contemplais les magnifiques créatures sortir de l'eau pour ramper le long du sable. De grands trous avaient déjà été creusés lors de leur passage les années précédentes.

La brise légère, le bruit des vagues, la lumière tamisée, ces animaux magnifiques et les mains de Cuart autour de mon ventre, jamais je ne m'étais sentie aussi bien et ce souvenir restera gravé dans mon cœur à jamais.

Soudain, une des tortues s'arrêta dans son avancée et tourna la tête vers nous, me faisant paniquer au point de me faire éteindre ma lampe. Je me retournai en direction de Cuart qui ralluma la sienne au bout de quelques secondes mais elle n'avait toujours pas bougé et le guide nous chuchota :

— Ne faites aucun geste, elle va continuer sa route.

Je décidai donc de ne pas perdre une miette de cet échange de regard qui m'avait été offert. Moi qui avais connu l'enfer et le paradis, même si je savais que la Berry que j'avais toujours connue ne disparaîtrait jamais, je comptais profiter de chaque moment magique que la vie déciderait de m'accorder.

*

Je marchais à côté de mon homme, ne pouvant me résoudre à ce que ce moment ait pris fin.

J'apercevais déjà notre chambre et je traînais presque des pieds.

— Princesse, on rentre dans deux jours, tu le sais ?

Je m'arrêtai, confuse :

— Oui, pourquoi ?

— Tu ne voudrais pas avoir ton cadeau d'anniversaire ?

Ma confusion se transforma en incompréhension totale.

— De quoi est-ce que tu me parles ?

— Je t'ai promis que ce serait le plus bel anniversaire de ta vie.

— Cuart, arrête, je te jure que tu vas me faire chialer.

Il désigna le bungalow d'un mouvement de tête avant de m'adresser son énième sourire de la journée.

— Qu'est-ce que tu attends ?

Je n'ai jamais marché aussi vite et une fois devant l'entrée, un bruit provenant de l'intérieur manqua de me faire tomber à genoux. Cuart ouvrit la porte à ma place et, juste derrière celle-ci, retenu au collier par une dame qui portait le t-shirt d'une association, se tenait une petite bouille de chiot couleur sable.

— Je te jure que si tu es en train de te foutre de ma gueule, je te bute avant que tu aies pu profiter de ta blague, Line.

La dame lâcha le petit chien qui me fonça dessus pour me renifler. Je me mis à genoux au milieu de l'entrée pour tentai de le caresser à de nombreuses reprises avant qu'il ne finisse par s'arrêter devant moi, secouant la queue à une vitesse impressionnante et cette étincelle dans le regard que seuls certains êtres possédaient.

Toi, mon grand, tu es un fils à maman.

— Je l'ai déjà renommé, il s'appelle Christopher.

Je me retournai, horrifiée.

— Tu n'as quand même pas osé l'appeler comme ça ? lançai-je immédiatement.

Le chiot se frotta à moi pour me rappeler sa présence avant de courir au pied de Cuart puis jusqu'à la femme du refuge avant de finalement revenir vers moi, posant ses deux pattes avant sur mes cuisses.

Cuart éclata de rire alors que je le fusillais toujours du regard.

— Tu aurais dû voir ta tête ! Bien sûr que non je ne l'ai pas appelé comme ça. À toi l'honneur.

Je finis par prendre la tête du chien entre mes mains alors que le petit animal essayait de renifler je ne sais quoi. En fait…

Bienvenue dans la famille, *Christopher*.

Cuart

Berry avait commencé à combler d'amour le nouvel arrivant tandis que je finissais de remplir l'administratif et tous les papiers pour notre retour en Italie.

Elle me faisait progresser chaque jour et j'avais envie de prendre soin d'elle… Moi qui m'étais fait à l'idée, à une période de ma vie, que ça ne servait à rien d'essayer de changer pour une meilleure version de soi-même.

La voir sourire ainsi était de loin le plus beau des cadeaux. Je voulais passer chacun de ses anniversaires à ses côtés, tous, jusqu'à la fin. Et je voulais pouvoir me dire que j'avais été à la hauteur de cette femme, que j'avais autant aimée que détesté. À la hauteur de la femme que j'avais épousée.

À la hauteur de ma rousse.

REMERCIEMENTS

Quand j'ai commencé à écrire ce livre, je me suis toujours demandé à quoi ressembleraient mes remerciements et maintenant que j'y suis, la réponse me semble évidente. Les premières personnes qui me viennent en tête sont forcément ma mère, mon père et mon frère, Marius, avec qui je vis et qui ont suivi mes hauts et mes bas tout au long de l'écriture. Ils n'ont jamais cessé de croire en moi et en mes capacités.

Pour autant, mes remerciements vont également à mon entourage, ceux qui ont été à mes côtés ces dernières années et qui ont été de loin mes plus grands soutiens, toujours plus heureux que moi lors de l'aboutissement de mes projets, toujours à essayer de me tirer vers le haut, toujours à me pousser à donner le meilleur de moi-même. Je ne pouvais pas rêver mieux.

Enfin, je ne pourrais pas conclure cet ouvrage sans mentionner mes premiers lecteurs, qui me suivent depuis mes débuts sur Wattpad et qui ont toujours été très investis dans l'histoire. Vous avez en partie nourri ma passion pour l'écriture (vos commentaires vont me manquer).

Merci à ma famille, merci à mon trio, merci à mes amis, merci à mes exemples, merci à mes lecteurs.

Composition réalisée par Belle Page

Achevé d'imprimer en janvier 2025
sur Roto-Page par l'Imprimerie Floch à Mayenne
pour le compte des Éditions Fayard
13, rue du Montparnasse 75006 Paris

PAPIER CERTIFIÉ

Fayard s'engage pour
l'environnement en réduisant
l'empreinte carbone de ses livres.
Celle de cet exemplaire est de :
800g éq. CO_2
Rendez-vous sur
www.fayard-durable.fr

N° d'éditeur : 89.4784.2/01
N° d'imprimeur : 106309
Dépôt légal : janvier 2025
info-fayard@editions-fayard.fr
Imprimé en France